KB260308

청명 清明

청명절에 비 어지럽게 내리니
길 가는 나그네는 시름겨워지네
술집이 어디 있는가 물으니
목동이 멀리 살구꽃 핀 마을을 가리키네

清明時節雨紛紛
路上行人欲斷魂
借問酒家何處有
牧童遙指杏花村

정검록

情劍錄

정검록 4
매은 新무협 판타지 소설

초판 1쇄 찍은 날 § 2006년 6월 19일
초판 1쇄 펴낸 날 § 2006년 6월 29일

지은이 § 매은
펴낸이 § 서경석

편집장 § 문혜영
편집책임 § 김규진
편집 § 유경화 · 심재영

펴낸곳 § 도서출판 청어람
등록번호 § 제1081-1-89호
등록일자 § 1999. 5. 31
어람번호 § 제2-0939호

주소 § 경기도 부천시 원미구 심곡1동 350-1 남성B/D 3F (우) 420-011
전화 § 032-656-4452 팩스 § 032-656-4453
http://www.chungeoram.com
E-mail § eoram99@chollian.net

ⓒ 매은, 2006

ISBN 89-251-0172-6 04810
ISBN 89-251-0037-1 (세트)

Fantastic Oriental Heroes
매은 新무협 판타지 소설

정겁록
情 劍 錄

4 ■ 오래된 원망

도서출판 처럼람

가인무영

1

여름밤의 공기는 무겁고 끈적인다. 땀에 전 옷이 살갗에 달라붙으니 결코 몸을 움직이기 좋은 때가 아니다. 하물며 그것이 생사를 가늠하는 싸움이라면 더 할 말이 없다. 물론 생사를 가늠하는 싸움에 적절한 때가 따로 있는 것은 아니지만.

무림맹 산동성(山東省) 청주지부의 지부장 담진천(淡進天) 역시 지금은 때가 아니라고 마음속으로 비명을 지르고 있었다. 모용강의 무림맹에 가담하였으나 눈에 띄는 공적을 세우지는 못했다. 나고 자란 세를 업어 산동 땅의 지부장 자리를 하나 꿰차는 데에도 시간이 꽤 걸렸으니 능력이 탁월하다고도 할 수 없었다. 그 역시도 그리 큰 야망을 가진 것은 아니었으니, 다만 무림맹의 권위를 빌어 말년까지 편히 한 세상 살다 가는 것이 목표인 사람이었다.

챙! 채앵!

그의 소박한 꿈을 비웃기라도 하듯 검의 비명 소리가 여름밤 하늘 높이 올랐다.

"크헉!"

화끈한 통증이 왼팔을 스치고 지나간다. 귀신처럼 홀연히 나타난 괴인의 검은 그 등장만큼이나 놀라웠다. 환한 달빛 아래, 아니, 설령 대낮이었다 한들 인간의 눈으로는 따라잡기 힘든 쾌검이었다.

담진천이 비록 야망은 없으나 실력만큼은 결코 녹록치 않았다. 과거 사자검(獅子劍)처럼 중원 전체를 호령하지는 못했지만, 은야검(銀夜劍)이라 하면 산동성에서는 알아주는 강자였다. 사자검이 죽은 지 칠 년, 담진천은 산동 출신의 무인들 중에서도 다섯 손가락 안에 꼽을 만한 고수로 평가받고 있었다.

채앵!

검과 검이 부딪치며 내는 불꽃이 어둔 밤을 수놓고, 담진천은 그 틈을 빌어 뒤로 물러날 수 있었다.

몇 장의 거리를 벌리고서야 담진천은 겨우 괴인의 모습을 자세히 살펴볼 수 있었다. 낡고 평범한 회의의 괴인은 묶지 않은 긴 머리를 아무렇게나 늘어뜨리고 있었는데, 흔들리는 머리칼 사이 때때로 비치는 눈빛이 섬뜩했다.

"너는 누구냐! 왜 나를 노리는 것이냐!"

담진천의 외침은 절규에 가까웠지만 괴인은 대답하지 않았다.

"혹시……!"

담진천은 그제야 강서성과 안휘성을 쑥대밭으로 만들었던 사건을 떠올렸다. 무림맹 지부장들만을 노린 연쇄살인! 그러나 그것은 자연스럽게 정파연합의 무림맹에 대한 투쟁의 연장선으로 여겨졌다. 따라서 정파연합이 안휘성을 버리고 여름 내내 절강성을 공략하고 있는 지금, 산동성의 지부장들은 그러한 위험에서 벗어나 있다 생각하고 있었다.

괴인의 신형이 흔들리더니 여름밤의 끈적한 공기 속으로 사라졌다. 담진천은 반사적으로 몸을 피하며 검을 휘둘렀다.

챙!

다시 한 번 귓속을 긁는 금속 소리가 울리며 괴인의 경력이 담진천의 손으로 전해졌다. 괴인의 검은 그 여파가 만들어낸 틈을 놓치지 않았다.

"커억!"

짧은 신음 소리를 내고 담진천은 땅 위로 쓰러졌다. 괴인은 제자리에 서서 얼굴에 드리운 머리칼을 쓸어 올렸다. 달빛에 비친 유리안(瑠璃眼)이 기묘한 빛을 발한다. 붉은 입술이 조심스레 움직였다.

"부족해……."

모용현은 짧게 중얼거리고 자신의 장검을 바라보았다. 채 식지 않은 담진천의 피가 흰 검신을 타고 흘러내린다.

검신에 비치는 일그러진 얼굴. 그 위로 피가 흘러내려 한쪽을 뒤덮어 보이는 것은 보이지 않는 눈. 모용현은 물끄러미 자신의 유리안을 바라보다 검을 내려쳤다.

카앙!

모용현의 검이 바위에 부딪치며 산산이 부서졌다. 모용현은 손 안에 남은 검자루를 집어 던지고, 허리를 숙여 시체의 손에서 검을 빼냈다. 모용현은 새로 든 검을 몇 번 휘둘러 보고는 허리에 찬 검집에 꽂아 넣은 후 등을 돌렸다.

여름의 초입, 정파연합의 기세는 무서웠다. 아직 정면으로 맞설 수 있는 전력은 아니었지만, 정파연합은 이미 강서성과 안휘성에 설치된 대부분의 무림맹 지부를 파괴했다. 더구나 절강성에 전 역량을 쏟고 있는 지금까지도 무림맹 본영은 어떠한 조치도 취하지 않고 있으며 다른 성의 지부들도 각자의 경계를 강화할 뿐 절강성 지부들을 돕고자 움직이지 않았으니 자연 정파연합의 사기는 하늘 높은 줄 모르고 치솟았다.

물론 무림맹이 정파연합의 움직임에 신경을 쓰지 않는 것은 아니었다. 중원 각지의 지부들은 정파연합의 공세가 언제 자신들을 향할지 몰라 마음을 놓을 수 없었고, 어떠한 움직임도 보이지 않는 본영에게 불평을 터뜨렸다. 물론 그들은 이 기회를 빌어 무림맹 치하의 불순분자들을 최대한 솎아내려는 모용강의 의도를 알지 못했다. 맹주의 의도는 그의 직속 총사령 담대진홍을 통해 상공(尙公) 사왕 손망후와 사대사령을 비롯한 고위급 인사에게만 전달되었다. 사실 그 외의 맹원들에게 알려졌다면 불만이 더욱 거세어졌을 터였다.

본래 무림맹이라는 단체는 맹주인 모용강에 대한 절대복종을 기반으로 세워진 터라, 하위 지부들의 불만은 맹주가 아닌 그 이래 간부들을 향해 있었다. 그러나 총사령 담대진홍은 맹주의 분신과 같은지라 함부로 대할 수 없었고, 상공 사왕 손망후는 원래 사파의 악랄한 마두였다. 북사 풍경립은 과거 정교의 장로였으며, 남후 양정문은 상공과 같은 사파의 고수 출신이고, 서장 천수참마 조규휘는 그 이름만을 걸어놓은 채 중원을 떠도니 모두 탄원서를 보내기에 적당한 상대가 아니었다.

그러니 당감소는 맹주에게 감사할 따름이었다. 사대사령 중 동령(東令)인 당감소는 실질적으로 무림맹을 운영하는 자였고, 하루가 멀게 중원 각지에서 밀려드는 탄원서는 모두 그의 차지였다. 그렇지 않아도 평시 업무에 지장을 줄 판인데 여기서 더 나아간다는 것은 생각하기도 싫었다.

당감소는 책상 한쪽에 가지런히 쌓아놓은 문서들을 바라보았다. 두 뼘은 족히 넘을 높이로 쌓인 저 문서들이 모두 무림맹 본영의 미온적인 대처에 대해 해명을 요구하는 탄원서였다. 당감소는 한숨을 쉬며 맨 위의 문서를 집어 들었다. 어차피 하위 지부의 탄원서들이 담고 있는 내용은 대동소이(大同小異)하여, 그를 검토하고 답신을 작성하는 일 자체가 어려운 것은 아니었다. 사실 아랫사람에게 맡겨도 충분한 일이었지만 그것은 당감소의 성격상 할 수 없는 일이었다.

당감소는 원래 사천당문이라는 명가 출신이지만, 명령을 내리기보다는 직접 일을 처리하는 습관이 몸에 밴 사람이었다. 그것은 그의 원래 성이 오씨(吳氏)였기 때문이다. 비록 당씨 성을 부여받긴 하였으나 애초에 방계인 이상 세가의 주류가 될 수 없었고, 오히려 끊임없는 견제를 받았던 세월은 그에게 타인을 쉽게 믿지 못하는 습성을 부여했다.

당감소가 눈살을 찌푸리며 탄원서를 읽고 있는데, 문밖에서 굵은 사내의 음성이 들려왔다.

"이성학(李誠學)입니다."

"들어오게."

당감소의 허락이 떨어지자 문이 열리고 한 뭉치의 문서를 든 사내가 방 안으로 들어왔다. 이제 삼십대 후반으로 보이는 사내는 검은 얼굴과 굵고 진한 송충이 같은 눈썹을 하고 있었다.

이성학은 당감소가 과거 사천당문에 있을 때부터 심복으로 삼아온 사내였다. 얼굴이 검은 데다 힘이 장사라 흑선풍(黑仙風)이라는 별호를 받았는데, 그런 겉모습과 달리 심계가 깊고 일 처리가 능숙해 드물게 당감소의 신뢰를 받는 자였다.

"광동성(廣東省) 십육 개소 지부에서 올라온 탄원서입니다."

정파연합은 무림맹 본영이 위치한 낙양에서 가까운 안휘성을 버리고 절강성으로 내려갔다. 강서성에서 안휘성으로 올라갔다가, 다시 절강성으로 내려간 그들의 진로를 보자면 역시 남부의 불안감이 클 수밖에 없다. 절강성에 붙어 있는 복건성(福建省)의 탄원서는 이미 삼 일 전에 올라와 있었다. 당감소가 말했다.

"거기 두고 물러가게."

이성학은 당감소가 가리킨 곳에 광동성의 탄원서를 두고 말했다.

"요즘 너무 무리하시는 것 같습니다."

충복의 말을 듣자 당감소의 표정이 미세하게 변했다. 당감소가 아는 이성학이라는 사내는 결코 그러한 말을 하는 자가 아니었다. 그는 당감소 이상으로 불필요한 말이 없는 사내였다. 오랜 시간을 함께 했지만 두 사람은 사적인 대화를 했던 기억이 거의 없었다.

"그래 보이나?"

"당연합니다. 귀찮은 업무는 모두 떠맡으시지 않습니까."

이성학이 당감소를 상대로 이러한 말을 하는 것은 드문 일이었다. 당감소가 대답했다.

"내가 아니면 할 사람이 없지 않은가."

"왜 없습니까? 주인 어른과 같은 사령이 셋이나 더 있습니다."

이성학은 이제 당감소의 수하가 아니었다. 무림맹이 창건된 후, 당감소의 천거에 의해 이성학은 그의 부관으로 임명되었다. 두 사람의 관계는 조직 내 서열에 따른 상하 관계일 뿐이었다.

하지만 예전의 습관을 버리지 못했는지, 두 사람만 있는 자리에서 이성학은 종종 당감소를 주인 어른이라 부르곤 했다. 철두철미한 이성학의 성품을 잘 아는 당감소는 그것이 다분히 의도적인 실수임을 알고 있었지만 나무라는 법이 없었다.

"자네도 잘 알지 않는가? 그들 중 누가 이러한 일을 하겠는가."

"적어도 나눌 수는 있습니다."

굳게 다문 이성학의 입술이 단호했다. 당감소가 달래듯 말했다.

"평소에 불만이 많았구먼."

"그게 아니라 주인 어른만 고생하시는 모습을 쭉 봐왔기 때문입니다. 사실 무림맹 창건의 일등공신은 주인 어른이 아닙니까? 총사령이야 맹주의 오른팔이니 어쩔 수 없다 해도, 저 사왕과 어른의 자리가 바뀐 것이 아닌가 하는 생각이 듭니다. 북경 본가에 다녀오신 지도 벌써 몇 달 전이지 않습니까?"

당감소는 과거 자신이 몸담은 사천당문을 정교의 힘을 빌어 멸망시켰었다. 하지만 그 속에서도 자신의 식솔들을 따로 빼돌려 놨었고, 그 후 북경의 금가장을 집어삼키며 그 장원을 자신의 새로운 집으로 삼았었다. 이성학이 말한 본가는 바로 그곳을 말함이었다.

"일이 바쁘다 보면 그럴 수도 있는 걸세. 나보다는 자네가 더 힘들지. 그렇지 않은가?"

"지금 이렇게 고생하시는 것을 보니 제가 억울해서 그렇습니다. 이래서야 목숨을 걸고 일한 보람이 없지 않습니까? 팽가나 제갈가처럼 속 편히 사시는 것도 아니니 말입니다. 차라리 어디 구석진 곳의 지부장이 주인 어른보다 떵떵거리며 살 겁니다."

평소에 쌓였던 것이 많았던 듯 이성학의 불평은 끝이 없었다. 물론 그 진의는 모두 주인인 당감소 자신을 위함이었고, 당감소는 충직한 부하를 탓할 마음이 없었다. 물론 그간의 공로를 생각하자면 그가 늘어놓는 것이 이성학 자신을 위한 불평일지라도 당감소가 책망할 수 없었다. 그러나 다른 사령들에 대한 불만을 계속 말하게 하는 것은 당감소에게나 이성학 자신에게나 이로운 일이 아니었다.

"그만 나가보게."

이성학을 내보내고 당감소는 한숨을 쉬며 생각에 잠겼다. 지금의 당감소가 힘이 없는 것은 아니었다. 아니, 어쩌면 총사령 담대진홍에 버금가는 권력을 가지고 있는지도 몰랐다. 실제로 무림맹이란 거대한 단체를 운영하는 것이 당감소인만큼, 그가 원하기만 하면 되지 않을 일이 없었다. 다른 사령들도 원래는 자신이 해야 할 귀찮은 일을 떠맡아주는 만큼, 당감소에게 항상 한 수 접어주는 경향이 있었다. 당감소는 은밀히 그러한 상황을 즐기고 있었다. 당감소가 피곤해 보이는 것은 과중한 업무 탓이 아니라, 그의 아들인 당정견 탓이었다.

위로 두 명의 딸을 낳고서야 얻은 당정견은 당감소의 자랑이었다. 어려서부터 총명하기 이를 데 없었고, 무공의 재능도 당문 직계의 그 누구보다 뛰어났다. 아니, 다른 세가들이 내세우는 후계자들과도 비할 바가 아니었다. 모용강이 약속한 다음 세대, 확고해진 무림맹의 주인은 다른 누구도 아닌 당정견일 것이라 생각했다.

그러나 언제부터였는지, 부자(父子)의 관계는 급속도로 틀어졌다. 무림맹이 세워지고, 당감소가 집을 떠나 그에 매달려 있는 동안 당정견은 아버지가 생각하는 것과 전혀 다른 방향으로 자라난 것이다.

처음 당감소는 그것을 대수롭지 않게 생각했다. 무림맹의 상징이라고 할 수 있는, 오기(五旗) 중 하나의 단주 자리를 거부할 때도 그랬다. 마지막으로 본가에 들러 사소한 다툼 끝에 당정견이 집을 나갈 때도 당감소는 한때의 방황이겠거니 여겼었다.

하지만 그것은 커다란 오산이었다. 당정견은 무림맹을 부정하는 정파 연합이라는 단체에 투신했고, 같은 무림맹원들을 도륙했다. 당감소 스스로의 조사를 통해 담대진홍의 말이 틀림없는 사실임을 확인했던 것이다.

이는 크나큰 죄라, 동령의 지위를 가진 당감소라 해도 아들의 죄를 덮을 수 없었다. 물론 당감소는 언제나 무림맹을 최우선으로 생각해 왔고 그 번영을 위해 모든 시간을 쏟아 부었다. 말단 맹원에서 맹주에 이르기까지 모두가 당감소에게 깊은 신뢰를 보냈으니, 만약 당정견의 죄가 사실이라면 언제나처럼 공과 사를 나누어 공정히 처리할 것을 기대하지 아비에게까지 아들의 죄를 소급시킬 이는 없을 것이다. 당감소 자신도 이 치를 따지자면 그것이 옳다 생각하기도 했다.

하지만 그것이 다 무슨 소용인가? 지금껏 당감소가 해온 모든 일이 바로 당정견을 위함이거늘! 비록 방계라고는 하나 엄연히 피가 섞인 당문의 사람들을 멸절시킨 것도, 모용강의 무림맹을 굳건히 하기 위해 지금처럼 다른 이들이 해야 할 일까지 떠맡아 하는 것도, 이 모든 것이 다 아들을 위한 것인데 그를 누려야 할 당정견이 죽는다면 대체 당감소 자신의 생은 무슨 의미를 가진단 말인가!

그렇기 때문에 당감소는 담대진홍의 진의를 알고 싶었다. 담대진홍은 당정견이 정파연합에 가담한 사실을 알면서도 그 일을 공표하지 않고 은밀히 당감소에게만 이야기했다. 당정견의 죄는 아직 표면화되지 않았다. 다시 말해, 담대진홍만 함구한다면 당정견은 아무 일도 없었다는 듯 원래대로 돌아올 수 있다는 뜻이다. 하나 그로 인해 담대진홍이 얻을 것은 무엇인가?

담대진홍은 누구보다도 맹주에게 맹목적으로 충성하는 자이다. 총사령이라는 일인지하(一人之下) 만인지상(萬人之上)의 자리에서도 결코 권력을 휘두르는 법 없이, 오직 맹주의 뜻을 전하는 역할에 충실했다. 너나 할 것 없이 모용강의 약조에 눈이 멀어 다음 세대의 무림맹을 차지하기 위해 분주할 때에도 홀로 움직이지 않던 자였다. 몇 명인가 정부(情婦)는 있었으나 오십을 넘긴 지금도 혼인을 하지 않아 부인이 없었고, 자식은커녕 제자도 두질 않았다. 주위에서는 그의 독문절기인 심명신장의 실전(失傳)을 우려하며 제자를 둘 것을 권했지만 그때마다 담대진홍은 고개를 저었다. 이인자인 자신이 후계자를 둔다면, 지금의 경쟁 구도가 깨진다는 이유였다. 무림맹을 지탱하는 세력들 사이에 금이 갈 것을 우려한 처사였다.

맹주의 뜻을 따르기 위해 자신의 후사를 포기할 만큼 충성심이 깊은 담대진홍이 당정견의 일을 바로 처리하지 않는 것은 분명 다른 속셈이 있기 때문이다. 당감소로서는 그를 아는 이상 담대진홍의 호의를 순수하게 받아들일 수 없었다.

쾅당!

"주인 어른, 어른!"

거칠게 문이 열리고 금방 나갔던 이성학이 소리치며 뛰어들었다. 어떤 일에도 놀라거나 경솔히 행동하는 법이 없는 자가 이러니 당감소의 눈이 커졌다.

"무슨 일인가?"

"큰일났습니다. 공자, 공자가!"

이성학이 공자라 부르는 자는 당성견뿐이다. 당감소가 그를 진정시키며 말했다.

"진정 좀 하게. 정견이 어찌 되었단 말인가?"

"공자가 지금 상승관 앞에서 소란을 피우고 있습니다!"

2

일반적으로 사람들이 상상하는 것과 달리 무림맹 본영의 규모는 비교적 작은 편이다. 네 채의 큰 건물 사이를 십여 채의 작은 건물들이 메우고 있고, 그 가운데 각종 의식과 집회를 열 수 있도록 공터가 마련되어 있었다.

다른 성의 중추지부보다 기껏 두세 배 큰 규모에 불과했으니 무림 역사상 최초로 정사일통을 이룬 단체의 본거지라기에는 초라하기까지 했다. 건물들 역시 미적 균형보다는 실용성에 중점을 둔 설계로, 투박하지 않다라는 감상을 주는 정도였다.

그중에서도 중심부에 위치한 상승관(常勝館)은 각 사령들과 간부들의 집무실이 있는 건물로, 무림맹 전체를 주관하는 심장부와도 같은 곳이었다. 자연 경계도 다른 곳에 비해 몇 배나 엄격했는데, 그런 상승관 앞에서 보기 힘든 소동이 벌어지고 있었다.

"크하하하! 아— 아!"

푸른 옷을 입은 한 청년이 상승관 앞에서 고래고래 소리를 지르며 난동을 피우고 있었다. 준수한 얼굴은 벌겋게 달아올랐고, 온몸에서 어지러운 향을 피우니 필시 술독에 한참 빠져 있던 모양이었다. 청년은 만취 상태로 알아듣기 힘든 말을 지껄이며 쓰러질 듯 말 듯 휘청이는 몸을 가누기도 힘들어 보였다. 그러나 몰려든 십여 명의 무사들 중 누구도 섣불리 다가가지 못한 채 그를 둘러싸고만 있었다.

청년이 가늘게 눈을 뜨고 상승관 앞을 가로막은 무사들을 보더니 다시 한 번 소리를 질렀다. 이번에는 알아들을 수 있는 말이었다.

"야—! 너희들, 너희들 뭐—야? 끄윽, 야—야! 너—희들이 머—언데, 몬데 길을 마, 마꼬— 끄윽! 서 있는— 거냐—? 썩! 썩 비키—어!"

청년이 크게 팔을 내저으며 비키라는 손짓을 했지만 상승관 앞을 가로막은 무사들은 꼼짝도 하지 않았다. 원래는 이미 그를 제압하여 소란을 피우지 못하게 해야 했지만 함부로 손을 대기가 어려웠다. 이미 이 정도로 취한 상태에서 상승관 앞까지 올 수 있었다는 것이 청년의 비범한 신분을 알려주었다. 더구나 까마득한 윗사람인 흑선풍 이성학이 경솔히 손쓰지 말 것을 당부하였으니 무사들은 상승관으로 들어가는 길목을 막고만 있을 뿐이었다.

무사들이 움직이질 않자 청년이 다시 소리를 질렀다.

"끄윽! 그래, 비키지 아—않으시겠다? 그럼, 그럼 내—가! 내가 가—면, 가면 되겠네. 끄윽!"

힘겹게 말을 마친 청년이 무사들을 향해 걸어갔다. 청년과 무사들의 거리는 멀지 않았지만, 눈도 제대로 뜨지 못할 만큼 취한 청년에게 직선으로 움직이기란 쉬운 일이 아니었다. 금방이라도 쓰러질 듯, 용케도 몸을 가누고 갈지자로 이리저리 방향을 틀어서야 겨우 무사들의 앞에 당도할 수 있었다.

"흐, 흐훗! 자— 내가, 내가 왔잖아! 왔으니, 끄윽! 비켜, 비켜주는—게 도리 아니야? 나 여기까지, 끄윽! 오는데 너—무, 너—어—무! 힘들었거든? 그러니까, 응? 그—러니까, 비키라구!"

비키라는 마지막 말이 끝나기 무섭게 청년이 자신의 바로 앞에 서 있는 무사를 향해 손을 뻗었다. 무사는 침착하게 청년의 손을 뿌리쳤는데, 놀랍게도 술에 취해 자신의 몸도 제대로 가누지 못하는 청년의 손이 교묘하게 움직여 무사의 어깨를 잡는 것이 아닌가? 청년에게 어깨를 잡힌 무사는 놀랄 틈도 없이 나란히 선 동료에게 안기듯 넘어졌다.

"막아라!"

무사들이 깜짝 놀라며 빈 곳을 메우고 다시 청년의 앞을 가로막았다. 취객이라 대수롭지 않게 생각했는데, 그럼에도 불구하고 밀쳐 내는 동작에 담긴 수법이 고명했다. 물론 십여 명의 무사들이 만취한 청년 한 사람을 제압하는 것은 쉬운 일이었지만 이성학의 엄명이 있었으니 어찌 먼저 손을 쓸 것인가? 무사들은 잔뜩 긴장한 채로 청년의 움직임을 주시하고 있었다.

자신의 앞을 가로막은 무사를 밀쳐 냈지만 그 빈자리가 다시 메워지자 청년이 더욱 크게 소리 질렀다.

"이―것들이, 지금! 끄윽! 지금, 한―번 해보겠다는, 끄윽! 해보겠다는 게야? 내, 내가 누군지, 끄윽! 누군지 알고!"

아닌 게 아니라 누군지 확실히 모르기 때문에 손대지 못하고 있질 않은가? 무사들 모두 같은 생각을 했지만 감히 입 밖에 내는 자가 없었다. 하지만 오래지 않아 그들을 구원하는 목소리가 들려왔다.

"비켜라."

담담한 음성이 등 뒤에서 들려오자 무사들이 약속이나 한 듯 양옆으로 갈라섰다. 십여 명의 무사가 갈라서고, 그 사이로 드러난 상승관의 정문 앞에는 오십대의 한 장년인이 서 있었다.

무사들은 장년인을 보고 동시에 무릎을 꿇으며 외쳤다.

"동령을 뵙습니다!"

당감소가 손을 들어 그에 답례하고, 시선을 돌려 금방이라도 쓰러질 듯 휘청거리는 청년을 바라봤다. 당정견이었다.

"어, 어라? 이―게 누구십니까? 나는 새도 떨어뜨린다는, 끄윽! 도, 동령 나으리 아니십니까!"

샐쭉 웃으며 말하는 당정견의 얼굴이 눈에 박히자 당감소는 속이 끓어올랐다. 걱정하지 않았던 것은 아니지만, 이런 식으로 돌아오는 것을 바라진 않았다. 당감소는 타는 속을 다스리며 말했다.

"못난 놈. 예가 어디라고 추태를 부리느냐!"

당정견이 그를 듣고 뭐라 대답하려 했으나, 터져 나오는 딸꾹질을 멈추지 못하였다. 당정견은 숨도 쉬지 못할 만큼 딸꾹질을 해대고서야 겨우 말을 할 수 있었다.

"크큭, 어―디긴 어딥니까? 그리고 보니, 여긴 어디지요? 동령 나으리께서는 어찌 소자의 앞에 계시는 겁니까? 저는 어―째서, 아니, 저―는 누굽니까?"

횡설수설, 무슨 말을 하려는지 알 수 없었다. 당감소는 그런 당정견을 보고 한숨을 쉬며 이성학에게 눈짓을 했다. 이성학은 당감소의 의중을 읽고 소리쳤다.

"뭣들 하느냐? 어서 공자를 편한 곳으로 모셔라!"

이성학이 호통 치자 무사들이 달려들어 당정견의 팔다리를 잡았다. 순간, 당정견이 잡힌 팔을 거칠게 뿌리치며 그를 잡으려던 무사 중 한 사람의 가슴을 강하게 후려쳤다.

"허억!"

당정견의 일장을 맞은 무사가 뒤로 나가떨어졌다. 이성학이 놀라 그를 일으키니 입에서 피를 흘리고 낯빛이 검어 심한 내상을 입었음을 한눈에 알 수 있었다. 그 모습을 보고 당감소가 크게 노하여 외쳤다.

"너 이놈! 이곳이 어디라고 감히! 내 얼굴에 먹칠을 하는 것도 모자라 형제와도 같은 맹원을 상하게 하다니!"

잔뜩 힘을 준 무사들에게 양팔을 잡힌 당정견이 고개를 들고 웃으며 말했다.

"그러―게 말입니다. 예? 이런 못난, 끄윽! 아드―을을 두서서 참으로, 참으로, 고, 고생이십니다그려. 제가, 끄윽, 그, 마―음을, 마―음! 잘, 자―알 알고 있습니다요! 예, 잘 알고 있지요."

"이 녀석이……."

"그러길래 이렇게 못난 아들, 아들을 뭐― 하러 두셨습니까? 예? 뭐 하러 이―런 못난 놈을, 세상에 내놓으셨습니까? 이 어지러운, 어지러운 세상에, 세상에 이 못난 놈을 낳아가지곤 당신의 죄를 더하시는 겁―니까? 예? 말씀해 보세요! 저는 왜 당씨 성을 가지고, 당신을 어버이로 두고 태어난 겁니까?"

"그 입 다물지 못하겠느냐?"

당감소가 참지 못하고 달려들어 당정견의 멱살을 잡았다. 당정견을 잡고 있던 무사들은 모두 손을 놓고 뒤로 물러나고, 당정견은 당감소에게 멱살을 잡힌 채 축 늘어져 있었다.

당감소가 크게 노하여 외쳤다.

"네 녀석이 저지른 죄를 내가 모를 줄 아느냐? 그래 놓고선 뭐가 어째? 네가 정녕 나를 그렇게 생각했느냐?"

"큭, 크큭! 그렇고말구요. 그러니 아들인 저, 저도 똑같지 않습니까?"

당정견은 취기가 머리끝까지 올랐는지 자신이 무슨 이야기를 하는지도 모르는 눈치였다. 그러나 그런 때일수록 표출되는 것은 진심뿐이다. 그리고 비로소 당감소는 아들이 정파연합에 가담하여 무림맹의 사람을 해쳤다는 사실을 알 뿐, 그 동기가 무엇이었는지 모르고 있음을 깨달았다. 이렇게 갑자기 낙양까지 찾아와, 그것도 만취한 상태에서 앞뒤가 맞지 않는 이야기를 해대는 연유를 알 리가 없었다.

하지만 만취하여 찾아온 아들의 심정이 무척이나 괴롭다는 것쯤은 알수 있었다. 그 이유가 무엇이냐는 중요한 문제가 아니었다.

"……."

당감소는 멱살을 잡고 있던 두 손을 놓았다. 당정견은 정신을 잃은 듯 그대로 허물어지듯 무릎을 꿇고 고개를 숙였다. 이성학이 그 모습을 보고 얼른 말했다.

"공자를 어서 편한 곳으로……!"

"아니, 아닐세."

이성학의 말을 자른 것은 당감소였다. 이성학이 당감소에게 의아한 시선을 보내자 당감소는 고개를 저으며 말했다.

"저 녀석은 중죄인이다. 제 발로 찾아왔으니 잡으러 갈 수고를 덜은 셈이다. 편한 곳이 아니라 지하 뇌옥에 처넣어라."

“그게 무슨 말씀이십니까? 중죄인이라니요?”

“죄인이지. 암, 죄인이고말고.”

이성학의 반문에 대한 대답을 한 것은 당감소가 아니었다. 고개를 돌린 이성학의 눈에 들어온 것은 장포를 입은 키 큰 장년인이었다. 이성학과 늘어선 무사들이 동시에 무릎을 꿇으며 외쳤다.

“총사령을 뵙습니다!”

바로 현 무림맹의 총사령, 오직 맹주만이 그의 위에 있는 담대진홍이었다. 당감소도 포권의 예를 취하며 딱딱한 어조로 답했다.

“총사령께 이런 모습을 보였으니 죄송할 따름입니다. 지금 바로 잡아넣을 것이니 너무 염려치 마십시오.”

담대진홍이 흔쾌히 대답했다.

“물론이지요. 신성한 무림맹 본영에 만취 상태로 들어와 난동을 부린 것도 그렇고, 형제나 다름없는 맹원에게 상처를 입힌 것은 큰 죄를 저지른 것 아니겠소? 뭣들 하느냐! 어서 그를 지하 뇌옥으로 데려가라.”

“…….”

몰려든 무사들이 축 늘어진 당정견을 업고 사라지는 사이 담대진홍이 웃으며 몸을 돌렸다. 당감소는 아무 말도 하지 않고 다만 그 자리에 가만히 서 있었다.

3

갑자기 나타난 당정견 탓에 흐트러진 마음을 추스른 당감소는 담대진홍의 집무실로 향했다. 원래 당감소는 정파연합에 가담한 죄를 물어 당정견을 잡으려 했다. 물론 그 사실을 아는 자는 당감소 자신과 담대진홍 뿐이었고, 은폐하는 것이 어려운 일은 아니었다. 그러나 당정견의 행적을 알면서도 함구하는 담대진홍의 진의를 알지도 못하는 상태에서 섣불리 일을 덮으려 드는 것은 위험한 일이었다. 물론 그것을 제쳐 두고라도, 당감소의 성격상 아들의 잘못을 덮어두기란 어려운 일이었다.

"동령께서 친히 오시다니, 생각지도 못한 일이외다."

담대진홍은 능청스러운 얼굴로 당감소를 맞이했다. 당감소는 담대진홍과 마주 앉아 말했다.

"돌려 말하지 않겠습니다. 총사령께서는 무슨 생각을 하고 계신 겁니까?"

당감소가 날카로운 눈으로 말하자 담대진홍이 웃으며 받아쳤다.

"무슨 생각을 하겠소? 내 머릿속엔 항상 맹주의 안위와 맹의 내일로 가득 차 있소."

"그렇다면 어째서 그 아이를 감싼 겁니까?"

"감싸다니, 나는 동령이 하는 얘기를 당최 알아듣지 못하겠구려."

"총사령, 확실히 말씀하십시오. 이 당모에게 원하는 것이 무엇입니까? 내게서 무엇을 원하는지는 모르겠으나 이 당모, 맹을 위해 죽으라면 죽을 수도 있는 사람입니다. 그걸 아직도 모르십니까?"

담대진홍이 어깨를 올리며 대답했다.

"동령, 너무 앞서 가지 마시오. 나는 아무 말도 하지 않았소."

"……."

마주 앉은 당감소가 입을 다물자 담대진홍은 자리에서 일어났다.

"일전에 내가 말한 것은, 말 그대로 소문에 불과하오. 아무렴 정견이 저들과 한패가 되어 아버지에게 칼을 겨눌 리 있겠소? 동령은 어떨지 모르지만 나는 절대 믿지 않소."

“……."

“다행히 정견에게 한 대 얻어맞은 이의 상세는 그리 중한 것이 아니라 하오. 하긴 술이 떡이 되도록 마신 놈이 무슨 힘을 썼겠소? 자숙하라는 의미에서 이삼 일만 데리고 있을 테니 너무 걱정 마시오.”

“그렇지만……!”

당감소가 반문하려 했으나 담대진홍이 손을 들어 그를 가로막았다. 담대진홍은 당감소의 말문을 막고 벽에 붙은 중원지도로 다가갔다.

“절강… 절강이오.”

담대진홍이 손가락을 뻗어 지도의 아랫부분을 만지며 말했다.

“저들은 이미 한 번 점령했던 강서성과 안휘성을 버리고 절강성으로 전력을 집중시킨 상태외다. 알고 계시오?”

저들이란 다름 아닌 정파연합을 가리키는 말이다. 그들은 애초에 강서성과 안휘성의 무림맹 지부들을 파괴하고는, 그를 거점으로 삼기를 포기하고 절강성으로 전력을 집중하였다. 무림맹과 비교해 압도적으로 처지는 인원과 전력을 감안한다면 당연한 선택이었고, 당감소 역시 예상한 바였다.

“알고 있습니다.”

당감소가 대답하자 담대진홍이 만족한 듯 말했다.

“맹주의 뜻은 아직 저들을 내버려 두는 것이지만, 나는 더 이상 방치할 수 없다고 생각하오. 지금껏 희생된 맹원들을 생각해 봐도 그렇고, 다른 지부의 불안감도 그렇소. 아니, 내가 가당찮은 소리를 했군. 동령의 앞에서 이런 이야길 하다니 경솔했소.”

“아닙니다.”

“어쨌든 동령도 동감하시리라 믿소. 본 맹 내의 불순분자들도 이제 솎아낼 만큼 솎아냈고, 설령 아직 남아 있는 자들이 있다 해도 그 영향력은 미미할 것이오. 그보다는 하위 지부들이 가지는 불안감과 본 맹에 대한 불신감이 더욱 우려된다고 나는 판단했소."

"……."

"물론 당대에는 그러한 것들이 드러나지 않을 것이오만, 그 후는 어떻게 되겠소? 불경한 말이지만, 당 형이나 나나 지금의 맹주 한 사람의 대에서 끝날 무림맹을 만들기 위해 그토록 고생한 것은 아니지 않소?"

"그렇지요."

담대진홍은 고개를 끄덕이며 말을 이었다.

"이미 늦은 감이 있지만, 지금이라도 구파일방의 잔당들을 밟아버려야 하오. 다시는, 어느 누구도 본 맹에 대항하지 못할 만큼 철저히 말이오."

"…나더러 그 일을 하라는 겁니까?"

당감소가 고개를 들며 말했다. 담대진홍은 시선을 지도에 고정시킨 채 대답했다.

"지금 저들의 사기는 올라갈 대로 올라가 있소. 물론 눈에 보이는 전력 차가 뚜렷하지만 기세라는 것도 무시할 수는 없지 않겠소? 동령께서 토벌대의 주장(主將)을 맡아주신다면 그러한 면에서는 걱정할 것이 없겠지요."

"……."

"준비는 다 내가 알아서 해두겠소. 실제로 동령께서 신경 써야 할 일은 그다지 많지 않을 것이오. 그저 자리를 지키고 맹원들의 사기만 진작시키면 되니, 딱히 어려운 일은 아니리다."

담대진홍이 고개를 살짝 틀어 당감소와 시선을 맞췄다. 그의 눈빛은 차갑고 날카로워 당감소는 자신도 모르게 눈을 돌렸다. 그 모습을 보고 담대진홍은 다시 자리에 앉았다.

"전에도 말한 기억이 있소만, 나는 정견을 높이 평가하고 있소. 아버지의 후광을 업지 않으려는 점도 그렇고, 본신의 재능도 빼어난 편이지 않소? 꼭 누구와 비교할 생각은 없지만 말이오."

"……."

"동령께만 하는 말이지만, 나는 그를 다음 세대의 무림맹주로 생각하고 있소. 그러면 우리가 세운 무림맹을 굳건히 다져 줄 것이라 믿어 의심치 않소. 본인만 의지를 가진다면 나는 그에게 아낌없는 지지를 보낼 것이외다."

당감소는 내내 평정을 유지하려 했지만 담대진홍의 이 발언을 듣고서는 떨리는 가슴을 주체하기 어려웠다. 맹의 안정을 위해 전인조차 두지 않았던 담대진홍이 특정한 인물을, 그것도 실질적으로 총사령인 자신과 비견될 만큼 큰 힘을 가지고 있는 당감소의 아들을 지목할 것이라고는 전혀 예상치 못했던 것이다.

그러나 당감소는 담대진홍의 호의를 있는 그대로 받아들일 수 없었다. 아니, 그것이 과연 호의인지조차 의심스럽지 않은가?

"총사령, 제 불민한 자식을 너무 과대평가하는 것이 아닙니까? 아비로서가 아니라, 객관적으로 보아 정견은 그럴 만한 재목이 못 됩니다. 지금도 보시지 않았습니까? 술에 취해 소란을 피우고, 형제와도 같은 맹원을 상처 입히는 놈에게 무슨 자격이 있겠습니까?"

담대진홍은 당감소의 반응을 예상이라도 했다는 듯 웃으며 말했다.

"하하, 동령이야말로 아들을 너무 과소평가하는 것 아니오? 그리고 설령 그의 자질이 조금 떨어지면 어떻소? 나나 동령이 잘 보좌해 주면 될 일이 아닌가?"

"……."

"다만 걱정되는 것은 역시 다른 이들의 반발이오. 정견이 과거에 저지른 작은 흠집 하나 놓치지 않을 텐데, 뭐 특별히 잘못한 일이 있는 것도 아니니 신경 쓰이진 않소이다."

담대진홍이 '특별히 잘못한'이라는 대목을 힘주어 말한 것은 아니다. 하지만 당감소의 귀에는 무엇보다 그 두 단어가 똑똑히 들려왔다. 굳은 얼굴의 당감소를 보며 담대진홍이 다시 말했다.

"그리고 보통, 자식이 잘못을 저지르면 부모가 수습하는 법이지 않소. 아직도 홀몸인 내가 할 말은 아니지만."

이것은 명백한 협박이었다. 거절할 명분도 없는, 선택지가 하나뿐인 선택에의 강요. 당감소는 돌아서지 못할 곳에 들어섰음을 깨달았다.

"이미 토벌대 구성은 착수한 터라, 준비에 그리 긴 시간이 걸리진 않을 것이오. 저 구파일방의 잔당들은 이백여 명으로 추정되는데, 그중 일류고수라 할 수 있는 자는 일, 이십에 지나지 않소. 저들은 퇴불이 자신들과 뜻을 같이한다 떠벌리지만 저들의 행적 어디에서도 퇴불의 모습은 보이지 않았으니 단순한 허세일 것이오. 아니, 설령 실제로 퇴불이 저들과 함께 있다 해도 무슨 상관이 있겠소? 토벌대는 최소한 저들의 세 배가 넘는, 칠백 명이 적당하다고 보고 있소. 흑기단도 함께 갈 것이오. 흑기단주인 제갈조운(諸葛朝雲)이 부장(副將)을 겸하여 동령을 수행할 것이외다."

흑기단주 제갈조운은 제갈세가의 후예로, 현 가주인 제갈찬의 장남이다. 신산(神算)이라 불리는 부친의 피를 받아 머리가 총명하고 고래로부터의 전사(戰史)와 전략, 전술에 밝으니 나름대로 합당한 인사라 할 수 있었다. 그러나 담대진홍의 안배를 곧이곧대로 받아들일 수는 없는 법이다.

"사부(司夫) 흑선풍 이성학을 데려가고 싶습니다만."

"동령께서 부재중인 때에 이 사부마저 없으면 본 맹은 당장 멈추고 말

것이오. 내 마음 같아서는 동령이 자리를 비우는 것도 만류하고 싶소. 하나 상공과 북사는 연로하여 먼 길을 가는 것이 힘들 것이고 모처럼 낙양으로 돌아온 서장은 영문을 알 수 없게 폐관하고 앉았으니 이를 어쩔 것이오?"

담대진홍의 말대로, 사왕 손망후와 풍경립은 어느덧 육십대 중반에 이르렀다. 물론 절정고수에게 절강성으로의 원정이 크게 무리일 것은 없으나 다른 인사가 가능한 상황에서 굳이 그들을 논하는 것 또한 부자연스럽다. 천수참마 조규휘는 금편선자 양정문과 함께 낙양으로 돌아온 후 갑작스레 폐관을 선언하였으니 그를 불러내는 것도 마땅한 일이 아니었다.

"개인적인 용무라며 자리를 비운 남후를 기다리는 것도 하나의 방책이겠으나 그보다는 동령께서 직접 나서는 것이 좋소. 이는 어디까지나 동령과 정견을 위한 것이니, 본인의 그런 마음을 동령은 알아주길 바라오."

덧붙일 것이 없었다. 당감소는 무거운 마음으로 담대진홍의 집무실을 빠져나왔다.

4

절강성을 총괄하는 항주지부는 모용현들로 인해 지부장이 죽는 큰 피해를 입었다. 비록 무림맹 사대사령 중 두 사람, 서장 천수참마 조규휘와 남후 금편선자 양정문이 항주에 있음을 금설옥을 통해 들었으나 왕민보와 남종은 절강성 공략을 강행하였다. 항주지부의 붕괴는 절강성

전역의 붕괴나 마찬가지라, 이 기회를 놓친다면 무림맹에게 절강성 지부들을 재정비할 시간을 주는 것이니 어려움이 크게 다르지 않다 판단한 것이다.

안휘성 육안의 남궁세가를 칠 때에도 전력의 칠 할에 가까운 이백여 명을 동원하였지만, 이제는 나머지 삼 할을 아낄 필요도 없었다. 인원이 크게 늘어나지 않은 상태에서 강서성과 안휘성을 고수할 여력이 없기도 했거니와, 이미 무림맹 지부를 물리친 것만으로도 상징적인 의미는 충분했기 때문이다.

하여 정파연합은 전 인원인 삼백팔 명을 동원하여 절강성을 공략했다. 어려운 싸움이 될 것이라는 예상과 달리, 무림맹 본영의 지시가 없는 가운데 그들을 통솔하던 항주지부마저 마비된 절강성의 각 지부들은 힘없이 무너졌다. 걱정하던 천수참마 조규휘와 금편선자 양정문도 이미 절강성을 떠난 터라, 정파연합의 항주 입성은 식은 죽 먹기나 마찬가지였다.

정파연합의 항주 입성이 시사하는 바는 여러 가지였는데, 그중 가장 큰 의미를 가진 것은 그들의 싸움이 더 이상 가리워지지 않았다는 것이다.

관부는 과거와 달리 모용강의 무림맹에 의해 완벽히 통제된 현 무림을 긍정적으로 보고 있었다. 물론 그 이면에는 조정 대신들에게 행하여진 각종 공작이 있었지만, 어쨌든 모용강의 무림맹은 관부에 인정을 받고 있었다. 때문에 무림맹과 관부는 정파연합이라는 단체를 공식적으로 인정하지 않고 일반 민중들에게 알려지지 않도록 해왔으나, 강서성과 안휘성에 이어 절강성의 무림맹 지부들마저 함락된 지금은 더 이상 그를 막을 수 없었던 것이다.

항주의 주민들은 너나 할 거 없이 길가에 나와 정파연합이 항주지부에 입성하는 장면을 지켜보았다. 이제는 관부도 정파연합의 존재를 인정하는 입장으로 돌아섰는데, 긍정적인 요소로 작용하였던 강력히 통제된 하나의 무림이 가진 부정적 면모를 서서히 인식했기 때문이다.

개개인으로도 일반 병사와 비교할 수 없는 무력을 지닌 무림인들이 하나의 집단 아래 뭉쳤다는 것은 관부로서도 그리 달가운 일이 아니다. 기르던 개에게 물리는 일은 사서를 뒤져 봐도 비일비재하니, 모용강 이전에 무림을 하나로 통일한 이가 없었던 것도 그를 우려한 관부의 은밀한 방해 때문이었다.

물론 모용강에게 막대한 정치 자금을 받은 관부의 요인들이 하루아침에 돌아설 수는 없는 법이었다. 그들은 다만 정파연합이라는 무림맹에 대립하는 집단이 나타나 무림이라는 거대한 힘이 나뉘어진 것만으로 만족할 뿐이었다.

그러나 왕민보들에게 있어서는 그것만으로도 만족스러운 일이었다. 정파연합의 주축이 되는 인물들은 모두 구파일방의 생존자들이고, 그들이 원하는 것은 사문의 원한을 갚고 무림의 질서를 회복하는 일이었다. 물론 과거 구파일방을 중심으로 한 권력 구도가 지금 무림맹의 천하에 비하여 더 옳다고 말할 수는 없으나, 빼앗긴 자들은 어디까지나 자신들의 정의를 고수하는 법이다. 그것은 특히 화산의 왕민보와 청성의 육기환에게서 강하게 드러났는데, 그들은 정파연합이라는 이름이 널리 알려져 그들의 싸움이 정당한 것으로 비추어진다면 더 바랄 것이 없다는 입장이었다.

실제로 항주지부에 들어선 시점에서 정파연합의 세는 처음과 비교할 수 없을 만큼 불어나 있었다. 단순한 인원으로 보아도, 겨우 사십여 명으로 남창지부를 치던 때와 비교해 거의 일곱 배가 늘어난 셈이었다. 그러나 이때, 정파연합을 실질적으로 꾸려 나가는 남종에게 이와 같이 표면적인 세불림은 마냥 좋아할 수 없는 현상이었다.

일단 정파연합을 지탱하는 자금이 늘어난 세를 따르지 못한 것이 심각한 문제였다. 애초에 집도 절도 없는 이들이 뭉쳤으니 이만한 집단을 유지할 만한 능력이 있을 리 없었다. 현재 정파연합을 유지하는 자금력은 그들이 함락한 무림맹 각 지부의 창고에서 갈취한 금은이 대부분이었다. 물론 남궁세가의 창고에서 취한 재물이 많아 한시름 놓았지만, 그 외의 수입이 전무하다시피 하니 남종의 골치가 아플 만했다. 다들 자신과 같은 거지라면 얼마나 좋겠냐만 남종을 제외한 이들은 대부분 명문정파의 태생으로 손이 컸다. 빈곤했던 지난날을 보상이라도 받으려는 듯 원래의 씀씀이로 돌아갔으나 남종이 그를 나무랄 수는 없었다.

그보다 걱정인 것은 실질적으로 전력이 되어줄 고수가 여전히 부족하다는 점이었다. 전체 인원수는 일곱 배가 증가했지만, 일류라 할 수 있는 고수의 수는 거의 늘어나지 않은 것이다. 그나마 위안이 되는 것은 금설옥의 합류뿐이었다.

정파연합을 마땅찮게 여기면서도 금설옥은 그들과 함께 싸웠고, 한 번 발을 들여놓은 이상 쉽게 벗어나지 못했다. 아미의 생존자이며 퇴불의 전인인 금설옥 대협은 남궁세가에서 강호에 명성 높은 쌍검자들 중 좌검 남궁자현을 꺾어 정파연합의 승리를 이끌었다. 물론 그보다 우검 남궁여현과 가주 창천검 남궁우현을 차례로 꺾은 모용현의 공이 더 컸지만, 무림맹 소속도 아닌 무명인에게 공을 돌리기란 쉬운 일이 아니다. 또한 쌍검자들과 홀로 맞서 그중 좌검을 쓰러뜨린 금설옥의 무위 역시 사람들을 경악시키기에 충분했으므로, 정파연합에 있어 금설옥은 따로 떼어놓고 생각할 수 없는 지경에 이른 것이다.

원래 한 번이 두 번 되고, 두 번이 세 번 되는 법. 금설옥은 가벼운 마음으로 남창지부에서 정파연합을 도왔던 일마저 돌이키고 싶다는 생각을 했지만, 일, 이백 사람의 기대를 쉽게 저버리지는 못할 일이다. 항주 지부를 정탐하겠다 자원한 것은 정파연합의 본대와 떨어져 원치 않은 기대를 받아야 하는 불편함으로부터 도망치기 위함이었다.

금설옥은 호숫가에 서서 찰랑이는 물결을 바라보고 있었다.
본의 아니게 그녀는 정파연합의 상징적 존재가 되었고, 대협이 되었다. 떠날 때는 당정견과 함께였지만 돌아올 때는 혼자였던 금설옥을 위로라도 하듯, 사람들은 그녀를 위해 가인검(佳忍劍)이라는 별호를 마련해 놓았다. 비할 데 없는 금설옥의 미모와 퇴불의 영향을 받아 거침없는 검법을 동시에 말해주는 멋들어진 별호였다.
"가인검 금 대협께서 어찌 이리 청승맞게 앉아 계시오?"
농을 걸며 다가온 것은 남종이었다. 일찍부터 남종이 다가오는 것을 알고 있던 금설옥은 가볍게 웃으며 대답했다.
"남 형마저 저를 놀리시는 건가요?"
남종은 금설옥이 권하지도 않았는데 그 옆에 주저앉았다. 정파연합이라는 어찌 보면 내일이 보이지 않는, 그러면서도 명가의 사람들이 모인 집단을 이끄느라 남종도 변한 바가 많았다. 하지만 격식을 차리지 않고 흙바닥에 철퍼덕 주저앉는 모습은 예전의 남종 그대로였다. 두 사람은 칠 년 전, 벽수개와 함께 모용강의 눈을 피해 오랜 동안 숨어 지낸 경험이 있었다. 금설옥도 그랬지만, 남종 역시 그녀를 친한 동생처럼 여기었으니 그 앞에서만큼은 무공도 없고, 무림사에 얽히지도 않은 과거의 자신으로 돌아갈 수 있었다.
남종은 젖은 흙에 타구봉을 꽂고 그에 몸을 의탁하며 대답했다.
"별호라는 것이 원래 남들이 붙여주는 것인데, 금 낭자는 왜 그렇게 싫어하죠? 세상에는 부끄러움을 모르고 스스로 칭호를 만들어 붙이고 다니는 자들도 있어요."

"부끄럽거나 말거나 나와는 관계없다구요. 가인검이라니! 입 밖에 내기만 해도 소름이 돋잖아요?"

"금 낭자가 거부해도 소용없어요. 별호라는 건 어차피 남들이 부르는 것이니까. 가인검 금 대협의 명성이 중원에 퍼지는 것도 시간문제이니, 좋든 싫든 금 낭자는 이제 금설옥이라는 이름보다 가인검이라는 세 글자로 불리게 될 겁니다."

말이 끝나기 무섭게 남종이 자리에서 일어나 타구봉을 뽑아 금설옥에게로 겨누며 외쳤다.

"아니, 그대가 바로 강호를 뒤흔드는 가인검이라니! 과연 별호만큼이나 아름답긴 하군. 그러나 과연 그 검이 별호만큼 잔인한 것인가? 내가 한 번 시험해 보리다!"

남종의 장난스러운 말과 행동에 굳어 있던 금설옥의 얼굴이 풀렸다. 원래 금설옥은 퇴불의 영향을 받아 속내와 얼굴 표정이 따로 놀곤 하였는데, 퇴불과 떨어져 지낸 지 오래되고 평범한 사람들과 자주 어울리다 보니 그런 습관이 상당히 고쳐져 있었다.

"풋, 푸하하하하! 남 형, 그게 뭐예요!"

금설옥이 여자답지 않게 큰 웃음을 터뜨리자 비로소 남종이 만족한 얼굴로 타구봉을 내리고 다시 바닥에 주저앉았다. 금설옥은 그 후로도 웃음을 그치지 못하고 한참이나 더 웃고, 급기야 새어 나오는 눈물을 닦으며 주저없이 남종의 옆에 앉았다.

"아! 싫다, 진짜. 누군가 나를 그렇게 부른다면, 다시는 그러지 못하도록 크게 혼을 내주겠어요."

"그럴수록 가인검의 명성만 높아질 뿐이죠. '으윽, 역시 그 미모만큼이나 놀라운 검객이었소. 과연 가인검의 명성이 헛된 것이 아니었음을 내 보장하리다' 이러면서 말입니다.”

남종이 금설옥의 앞에서 직접적으로 미모라는 말을 하는 것은 물론 그의 장난기가 동했기 때문이다. 자신이 그런 말을 싫어하는 것을 알기 때문에, 도리어 그를 놀리기 위해 쓴다는 것을 금설옥은 잘 알고 있었다. 그러나 남종처럼 자신을 놀리기 위해서가 아니라, 바보스럽고도 진지하게 금설옥의 면전에서 아름답다는 말을 거침없이 하던 사내가 있었다.

잔잔한 수면을 보며 금설옥은 당정견을 떠올렸다. 키는 훤칠하고 이목구비는 시원스러워 틀림없는 미남자였다. 어려움없이 자라나 치기 어린 구석이 있었지만 그마저도 매력이라면 매력이었다. 미워할래야 미워할 수 없는. 당정견은 그런 남자였다.

그러나 미워할 수는 없되 사랑할 수도 없다.

원수와는 한 하늘을 이고 살 수 없다. 더구나 금설옥이 반드시 복수해야겠다 생각하는 당감소는 사문의 원수이자 부모의 원수였다. 금설옥에게 있어 당감소란 맹목적인 복수의 대상이었다.

그렇다면 당정견은? 당정견은 자신에게 어떤 의미를 가진 사람인지 금설옥은 확실히 말할 수 없었다. 당감소가 금설옥의 사문과 가문에 저지른 죄를 그에게까지 엮을 필요는 없다. 금설옥의 복수는 당감소와 모용강을 죽임으로써 완성될 것이지 귀하신 분들처럼 구족(九族)을 멸할 필요는 없는 것이다.

그러나 그렇다 하여 원수의 아들을 사랑하는 것이 가능하지는 않다. 사실 금설옥은 자신이 당정견을 사랑하는지 확신할 수 없었다. 다만, 그에 대한 감정은 호감과 사랑의 경계선에 걸친 것이었고 당정견의 금설옥을 향한 마음은 그보다 큼을 알고 있었다. 금설옥도 당정견의 마음이 싫지만은 않았다.

차라리 처음부터 알았더라면.

쓸데없는 후회였다. 수백, 수천 번의 가정을 해도 한 번 피어난 마음은 되돌릴 수 없는 법이다. 이대로 시간의 흐름에 풍화되기만을 바랄 뿐. 금설옥은 문득 자신의 복수가 성공하였을 때 당정견의 마음이 어떨지 상상해 보았다. 당정견은 금설옥이 자신의 원수이며, 반드시 죽여야 할 대상이라는 사실을 어떻게 받아들일까? 그 역시 나처럼 괴로워할까? 상념은 꼬리에 꼬리를 물어 멈출 기색을 보이지 않는다.
"그때, 그 검객……."
남종의 중얼거림이 금설옥의 주의를 환기시켰다. 금설옥이 말했다.
"미안해요, 남 형. 뭐라 하셨는지 못 들었어요."
"그때 그 검객. 남궁세가에서 창천검과 우검을 쓰러뜨린 그 젊은 검객 말이에요. 그 후 혼전을 틈타 사라져 버려 사람들의 추측이 분분하단 말이에요."
"아……."
남궁세가에서의 싸움이 가인검 금설옥의 이름을 드높였다지만, 역시 더 큰 관심을 끌었던 것은 창천검 남궁우현과 우검 남궁여현을 쓰러뜨린 무명의 검객이었다.
남종이 말했다.
"사람들이 그 무명의 젊은이를 뭐라 부르는지 아나요?"
"아니요."
금설옥이 고개를 저으며 대답하자 남종이 말했다.
"그때 자리에 있던 어느 누구도 그 무명검객의 검을 제대로 본 이가 없어요. 강호에 쾌검수가 많지만, 그러한 쾌검을 구사할 수 있는 이는 아무도 없을 겁니다. 더구나 그러한 고수들을 차례로 꺾었으면서도 모습을 감춰 공을 드러내지 않았으니 그 신비감이야 더 말할 것이 없지요. 하여, 사람들은 그 이름 모를 젊은 검객에게 무영검(無影劍)이라는 별호를 붙여주었어요. 그림자도 없을 만큼 빠른 검을 구사하며, 동시에 자신의 그림자도 비치지 않는다는 뜻이지요.”

5

“뭐라구요?”

잔뜩 굳어 있던 금설옥이 눈을 크게 뜨고 남종을 돌아보았다. 남종은 그런 금설옥의 반응이 만족스러운 듯 웃으며 대답했다.

“무영검이라 했어요. 뭘 그리 놀라는 거죠?”

묘하게 만족스러운 남종의 얼굴을 보고 금설옥은 순간 자신이 실수했음을 깨달았다. 남종은 총명할 뿐만 아니라 지난 어려운 세월을 통과하며 날카로운 직관력마저 키워낸 것 같았다. 금설옥은 스스로 어리석다 생각하면서도 얼버무리고 말았다.

“아니, 아니요. 놀라긴요! 누가 놀랐다고⋯⋯.”

하지만 어설픈 부정은 오히려 긍정하는 것보다 상대방에게 확신을 심어줄 뿐이다. 남종이 고개를 끄덕이며 말했다.

“농담이었어요.”

“예?”

“농담이었단 말입니다. 그 무명검객의 정체를 다들 궁금해했지만 그보다는 눈에 보이는 금 대협에게 관심이 쏠렸으니, 그 뒤로 자신을 드러내지 않는 이에게 별호를 붙일 정신들이 있겠어요? 무영검 운운한 것은 그저 내가 지어낸 거짓말이었어요.”

“…….”

“그 무명검객, 그가 바로 모용현이지요? 역시 금 낭자는 그 사실을 알고 있었군요.”

남종은 남궁세가에서 홀연히 나타나 창천검을 쓰러뜨린 무명검객의 얼굴을 스치듯이 보았다. 그의 신속한 신법과 드리운 긴 머리에 가려 정확히 볼 수는 없었으나, 간간이 드러나는 얼굴은 그 옛날 보았던 어린 소년과 꼭 닮아 있었던 것이다.

사실 모용현은 어린 시절 빼어난 미모를 그대로 간직하고 있어, 그를 한 번이라도 본 사람이라면 알아보지 못할 리 없었다. 모용현 자신도 그를 알아 항상 긴 머리를 앞으로 내려 얼굴을 반쯤 가리고 다녔던 것이다. 남종은 칠 년 전 벽수개와 함께 추신을 쫓으며 모용현의 얼굴을 몇 차례 봤기 때문에 그를 똑똑히 기억하고 있었다.

남종은 비록 생전의 추신이 무공을 펼치는 모습을 보지 못했으나, 그가 지극히 빠른 쾌검의 달인임을 알고 있었다. 그런데 당시 주위의 증언을 토대로 머릿속에 구축해 놓았던 추신의 모습과 남궁세가에 나타난 무명검객의 모습이 놀랍도록 흡사하니, 남종은 그가 바로 사라진 모용현이라 추측할 수 있었다.

원래 남종은 남궁세가를 함락한 직후, 금설옥에게 그 검객의 정체가 무엇인지 물어보았었다. 그러나 당시 금설옥은 대답하기를 꺼려 모른다는 말로 일관하였는데, 지금에 와서 남종의 거짓말에 말려 스스로 모용현의 정체를 밝힌 셈이니 그때의 노력이 수포로 돌아간 셈이다.

어쨌든 한심한 자신과 얄미운 남종에 대한 원망이 어우러져 금설옥은

입을 굳게 닫고 눈살을 찌푸렸다. 남종이 그 모습을 보고 손을 휘휘 내저
으며 말했다.

"너무 그렇게 정색하지 말아요. 금 낭자를 놀리려는 게 아니라 확인을
하고 싶었을 뿐이니까. 아니, 정말이에요."

"그렇다면 왜 정직하게 묻지 않았죠? 남 형은 갈수록 잔꾀만 늘어가는
것 같군요!"

"애초에 금 낭자가 제대로 답해주지 않았으니 이런 식으로 알아낼 수
밖에 없었어요. 그렇게 자기는 모른다고 너무 완강히 부인하니 그때 당
시에는 내가 더 물을 여지가 없었죠."

처음 남종이 남궁세가에서 모용현의 정체를 의심하고 금설옥에게 그
를 아느냐 물었을 때 금설옥은 자신도 처음 보는 사람이라고 이야기했었
다. 금설옥은 정파연합 중에서도 남종에게만큼은 지난날의 친분을 잃고
자 하지 않았었는데, 당시 남종은 그녀에게 물어보지도 않고 정파연합을
위해 금설옥을 대협으로 탈바꿈시켰던 것이다.

그것은 내일이 보이지 않던 정파연합이라는 단체를 책임지는 입장에
서 남종이 취해야 했던 어쩔 수 없는 선택일지도 몰랐다. 구파일방의 일
원인 아미의 생존자이면서, 동시에 당금 무림에서 모용강과 어깨를 나란
히 할 수 있는 유일한 이 퇴불의 전인이라는 금설옥의 배경은 실로 어마
어마한 것이었다. 금설옥의 무위 또한 그런 어마어마한 배경에 조금도
부족하지 않았으므로. 그런 금설옥을 대협으로 포장하여 정파연합의 사
람이라 공표한 것은 어쩌면 불가피한 선택이었고, 남종의 판단은 어김없
이 들어맞아 많은 이들을 정파연합의 그늘 아래 모을 수 있었던 것이다.

그러나 금설옥은 조작된 진실과 오해 속에서 죽음을 향해 치달은 추신
을 잊지 못하는 자였으니, 남종이 행한 일을 어찌 고운 눈으로 볼 것인
가? 친분이 있는 남종이었기에 배신감은 더욱 컸을 것이다. 남궁세가에

서 금설옥이 남종의 질문을 모른다 회피한 것은, 남종이 모용현의 정체를 알 경우 금설옥과 마찬가지로 그 또한 이용할지 모른다 우려했기 때문이다.

금설옥은 혼자만의 착각일지 모르지만, 모용현의 마음을 조금쯤 이해할 수 있다 생각했다. 그날 남궁세가의 함정에 빠져 어둠 속에 둘만이 갇혀 있던 때, 금설옥은 차갑게 짓눌려 있던 모용현의 마음을 살짝 엿본 기분이었다. 그것은 자신과 비교할 수 없을 만큼 어두웠고, 끝 모를 자학으로 인해 온통 상처투성이였다. 금설옥은 그런 모용현의 심정을 이해하면서도, 그럴 필요까진 없었다며 동정을 금치 못했다. 더구나 모용현은 추신의 유일한 전인이니, 자신은 모르되 그까지 정파연합이라는 구파일방의 잔재를 위해 희생되는 것은 참을 수 없는 일이었다.

남종이 비록 금설옥과 모용현 사이의 자세한 일은 알 수 없었으나, 금설옥이 당시 왜 모용현의 존재를 모른다 하여 감췄는지는 알 수 있었다. 한 번 미움받으니 끝이 없다 속으로 중얼거리며 남종이 말했다.

"무엇을 걱정하는지 압니다만, 이제 정파연합은 어느 정도 자리를 잡았어요. 더구나 모용강은 자신이 행한 일을 스스로 밝혔는데, 이제 와서 그를 이용해 흠집을 낼 수도 없지요. 물론 우검과 창천검을 연속으로 쓰러뜨린 그의 무위는 탐나는 것이지만요."

남종이 그리 말하고 얼른 일어났다. 금설옥의 눈빛이 매서웠던 것이다. 남종은 자리에서 일어나 두 손으로 엉덩이에 묻은 흙을 탁탁 털었다. 남종의 바지에서 나오는 흙먼지는 앉아 있던 금설옥의 얼굴로 가니, 이는 남종이 또 한 번 짓궂은 장난을 친 것이다.

"아후, 남 형!"

금설옥이 얼굴을 찡그리며 손을 흔들어 얼굴 앞에 잔뜩 낀 흙먼지를 헤치고 자리에서 일어나 남종의 어깨를 쳤다.

사실 남종이 잘못을 했으나 두 사람의 사이가 서먹해지는 것은 서로가 원치 않는 일이었다. 금설옥은 퇴불과 헤어진 이래 당정견을 만나 자신도 모르는 사이 심정적으로 그에게 많은 부분을 의지하게 되었다. 물론 무공으로는 당정견이 금설옥에게 비할 바가 아니었지만, 육 년을 하루같이 했던 스승의 빈자리를 대신하기에는 충분했던 것이다. 그러나 하루아침에 그가 떠나고, 동시에 다시 만난 모용현도 제대로 된 말 한마디 나눠 보지 못한 채 빗속으로 사라져 돌아오지 않았다.

그녀가 비록 상징적인 존재로 추앙받는 정파연합으로 돌아왔으나 동세대로서는 꿈꾸지 못할 강한 무공과 아름다운 외모, 더불어 퇴불의 제자라는 괴팍한 인상이 많은 이들로 하여금 인간적인 접근을 꺼리게 하였다. 금설옥이 제아무리 무공의 고수라도 아직은 이십대 초반의 젊은이일 뿐이다. 정서적 공백을 극복하지 못한 금실옥에게 남종과의 관계 회복은 바라 마지않던 일이었다.

그것은 남종도 마찬가지였다. 그는 왕민보와 더불어 현 정파연합에 없어서는 안 될 주요 요인이었지만, 원래부터 개방 제자가 아닌 일반 거지 출신임을 스스로 인지하고 있었다. 아마 그가 벽수개의 임종을 지켜보지 않았다면, 타구봉과 타구봉법을 물려받지 않았다면, 벽수개의 백 년 내공을 받지 않았다면 남종은 미련없이 무림과의 연을 끊었을 것이다. 그런 생각을 하는 남종이 자연 명문정파의 제자로 빼앗긴 과거의 영화를 수복하려는 생각이 앞선 왕민보들과 가까울 리 없었다. 정파연합 안에서는 남종과 어떤 인간적인 교류가 가능한 상대가 없었다. 제자 없는 방주는 지극히 외로웠다.

그런 때에 금설옥을 이용해 정파연합의 세를 불리려는 방안 역시, 남종으로선 괴로운 일이었다. 정파연합을 일으켜 무림맹을 와해시키고 과거의 개방을 돌이키라는 벽수개의 당부가 아니었다면, 차라리 이 일이 남종 자신의 영화를 위한 것이었다면 친구를 배신하는 행위는 절대 하지 않았을 것이다.

그렇기 때문에, 지금처럼 마음이 빈 상태의 금설옥에게 장난을 치는 것은 이를테면 남종이 용서를 비는 방식이었다. 그리고 금설옥은 남종의 사과를 흔쾌히 받아들이며 자연스럽게 원래의 관계를 회복한 것이다.

금설옥과 남종은 그렇게 서호의 가장자리에서 웃으며 서로의 마음을 확인했다. 어려운 시기에 맺어진 친구는 쉽게 변치 않는 법이다.

한참을 웃다가 남종이 말했다.

"금 낭자, 앞으로는 어쩔 셈인가요?"

금설옥도 웃음을 그치고 대답했다.

"글쎄요. 이제 남 형이 바라던 대로 정파연합도 어느 정도 자리가 잡힌 것 같은데 더 이상 제가 필요있나요?"

남종이 고개를 끄덕이며 말했다.

"그렇지요. 더 이상 제가 금 낭자를 잡을 명분이 없네요."

남종이 이리도 쉽게 수긍하니 금설옥은 되려 서운함을 느꼈다. 사실 금설옥은 이제 갈 곳이 없었다. 당정견은 떠나고, 모용현은 뒤쫓을 명분이 없었다. 물론 금설옥이 어디 명분이 없어 뒤쫓지 못할 만큼 체면을 중요시하는 위인은 아니나, 이 넓은 중원 어디에 숨어 있을지 모를 그를 쫓기보다는 눈앞의 친구와 함께 있는 편이 낫다는 생각을 한 것이다.

스승인 퇴불이 보고도 싶었지만 헤어진 지 이제 갓 삼사 개월이 되었을 뿐이다. 더욱이 신출귀몰한 스승의 행적을 막연히 쫓을 필요가 없는 것이, 두 사제는 매년 연례행사처럼 때가 되면 방문하는 곳이 있었으니 올해라고 다를 리 없었다. 스승을 만나려거든 특정한 날을 기다렸다가 그곳으로 향하면 되는 것이다. 퇴불이 어디에 있든, 살아 있다면 반드시 그날 그곳에 와 있을 것임을 금설옥은 알고 있었다.

"남 형도 참. 그렇게 포기가 빨라 무슨 일을 하겠어요?"

예상치 못한 말에 허를 찔린 듯, 남종은 입을 벌리고 금설옥을 보았다. 사실 남종이 저 이야기를 하기까지 겪은 갈등은 상당한 것이었다. 금설옥은 정파연합 최강의 고수였고, 무림맹의 절정고수들을 상대할 수 있는 유일한 이였다. 그러나 한 번 그녀를 이용했다는 죄책감과 좋은 친구를 잃고 싶지 않다는 남종의 개인적 감정이 이번만큼은 정파연합이라는 단체를 먼저 생각해야 하는 그의 입장을 제친 것이다.

그렇게 큰 부담을 안고 이야기했는데, 금설옥으로부터 뜻밖의 이야기가 나왔으니 남종이 놀란 것은 당연했다. 금설옥은 두 손을 깍지 껴 머리 위로 쭉 올리고 좌우로 한번씩 흔들었다.

"나는 어차피 십일월이 되면 스승님과 만나러 떠나야 해요. 그때까지 달리 갈 곳도 없는데, 나를 필요로 하는 곳이 있다면 굳이 그곳을 떠날 이유가 없겠다 싶어요."

자신에게 말하듯 남종에게 말하며 금설옥은 조금은 가벼워진 마음을 느꼈다. 당정견과 모용현. 해결된 것은 아무것도 없었지만 금설옥은 이것으로 만족하자 다짐했다. 더욱이 당정견이라면 모르되 모용현에 대해 이토록 신경 쓰는 것은 얼마나 미련한 짓인가?

'그가 나를 기억하고 알아봤다지만, 생각해 보면 그건 당연한 일일지도 몰라. 나는 그의 죄를 알고 있는 유이(唯二)한 사람인데 그가 어찌 잊을 수 있겠어?'

금설옥은 깍지 낀 손을 풀고 바람에 흐트러진 머리를 매만졌다. 그렇게 생각하니 모용현의 차가운 태도를 이해할 수 있었다. 그에게 나는 싫은 기억을 떠올리게 할 뿐이겠지.

금설옥과 남종은 말없이 서호를 바라봤다. 남종은 금설옥의 우울했던 기분이 어느 정도 가셨다고 생각했는데 다시금 금설옥이 복잡한 눈으로 입을 다물자 더는 자신이 어떻게 풀어줄 수 없음을 알고 그저 나란히 서 있고자 했다. 때로는 백 마디 말보다 조용히 곁에 있어주는 것이 더 큰 위로가 됨을 젊은 거지는 알고 있었다.

6

　한동안 잠잠했던 무림맹 지부장만을 노린 연쇄살인이 산동성에서 다시 일어났다는 소문이 퍼졌을 때는, 이미 네 개 지부의 지부장이 살해된 뒤였다. 시신에 남아 있는 검상으로 미루어보아 범인은 지극한 쾌검수로, 몇 달 전 강서성과 안휘성을 떠들썩하게 만들었던 자와 동일 인물이라는 추측이 지배적이었다.

　그러나 일각에서는 무림맹에 반감을 품고 있던 자가 강서성에서 벌어졌던 일을 흉내 낸 것이 아니냐는 의견도 일었다. 그도 그럴 것이, 지난 삼월에서 사월에 걸쳐 일어났던 무림맹 지부장만을 노린 연쇄살인은 강서성과 안휘성을 공략하기 위한 정파연합의 사전 작업이라는 의견이 지배적이었다. 그 정파연합은 지금 절강성을 차지해 앉아 있으니 인접한 강소성이나 복건성이라면 모를까 그 너머에 있는 산동성을 흔들 리 없고, 따라서 이는 강서성과 안휘성의 일을 모방한 것에 불과하다는 것이었다.

　그러나 진실이 무엇이든, 사람이 죽었다는 사실은 하나이다.

　"아버님, 아버님! 으흑!"

　향 몇 자루가 조용히 연기로 살라지는 방에 한 청년의 곡소리만 가득하다. 백색 상복을 차려입고 곡을 하는 청년은 조광효(曹光曉)라는 이름으로, 산동성 무림맹 곡부지부장인 조완평(曹完平)의 독자였다. 조완평은 산동무림의 대표적인 고수 중 한 사람으로 지금은 무림맹 곡주지부가 되어버린 과거 번무장(繁武莊)의 장주이기도 했다. 번무장은 그의 파심착공장(破心捉空掌)을 배워 익히고자 하는 이들로 항상 붐볐던 산동의 유력한 무가(武家)였다. 장주 스스로 현판을 내리고 지금은 무림맹의 곡부지부로 전락했으나, 제자들이 모두 그를 이해하고 함께 무림맹원이 되기를 기꺼이 받아들인 것으로도 유명했다.

그러나 그런 그도 지금은 싸늘히 식은 육신만을 나무로 짠 관 안에 남겼다. 산동성을 뒤흔든 무림맹 지부장 연쇄살인의 마지막 희생자가 바로 그였던 것이다.

방 안에는 역시 백색 상복을 입은 지부원들이 침울한 표정으로 오열하는 조광효를 바라보고 있었다. 곡부지부는 원래 번무장의 건물만이 아니라 구성원을 그대로 받아들여 세운 곳이기에 어느 지부보다 지부원들의 자부심이 강했다. 그러나 조완평이 죽은 이상, 미래에 대한 불안감은 다른 지부와 다를 것이 없었다. 죽은 지부장의 아들인 조광효가 있지만 그는 이제 열아홉에 불과하다. 더구나 지부장이라는 자리의 세습을 과연 무림맹 본영이 용인할지도 모를 일이니 번무장이었던 과거 그대로, 이름만 바꾼 채 평온을 유지하던 이곳에도 변화의 바람이 불 것은 자명했다. 고인에 대한 슬픔보다 미래에 대한 걱정이 앞서는 것은 어쩔 수 없는 일이다.

불안한 침묵의 방을 채우던 조광효의 곡소리가 멈췄다. 바깥이 묘하게 시끄러웠다.

쾅!

방문이 거칠게 열렸다. 조광효와 지부원들이 놀라 돌아보니, 은가면을 쓴 건장한 사내들이 다짜고짜 방 안으로 들어오는 것이었다. 조광효가 소리쳤다.

"뭐 하는 놈들이냐!"

그러나 대답은 돌아오지 않았다. 은가면들은 마치 방 안에 아무도 없는 듯 큰 걸음으로 성큼 들어섰다. 무례도 이런 무례가 없어, 조광효를 비롯한 지부원들이 크게 노하며 침입자에게 다가섰다.

"감히 어디서……!"

조광효가 나이는 어리나 어려서부터 무학의 재능이 뛰어나 조완평의 절기인 파심착공장을 이미 칠 할 이상 익힌 터였다. 그런 조광효의 손이 움직이니, 공기의 흐름이 그를 따라 바뀌는 듯했다.

콰앙!

그러나 놀랍게도 은가면 중 한 사람이 조광효의 일장을 맞받아치는 것이 아닌가? 조광효가 황급히 손을 회수하려 했으나 은가면의 손바닥에 찰싹 달라붙어 떼어지지 않았다. 그리고 그 틈을 타 다른 은가면이 뒤로 돌아 들어가 조광효의 목에 날카로운 단창을 겨누었다.

"……!"

순식간에 일어난 일이었다. 방 안에는 수십 명의 지부원들이 있었지만 누구도 조광효가 제압당하는 것을 막지 못했다. 더구나 그의 목에 단창이 겨누어져 있어 섣불리 움직일 수도 없었다.

그러나 은가면들의 목적은 따로 있는 듯, 조광효를 이용해 지부원들을 잡아둔 것으로 만족한 듯했다.

"실례합니다."

낭랑한 목소리와 함께 방 안으로 붉은 옷을 입은 여인이 들어왔다. 몇 겹의 비단과 눈부시도록 정교한 솜씨로 세공된 보석으로 치장하고 허리에는 금빛 채찍을 찬 여인은 바로 금편선자 양정문이었다. 어딘지 모르게 위화감이 드는 아름다움의 소유자. 조광효는 제압당한 상태에서도 양정문을 보고 놀라 외쳤다.

"당신은……!"

그러나 말을 끝내기도 전에 서늘한 느낌이 목을 통해 전신으로 퍼져 나갔다. 창날이 살갗을 파고들어 한 방울 붉은 피가 흐른다. 양정문이 조광효에게 살짝 웃어주었다.

"곡부의 조 지부장은 아들 사랑이 유별나다 하였는데, 오늘 소협을 보니 고인의 심정을 이해할 것 같네요."

양정문이 그렇게 말하고는 조광효에게서 시선을 거두고 조완평의 시신이 안치된 관으로 걸어갔다. 양정문이 다가오자 먼저 관 옆에 가 있던 두 사람의 은가면이 관을 열고 단창을 휘둘렀다. 그러자 놀랍게도 수의가 정확히 반으로 갈라져 옆으로 흘러내리는데 시신은 깨끗하여 그로 인한 상처 한 줄도 없었다.

"흐음."

양정문은 관으로 가 시신을 내려다보았다. 비교적 깨끗한 조완평의 시신에는 가슴에 한줄기 깊은 검상만이 남아 있었다. 시신을 내려다보는 양정문에게 조광효가 소리쳤다.

"고인을 욕보이다니, 이런 법은 없소!"

그러자 양정문이 고개를 들어 대답했다.

"소협께서 화가 많이 나셨군요. 호호, 오해하진 마세요. 이건 어디까지나 흉수를 찾기 위함이니까."

양정문이 비록 웃으며 사근사근 대답하였으나 그로부터 뿜어져 나오는 기가 매우 험악하여 순식간에 좌중을 압도했다. 잔뜩 독이 올랐던 조광효마저 그에 짓눌려 입을 다물었다.

"불만이 있다면 언제든지 찾아오세요."

양정문은 그 말을 남기고 곡부지부를 나와 가마에 올랐다. 가마를 짊어진 은가면들이 양정문의 지시에 따라 걸음을 옮기고, 나머지 은가면들도 그 뒤를 따랐다. 양정문은 사라졌지만 그 압도적인 기운은 남았는지 방 안의 사람들은 말이 없었다.

양정문이 무림맹 본영을 떠나 이곳 산동 땅에 온 것은 바로 모용현을 찾기 위해서였다.

처음 강서성에서 일어난 지부장 연쇄살인에 관심을 가졌던 것은 특별한 이유가 있어서가 아니었다. 풍문과 문서 위의 글자로만 보았던 그 사건은 이미 남후라는 작위를 받아 더 이상 올라갈 곳이 없었던 양정문의 흥미를 끌 만한 요소가 무엇도 없었다. 그러나 굳이 그곳에 눈길이 머무른 까닭은 여성 특유의 예민함 외에 설명할 길이 없었다. 그리고 그를 조사하는 과정에서 나온 것은 잊혀진 두 글자, 추신이라는 이름이었다.

칠 년 전, 약 이 개월에 걸친 추신의 행적은 무림사에 다시없을 무인의 기록이었지만 이를 기억하는 이가 드물었다. 모용강은 그 모든 일이 무림일통을 위한 자신의 공작이었음을 밝혔으나, 사람들은 추신을 안타까운 희생자로 기억하지 않았다. 그가 모용강의 아들인 모용현을 납치하고, 심양에서 장사로 남하하며 정도무림의 고수들을 차례로 베어 본의 아니게 모용강을 도운 것은 사실이었으니까.

그러나 양정문은 자세한 내막을 알 수 있는 무림맹 수뇌 중 하나였고, 오해로 점철된 주위를 개의치 않았던 추신의 행적에 많은 관심을 가지고 있었다. 물론 양정문은 추신을 만난 적이 없었고 그의 무위를 가늠하기도 어려웠지만, 삼음노괴의 죽음은 그녀로 하여금 많은 생각을 하게 만들었다. 모용강, 당감소, 삼음노괴. 이 세 사람이 한자리에 있었음에도 퇴불을 놓쳤다는 것은 선뜻 받아들이기 힘든 일이다. 비록 그 당시의 일을 정확히 아는 자가 얼마 없었고, 양정문에게는 제한된 정보뿐이었지만 그것만으로도 추신이라는 자의 능력이 어느 정도였는지 상상하기는 충분했다.

칠 년 전에도 모용강은 천하제일을 논할 고수였다. 정교의 교주였던 동방일아와 일권 강산언도 그에 비하자면 손색이 있었다. 당감소와 삼음노괴는 모용강과 비할 수 없었지만 역시 절정고수라 할 만했다.

그런 세 사람이 한자리에 있었는데, 퇴불을 놓치고 삼음노괴는 죽었다. 양정문은 퇴불을 만난 적이 없어 그의 정확한 무위를 가늠할 수 없었지만 그가 모용강을 능가한다 상상하기는 어려웠다.

그리하여 남은 것은 바로 추신이라는 당시 삼십대 초반의 젊은 검객이다. 그가 있었기에 퇴불은 그 자리를 빠져나올 수 있었고, 삼음노괴는 압도적으로 유리한 상황에서도 죽음을 면치 못한 것이다. 이 모든 것은, 그 젊은 검객의 무위가 당감소와 삼음노괴를 능가했다는 현실적으로 받아들이기 힘든 가정하에 성립되는 사실이다.

거기까지 도달했을 때, 양정문의 추신에 대한 흥미는 최고조에 달했다. 무림맹 창건의 공신이자 당감소들과 어깨를 나란히 할 절정고수였지만 남후라는 작위를 얻은 뒤 딱히 할 일을 찾지 못해 무료한 일상을 보내던 양정문에게는 새로이 열중할 대상을 찾은 것이 무엇보다 기쁜 일이었다.

그런 양정문이었기에 강서성 지부장 연쇄살인이라는 사건의 기록에서 추신의 흔적을 발견할 수 있었을지도 모른다. 그것은 일전에 당감소에게 피력한 바 있는—모용현이 살아 추신의 간월검을 이어받았을지도 모른다는— 추리로 발전했고, 천수참마 조규휘를 본영으로 데려오기 위해 갔던 항주에서 모용현을 직접 만남으로써 확신의 영역으로 올라섰다.

말을 탄 듯 빠른 속도로 움직이는, 그러나 흔들림없는 가마 위에 올라 양정문은 그날의 광경을 다시 떠올렸다.

내리퍼붓는 폭우 속에서, 번개가 친 한순간 드러난 청년의 얼굴. 젖은 머리칼 사이로 선명한 분노를 감추지 않는 그 얼굴은 너무나 아름다웠다. 먼발치에서 본 양정문마저 감탄을 금치 못했던 강남제일미 남영혜와 꼭 닮았던 것이다. 게다가 한쪽 눈은 보석을 박은 의안이었으니, 이미 죽었다 알려진 모용강의 아들 모용현 외에 다른 누구라 생각하는 것이 오히려 어리석은 일이었다. 게다가 양정문은 진우심의 목숨을 빌미로 모용현의 입을 통해 확인까지 받았으니 무엇을 더하리?

어쨌든 양정문은 모용현을 다시 한 번 만나고 싶었고, 산동성에서 강서성에서와 같은 일이 일어나고 있음을 듣자 그것이 모용현임을 확신하고 길을 떠났다. 쉴 새 없이 그녀의 수하인 은가면들을 재촉해 산동성에 도착했지만 모용현을 찾기란 그리 쉬운 일이 아니었다. 관도를 따라 이동하는 경로가 눈에 보였던 예전과 달리, 산동성에서의 살행은 다음을 예측할 수 없었던 것이다. 하여 양정문이 할 수 있는 것은 고작해야 살해당한 지부장이 나온 지부로 가보는 것뿐이었다.

'청주, 제남, 몽음, 곡부라……. 예전처럼 연속성이 없어.'

지부장이 살해당한 각 지부를 순서대로 연결해 놓으면 갈지자를 뒤집은 형태가 되어, 이것만으로는 모용현의 다음 표적이 어디인지 알 수 없었다.

그러나 양정문은 모용현이 어디로 향하고 있는지 알 수 있을 것 같았다. 양정문이 처음 산동에 도착했을 때는 이미 청주와 제남에서 지부장들이 살해당한 뒤였고, 몽음과 곡부의 일은 들은 뒤 따라가기에 급급했다. 그러나 곡부에 와서야 양정문은 모용현의 목적을 알 것 같았고, 그의 다음 표적이 어디인지 알 수 있었다.

딸랑, 딸랑.

양정문이 방울을 흔들자 가마를 짊어진 은가면들이 걸음을 멈췄다. 자신의 생각이 맞다면, 모용현이 다음 표적으로 삼을 만한 지부는 두 곳이다. 양정문은 가마 위에서 잠시 손톱을 깨물며 고민하더니 곧 고개를 들고 말했다.

"임청(臨淸)으로 간다."

7

　무림맹 본영의 지하 뇌옥이 처음 받아들였던 수인(囚人)은 무림맹의 과격한 방침과 이념에 반하는 자들이었다. 그러나 육 년이란 시간이 흐른 지금에 와서 당시의 수인들은 단 한 명도 남아 있지 않았다. 모용강의 무림맹이라는 절대적 가치를 받아들이지 못한 이들은 대부분 처형당했고, 사실 그에 앞서 뇌옥으로 오기 전 죽어버리는 경우가 많기도 했다.
　때문에 무림맹의 통치가 어느 정도 안정된 지금에 와서 지하 뇌옥이 가지는 의미는 다분히 상징적인 쪽에 치우쳐 있었다. 간간이 들어오는 수인이란, 무림맹에 반하는 자가 아니라 징계를 받은 맹원인 경우가 대부분이었다. 자연 손도 많이 필요치 않아 뇌옥의 간수라면 무림맹 본영 내에서도 비교적 한직에 속해 있었다.
　"이쪽입니다."
　지하 계단을 비추는 횃불은 완연한 어둠 앞에서 미약하기만 하다. 그나마 얼마 되지 않는 횃불의 영역이 흔들리는 것은 그것을 든 손이 떨리기 때문이다. 지하 뇌옥의 책임자인 두자원(斗慈元)이 직접 횃불을 들고 내려가는 것은 그가 안내하는 대상이 그만큼 특별했기 때문이다. 바로 무림맹을 실질적으로 움직인다는 동령 천엽비도 당감소.
　며칠 전 그의 아들이 맹원에게 손을 써 상처를 입혔다는 죄목으로 뇌옥에 가두어졌을 때에도 당감소가 직접 올 줄은 상상하지 못했다. 어차피 죄목이 중한 것도 아니니 금방 풀려날 것이라는 생각이었고, 설령 몇 년이나 갇혀 있다 해도 저 공사 구분이 명확하기로 소문난 동령이 죄인을 보러 오지는 않을 것이라는 생각이었다.

당감소는 흔한 수행원 하나 없이 늦은 시각에 뇌옥을 찾았다. 절강성에 근거지를 차린 정파연합을 치기 위한 토벌대 구성이 한창이었지만, 정작 그를 이끌 것으로 예정된 당감소가 할 일은 없었다. 기껏해야 그의 부재중 업무를 이성학에게 인계하는 것이 다였고, 모든 준비는 제갈조운의 몫이었다.

당감소의 앞에서 그를 안내하던 두자원이 걸음을 멈췄다.

"이 방입니다."

굳건히 잠겨 있는 철문은 아래쪽에만 약간의 틈이 있어 식사를 들여보낼 수 있도록 설계되어 있었다. 두자원은 들고 있던 횃불로 문 옆의 거치대에 꽂혀 있던 홰에 불을 붙인 후 말했다.

"일 다경 뒤에 오겠습니다."

두자원의 모습이 사라지고, 흔들리는 불빛만이 육중한 철문을 비추자 당감소가 입을 열었다.

"깨어 있느냐?"

철문 안쪽에서는 답이 없었다. 그러나 문틈으로 들리는 호흡 소리로 당감소는 당정견이 깨어 있다는 것을 알 수 있었다.

똑. 똑.

석벽 어딘가에 맺힌 물방울 떨어지는 소리가 침묵으로 가득 찬 지하 뇌옥을 두드렸다. 삼 촌에 불과한 철문이 가로막은 부자의 사이는 지하의 냉기만큼이나 싸늘했다. 한참을 기다린 후 당감소가 다시 말했다.

"그때 하려던 말은 무엇이었느냐?"

"…무엇을 말씀하시는 겁니까?"

잠깐의 망설임이 묻은 대답이었지만 대화를 시작하기에 부족함이 없었다. 당감소가 말했다.

"나를 싫어하는 네가 할 일이 없어 낙양까지 나를 보러 왔겠느냐? 무언가 내게 할 말이 있어 온 게 아니냐. 그 말이 무엇이길래 너를 나에게 보냈는지 묻는 것이다."

"그런 것 없습니다."

당정견의 대답은 매몰찼다. 당감소가 혀를 차며 말했다.

"끌끌, 못난 놈. 그래, 술에 취해 천하의 무림맹 본영에서 행패를 부릴 용기는 있고, 애비에게 하고 싶은 말 한마디 할 용기는 없느냐?"

"……."

"하긴 애초에 그럴 용기가 있는 놈이라면 술을 마시지도 않았겠지. 맨정신으로 나에게 올 용기가 없으니 그렇게 술을 마셔댄 것 아니냐? 대체 누구를 닮아 그리 못났더냐?"

열리지 않는 철문처럼 뇌옥 안 당정견의 입은 열릴 줄 몰랐다. 당감소는 자신이 철문을 향해 말하는 것이 아닌가 하는 생각이 들었다. 천하의 다른 부자간도 이와 같은가? 그리도 사랑했던 아들과 언제부터 대화가 통하지 않았는지 당감소는 기억할 수 없었다. 당정견이 비난하던 당감소의 행동은 모두 그를 위한 것이었는데. 아들을 위하면 위할수록 당정견은 당감소를 멀리했다.

당감소가 다시 말했다.

"징계는 얼마 안 갈 것이다. 물론 이곳을 나와도 곧바로 북경으로 가서 근신해야 하겠지만……. 조용히 근신하고 반성하는 기미를 보이면 본영에서 너를 불러 쓸 것이니 그때에는 부디 예전처럼 거부하지 말고 응하도록 해라. 너도 이제 더 이상 어리광만 피우고 있을 때가 아니지 않느냐."

철문 너머로 들려오는 당감소의 목소리는 몹시 지쳐 있었다. 작은 감방 바닥에 무릎을 감싸고 앉아 있던 당정견은 아버지의 목소리가 평소와 는 조금 다르다는 것을 느꼈지만 굳이 대꾸하고 싶지는 않았다.

사실 누구보다 자신을 잘 알고 있는 아버지였다. 아들의 속에 들어앉 은 것처럼, 당정견이 하고 싶은 말이 있어도 용기가 나지 않아 술을 마신 것조차 꿰뚫어 보고 있었다. 하지만 그런 면이 오히려 당정견의 반감을 불러일으켰다.

모든 것을 준비해 놓고, 자신의 말에 따르기만 하면 된다는 아버지를 존경한 적도 있었다. 그러나 나이를 먹고, 아버지가 지난날 세가와 무림 에 행한 일을 알게 되면서 당감소를 대하는 당정견의 태도는 달라졌다. 아버지는 항상 정의로울 것이라 여겼던 어린 아들이 겪었던 배신감은 존 경을 경멸로, 애정을 적의로 바꾸어놓았던 것이다.

당감소가 저질렀던 죄는 아들인 자신에게 돌아왔다. 그로 인해 사문과 가문을 잃은 사람을 사랑하게 되었고, 그로 인해 사랑한다는 말 한마디 할 수 없었다. 다시는 금설옥을 만나러 갈 수도 없었다. 당감소가 한 일을 생각하면, 그의 아들인 자신이 어찌 그녀의 얼굴을 바로 볼 수 있겠는가?

당정견이 술의 힘을 빌려서까지 하고 싶었던 것은 어리석은 투정이었 다. 아버지가 저지른 죄의 대가를 아들인 자신이 대신 치러야 하느냐는 원망이었다. 그러나 아무리 술에 취한 상태였더라도 그 말은 할 수 없었 고, 그를 듣고 싶어 직접 지하 뇌옥으로 내려온 당감소에게는 더 더욱 할 수 없었다.

지하의 냉기가 피어오르는 바닥으로 스며드는 불빛에는 철문 너머 당 감소가 드리우는 그림자도 함께였다.

당정견이 계속 입을 다물고 있자 철문 너머 당감소의 목소리도 이어지 지 않았다. 다만 바닥에 비치는 그림자만이 철문 밖에 서 있는 당감소의 존재를 말해주었다.

"네 징계가 풀릴 때에 나는 여기 없을 것이다. 해서 얼굴이나 잠깐 보러 왔는데, 뇌옥이 이런 구조로 되어 있는 줄은 미처 몰랐구나."

당정견은 고개를 들었다. 지금 들려온 당감소의 목소리에 이제껏 듣지 못한 지친 기색이 역력했기 때문이다. 당정견이 아는 아버지는 항상 정력적이고 완벽하여 가족들에게 약한 모습을 보이지 않는 사내였다. 생각해 보면 그런 당감소가 며칠 뒤 뻔히 풀려날 자신을 굳이 시간을 내어 만나러 올 리 없었다.

"아……."

무언가 말을 하려던 당정견은 목구멍까지 치밀어 오른 말을 다시 삼켰다. 예정된 시간이 다 되었는지 제삼자의 발소리가 들려왔던 것이다. 발소리의 주인은 당정견의 감방 앞에 멈춰 서 송구스럽다는 듯 이야기했다.

"죄송합니다. 규칙은 규칙이라."

"신경 쓸 것 없소."

왔을 때처럼 인사 한마디 없이 멀어지는 당감소의 목소리는 어느새 평소의 것으로 돌아와 있었다. 아버지의 나약한 목소리란 잘못 들은 것이었을까? 매번 식사 때를 제외하면 완연한 어둠 속에 며칠이나 있었던 탓인지도 모른다. 습기 찬 공기와 차가운 바닥 위에서 손발을 묶인 채 며칠이나 있었던 탓인지도 모른다.

식사 투입구로 스며들던 빛도 사라져, 다시금 어둠 속에 팽개쳐진 당정견은 고개를 숙였다. 당감소의 발자국 소리는 아득한 곳으로 멀어져 갔다.

팔월 십일일. 당감소를 필두로 한 무림맹 칠백 명의 무사들이 낙양성을 빠져나갔다. 한여름 태양은 하늘 높이 올라 말을 탄 이들을 무심한 눈으로 내려다보고 있었다.

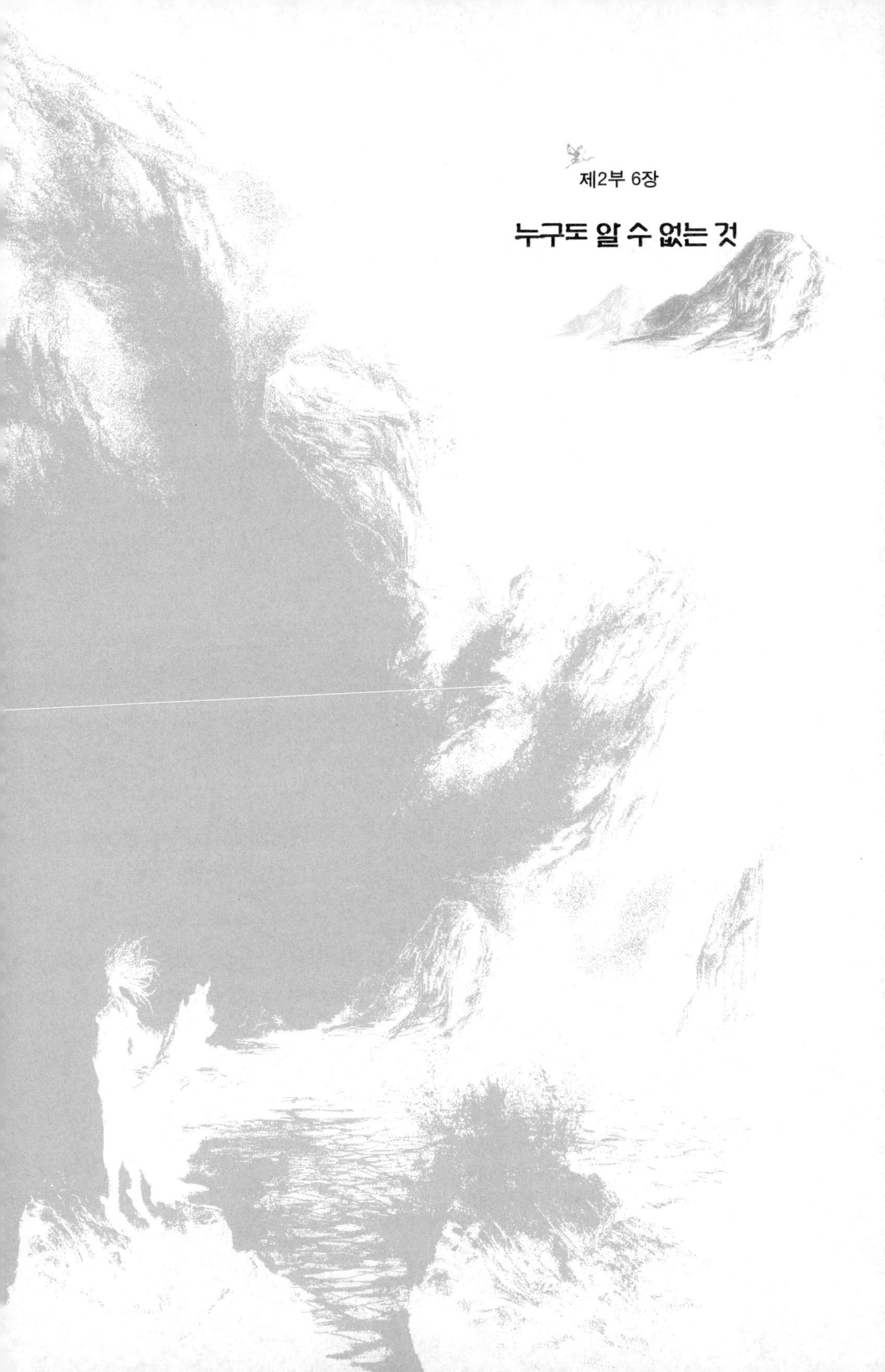
제2부 6장

누구도 알 수 없는 것

1

무림맹이 동령 천엽비도 당감소를 대장으로 한 토벌대를 조직하여 보냈다는 소식은 삽시간에 전 중원에 퍼졌다. 이는 강서, 안휘, 절강 삼 개 성의 지부들을 파괴한 정파연합에 대해 무시하는 정책으로 일관했던 무림맹이 처음으로 보인 공식적인 대응이었다. 무림맹은 정파연합이라 는 단체를 아예 인정하지 않는 듯한 행동으로 권위를 지탱하였으나, 본 영으로부터의 토벌대라는 극단적인 조치는 그간의 정책이 결국 잘못되 었음을 시인하는 것이나 마찬가지였다.

무림맹이 애초에 그들을 인정하고 진압에 나섰더라면 지금처럼 굳이 본영에서 토벌대를 조직할 필요는 없었을 것이다. 더구나 뒤늦게, 무림 맹이 자랑하는 대표적 무력집단 오기 중 백기단이 전멸했음이 알려지자 철옹성과 같던 위세도 흔들리기 시작했다. 드러내진 못했으나, 많은 사 람들은 정파연합이 좀 더 무림맹을 흔들어주기를 바라고 있었다.

당감소가 이끄는 토벌대는 여름이 정점을 향해 치닫고 있던 팔월 중

순, 항주에 들어섰다. 그러나 많은 사람들의 기대와 달리 정파연합은 이미 항주를 버리고 물러난 상태였다.

흑기단 사십 명을 포함하여 토벌대는 총 칠백 명으로 구성되어 있었다. 사실 정파연합의 인원은 담대진홍이 예측한 것보다 많은 삼백을 헤아렸지만, 칠백이라는 숫자는 그 정도의 오차쯤이야 이미 예상한 바라 이야기하는 듯했다. 병력상의 우위만이 아니라, 구성원들의 평균 무위에서도 정파연합은 무림맹 토벌대에 비할 수 없었으니 정면으로 부딪치는 것은 피함이 당연했다.

무림맹의 토벌대가 항주에 들어섰을 때 정파연합은 동려에 있었다. 당감소는 정파연합의 거취를 확인하자마자 쉴 틈을 주지 않고 항주를 떠났고, 기다렸다는 듯 정파연합도 동려를 떠났다. 지루한 추격전의 시작이었다.

따가운 햇볕이 내리쬐는 오후, 삼백여 명의 정파연합은 동양(東陽)에서 반안(磐安)으로 가는 길 위에서 휴식을 취하고 있었다. 그러나 무리를 이끄는 자들에게 휴식 시간이 따로 있을 리 없었으니, 정파연합의 수뇌라 할 수 있는 십여 명의 고수들은 그늘에 앉아 앞으로의 행보를 논하고 있었다.

"언제까지 물러나기만 할 겁니까?"

불만을 터뜨린 것은 청성의 생존자 육기환이었다. 남종이 그를 달래며 말했다.

"육 형은 고정하시오. 저들의 수가 우리보다 월등히 많으니 어쩔 수 없는 일 아니겠소?"

그러자 육기환이 눈을 부라리며 대답했다.

"지난봄 남창지부를 칠 때부터 지금까지, 우리는 쉬운 싸움을 한 적이 없습니다. 항상 상대의 전력이 우위에 있음을 알면서도 우리는 사문의 복수와 재건이라는 숭고한 사명감으로 뭉쳐 여기까지 올 수 있었던 것 아닙니까? 제 말이 틀렸습니까, 여러분?"

육기환이 좌중을 돌아보며 말하자 사람들은 고개를 끄덕였다. 정파연합의 맹주인 왕민보 역시 고개를 끄덕이며 동의를 표했다.

"육 동생의 말이 맞네."

남창지부를 함락한 이래 이어진 기적적인 연승은 정파연합의 구성원들에게 큰 자신감을 주었다. 명문정파의 후예였으나, 오히려 그 때문에 무림맹의 천하에서 숨을 죽이며 살아왔던 이들에게 지나온 승리의 기억은 통쾌한 것임이 분명했다. 그것은 누구보다 냉정한 눈으로 대국을 봐야 할 맹주도 마찬가지였으니, 불만을 달래기는커녕 부채질하는 왕민보의 행태가 남종은 심히 못마땅했다.

'숭고한 사명감 좋아하시네. 맞긴 뭐가 맞아?'

그러나 왕민보는 맹주이고, 자신은 부맹주였다. 어쨌든 왕민보는 정파연합이라는 집단의 상징적인 존재였으니, 자신이 그를 부정하거나 무시하는 태도를 보여선 곤란한 것이다.

남종이 고개를 끄덕이며 말했다.

"육 형의 말도 틀린 것은 아닙니다. 하지만 생각해 보십시오. 저들은 우리의 두 배가 넘는 숫자입니다. 그것은 단순한 숫자상의 우위가 아닐 것입니다. 우리가 세 개 성을 함락하는 동안 한마디 말도 없던 저들이 토벌대를 구성했다는 것은, 이 한 번으로 우리를 섬멸하겠다는 의지의 표현인 겁니다. 그런 그들이 칠백 명 중 어디 한 사람 허튼 이를 보냈겠습니까? 저들 하나하나의 무위는 우리들과 비교할 수 없을 것이니 정면으로 부딪쳤다가는 필패가 분명합니다."

육기환이 지지 않고 반론을 펼쳤다.

"그렇다면 부맹주께서는 계속 도망만 다니자는 겁니까? 그리고 무위를 이야기하셨는데, 설령 저들 각각의 무공 수준이 우리보다 낫다 하여 꼭 우리가 불리한 것은 아닙니다. 이것은 일 대 일의 정당한 비무가 아니지 않습니까? 싸움은 기백이고, 경험입니다. 저들이 비록 숫자는 칠백이나 무림맹의 평화로운 천하에 취하여 생사를 건 싸움을 경험해 본 이가 드물 것이고, 이 싸움에 임하는 마음가짐도 풀어져 있으리라 봅니다. 반면 우리는 저들에 비해 무공 수준도 낮고 숫자도 적으나, 수많은 전장을 통과한 경험과 기백이 있고 필승의 의지 또한 있습니다. 부맹주께서는 어찌 싸워보지도 않고 우리의 패배를 확신하시는 건지 모르겠습니다! 과거 조맹덕이 관도에서 원본초의 십만 대군과 싸울 때, 누가 그들의 승리를 점쳤겠습니까? 하나 그들은 당당히 이기지 않았습니까? 비록 때가 다르고 규모가 다르나 우리라고 그들처럼 이기지 못하리라는 법이 있습니까?"

육기환의 한바탕 연설이 끝나자 많은 사람들이 고개를 끄덕였다. 그들도 기약없이 도망만 다니기보다는 한판 제대로 붙어보고 싶은 마음이 굴뚝같았다. 고개를 끄덕이지 않은 사람은 남종과 금설옥뿐이었다. 남종이 말했다.

"이 거지는 무식해서 전사를 모릅니다. 하지만 조맹덕이 병력의 열세를 뒤집을 수 있었던 것은 당시 그의 진영에 관운장이 있었기 때문 아니오? 내 한번 물어봅시다. 우리 중에 그 누가 운장이 되어 안량과 문추를 벤 것처럼 천엽비도를 벨 수 있단 말이오? 육 형이 할 수 있소?"

남종이 아무리 거지로 배우지 못했다 한들 뒷골목 아이들도 줄줄 외우는 삼국지를 모를 리 없었으니, 처음의 말은 뒤틀린 심사를 드러낸 빈정거림에 지나지 않았다. 그에 반해 지금 정파연합에 운장과 견줄 만한 고수가 없으니 지금 처한 상황이 고사와 알맞지 않다는 것은 비꼼이라기보다 계속된 승리에 취해 있는 육기환들을 이해시키고자 하는 노력이라 할 것이다.

그러나 남종의 의도와 달리 사람들의 시선이 한곳으로 쏘아졌다. 바로 정파연합 최강의 고수, 가인검이라 일컬어지는 금설옥을 향하여.

"엥? 뭐, 뭐예요?"

그러나 육기환들의 관운장은 난감한 표정으로 자신에게 거는 기대의 눈빛들을 거부했다.

금설옥은 당년 이십이 세. 어리다는 표현이 더는 어울리지 않는 나이이긴 하나 삼백여 명이나 되는 사람들의 기대를 지탱할 만큼 단단한 나이는 아니다. 그러나 정파연합의 사람들은 금설옥과 함께 몇 번의 싸움을 치르며 그녀의 빼어난 재능에 매료된 지 오래였다.

당금 무림에서 절대자인 모용강에 맞설 수 있는 단 한 사람, 퇴불의 제자라는 것을 감안하여도 이십이 세의 금설옥이 가지고 있는 무위란 상식적으로 받아들이기 힘든 수준이었다. 더구나 그 재능은 끝을 알 수 없어, 어제가 다르고 오늘이 또 달랐다. 남창지부에서 처음 만났을 때, 왕민보와 동수가 아니겠느냐 생각했던 때로부터 불과 반년도 지나지 않은 지금, 금설옥은 명실상부한 정파연합 최강의 고수가 되어 있으니 더 말할 것이 없었다. 특히 금설옥의 발전 속도를 가까이에서 지켜본 왕민보를 비롯한 정파연합의 수뇌진들이 그녀에게 거는 기대란 지나친 감이 있었다.

그것은 누구보다 금설옥 자신이 잘 알고 있었다. 지금이라면 남궁세가의 쌍검자들과 싸워도 능히 이길 수 있다 생각했지만, 그것만으로는 턱없이 부족했다. 저들의 기대처럼 천엽비도 당감소와 맞서 싸울 만한 기량은 되지 못하는 것이다.

금설옥은 항주에서 옥면현수 진우심과 천수참마 조규휘의 싸움을 지켜보고 새로운 깨달음을 얻었었다. 그러나 동시에 그들의 두려움도 익히 알게 되었다. 은경화를 데리고 도주하는 과정에서 맞닥뜨린 금편선자 양정문도 앞선 두 사람에 결코 뒤지지 않는 절정고수였다. 그들에 비하자면 금설옥은 아직 햇병아리에 불과했다.

금설옥이 당감소의 진면목을 보지는 못했으나, 천수참마나 금편선자와 어깨를 나란히 한다면 어느 정도일지 짐작은 할 수 있었다. 그의 주된 수법이 비도술과 암기술, 그리고 용독임을 감안하면 여기 있는 정파연합의 수뇌진 모두가 덤벼들어도 승리를 장담할 수 없다는 것이 금설옥의 생각이었다.

그러나 그것은 금설옥의 생각이었고, 사람들의 생각은 달랐다. 종남의 생존자 현재가 두툼한 턱으로 흐르는 땀을 닦으며 말했다.

"가인검께서는 좀 더 자신을 가져야 할 것 같소. 지금 당장은 아니더라도 가인검은 곧 천엽비도를 능가할 고수가 될 테니까. 내가 보증하리다."

물론 듣기 좋으라고 하는 말이었으나 가인검이라는 낯간지러운 별호를 극도로 싫어하는 금설옥이 곱게 들을 리 없었다. 금설옥도 현재에게 악의가 있다고 생각지 않았으나, 얼굴은 이성과 달리 화사한 미소를 띠고 말았다. 이는 얼핏 보기에 상대에게 화답하는 듯했으나 속내와 표정이 따로 노는 금설옥의 버릇이 나타난 것이라 꽉 쥔 주먹은 부들부들 떨리고 있었던 것이다.

이를 알아챈 남종이 얼른 수습에 나섰다.

"아, 물론 현재 도장의 말이 맞기야 합니다만, 중요한 것은 지금이 아니겠습니까? 제 생각으로도 지금의 금 낭자로는 천엽비도를 감당키 어렵습니다."

"그렇다면 부맹주께서는 이대로 계속 도망만 다니자는 말이오?"

왕민보가 말하자 남종이 그를 보며 말했다.

"물론 그것은 아닙니다. 우리가 이제껏 무림맹의 각 지부를 쳐왔으나, 그로 인해 얻은 효과는 만족할 만한 것이 못 됩니다. 그런데 이제 저들의 본 전력에 맞서 승리를 거둔다면, 이제껏 치러왔던 십여 차례의 전투를 합친 것보다 더 큰 성과를 거둘 것이니 결코 놓칠 수 없지요."

"노리시는 것을 좀 더 정확히 말씀해 주시지요."

한쪽에 앉아 묵묵히 듣고만 있던 소림의 대우가 입을 열었다. 남종이 그를 보고 대답했다.

"노리는 것은 두 가지입니다. 첫째는 저들이 지치기를 기다리는 것이고, 둘째는 우리에게 유리한 곳으로 유인하는 것입니다."

정파연합은 상대적으로 숫자가 적다는 것을 이용하여 그를 좀 더 세분화하였다. 적게는 칠팔 명. 많게는 열댓 명의 소규모 단위로 나누어 각기 다른 길로 가되 한곳에서는 반드시 합쳐 인원을 확인하였다. 이것은 이탈자를 확인하는 것 외에 다른 의미도 가지고 있었으니, 바로 토벌대에게 정파연합의 위치를 확인시키는 것이었다.

삼백이나 되는 인원이 한꺼번에 이동한다면 그 뒤를 쫓는 것은 쉬운 일이다. 하지만 그들이 몇십의 집단으로 나뉘어 각기 다른 길로 이동한다면 중원을 오가는 많은 이들 중 누구를 정파연합이라 판단하고 뒤를 쫓을 것인가? 결국 토벌대가 할 수 있는 일이란 정파연합으로 보이는 대규모 인원의 소식이 들릴 때까지 기다리는 일이다.

그리고 어느 도시에 정파연합이 나타났다는 소식이 의도적으로 토벌대에게 전달되면 토벌대는 지체할 것 없이 그 도시로 말을 달린다. 그러나 그들이 도착한 시점에 정파연합은 이미 사라진 상태이고, 언제 다시 정파연합의 소식이 들려 출발해야 할지 모르는, 항상 긴장 상태를 유지해야 하는 상황은 토벌대를 지치게 만든다.

이러한 남종의 의도는 어느 정도 잘 먹혀들었다. 물론 남종이 토벌대 구성원들이 얼마나 피곤해하는지는 알 수 없었지만, 적어도 지휘자인 당 감소가 겪을 정신적 피로는 상당할 것이라 자신할 수 있었다.

육기환이 볼멘소리로 물었다.

"첫째는 알겠소만, 과연 우리에게 유리한 장소가 어디라는 겁니까? 부맹주께선 보아둔 곳이라도 있어서 우리를 인도하는 겁니까?"

"솔직히 말하자면 그건 아직 없소."

"뭐요?"

순순히 시인하는 남종의 태도가 오히려 육기환을 질리게 만들었다. 남종은 그런 육기환을 보며 유들유들한 표정으로 말했다.

"우리에게 유리한 장소가 따로 있는 것은 아니라고 생각하오. 그것은 내가 말을 잘못한 것 같소. 장소가 아니라 유리한 때를 기다리는 것이라고 말을 해야 했던 것이지요."

"우리에게 유리한 때란 무엇을 말하는 것입니까?"

종남의 위진이었다. 남종이 위진을 보며 말했다.

"그것은 저들이 기약없는 추격에 지치고 익숙해졌을 때를 말함입니다. 피로한 몸과 지루한 여정에 지쳐 긴장의 끈을 놓았을 때야말로 우리가 저들을 칠 때라고 생각합니다."

남종이 노리는 것은 토벌대가 이 지리한 추격전에 익숙해지는 것이었다. 쫓을 단서가 부족한, 아니, 오히려 너무 많아 움직이지 못하는 상태에서 어느 도시엔가 정파연합이 나타났다는 소식이 들려올 때에야 주야를 가리지 않고 급히 달려가는 것이 일상이 되었을 때. 그래서 이제는 말을 타고 달려가면서도 그곳에 도착하면 어차피 정파연합은 조각조각 나뉘어 도주한 뒤겠지, 라는 체념이 그들을 사로잡았을 때. 그때를 놓치지 않고 그들의 길 중간에 매복하였다가 그들을 치겠다는 것이 남종의 전략이었다.

"그전에 우리가 지칠 것이라고는 생각해 보지 않았소?"

육기환이 다시금 말하자 남종은 때늦은 후회를 했다. 정파연합의 수장인 왕민보에게 항주에서 승인을 받았던 때에, 저들을 모두 불러 모아 함께 이해시켰어야 할 것인데!

그제야 왕민보가 나서서 이야기했다.

"그러니 모두의 강인한 의지가 필요한 것이오."

이것은 남종이 아니라 왕민보가 해결해야 하는 대목이었다. 이야기상으로는 추격자들의 부담만 크게 느껴지지만, 사실 쫓기는 입장에서 겪는 부담감도 그에 못지않다. 일단 소규모 단위로 나뉜다는 것은, 그만큼 위험에 쉽게 노출된다는 뜻이다. 더구나 자신을 쫓는 이들이 칠백에 달하는 무림맹의 정예인데, 정파연합의 전력이 아닌 소규모 단위로 움직이다가 그들과 마주친다면 꼼짝없이 당하는 수밖에 없다.

끝이 예정되어 있지 않은 지루한 여정과 언제 붙잡힐지 모른다는 두려움을 안고 정파연합 역시 사력을 다해 도주하고 있는 것이다. 아직까지는 한 사람의 이탈자도 없었으나, 그러한 결속력이 어디까지 유지될지는 모를 일이었다. 남종은 자신 정도의 위치에 있는 자가 막연함이나 무리한 기대를 버리지 못할 때 그 집단이 얼마나 큰 위험에 처할지 알고 있었다. 이탈자를 감안하는 것은, 신뢰의 문제라기보다 생존의 문제에 가까웠다.

그 힘든 여정에 이해를 구하고, 전의를 고취시키는 것은 맹주인 왕민보가 할 일이었다. 정파연합 내에서도 겉도는 존재인 남종으로서는 그러한 역할을 맡을 수 없었다.

모처럼 길 위에서 모인 정파연합의 삼백여 명은 잠깐의 휴식을 취한 후 다시 수십여 집단으로 나뉘어 길을 재촉했다.

2

　남종의 예상대로 당감소가 이끄는 토벌대는 잔뜩 지쳐 있었다. 낙양을 떠나온 이래 그들이 한 것이라고는 말을 타고 달린 것이 전부였다. 살벌한 싸움을 그리며 도착한 항주는 비어 있었고, 그 뒤 몇 번의 추격전도 비슷한 양상이었다. 적의 행로를 짐작하기는 어려웠으나, 정파연합이 어딘가에 나타났다는 정보는 매번 그들의 귀에 닿았다.

　그러니 당감소는 어느 한곳에 도착한 뒤에도 수하들에게 충분한 휴식을 주지 못하였다. 정파연합이 나타났다는 정보가 들어온 순간 한시라도 급히 출발해야 했으니 긴장을 풀 틈이 없었다.

　토벌대의 인원들은 무림맹 본영과 가까운 지부들을 통틀어 뽑힌 정예들로, 자신들의 능력에 커다란 자부심을 가진 이들이었다. 그들의 머릿속에는 이번 임무에 뽑혔다는 자부심과 성공적으로 임무를 마치고 귀환하겠다는 다짐이 혼재되어 있었다. 하나 옷깃은 북풍을 만났을 때 여미는 법이고, 결의는 장애에 부딪쳐야 더욱 견고해진다.

　단 한 번의 충돌도 없이 계속되는 지루한 추격전은 오후의 강렬한 태양과 함께 토벌대의 진을 빼놓는 데 충분했다. 육체적으로 단련된 고수들에게도 마음의 틈은 있었고, 그것은 자부심을 가진 이들일수록 쉽게 벌어진다. 치열한 행군 끝에 도착한 곳은 항상 비어 있다는 상황의 반복은 어느덧 관성으로 변하여, 개인의 의지로 긴장을 다잡기 힘든 지경이되었다. 지금 토벌대들에게 있어 정파연합이란 제대로 붙어볼 용기도 없는 겁쟁이로 전락하여, 꽁무니를 따라잡는 순간이 바로 임무의 완수와 동일시되고 있었던 것이다.

　정파연합에 함락되었던 절강성 무림맹 동양지부에 토벌대가 들어선 것은 팔월 이십오일, 한 고비를 넘겨 더위의 기세가 한풀 꺾인 날이었다. 당감소는 이제까지와 달리 대기하지 말고 편안히 휴식을 취하라 명하고 제갈조운과 각 조의 조장들을 따로 불러 모았다.

　당감소는 그들에게서 토벌대원들의 현 상태를 듣고 자신의 판단이 뒤늦긴 했어도 적절했음을 확인했다. 토벌대가 제아무리 정예라 해도, 이처럼 지쳐 있고 정신적으로 느슨해 있다면 전력의 우위를 살리지 못하고 지리멸렬할 가능성이 높다.

　당감소가 방 안에 모인 자들을 둘러보다 한 청년을 보고 말했다.

　"저들이 무턱대고 도망친다고는 생각할 수 없다. 미물에게도 살고자 하는 의지가 있고 쥐도 궁지에 몰리면 고양이를 무는 법이니, 저들의 꿍꿍이가 무엇인지 짐작할 수 있겠나?"

　청년은 호리호리한 체형으로 일견 나약하게 보였으나 얼굴에는 기품이 서려 있었다. 청년은 검은 옷을 입었는데 왼쪽 가슴에는 운룡이, 오른 가슴에는 현무가 각각 흰 실로 수놓아져 있었다. 바로 신산 제갈찬의 장자, 제갈세가의 차기 가주인 흑기단주 제갈조운이었다.

　제갈조운은 이 토벌대에서 당감소의 부관 역을 맡았지만, 실질적으로 토벌대를 운용하는 것은 그의 몫이어야 했다. 당감소는 사대사령이라는, 토벌대의 구성원들과 직급 차가 확연하여 전면에 나설 만한 처지가 아니었고 담대진홍의 뜻도 그것이 아니었다.

　그러나 담대진홍이 그를 과대평가한 것인지는 몰라도, 요 며칠간 곁에 두고 지켜본 당감소의 눈에 제갈조운은 영 믿을 수 없는 인물이었다. 그가 제갈가의 출신이 아니었다면 과연 흑기단주에 오를 수 있었을까 의심이 갈 정도였으니, 당감소는 담대진홍의 의도와 달리 토벌대 운용에 관한 모든 사항을 직접 주관하였다.

처음에는 제갈조운도 담대진홍에게 지시받은 것이 있었는지 앞에 나서서 일을 처리해 보려 했으나, 막상 싸워야 할 상대가 사라졌다는 돌발 상황에 맞닥뜨리자 어찌할 바를 모르고 당감소에게 의지하며 자연스럽게 뒤로 물러났던 것이다.

당감소에게 지목당하자 당황한 기색이 역력한 얼굴로 제갈조운이 입을 열었다.

"그, 그러니까 제 생각은… 제 생각으로는 지금 저들이 노리는 것은, 우, 우리가 지쳐 있는 틈을 노리는 것 같습니다."

언뜻 비쳤던 강인함은 간데없이 제갈조운은 당감소의 매서운 눈길을 받느라 긴장했는지 말을 더듬었다. 그러나 그의 통찰은 당감소의 생각과 같았다. 당감소가 다른 조장들을 보며 말했다.

"흑기단주가 똑바로 보았다. 저들이 노리는 것은 자신들이 계속적으로 도망치는 모습을 보여 우리로 하여금 긴장의 끈을 늦추게 하는 것에 있다. 다시 말하지만, 우리의 가장 큰 적은 방심이다. 조장들은 돌아가면 조원들에게 이를 꼭 알리고 마음을 다잡도록 가르쳐라."

"예."

십여 명의 조장들이 약속이나 한 것처럼 한 목소리로 대답했다. 당감소가 그를 보고 고개를 끄덕인 후 손뼉을 치며 문밖을 향해 말했다.

"끌고 오너라."

말이 끝나자 문이 열리며 두 명의 무사가 손발이 묶인 한 거지를 끌고 들어왔다. 더운 여름에 연일 이어지는 강행군으로 제대로 씻지도 못하는 토벌대였지만, 방 안에 들어선 거지에게서 나는 냄새는 그에 비할 수 없을 만큼 지독했다. 방 안에 모인 각 조 조장들과 제갈조운이 얼굴을 찡그리며 소매로 코를 막았는데, 자세히 보니 거지의 얼굴은 상처투성이였다.

당감소가 냉랭히 말했다.

"개방의 잔당이냐?"

당감소의 예상대로 거지는 개방의 제자였다. 구파와 달리 개방의 거지들은 무림맹의 공세 속에서도 살아남은 자가 많았는데, 워낙에 문도가 많고 일반 거지와의 경계가 모호하였기 때문이다. 아무리 무림맹의 방침이 강경하다 해도 구별하기 힘든 개방 제자들을 뿌리뽑기 위해 눈에 보이는 거지를 일일이 잡아들여 조사할 수는 없는 노릇이었다. 때문에 모용강의 무림맹이 천하를 거머쥔 이후 개방의 제자들은 그들의 표식인 포대 자루를 버리고 일반 거지들 틈에 스며들어 목숨을 부지하곤 했다. 그러나 그러한 자들은 모두 일반 방도에 불과하여, 주요한 인사들은 모두 죽임을 당하였으니 크게 신경 쓸 필요도 없었다.

그러나 그들이 포대 자루를 버렸다 하여 개방 제자의 정신을 잃은 것은 아니었다. 남종이 개방 방주의 신분으로 푸른 죽장 한 자루를 들고 나타났을 때, 소수이긴 하나 그를 돕겠다 나서는 이들이 있었다. 지금 당감소에게 잡혀온 거지도 그리하여 위험을 무릅쓰고 이 지부에 나타난 무림맹 토벌대의 실정을 살펴 전하려다가 잡힌 것이다.

거지가 대답하지 않자 당감소가 재차 물었다.

"개방의 잔당이냐?"

거지는 여전히 묵묵부답 말이 없었다. 당감소가 눈짓을 보내자, 거지를 끌고 온 두 무사 중 한 사람이 검을 뽑아 거지의 허벅지에 꽂았다.

"으윽!"

거지가 낮은 신음 소리를 내고 땀 냄새로 가득한 방 안에 비릿한 혈향이 섞여 들어갔다. 당감소가 다시 물었다.

"개방의 잔당이냐?"

“모, 모른다.”

간신히 연 입이 다물어지기도 전에 거지의 심장을 한 자루 비도가 파고들었다. 이러한 수법을 쓰는 자는 오직 당감소뿐이나, 방 안에 있던 어느 누구도 당감소가 손을 쓰는 모습을 보지 못했다. 제갈조운을 비롯한 각 조의 조장들은 그 간단한 한 수에서 끝없이 깊은 경지를 읽을 수 있을 정도의 고수들이라, 모두 할 말을 잃고 당감소를 바라봤다.

거지가 허벅지에는 장검을, 가슴에는 비도를 꽂고 쓰러지자 당감소가 말했다.

“그 기개야말로 훌륭한 대답이었다.”

당감소는 거지에게서 눈길을 거두고 다시 제갈조운을 비롯한 조장들을 바라보며 말했다.

“보아라. 이자는 눈에 띄는 행동을 하여 우리에게 빌각되었지만, 그렇지 않은 자들이 얼마든지 있을 것이다. 그런 자들을 일일이 찾아낼 수도 없거니와, 그럴 여력도 우리에겐 없다. 언제 어디에서든 저들이 우리를 보고 있음을 명심하고, 또 명심하라.”

“예!”

“모두 돌아가서 내 말을 전하되, 오늘만큼은 충분한 휴식을 취할 수 있도록 배려하라.”

당감소는 제갈조운을 남기고 조장들을 모두 내보냈다. 당감소와 단둘이 남은 상황이 그리 탐탁지 않았는지 제갈조운의 표정이 어두웠다.

“이제 어떻게 해야 할지 말해보게.”

“예? 무엇을 말입니까?”

화들짝 놀라는 제갈조운을 보며 당감소는 속으로 혀를 찼다. 제갈가의 장남이 기개가 부족하다는 말은 많이 들었으나 실제로 겪어보기는 처음이었다. 무림맹의 오기 중 흑기단이 특히 처진다는 소문이 퍼지는 이유를 알 수 있었다.

'이런 자에게 일을 맡기면 된다니, 총사령의 판단력은 어떻게 된 것인가?'

당감소가 그리 생각하며 설명했다.

"우리가 계속 저들의 의도대로 끌려 다닐 수는 없지 않은가? 저들의 의도를 파악했으니, 그를 역으로 이용할 수 있지 않겠는가?"

당감소가 아들뻘인 제갈조운을 앞에 앉혀놓고 어린아이에게 글을 가르치듯 차근차근 설명하노라니 자연 당정견이 떠올랐다. 머리가 총명하기로는 제갈조운을 따르지 못할지라도 당정견은 기개가 있고 눈치가 빨라 가르치는 재미가 있었다. 배우는 속도는 보통이었지만, 일단 하나를 익히고 나면 결코 잊는 법이 없었고 스스로 즐기며 응용을 하니 저절로 열을 익힌 것이나 마찬가지였다.

제갈조운이 기어들어 가는 목소리로 대답했다.

"그것이라면… 간단한 일입니다. 우리가 지치고 기강이 풀린 모습을 보인다면 굳이 뒤쫓지 않아도 저들이 우리 앞에 나타날 것입니다. 이미 여러 번의 도주를 통해 우리는 저들이 계속 도망치고 있다는 생각을 머릿속에 품었으니, 가장 위험한 때는 저들이 나타났다는 곳으로 이동하는 도중일 것입니다."

"계속 말해보게."

당감소가 조용히 재촉하자 제갈조운의 목소리가 조금 커졌다.

"제가 저들이라면, 우리가 익숙해진 틈을 노릴 것입니다. 그리고 두 배가 넘는 병력 차를 극복해야 함을 감안한다면, 우리가 저들을 따라가는 길목에서의 습격이 가장 유력할 것으로 보입니다. 특히 우리의 길 중에 협곡이 나타난다면 반드시 의심을 해야 할 것입니다."

과연 제갈가의 피가 헛된 것은 아니었다. 제갈조운은 당감소가 했던 생각을 그대로 짚어냈다. 당감소가 말했다.

"좋아. 그러면 자네는 지금부터 저들로 하여금 스스로 우리 앞에 모습을 드러낼 방안을 강구하게."

"예? 그것은 이미 말씀드리지 않았습니까?"

제갈조운이 눈을 크게 뜨고 반문하자 당감소는 가슴이 답답해졌다. 탁상공론은 머리만 있다면 누구나 할 수 있는 것이다.

"자네는 그것을 어떻게 실현할지도 생각해 놓았나? 내가 지금 저들을 유인하여 섬멸하라고 하면 바로 시행할 수 있겠나?"

"그, 그건……."

"말은 누구나 할 수 있다! 그러나 그 말을 실제로 구현하는 것은 아무나 하는 것이 아니다! 이 간단한 것을 배우지 못했단 말인가?"

생략된 말이 많았으나 당감소가 자신의 아버지를 비난하고 있음을 모를 제갈조운이 아니었다. 그러나 지금은 무슨 말을 더 해도 당감소의 화를 돋울 뿐이다. 그저 묵묵히 듣고만 있을 때다.

당감소가 다시 말했다.

"자네도 이번 토벌대에 참가하기 전 총사령에게 들은 것이 있을 테지. 그렇다면 왜 그대로 하려 들지 않는 건가? 자네가 말을 하면, 내가 시행하기를 기다리는 것인가!"

서릿발 같은 호통이었다. 제갈조운은 자신도 모르게 대답했다.

"아, 아닙니다!"

"그러면 썩 나가서 실제로 구현할 방안을 생각하게! 위에 서려는 자는 아랫사람이 쉴 때에도 쉴 수 없는 법이야!"

당감소는 호통을 치면서도 가슴 한구석이 답답했다. 이런 것은 제갈조운에게 해줄 말이 아니었다. 그의 경험과 지혜를 물려받을 이는 따로 있었다. 황급히 방을 나가는 제갈조운의 뒷모습이 당감소의 마음을 막막한 서글픔으로 가득 채웠다.

3

    지상을 달구려는 듯 맹렬히 내리쬐는 늦여름 태양이 눈부시다. 쉬어갈 그늘 하나 없이 탁 트인 평야를 가로지르는 관도를 통과하기에 좋은 날씨는 아니었다. 아니, 이런 날에 무리해서 이 길을 가려는 짓은 어리석다 할 것이다. 이는 사람과 금수를 가리지 않았으나, 그러한 생각이 무색하게 하나의 그림자가 먼 길을 가고 있었다.

    햇살이 어찌나 강력한지 온 세상이 하얗게 탈색된 것처럼 보이는 중에도, 사내인지 여인인지 모를 자의 긴 머리는 선명한 검은색을 띠고 있었다. 땅 위의 물기를 모두 가져가려는 듯 맹렬한 태양 아래, 흔들리는 앞머리 사이로 간간이 비치는 회의인의 얼굴에는 몇 개인가 땀방울이 흐르고 있었지만 결코 더위에 지친 얼굴이 아니었다. 누군가 보았다면 그 이질적인 모습에 계절감을 상실할지도 모를 일이었다.

    시야를 가린 앞머리를 쓸어 넘기며 모용현은 걸음을 멈추고 두 눈을 찡그려 지평선 너머를 내다보았다. 어차피 눈으로써 기능을 갖춘 것은 왼쪽 눈 하나뿐이지만.

    “…아직도 멀었군.”

    눈꺼풀 안쪽에 닿는 유리석의 이질감은 평소라면 모르되, 그것이 의안이라 인식하는 시점에서 다시금 새로워진다. 이 감촉은 평생을 가도 익숙해질지 의문이었다.

    모용현은 허리춤에서 가죽 물통을 빼어 입에 물었다. 처음 받아 넣을 때는 시리도록 차가운 물이었는데, 지금은 물론 그때와 같지 않았다. 그러나 목마른 자에게는 목을 축일 수 있는 한 모금의 물만으로 족한 법. 모용현은 정확히 한 모금을 들이키고 물통을 가볍게 흔들어보았다. 남아 있는 물은 얼마 되지 않았다.

모용현은 염합과 현빙신공의 충돌이 이루어진 내단을 가져 한서불침의 체질을 얻었지만, 물 없이 살아갈 수는 없었다. 특히 지금처럼 이상기후라 할 만큼 뜨겁게 달구어진 한낮이라면 내력을 운용해 보통 사람보다 오래 견딜 수 있을지언정 탈수현상을 막을 수는 없는 법이다. 아무리 한서불침의 체질이라 해도 오늘 같은 날에 굳이 걸음을 재촉하는 것은 무모한 짓이었다.

그러나 모용현은 그것이 무모한 짓임을 알면서도 길을 재촉했다. 아니, 오히려 자신을 좀 더 가혹하게 몰아붙이기 위해 그를 알고 선택한 것이다.

모용현은 고개를 들어 태양을 바라봤다. 손으로 그늘을 만들었지만 역시나 어리석은 짓이었다. 태양은 눈부셔 똑바로 바라볼 수 없었다. 하나밖에 남지 않은 눈마저 멀어버릴 것 같은 고통에 모용현은 고개를 숙이며 한 사람을 떠올렸다.

저 태양처럼, 죄인인 자신은 바라보지도 못할 금설옥을.

추신과 소년이었던 자신에게 희생당한 모든 이들에게 속죄하기 위해 무차별적으로 무림맹 인사들을 베어가던 중 만난 금설옥은 예년과 다름없이 빛나고 있었다.

'그래, 그게 잘못이었을까?

몇 년을 품어왔던 굳은 결의가 금설옥을 만나 눈 녹듯 허물어진 것은 결국 모용현 자신의 탓이었다. 이루어질 수 없는 바람이라 수십 번을 되뇌었지만, 금설옥은 모용현으로 하여금 스스로에게 평화를 기원하도록 만들었다. 아니, 그보다는 모용현이 억누르고 있던 또 하나의 자아를 자유롭게 만들었다는 표현이 정확할 것이다.

자신은 미처 깨닫지 못했지만, 모용현은 스스로를 용서받지 못할 죄인이라 생각하면서 용서받고자 하는 욕구를 무의식의 세계로 몰아넣었었다. 용서받고 싶다는 마음이 자신의 것이라 인정하는 순간이야말로 끝없는 자기혐오의 나락으로 빠질 것임을 본능적으로 느꼈기 때문이다. 그러나 불행하게도, 모용현은 외부의 영향으로부터 흔들림없이 봉인을 유지할 만큼 감정적으로 강인한 사람이 되지 못했다. 이는 타고난 성정이라 모용현 자신도 어쩔 수 없는 문제였다.

용서받고 싶다는 마음이, 행복해지고 싶다는 염원이 자신의 것이라 인정할 수 없었던 모용현 앞에 진우심 부부가 나타난 것은 운명의 장난이라 할 만큼 공교로운 것이었다. 진우심 부부는 모용현과 같은 처지였으니까. 자신과 같은 처지인 진우심 부부가 과거의 죄로부터 벗어나 행복해질 수 있기를 바란 것은, 진심으로 그들을 위해서가 아니었다. 억눌렸던 자아를 그들에게 투영시켜 그 염원이 자신의 것임을 부정하고 싶었을 뿐이었다.

그날, 빗속에서 절규하던 모용현이 들은 목소리는 바로 자신의 것이었다. 그리고 그 모용현의 목소리에, 하늘은 가혹하게도 진우심 부부와 태어나지도 못한 아이를 통해 대답하였다. 용서받지 못할 죄인이 용서를 구할 때, 어떤 결말을 맞이하게 되는지.

헛된 후회이지만, 모용현은 자신이 흔들리지 않았다면 그들 부부가 그토록 비참하게 죽지는 않았으리라 생각했다. 그날 기유붕을 찾아가지 않고 목옥에 남아 그들을 돌보았더라면 어땠을까? 은경화의 정신을 되돌릴 수는 없었어도, 습격해 온 원소이들을 모용현과 진우심 두 사람의 힘으로 충분히 물리칠 수 있었으리라. 그리고 조용히 은경화의 해산을 기다리며 그들을 지켰더라면 누구도 죽지 않았을 것이다.

따지고 보면 그들의 죽음 역시 모용현 자신의 탓이었다. 죄의 대가를 치르기는커녕, 오히려 죄를 짊어지고 가는 꼴이었다.

결국 모용현이 선택한 길은 자신의 육체를 가혹하게 몰고 가는 것이었다. 타고난 감정적 나약함을 고칠 수 없다면, 육신에 고통을 가함으로써 그 주의를 돌리고자 한 것이다. 그 강도와 방향은 많이 다르지만, 이는 불가에 귀의한 자가 깨달음을 얻기 위해 행하는 고행(苦行)과 같은 것이었다.

문득 모용현은 고개를 들었다. 이지러진 대기 위에 한 사내의 환영이 떠올랐다. 준수한 얼굴 위로 흐르는 고집스러운 인상. 말이 없던 사내는 환영마저 침묵을 즐겼다. 그러나 그의 시선은 모용현을 똑바로 응시하고 있었다.

그것은 약해지는 마음을 경계하려는 모용현의 무의식이 만든 것이리라. 그러나 부릅뜬 사내의 눈은 칠 년 전처럼 선명하기만 했다.

모용현은 한 걸음 한 걸음, 환영을 향해 걸어갔다. 그리고 환영을 통과했다.

걱정하지 말아요. 이제 다시는 당신에게서 눈을 돌리지 않아.

모용현은 사내의 환영을 뒤로하고 길을 재촉했다. 해가 지기 전에는 임청에 도착해야 했다. 임청에서도 얻을 수 없다면, 더 이상 산동에 머무를 필요가 없었다.

모용현이 그렇게 반 시진쯤 더 걸었을 때 길 저편에서 먼지가 크게 피어울렸다. 그리고 뜨거운 공기가 몇 필의 말발굽 소리를 모용현에게로 실어 날랐다.

얼마 지나지 않아 모용현의 앞에 말을 탄 여섯 사내가 멈춰 섰다. 챙이 넓은 모자를 썼음에도 땀을 뻘뻘 흘리는 사내들은 모용현을 보자 반색을 하며 서로 이야기를 나눴다.

"정말로 있군!"

"그러게 말입니다."

길을 가로막은 사내들이 서로 이야기하는데, 얼굴에는 초조함과 안도감이라는 상반된 감정이 공존해 있었다. 그중 선두에 선 사내가 말했다.

"잡담을 할 시간이 없다."

사내가 다른 이들을 꾸짖고 고개를 돌려 모용현에게 말했다.

"그대의 성이 혹시 모용씨가 아닌가?"

모용현은 대답하지 않았다. 그 모습이 무례해 보였는지 사내들이 크게 화를 내며 욕을 했다. 그러나 우두머리사내가 그를 진정시키고 다시 말했다.

"우리 형제는 산동육협(山東六俠)이라 하오. 우리는 지금 급하게 모용씨를 가진 사내를 찾고 있는데, 대답하지 않으면 그대가 우리가 찾는 그 사람이라고 생각할 수밖에 없소."

모용현이 고개를 들어 말 위의 산동육협을 보고 말했다.

"그 사내를 찾는 이유가 무엇이오?"

"우리가 그걸 일일이 설명하고 다녀야겠느냐! 이 젖비린내 나는 애송이야! 이 어르신들은 시간이 없으니 냉큼 대답하거라!"

모용현이 반문하자 팔뚝에 털이 무성한 사내가 화를 내며 욕을 해댔는데, 선두에 선 우두머리사내가 그를 만류하고 다시 말했다.

"내 동생의 말대로 우리에겐 시간이 없소. 그러니 빨리 말하시오."

"내가 맞다면 어찌시겠소?"

모용현이 대답하자 우두머리사내가 말했다.

"목을 베어 가져가야지!"

말이 끝나기 무섭게 우두머리사내가 칼을 뽑으며 모용현을 향해 말을 몰았다. 이런 날씨에 관도를 걷는 다른 사람이 있을 리 없으니 우두머리사내 역시 모용현이 자신들의 표적임을 처음부터 확신하고 있었던 것이다.

우두머리사내가 말 위에서 칼을 내려쳤다. 그러나 칼을 내려친 곳에는 모용현의 모습이 보이지 않았다. 대신 칼을 내려친 사내가 믿을 수 없다는 듯 눈을 크게 뜬 채로 말에서 떨어져 내렸다.

"형님!"

"뭐, 뭐야? 지금 뭐가 어떻게 된 거야?"

다섯 사람이 눈을 뜨고 있었지만 누구 하나 모용현의 움직임을 파악한 이가 없었다. 아니, 왜 그네들의 우두머리가 말에서 떨어졌는지 아는 자도 없었다.

"쳐, 쳐라!"

낙마한 이의 바로 다음 서열인 듯한 사내가 당황한 목소리로 외쳤다. 모용현은 그들의 한가운데에서 언제 빼 들었는지도 모를 검을 들고 서 있었다.

산동육협이라 자처하는 이들은 무림맹에 속한 이들이 아닌 듯했다. 그러나 모용현은 주저할 것이 없었다. 저들이 자신의 성을 알고, 목을 원했으니 어찌 살려둘 것인가?

애초에 이들은 모용현의 적수가 되지 못했다. 말을 자신과 한 몸처럼 다루는 기마술은 놀라웠으나 칼을 쓰는 솜씨는 이류에 지나지 않았다. 산동육협이라는 거창한 이름에 걸맞지 않는 솜씨였다.

하얀 햇살 속에 피어오르는 핏줄기만이 선명하다. 모용현의 검은 사정을 두지 않아, 정확히 일 검에 한 사람씩 말에서 떨어졌다. 주인을 잃은 말들의 울음소리가 구슬펐다.

뒤에서 욕을 해대던 팔뚝에 털이 무성한 사내가 마지막으로 떨어졌다. 그러나 앞선 동료들과 달리 절명하지 않았는데, 이는 실수가 아니었다.

"헉, 허억!"

사내는 길바닥에 주저앉아 가슴의 상처로부터 나오는 피를 손으로 막으며 숨을 몰아쉬었다. 사내의 팔뚝에 자라난 억센 털들은 어느새 붉게 물들었다. 모용현은 그 앞에 다가가 물었다.

"왜 나를 노렸나?"

"이, 일부러… 허억, 죽이지 않은, 농락, 한 거냐?"

높이 솟은 해를 등지고 선 모용현의 얼굴은 올려다보는 사내에게 보이지 않았다. 그림자 속에서 모용현이 말했다.

"이유를 듣고 싶었을 뿐, 죽는 것은 마찬가지이니 기분 나빠할 필요는 없소."

모용현의 검은 자로 잰 듯 정밀하였다. 사내에게는 문답에 필요한 시간을 주었을 뿐, 일 검으로 죽음에 이르는 것은 다르지 않았다. 모용현이 다시 말했다.

"이유가 무엇이오?"

사내가 힘겹게 대답했다.

"우리 형제들은, 모두, 쿨럭! 중독이 되었으니, 어차피 너의, 목을, 가져가지 못한다면…….."

사내는 더 말을 잇지 못하고 고개를 떨궜다. 사내가 쓸데없는 말을 하리라 예상치 못한 것이 실수라면 실수였다. 모용현은 품 안을 뒤져 한 대의 은침을 꺼냈다.

모용현은 무릎을 꿇고 사내의 시체에 은침을 찔러 넣었다. 잠시 후 모용현이 은침을 뽑아 사내의 옷으로 침 끝에 묻은 피를 닦아냈다. 피가 묻었던 자리는 검게 변색되어 있었다.

모용현은 변색된 은침을 버리고 자리에서 일어났다. 시체들이 타고 온 말들은 훈련이 제법 잘된 듯, 주인을 떨어뜨린 자리에서 그대로 서 있었다. 모용현은 검집으로 말들의 엉덩이를 두드렸다.

"훠이, 훠이!"

그제야 말들은 쫓기듯 어디론가 달려갔다. 모용현은 그중 한 마리를 잡아탈까 생각했지만, 마음을 고쳐먹고 발걸음을 옮겼다. 여섯 구의 시체를 길 위에 남겨둔 모용현의 그림자는 길어지고 있었다.

4

임청은 산동과 하북의 경계에 위치한 도시였다. 편의상 구분은 산동성에 속해 있었지만, 임청의 무인들은 항상 자신들이 산동무림에도, 하북무림에도 속하지 않았다며 독자성을 강조하고는 했다.

임청 무인들이 독자성을 강조한 것은 경계에 위치한 탓에 하북과 산동 어느 곳에서도 받아들여지지 않았던 역사 때문이었다. 그리고 그러한 이유 위에, 청검장(淸劍莊)이라는 검의 명가가 배출해 낸 고수들이 쌓아놓은 자부심이 있었다.

청검장은 백오십 년이 조금 못 되는 비교적 짧은 역사 속에서도 무림사에 굵은 획을 그은 고수들을 다수 낳아 그 저력을 인정받았다. 특히 장주의 자리를 마다하고 수행의 길을 떠나 중원 전역을 호령하는 고수가 된 사자검 유대원은 임청 무인들의 우상이었다.

사자검 유대원은 비록 임청을 떠나 산동성 일대를 주유하여 중원인들에게는 산동 출신의 고수라는 인상이 강했지만, 자신의 뿌리가 청검장임을 항상 잊지 않고 있었다. 더욱이 그는 구파일방 출신이 아닌 자로는 드물게 절정고수가 되었으니, 차후 사문으로 돌아와 저 일권 신권무적 강산언이 그랬던 것처럼 청검장을 중원무림의 명가로 거듭나게 할 것이라 기대하는 사람들도 많았다.

그러나 결국 그들의 바람은 상상 속에서만 가능했으니, 당대의 절정고수였던 사자검 유대원은 칠 년 전 일 대 일의 대결에 패해 목숨을 잃고 말았다. 상대는 유대원에 비하자면 무명이나 다름없었던 무영검 추신. 물론 추신이 그 후 인질로 상대의 손발을 묶고 독을 쓰는 등 비열한 수법으로 당대의 고수들을 여럿 살해했음이 밝혀져 유대원과의 대결도 정당한 것은 아니었으리라 알려졌지만, 유대원에게 큰 기대를 걸었던 임청 무인들의 자부심에는 큰 상처로 남아 아직까지도 지워지지 않고 있었다.

그러나 청검장은 원래의 고요한 전통을 거스르지 않고, 그 상처를 거울삼아 조용히 자신들의 역량을 키워 나갔다. 무림맹에 흡수되어 청검장이 아닌 임청지부로 바뀐 지금도 지난 시대의 자부심은 그대로 남아 있어, 젊은 제자 중 특출난 이들은 무림맹 본영에 발탁되는 경우가 잦았다. 지금도 오기의 단원으로 활동하는 이만 일곱이었다. 총원 이백에 불과한 오기 단원 중 일곱 명이 하나의 지부 출신이라는 것은 전대미문의 대사건이다. 그 저력과 자부심을 인정받아 임청지부는 특별히 한번 내렸던 청검장의 현판을 다시 내걸 수 있었다.

무림맹 임청지부장이자 현 청검장주이기도 한 황보현건(皇甫炫乾)은 사자검 유대원과 동문수학한 사이로 드러나지 않은 고수로 평가받고 있

었다. 더구나 그는 순간의 수치를 개의치 않고 혼란의 시기에 서슴없이
무림맹의 산하로 들어가는 것을 택해 사람들을 놀라게 했고, 그 뒤 조용
히 내실을 닦아 지금처럼 청검장의 이름을 되찾음으로써 다시 한 번 사
람들을 놀라게 했다.

　황보현건은 공식적으로 대외활동을 한 적이 없어 그의 정확한 무위를
아는 사람이 드물었으나, 그의 깊은 심계는 모든 이가 칭송하는 것이었
다. 더구나 청검장 출신의 젊은 무인들이 무림맹 본영에서도 그 능력을
인정받으니, 그들을 키워낸 장주의 실력이야 대단하지 않겠느냐 사람들
은 생각했다. 그리고 그러한 통념에 또 한 사람의 동의가 더해졌다.

　"과연, 황보 지부장을 직접 보니 소문이 헛되지 않았음을 알겠군요."

　나긋나긋한 목소리에는 남성을 끌어들이는 힘이 있었다. 황보현건이
예고도 없이 찾아온 눈앞의 손님에게 공손히 대답했다.

　"과찬이십니다. 저야말로 남후를 뵙게 되어 영광입니다."

　팔월의 마지막 날, 기승을 부리던 늦더위가 한풀 꺾인 오후에 청검장
에 생각지도 못한 손님이 찾아왔다. 바로 무림맹 본영에 상주하는 사대
사령 중 남후 금편선자 양정문이었다.

　은가면을 쓴 수하들이 짊어진 가마를 타고 나타난 양정문은 듣던 대로
아름다운 여성이었다. 그러나 황보현건은 그녀의 앞에서 긴장의 끈을 놓
칠 수 없었다.

　모용강의 무림맹 내에서도 최고위 간부인 양정문이 예고도 없이 찾아
왔다는 것은 아무리 생각해도 좋은 의도라 보기 어려웠다. 청검장은 정
도무림을 표방하는지라 무림맹 아래 정사가 한 식구라지만 악명이 자자
한 금편선자 양정문을 대하기가 아무래도 껄끄러울 수밖에 없었다. 더구
나 공식적인 방문이 아니었으니, 그 속내가 궁금하고 또 두려웠다.

　"호호, 황보 지부장은 본녀를 너무 경계하시는군요. 왜, 제가 잡아먹

기라도 할까 겁이 나시나요?”

그를 눈치 챘는지 양정문이 깔깔거리며 웃었다. 양정문이 겉으로는 나이를 가늠하기 힘든 외모를 지녔고 정확한 나이를 아는 자가 없었지만, 그녀가 무림에서 활동한 기간을 살펴보면 적어도 황보현건과 동년배이거나, 혹은 더 위일지 몰랐다. 이를 아는 황보현건이 잔뜩 경계를 하면서도 겉으로는 웃으며 대답했다.

“설마 그럴 리가 있겠습니까? 맹원은 형제나 다름없으니, 남후께서 본 지부를 방문하시는 데에 이유가 필요한 것은 아니지요. 이렇게 직접 뵈오니 왜 좀 더 일찍 방문해 주지 않으셨는지 원망스럽기까지 합니다. 하하하.”

황보현건이 평소답지 않게 마음에도 없는 말을 늘어놓으며 웃으니 양정문도 웃으며 화답했다.

“어머, 황보 지부장은 과묵하다 들었는데 이제 보니 영 틀린 말이었네요. 이렇게 좋은 분인 줄 왜 더 빨리 알지 못했을까 아쉽군요.”

그렇게 말하는 양정문은 내심 황보현건의 기도에 살짝 놀란 상태였다. 그의 진정한 무위는 아직 모르지만, 왜 그가 치열한 산동무림에서도 고수로 꼽히는지 알 수 있었다. 일개 지부장으로는 아까운 고수임이 분명하다.

그러나 양정문의 놀라움이 상대를 다시 보는 정도의 것이었다면, 황보현건의 놀라움은 절망에 가까운 것이었다.

어찌 여인의 몸으로 이러한 경지에 오를 수 있었는지 양정문의 기도는 끝을 알 수 없었다. 이는 황보현건이 살면서 오직 그의 사형, 고인이 된 사자검 유대원에게서만 받을 수 있었던 느낌이었다. 황보현건이 청검장에 입문하여 지금껏 오직 검 하나를 바라보며 살아왔으나, 이 여인에 비하니 그 세월이 부끄럽고 허망할 정도였다. 노력이라면 누구에게도 뒤지지 않는다 자부하였으니, 이 차이는 정녕 타고난 재능인지 그렇지 않으면 배우고 익힌 무학의 고하에서 비롯된 것인지?

양정문이 말했다.

"사실 본녀가 임청에 온 것은 다른 이유가 있어서예요. 황보 지부장도 지금 산동의 지부장들이 넷이나 살해당했음을 알고 계시지요?"

"예, 알고 있습니다."

"본녀는 그 흉수를 잡아들이라는 명을 받아 산동에 왔어요. 그러나 본녀가 출발하였을 때 이미 두 분의 지부장이 살해당하였고, 산동에 도착한 뒤로 두 분이 더 살해당하는 것을 막지 못했으니 산동성 전 지부에 고개를 들 수가 없네요. 이는 어디까지나 본영의 대처가 미흡한 것이니 본녀가 그를 대표해 사죄하겠어요."

양정문이 그리 말하며 고개를 숙이는데, 그 표정이 너무나 간절하여 그녀의 사죄가 진실된 것처럼 느껴졌다. 황보현건이 같이 고개를 숙이며 말했다.

"그것이 어찌 본영의 탓이겠습니까? 저희들이 각자 조심했어야 하는 것이지요."

"본녀는 흉수가 소식을 듣고 모습을 감춰 검거하지 못할 것을 두려워 은밀히 산동에 왔어요. 미리 알리지 못하고 불쑥 찾아온 것은 그 때문이니 황보 지부장은 부디 이해하세요."

어조가 부드럽고 공손하나 말을 잘 들어보면 내가 그러한 연유로 온 것이니 네가 불만을 가질 수 있겠느냐는 무례함이 담겨 있었다. 그러나 황보현건은 그런 무례함에 신경을 쓸 여유가 없었다.

흉수를 잡으러 온 양정문이 자신의 앞에 나타났다는 것은, 흉수의 표적이 바로 자신이라는 이야기 아닌가?

"그렇다면 남후께서 이곳에 오신 이유가, 흉수가 나타날 것이라 판단했기 때문입니까?"

"바로 그래요. 그는 반드시 임청에 올 것입니다."

그렇게 말하는 양정문의 얼굴은 확신에 차 있었다.

"남후께서 그렇게 말씀하시는 데에는 이유가 있겠지요?"

황보현건이 묻자 양정문은 가볍게 만 오른손 위에 턱을 괴고 왼 손가락 세 개를 펼쳐 보였다.

"본녀가 임청으로 온 까닭은 세 가지예요. 첫째는 황보 지부장이 바로 무림맹의 지부장이기 때문이고, 둘째는 산동의 많은 지부장들 중에서도 특출난 고수이기 때문이지요."

"그 말씀은……?"

"흉수는 본 무림맹을 증오하는 이랍니다. 그렇기 때문에 지부장급의 간부를 골라 살해하는 것이지요. 지난봄에 일어났던 강서성과 안휘성에서의 지부장 연쇄살인도 동일한 이의 짓이구요. 하지만 그 당시의 흉수가 단지 지부장이라는 이유만으로 무차별적인 살행을 저지른 것에 비해, 지금 산동에서 벌이는 행각은 조금 다른 양상을 띠고 있답니다."

"그것이 무엇입니까?"

"일정 수준 이상의 고수만을 노린다는 것이에요. 생각해 보세요. 이제껏 산동에서 죽은 지부장들이 어떤 이들인지."

황보현건은 잠시 살해당한 네 사람의 지부장을 떠올렸다. 청주의 담진천, 제남의 손희양, 몽음의 영후남, 곡부의 조완평. 그들 모두 산동의 지부장들 중 손꼽히는 강자였다.

"과연… 남후의 말씀이 옳습니다."

"그리고 이제 산동에서 고인들과 동격이거나 혹은 더 낫다 평가되는 지부장급의 인사는 두 사람뿐이에요. 바로 복산(福山)의 서문 지부장과 임청의 황보 지부장."

황보현건은 고개를 끄덕이며 양정문의 말에 동의를 표했다. 복산의 서문진(西門振)은 가전절기인 건양십지(乾陽十指)로 유명한 산동을 대표하는 고수다.

양정문이 재차 말했다.

"아무래도 흥수는 자신의 실력을 시험해 보고 싶은 것일 테죠."

그것이 양정문이 내린 모용현의 행적에 관한 결론이었다. 과거 강서성에서 벌어졌던 살행은 관도를 따른 순서로, 거기에는 어떠한 의도도 찾아볼 수 없었다. 다만 무림맹을 향한 적의만이 선명히 드러났을 뿐.

그러나 지금 산동성에서 모용현이 벌이는 살행은 명백한 의도를 담고 있었다. 양정문은 비록 모용현의 실력을 직접 보지 못했으나 그에게 죽은 항주지부장 원소이의 시체는 살펴보았다. 시체가 입은 검상은 비할 데 없는 쾌검에 의한 것이었으니, 그때부터 양정문은 모용현이 추신의 전인임을 확신하였던 것이다.

양정문은 산동에 와 이미 죽은 자들의 시체를 살펴보았다. 처음 살해당한 담진천의 시체가 입은 검상은 미묘했으나, 두 번째 시체를 보고 나서 양정문은 하나의 가설을 세울 수 있었다. 그것은 바로 모용현의 검이 완전하지 않다는 것이었다.

그러한 생각은 차례로 두 사람의 시체를 더 보면서 공고해졌다. 이러한 자들과의 대결은 그에게 원하는 것을 주지 못할 것이다. 모용현이 원하는 것은 오직 강자와의 대결을 통해 얻을 수 있는 것이리. 현재 산동에서 그 조건에 합당한 이는 단 두 사람이 있었다.

"그렇다면 남후께서는 왜 복산이 아니라 이곳으로 올 거라 확신하신 겁니까?"

"그것이 세 번째 이유랍니다. 흥수는 바로 무영검 추신의 전인이니까요."

“뭐라 하셨습니까?”

황보현건의 목소리가 격해졌다. 양정문은 다시 한 번 말했다.

“흉수는 무영검 추신의 전인이란 말이에요.”

“그, 그 비열한 자에게 전인이 있었단 말입니까?”

무림맹이 창건된 뒤 모용강은 모용천을 죽인 것이 다름 아닌 자신이라 공표했다. 그러나 추신이 모용강의 아들을 납치한 것은 사실이었고, 그를 쫓은 이들이 죽은 것 또한 사실이었다. 사람들은 드러난 것만을 믿고, 보이지 않는 쪽으로는 고개도 돌리지 않았다. 천하의 그 누가, 무영검 추신이 절정고수라 사자검이나 두정 선사와 같은 고수들을 제압했으리라 생각할 수 있겠는가?

특히 사자검을 배출한 청검장의 무인들에게 추신이라는 이름은 비겁자의 전형처럼 여겨졌다. 그것은 현 장주이자 사자검의 사제인 황보현건도 마찬가지였다.

물론 양정문은 추신이 세간의 평을 넘어선 무인이었으며 사자검과의 대결도 정당했으리라 생각했지만 굳이 그러한 의견을 피력하는 수고를 하고 싶지는 않았다. 양정문은 대신 조금 더 불을 붙여볼까 생각했다.

“그것이 제가 무림맹의 정보력을 총동원하여 알아낸 사실이에요. 흉수는 추신이 정당한 대결을 통해 사자검을 쓰러뜨렸다 믿는 것 같아요.”

“으음…….”

양정문이 아쉬운 얼굴로 말하며 살짝 황보현건의 얼굴을 살피니, 최대한 자제하고 있어도 속으로 끓어오르는 화를 참기 힘들어 보였다.

“어쨌든 이렇게 본녀가 왔으니 황보 지부장은 걱정하지 마세요. 본녀와 본녀의 수하들이 그를 잡을 테니.”

양정문의 말이 결국 황보현건을 움직이게 만들었다. 황보현건이 미간을 찡그리며 말했다.

“남후는 직접 그를 잡으시려는 겁니까?”

“물론이지요! 그렇지 않으면 제가 여기 왜 왔겠어요?”

“먼 길을 친히 오셨는데 그런 수고까지 끼칠 수는 없습니다. 남후께서 경각심을 일깨워 주셨으니, 제가 직접 흉수를 잡아 그에 보답하겠습니다.”

최대한 감정을 억누르며 말하는 황보현건을 비웃으며 양정문은 걱정스러운 얼굴로 말했다.

“하지만 이미 네 사람의 지부장이 당했는데…….”

“남후께서는 저를 믿지 못하시는 겁니까?”

“믿지 못하는 것이 아니라요.”

“그 흉수가 정녕 그러한 생각을 품고 본인을 치러온다면, 이는 임청 무인 모두와 고인을 욕보이는 짓입니다! 그러할진대 남후께서 그를 잡아 들인다면 임청지부, 아니, 청검장의 입장이 뭐가 되겠습니까? 남후, 부디 기회를 주십시오!”

양정문은 못 이기는 척 고개를 끄덕였지만 자신의 뜻대로 상황이 돌아 가는지라 터져 나오는 웃음을 간신히 참고 있었다. 남후는 일부러 황보 현건에게서 고개를 돌려 창밖을 보았다. 하늘이 벌써 어두워지고 있었 다.

자칭 산동육협이라는 자들을 보낸 것은 악의적인 장난이기도 했지만, 양정문 자신의 추리를 확인하고 싶은 마음에서였다. 모용현이 임청에서 자신을 아는 누군가가 기다리고 있음을 알았다면 위험을 무릅쓰면서까 지 황보현건을 죽이러 오지 않았을 것이다. 그러나 그를 알면서도 온다 면, 그 이유는 단 하나. 이미 말한 대로 황보현건을 꺾어 추신의 명예를 되살리기 위함일 것이다.

‘슬슬 올 때가 되었는데.’

무림맹이 들어선 이후 지난 육 년은 양정문에게 지루하기만 한 날들이었다. 모용강에 대한 두려움이 앞서 그를 도와 무림맹을 창건하긴 했으나, 이렇게 평화로운 천하는 그녀와 같은 마두에게 어울리지 않는 것이다. 양정문은 실로 오랜만에 두근거리는 가슴을 느끼며 모용현을 기다렸다.

5

묘한 일이었다. 이제 청검장이라는 옛 이름을 허락받은 무림맹 임청지부의 문 앞에는 한 사람의 문지기도 서 있지 않았다. 활짝 열어놓은 대문 안은 한적하여 평소 붐비던 지부원들의 모습이 보이지 않았다. 어둠을 틈타 지부 안으로 숨어들려던 모용현은 열린 대문 앞에 서 있었다.

'나에게 들어오라 말하는 건가?'

산동육협이라는 자들을 통해 모용현은 누군가 자신을 기다리고 있음을 알았다. 그것이 자신의 목표인 임청지부장 황보현건일지, 아니면 다른 이일지는 알 수 없었지만 그와 같이 악의적인 장난을 거는 상대라면 가까이 하고 싶지 않았다. 아니, 사실 모용씨를 거론했다면 그날 자신의 정체를 파악한 금편선자 양정문일 가능성이 높았다. 임청에서 기다리는 것이 황보현건이 아니라 양정문이라면, 지금의 모용현이 그의 손에서 빠져나오기란 어려운 일이다. 폭우 속에서 느낀 양정문의 기도는 그만큼 압도적이었다.

그럼에도 불구하고 모용현은 발길을 돌리지 않았다. 아니, 오히려 위험한 냄새가 모용현을 끌어당기는 듯했다. 지금 가는 곳에 양정문이 있다면, 그 또한 자신을 몰아붙일 수 있는 조건일 것이다.

그리고 놀랍게도 임청지부는 자신을 들어오라는 듯 대문을 활짝 열어 놓고 있었다. 왜 이런 짓을 한 걸까? 모용현은 문 앞에 서서 잠깐 생각을 하려다 곧 멈추었다. 생각을 하면 할수록 자신이 나약해져 간다고 여겼던 것이다.

모용현은 성큼 발을 들여놓았다. 밖에서 보았던 것처럼 지부 안에는 사람의 기척이 느껴지지 않았다.

'함정인가?

모용현은 오히려 이 상황이 함정이라면 좋을 것이라 생각했다. 사방으로 밀려드는 수많은 적들에 맞서 싸우다 보면 아무 생각도 나지 않게 마련이었다. 그런 때에는 생각없이 베고, 또 베어 무림맹의 피로 자신을 잊을 수 있을 텐데.

그런 생각을 하며 발길이 끄는 대로 장원의 한가운데에 들어서자, 한 채의 건물에 불이 들어왔다. 그리고 한 사람의 그림자가 비쳤다.

"……."

아까까지는 분명 인기척을 느낄 수 없었건만, 지금 불과 함께 드러낸 자의 기도는 보통의 것이 아니었다. 남궁우현이나 원소이를 능가하는 고수였다.

그의 기는 맑고 정순하였지만 어딘지 모르게 불같이 뜨거운 면이 있었다. 그것은 모용현을 향한 보이지 않는 초대장이었다. 모용현은 불 켜진 건물 안으로 들어갔다.

"……."

아마도 비 오는 날을 대비한 실내 연무장인 듯, 건물 안은 하나의 공간으로 뻥 뚫려 있었다. 그 한가운데에 가는 촛대가 한 자루 서 있어 흔들리는 불빛으로 실내를 밝히고 있었다. 그리고 그 너머에 한 자루 검을 든 장년인이 서 있었다.

모용현이 말했다.

"내가 오는 것을 알고 있었소?"

모용현의 낮고 건조한 목소리가 건물 안에 울려 퍼졌다. 장년인, 황보현건이 대답했다. 아니, 대답이 아니었다.

"그대가 무영검 추신의 전인인가?"

뜻밖의 말에 모용현은 입을 다물었다. 황보현건이 홀로 말했다.

"대답하기 싫으면 하지 않아도 된다. 하나 그대가 원하는 것은 고인과 청검장은 물론 임청 무인 모두를 욕보이는 짓이다."

'당신을 죽이는 것이?'

황보현건은 모용현이 오는 것을 알고 있었지만 그 목적이 무엇인지는 정확히 모르는 것 같았다. 아니, 전혀 다르게 알고 있는지도 모른다. 그러나 어차피 죽일 자를 상대로 무슨 말을 할 것인가? 무엇이 억울할 것인가? 천하가 자신을 곡해하여도 개의치 않던 사람도 있었다.

황보현건이 검을 뽑았다. 붉은 촛불을 반사하는 황보현건의 검을 모용현은 기억 속에서 찾을 수 있었다. 만년현철을 제련한 묵빛 검신과 포효하는 사자의 손잡이. 저것은 사자검 유대원의 검이었다.

물론 그것은 유대원의 사자검이 아니었다. 황보현건이 유대원과 사제지간이었던 것처럼, 그의 검 역시 사자검의 형제였다. 오래전, 그들의 스승인 전대의 청검장주가 두 사람을 위해 직접 제련한 검이었다. 검의 이름 또한 같은 사자검이었다.

황보현건이 그의 사자검을 들고 진기를 일으키자 실내의 공기가 요동치기 시작했다. 잔잔했던 수면 위로 태풍이 일어난 듯, 패도적인 기가 황보현건을 중심으로 나선을 그리며 세력권을 넓혀갔다.

칠 년 전 보았던 사자검 유대원과 흡사하면서도 그렇지 않은 황보현건의 기도를 보며 모용현 역시 검을 뽑았다. 황보현건의 사자검에 비할 수 없었지만, 그 역시 모용현의 손 안에서 날카로운 기운을 뿜어내고 있었다.

'허어!'

황보현건은 속으로 탄성을 질렀다. 실제로 만난 흉수는 이제 십대 후반에서 이십대 초반으로 보일 만큼 어린 애송이였다. 산동의 손꼽히는 고수들이 차례로 그에게 살해당했다는 사실이 믿어지지 않을 정도였는데, 그런 애송이의 손에 검이 들리자 살짝 경시하였던 시선을 거둘 수밖에 없었다.

황보현건에게서 뿜어져 나오는 강렬한 기운에 실내를 비추던 촛불이 흔들린다. 그를 따라 타오르던 빛과 그림자의 경계가 무너진 순간, 모용현의 신형이 공기 중으로 흩어졌다. 황보현긴은 본능적으로 몸을 틀고 검을 들었다.

카앙!

검들의 울부짖음이 연무장을 맴돌았다. 황보현건이 검 안으로 파고드는 여력을 무시하고 억지로 검을 휘둘렀으나 모용현의 신형은 이미 그의 간격 밖에 있었다.

관자놀이를 타고 한줄기 땀방울이 흘러내렸지만 닦아낼 틈이 없었다. 또 한 번, 모용현이 그에게로 파고들었다.

카앙! 카앙!

은은한 어둠 속에서 몇 개인가 불꽃이 허공을 수놓았다. 위로, 아래로, 앞에서 혹은 뒤에서. 그를 따라 닫힌 공간의 공기가 격렬하게 흔들리고 촛불 또한 그를 따라 흔들린다. 촛불이 비추는 공간이 조금씩 비틀리면서, 모용현과 황보현건의 신형이 언뜻 나타났다 사라지기를 반복한다.

이십여 차례 검격의 교환이 이루어진 후, 두 사람이 처음과 자리를 맞

바꾸어 섰다. 공기의 안정과 함께 흔들리던 촛불이 바로 서고 실내는 적막으로 가득했다.

'어찌 이런!'

황보현건은 멀찌감치 떨어져 은은한 촛불을 받고 있는 모용현의 모습을 보며 경악을 금치 못했다. 그의 기운이 예사롭지 않음은 알고 있었으나, 막상 검을 부딪쳐 보았을 때의 느낌은 천지 차이인 것이다.

무영검으로 이름 높았던 추신의 전인답게 검의 빠르기는 대단했다. 그러나 그것은 이미 예상하고 있었던 터. 그보다 황보현건을 놀랍게 한 것은 일견 단순하게 보이는 검로의 정순함이었다. 그것은 실로 오랜 전통을 가진 명문정파의 것과 비교해도 손색이 없을 정도였으니, 이토록 정갈한 무학을 지닌 자가 그 추신의 전인이라는 사실이 믿어지지 않을 정도였다. 추신의 성취 또한 눈앞의 이자와 같다면 그러한 자가 비열한 수로 승리를 갈취하리라 상상하기 어려웠다.

한편 모용현은 호흡을 가다듬고 검을 들었다. 염합의 결정으로부터 끊임없이 배출되는 진기가 헝클어진 혈로를 타고 전신을 일주한다. 모용현의 기혈이 정상이었더라면 고금을 통틀어 그와 같은 내력을 지닌 자가 따로 없었을 것이다. 그러나 태어날 때부터 가지지 못한 단전과 그로 인해 일그러진 기혈은 염합의 결정이 뿜어내는 진기를 모두 받아들일 수 없는 몸으로 만들어놓았다. 물론 지금의 내공 수위도 충분히 놀라운 일이었지만.

모용현도 이와 같은 사실을 어렴풋이 알고 있었다. 하나 그를 비관하거나 아쉬워한 적은 없었다. 오직 간월검을 연성하기 위한 내력이면 족하다.

'과연 대단하다.'

모용현은 가라앉은 한쪽 눈으로 촛불 너머 황보현건을 바라보았다. 그는 이제껏 상대한 무림맹의 그 누구보다도 강한 자였다. 창천검 남궁우현과 소소면 원소이도 그에 비하자면 손색이 있었다. 저만한 실력을 가지고 있으면서도 이런 작은 곳의 지부장으로 만족해하는 것이 신기할 정도였다.

그러나 질 마음은 들지 않는다.

모용현이 다시 한 번 황보현건을 향해 달려들었다. 황보현건은 기합소리를 크게 내지르며 달려드는 모용현에게 검을 뽑았다.

*　　　*　　　*

별이 유난히 빛나는 밤이다. 금설옥은 객잔의 지붕 위에 앉아 밤하늘을 올려다보고 있었다.

쫓는 이들의 힘을 빼기 위한 도주이지만, 도주하는 자들이라고 마음이 편할 리 없었다. 정파연합은 무림맹의 눈을 속이기 위해 일, 이십 명 단위로 나뉘어 움직이다 보니 따라잡혔다가는 제대로 싸워보지도 못하고 죽으리라는 것을 모두가 알고 있었다.

달그락.

지붕에 얹은 기와 소리가 요란하다. 금설옥이 돌아보니 남종이 서 있었다. 남종이 배시시 웃으며 금설옥의 옆에 와 걸터앉았다.

"잠이 오지 않나요?"

무릎을 감싸 안은 금설옥은 남종의 말을 들은 듯, 듣지 못한 듯 한참을 침묵하다 작은 소리로 대답했다.

"…예."

"천하의 가인검도 긴장이 되나 보군요."

남종이 농을 걸었지만 금설옥은 오히려 고개를 끄덕였다.

"긴장이 되긴 되네요. 머지않았음이 느껴져요."

남종도 정색을 하며 고개를 끄덕였다. 금설옥의 말대로 쫓아오는 무림맹의 토벌대와 맞서 싸워야 할 때가 다가오는 것이다. 남종의 계책이 유효한지 검증하기 전에 정파연합부터가 지쳐 버릴 터였다. 길어야 사흘 안에 결판이 나리라는 것이 남종과 금설옥의 공통된 생각이었다.

그리고 그때에는 금설옥이 정파연합의 선두에 서야 할 것이다.

지금 정파연합에서 당감소를 감당해 낼 수 있는 이는 오직 그녀뿐이다. 물론 그것이 대등히 맞서 싸울 수 있다는 의미는 아니었지만. 이는 무림맹과 정파연합의 역량 차이를 단적으로 보여주는 예이기도 했다. 당감소와 같은 절정고수를 몇이나 더 보유한 무림맹과 그 한 사람을 감당해 낼 수 없는 정파연합.

그러나 그것이 두렵다 하여 피할 수는 없다. 무엇보다 당감소를 향한 원한이 있지 않은가?

금설옥은 품 안의 검을 꼭 쥐었다. 그녀에게 이 검을 준 사람 역시 당감소에게 많은 것을 당했었다. 만약 내가 당감소를 죽이면, 사부와 사자들뿐 아니라 그의 복수도 이루었다 할 수 있을까? 생각이 그에 미치자 금설옥의 귓가에 모용현의 목소리가 들려왔다.

'나는 누구의 복수를 할 수 있는 사람이 아니란 말이오. 누구보다 당신이 잘 알고 있겠지. 내가 한 짓을 생각해 보면 자명한 것 아니오?'

그러나 그렇다면, 누가 추신의 복수를 할 수 있단 말인가? 금설옥이 그에게서 검을 받았지만, 감히 그의 복수를 할 수 있단 말인가?

"휴우."

금설옥은 한숨을 쉬었다. 그날, 빗속으로 뛰쳐나간 모용현은 지금 어디에서 자신을 책망하고 있을지 생각하니 가슴이 아팠다. 그를 다시 만나면 꼭 해주고 싶은 이야기가 있었다.

6

모용현은 창천검 남궁우현과 소소면 원소이를 차례로 상대하며 자신의 부족한 점을 깨달았다. 물론 결과적으로 그들을 꺾었으나 자신이 원하는 속죄에의 길은 요원하기만 했다. 천수참마 조규휘와 금편선자 양정문과 맞닥뜨렸을 때, 그것을 통감할 수 있었다.

당시에는 진우심의 안위를 걱정하여 경황이 없었으나, 생각해 보면 그 자리를 무사히 빠져나올 수 있었던 것은 그야말로 천우신조(天佑神助)라 해도 과언이 아니었다. 그러나 그러한 행운은 두 번 돌아오지 않는 법이다.

과거 추신은 간월검의 십삼 개 구결 중 열 개의 구결만을 남겼다. 모용현은 칠 년간 그 열 개의 구결을 익혔지만 본래의 간월검이 가졌던, 혹은 추신이 보여주었던 위력과는 큰 차이가 있었다.

그러나 추신은 죽었고, 간월검의 검보는 남아 있지 않다. 온전한 간월검이란 모용현이 아는 한 세상에 존재하지 않았다. 불완전한 무공에 염합의 결정으로부터 나오는 내력을 억지로 보태 승리를 거듭 쌓아왔지만, 앞으로는 그러한 요행이 통하지 않을 자들을 상대해야 한다.

통하지 않을 모용강을 죽여야 한다.

"크헉!"

짧은 비명 소리가 밀폐된 방 안 가득 울려 퍼졌다. 쓰러진 황보현건의 눈은 믿을 수 없다는 감정으로 가득했고, 그 감정은 박제되어 더 이상 바뀌지 않을 것이다.

모용현은 검을 회수하지 않고 황보현건의 시체에도 눈길 하나 주지 않고 고개를 돌렸다. 길게 늘어뜨린 머리칼 사이로 비치는 오른 눈이 촛불을 받아 기묘한 색으로 물들었다. 보이지 않는 유리안이 향한 곳은 연무장 구석의 촛불의 빛이 닿지 않은 어둠.

"그만 나오시지."

모용현이 검을 들고 어둠을 향해 말했다. 어둠 속에서 하나의 윤곽이 드러나고, 그것은 한 여자의 모습이 되어 촛불의 영역으로 나왔다. 갸름한 얼굴과 날카로운 콧날. 붉은 비단을 두른 화려한 여인은 얼굴 가득 환한 웃음을 짓고 있었다.

양정문이 말했다.

"그대는 언제부터 알고 있었나요?"

"처음부터."

모용현이 대답하자 양정문이 손으로 입을 가리며 웃었다.

"호호, 놀라운 배짱이군요! 아니, 처음부터 내가 있다는 것을 알면서도 온 것이죠?"

"……."

모용현은 대답하지 않았다. 양정문이 그런 모용현을 보며 뭐가 그리 좋은지 만면에 웃음을 띄우며 말했다.

"그나저나 저 황보 지부장을 쓰러뜨리다니, 예상은 했지만 놀라운 일이군요. 우리가 헤어진 지 이 개월이 채 되지 않았는데, 그 짧은 시간 동안 이렇게 강해지다니 놀라워요. 놀라워!"

양정문은 너무나 즐거워 견딜 수 없었다. 그녀의 생각대로 모용현은 그 짧은 시간 안에 급격한 무공의 성취를 이루어낸 것이다. 산동에서의 살행은 그를 위한 수행이자 확인의 작업이었을 것이다. 그리고 지금 모용현은 황보현건을 쓰러뜨려 자신의 성취를 최종 확인하였고, 동시에 추신을 폄하하였던 원한을 갚았다(물론 모용현은 전자의 일밖에 염두에 두지 않았으나).

"할 이야기가 끝났나?"

양정문이 더 이상 말을 잇지 못하고 홀로 웃기만 하니 모용현이 싸늘히 말했다. 양정문은 여전히 입을 가리고 웃으며 말했다.

"본녀는 궁금한 것이 있어요. 그대는 어찌, 이 짧은 시간에 그토록 놀라운 성취를 이룰 수 있었죠?"

원래 양정문은 모용현의 무위가 어느 정도인지 짐작하고 있었다. 그 근거는 처음 빗속에서 만났을 때의 느낌과 그 뒤로 모용현이 죽인 사체의 검상이었다. 그러나 그것만으로 모용현의 무위를 온전히 파악하기란 힘든 일이다. 지금 양정문이 본 모용현은 항주에서 만난 그자가 맞나 싶을 정도로 변해 있었다. 그의 성취는 양정문이 상정한 것 이상으로, 그녀 자신을 비롯한 사대사령들과 비교하여도 크게 떨어지지 않을 것 같았다.

"……."

모용현은 대답하지 않았다.

모용현은 형산에서 간월검을 연성하던 당시, 앞선 열 개의 구결에서 마지막 삼 식을 유추하려 한 경험이 있었다. 그러나 간월검은 체계적인 무공서가 아니었기에 모용현의 시도는 실패로 돌아갈 수밖에 없었다. 그리고 더 이상의 성취를 포기한 채 하산하였는데, 지금에 와 한계에 부딪치고 나니 달리 기댈 곳이 없었던 것이다.

하여 모용현은 아예 스스로의 힘으로 마지막 삼 식을 창안해 냈다. 물론 그것이 원래의 간월검에 미치지는 못할지라도 그에게는 다른 수가 없었다. 모용현은 자신이 깨달은 간월검의 검리에 부합되는 선 안에서 세 개의 구결을 창안하였고, 그로 인해 앞선 열 개의 구결이 가진 힘을 좀 더 끌어낼 수 있었다.

그리고 산동에 들어서 네 고수와의 대결을 통해 모용현은 자신이 만든 간월검의 부족한 점을 보완하고, 결국 지금 황보현건과의 일전을 통해 어느 정도 성과를 얻어낸 것이다.

지금이라면 저 금편선자 양정문과도 능히 겨룰 수 있을 것 같다는 생각이 들었다. 어디까지나 겨룰 수 있을 뿐이었지, 그녀를 죽일 수 있을 것 같지는 않았지만. 하지만 그녀의 곁을 떠나지 않는다는 은가면들도 보이지 않는 지금이 어쩌면 그녀를 죽일 수 있는 최고의 기회일지 몰랐다.

모용현은 대답하는 대신, 양정문에게로 검극을 겨누며 진기를 일으켰다. 그 순간 양정문이 웃으며 한 손을 내밀어 흔들었다.

"잠깐, 잠깐. 본녀는 그대와 싸울 마음이 없답니다."

"그게 무슨 소리지? 나를 놓아주겠다는 거요?"

"뭐, 본녀가 원하는 것은 그저 일시의 여흥일 뿐. 하지만 지금 좋은 생각이 났는데, 그대는 내 말을 들어보지 않겠어요?"

"……."

양정문의 반응이 뜻밖이라 모용현은 말문이 막혔다. 사대사령 중 하나인 그녀의 앞에서 무림맹 지부장을 죽였으니 당장이라도 잡아들이거나 죽여야 할 터. 하나 양정문은 황보현건의 죽음을 방조하였을 뿐 아니라 그 범인을 눈앞에 놓고도 잡지 않겠다 말하니 모용현은 그녀의 속을 짐작할 수 없었다.

양정문이 말했다.

"그날, 그대는 본녀에게 그대의 성이 모용이라 하였어요. 기억하나요?"

　모용현은 저도 모르게 고개를 끄덕였다. 양정문이 다짐이라도 받는 듯 다시 말했다.

　"그리고, 그 대답은 아직 유효하고?"

　"당신이 생각하는 것이 맞소."

　모용현이 냉랭히 답하자 양정문이 기도하듯 두 손을 깍지 껴 감격스레 말했다.

　"아아, 그래요. 그렇고말고요! 본녀의 추리는 한 번도 빗나간 적이 없습니다. 분명 그대는 맹주의 아들이고, 무영검 추신의 전인이지요!"

　"……."

　"사람들은 모두 오해할지 몰라도 본녀는 알고 있어요! 그야말로 진정한 무인이었지요. 그러한 자는 찾기 힘들다는 것을 잘 알고 있어요!"

　양정문은 무언가에 홀린 듯 추신을 이야기했다.

　"그는 정파무림에서도 손꼽히는 세 사람의 절정고수를 하루에 연이어 격파하고, 삼음노괴마저 베었으니 그 공적은 가히 신화적이라 할 만하지요. 그러나 상대는 너무나도 강대한 세력을 가졌고, 그 자신도 막강하여 무림사에 다시없을 정사일통 무림맹을 건설한 모용강! 바로 그대의 아버지였으니 이는 처음부터 이란격석(以卵擊石)이요, 당랑거철(螳螂拒轍)이나 다름없는 싸움이었어요."

　"…그만."

　모용현이 낮게 중얼거렸다. 양정문은 그를 들었지만 어쩐지 놀리고 싶은 마음에 듣지 못한 척 말을 이었다.

　"그대의 아버지는 왜 그를 끌어들이지 않았을까요? 이용한 것에 그치지 않고, 실제로 회유하는 데 성공했다면 무림맹의 건설은 좀 더 수월했을 텐데……."

　"그만, 그만 해!"

모용현이 소리쳤다. 양정문은 어차피 그를 놀리기 위함이었으니, 모용현의 냉랭한 얼굴이 깨어진 것으로 만족스러운 심정이었다. 그런데 그것이 과하였을까? 모용현이 내렸던 검을 들고 양정문에게로 달려들었다.

쉐엑!

그것은 황보현건과 싸우던 모용현에게서는 볼 수 없었던 분노와 적의였다. 격한 감정이 하나의 검처럼 날카롭게 양정문의 가슴을 찔러 들어왔다.

'아아, 이런 순수한 감정이라니!'

그 누가 남후 금편선자 양정문에게 이러한 검을 겨누겠는가? 양정문은 실로 오랜만에 느껴보는 황홀감에 몸을 맡기면서도 뒤로 물러나는 것을 잊지 않았다.

그러나 놀랍게도 모용현의 신법은 양정문의 예상을 가볍게 뛰어넘었다. 모용현의 검이 물러나는 양정문의 목가에 실처럼 가는 상처를 낸 것이다.

“……!”

놀랄 틈도 없이 모용현의 검이 재차 그녀를 노리기 시작했다. 그러나 지금 모용현의 검은 이제껏 보여주었던 냉정하고 바른 검로가 아니라, 격한 분노에 실려 마구잡이로 휘두르는 검이었다.

촤라락!

내려치던 모용현의 검이 양정문의 이마 위에서 멈추고 말았다. 어느새 양정문의 금편이 모용현의 검을 휘감아 챈 것이다.

“크윽!”

조금만, 이대로 조금만 더 힘을 주어 내려치면 될 터인데 모용현의 검은 미동도 하지 않았다. 양손으로 금편을 잡아 모용현의 검을 저지하고 있는 양정문도 그리 여유로운 얼굴은 아니었다.

"쯧!"

양정문이 혀를 차곤 모용현의 복부에 발길질을 했다.

"허억!"

가벼운 발길질이었음에도 모용현의 신형이 크게 휘청거렸다. 일찍이 경험해 보지 못한 충격이 배를 타고 전신으로 퍼졌다. 그와 동시에 양정문이 오른손에 쥔 금편의 손잡이로 모용현의 뺨을 후려쳤다.

퍽!

모용현이 나가떨어지자 양정문이 팔을 크게 휘둘렀다. 그녀의 금편은 허공을 날아 기둥과 기둥을 건너 얹혀 있는 나무를 타고 넘어, 마치 살아 있는 듯 모용현의 양손을 잡아챘다.

"하압!"

양정문이 몸을 돌리며 체중을 실어 금편의 손잡이를 아래로 누르자, 금편의 끄트머리에 감겨 결박당한 모용현의 양 손목이 번쩍 위로 쳐들렸다. 마치 어물전의 생선처럼 모용현은 볼품없는 모양으로 허공에 매달렸다.

"……!"

그제야 모용현이 크게 놀라 정신을 차렸으나, 이미 양정문의 손에 잡힌 몸이었다.

실로 놀라운 수법이었지만, 제아무리 양정문이라도 이런 식으로 모용현과 같은 고수를 잡을 수는 없었다. 이는 어디까지나 추신의 이야기를 함부로 입에 담은 양정문에 대한 분노가 극에 달했기 때문에 일어난 일이다. 양정문과 같은 절정고수를 상대하면서 냉정을 잃는다는 것은 자신을 죽여달라 목을 내놓는 것과 다를 것이 없었다.

양정문은 금편의 손잡이를 두 손으로 잡고 바닥으로 내렸다. 모용현의 몸이 그를 따라 허공으로 더 올라갔다. 양정문은 발로 금편의 손잡이를 밟아 고정하고, 두 손을 탁탁 털며 모용현을 돌아보았다.

"위험했어요, 위험했어! 하마터면 본녀의 목이 날아갈 뻔했네요!"

양정문의 목가에 그어진 가는 혈선으로부터 굵은 핏방울이 새어 나오고 있었으니, 이는 빈말이 아니었다. 양정문은 품에서 손수건을 꺼내 핏방울을 찍듯이 닦으며 말했다.

"자신을 이용해 먹은 자의 아들에게 자신의 모든 것을 물려준 자의 심정이 어떤 것이었는지는 본녀로서도 짐작할 수 없지만, 그것을 받은 그대의 마음은 알 수 있어요. 그러니 달려든 것은 용서해 주지요. 덕분에 그대를 손쉽게 붙잡았으니 나름대로 잘된 일일지도 모르죠? 후훗!"

허공에 매달린 모용현은 일단 그녀의 말을 듣기로 했다. 양정문은 냉정을 잃은 자신을 얼마든지 죽일 수 있었음에도, 굳이 어렵게 자신을 잡는 길을 택했다. 지금 당장 죽이려는 마음은 없다 할 것이다.

과연 양정문은 피를 닦은 손수건을 품 안에 집어넣고 말했다.

"좋아요. 본녀도 더 이상 그대를 자극하고 싶지 않으니 그의 이야기는 그만두기로 하지요. 그러니 그대도 본녀에게 검을 겨누진 말아요. 본녀는 그저 이야기를 하고 싶을 뿐이니까."

"……."

모용현은 대답하지 않고 고개를 끄덕였다. 그러나 그러한 모습이 오히려 양정문을 기쁘게 했는지 양정문이 웃으며 말했다.

"좋아요!"

양정문이 금편의 손잡이를 잡고 있던 발을 들자 허공에 매달렸던 모용현이 바닥으로 내려앉았다. 양정문은 모용현이 내려선 만큼 올라가는 금편의 손잡이를 잡고, 살짝 휘둘러 모용현의 손목을 풀어줌과 동시에 품 안으로 회수하였다.

모용현은 두 손목을 번갈아 주무르며 경직된 근육을 풀어줬지만, 바닥에 떨어진 검에는 눈길을 주지 않았다. 양정문은 회수한 금편을 둥글게 말아 허리춤에 꽂고 모용현을 향해 웃으며 말했다.

"자, 어디부터 이야기하면 좋을까? 그래, 그 이야기부터 하지요. 사실 본녀가 그대를 알아본 것은 특별한 일이 아니지요. 그대의 어머니, 현 무림맹의 사모를 본 사람이라면 누구나 알 수 있을 테니까요. 그만큼 그대는 어머니를 꼭 닮았어요."

양정문이 그리 말하며 모용현의 얼굴을 훑어보았다. 모용현은 그녀의 눈빛이 마음에 들지 않았지만 내색하지 않고 이야기를 재촉했다.

"쓸데없는 이야기는 듣고 싶지 않소."

"어머, 쓸데없지 않아요! 전혀 쓸데없는 이야기가 아니랍니다. 그대는 가만히 듣고 있어요. 본녀는 절대 그대에게 해가 되는 이야기를 하지 않을 테니까."

아름다운 얼굴로 웃는 모습은 여염집 처녀와 같았지만 양정문은 어디까지나 희대의 마녀이다. 모용현은 경고를 받아들이고 입을 다물었다.

"하지만 공식적으로 그대는 존재치 않는 이지요. 그대는 칠 년 전, 무영검 추신의 손에 의해 죽은 몸이니까요. 그대의 아버지는 정사일통이라는 과업을 위해 아들의 안위조차 돌보지 않았으니 참으로 영웅의 풍모라 할 수 있지 않겠어요?"

양정문은 가슴에 손을 얹으며 말했다.

"그러나 본녀는 그것이 사실이 아님을 알고 있어요. 나름대로 조사를 한 것도 있고, 당시의 상황을 정확히는 아니라도 어느 정도 짐작할 수는 있게 되었어요. 모두들 그대가 당시 죽었다고 하지만, 그것이 사실이 아님을 알게 되었죠. 바로 장성한 그대가 나타나 무림맹의 인사들을 죽이기 시작했으니 말이에요. 하지만 그대, 모용현이라는 존재는 지금의 무림맹에 있어 결코 득이 되는 존재가 아니에요. 본녀가 전에 동령께 넌지시 물어본 적이 있는데, 그는 그대가 살아 있다는 것을 한사코 부정하더군요. 왜인지 아나요?”

“……..”

“그대가 무수히 많은 무림맹의 형제들을 죽였기 때문이라고 생각하시나요? 물론 틀린 이야기는 아니에요. 무림맹은 맹원들 간의 다툼을 가장 경계하고, 엄중 처벌하고 있지요. 만약 맹주의 아들이 살아 돌아왔는데, 그가 저 유명한 지부장 연쇄살인범이라는 것이 밝혀지는 것은 썩 유쾌한 일이 아니겠지요. 하지만 그것보다 더 큰 다른 이유가 있지요. 그게 무엇인지 짐작할 수 있겠어요?”

“……..”

모용현은 여전히 입을 다물고 있었다. 그러나 양정문은 개의치 않는 듯 말을 이었다.

“그건 바로 지금의 무림맹을 지탱하는 것이 다음 세대에 대한 약속이기 때문이랍니다. 맹주께서는 지금 자신에게 절대적인 충성을 바치고 무림맹을 공고히 하는 것이 당신을 위한 것이 아니라는 것을 강조하셨지요. 확고히 쌓아 올려진 무림맹은 누구도 아닌, 밑에 있는 자들의 후예 중 한 사람의 것이 되리라 천명하였으니 전심전력으로 임하지 않을 자가 누구겠어요?”

양정문은 잠시 숨을 고르고 다시 말하기 시작했다.

“무림맹이라는 단체는 정사일통이라는 명분을 앞세워 왔고, 맹주부터가 사욕을 멀리하였다는 긍지가 있어요. 그런데 갑자기 죽었다고 알고 있던 그대가 나타난다면 어떻게 되겠어요? 그것은 바로 무림맹이라는 단체의 정체성이 흔들리는 일이라 할 수 있지요. 그렇기 때문에 맹주께서는 그대가 살아 있음을 알면서도 찾으러 갈 수 없지요. 아아, 이 얼마나 슬픈 이야기인가요! 아들이 살아 있음을 알면서도 그를 인정할 수 없고 보듬을 수 없다니!"

양정문은 자신의 이야기에 스스로 취한 듯, 감정이 복받쳐 오르는지 눈물을 글썽거렸다. 모용현은 양정문의 상상이 헛된 것임을 지적하고 싶었지만, 굳이 그녀를 자극할 필요는 없다고 생각하며 마음을 가라앉혔다.

양정문이 다시 말했다.

"물론 그대의 마음을 본녀는 헤아릴 수 있어요. 부친의 높은 이상 아래 희생당했다고밖에 말할 수 없는 처지니까요. 그 마음, 충분히 알 수 있어요. 게다가 그대에게 스승이랄 수 있는 추신을 죽인 것이 아버지라는 사람이니 이 얼마나 복잡한 심경일까요! 그대가 무림맹의 사람들을 그토록 죽이고 다녔던 것도 본녀는 다 이해한답니다."

"…하고 싶은 말이 무엇이오?"

모용현의 말에 싸늘한 냉기가 돌았다. 더 이상 양정문의 헛소리를 듣고 있을 마음은 추호도 없었다. 양정문이 대답했다.

"그래서 본녀가 천하에 다시없을 이 안타까운 부자를 위해 나서겠다는 거예요. 어디, 들어볼 마음이 생기나요?"

7

청명한 하늘이 높은 것을 보니 가을은 가을이었다. 여물어진 곡식은 하루 이틀 수확되기만을 기다리고 풀벌레 우는 소리도 요란하다.

농익은 풀밭을 가로지르던 관도는 조금씩 산악 지대를 오르고 있었는

데, 그를 따라 흙먼지가 구름처럼 피어오르고 있었다. 당감소를 선두로
한 무림맹의 토벌대 칠백여 기가 만드는 흙먼지였다.

"……."

당감소는 말을 달리게 하지 않았다. 이때까지처럼 정파연합을 잡기 위
해 채찍질하지 않고 느긋하지 않게만 말을 몰았다. 물론 그 휘하의 토벌
대들도 마찬가지였다. 쉴 새 없이 말을 달리게 하여 체력을 소진하는 것
은 무엇보다 정파연합이 바라는 일이었다.

흔들리는 말에 몸을 실으며 당감소가 손을 들어 신호를 보냈다. 그러
자 제갈조운을 태운 흑마가 당감소의 옆으로 다가왔다. 두 사람을 태운
말들이 머리를 나란히 하자 당감소가 말했다.

"오늘이 며칠째인가?"

"낙양을 떠난 지 이십 일이 되었습니다."

토벌대가 구성되어 낙양을 떠난 지도 벌써 이십 일이 넘었다. 떠날 때
는 여름이었던 계절도 바뀌어, 더위는 아직 가시지 않았지만 가을의 정
취를 여정의 곳곳에서 느낄 수 있었다.

그러나 토벌대원들은 계절감을 느낄 여유도 없었다. 비록 당감소의 명
에 따라 하루를 쉬고 지금도 적절한 속도를 유지하고 있으나, 정파연합
의 유인책에 말려 제대로 된 휴식을 취하지 못한 채 강행군을 지속했던
토벌대원들에게 쌓인 피로는 하루 이틀로 풀릴 만한 것이 아니었던 것이
다. 당감소에게 대답하는 제갈조운도 마찬가지로 얼굴에 피곤한 기색이
역력했다.

그를 못마땅하게 여긴 당감소가 말했다.

"피곤한가?"

"아, 아닙니다."

당감소의 갑작스러운 말에 당황하며 제갈조운이 대답했다. 그 모습을

보고 당감소가 혀를 차며 말했다.

"끌끌, 정신 좀 차리게! 자네는 지금 나를 보좌하는 입장이지만, 흑기단의 단주이기도 하지 않은가? 게다가 나에게 무슨 일이 생기면 그때는 이 칠백 맹원들을 이끌어야 하는 사람이야. 조금 힘들다고 힘든 표정을 지으면 어쩌자는 건가?"

"죄, 죄송합니다."

"믿음을 주지는 못할망정 아랫사람들의 사기를 꺾지는 말아야지. 무릇… 아니, 아닐세."

애초에 당감소는 토벌대의 사기 진작과 정파연합에 대한 심리적 압박을 가하기 위해 동행한다는 것이 담대진홍의 설명이었고, 그를 위해 부관으로 임명된 제갈조운이 실질적인 토벌대의 수장이어야 했다. 그러나 제갈조운은 머리는 총명할지 놀라도 실전에서 유용하게 써먹을 수 있는 자가 아니었다. 덕분에 담대진홍의 약속과 달리, 지금껏 당감소가 직접 토벌대를 이끌어온 것이다.

자연 당감소는 제갈조운에 대해 그리 좋은 평가를 내릴 수 없었고, 그러한 불편함이 실제로 제갈조운을 대함에 있어 종종 드러나고는 했다. 평소의 당감소라면 속내를 드러내어 상대를 대하지 않았겠지만, 지금의 그는 어딘가 붕 떠 있는 상태로 결코 마음을 가라앉히지 못하고 있었다. 무림인으로 살아온 지 삼십여 년. 생사가 갈리는 사선(死線)을 통과하며 체득한 직관력이 당감소의 마음속에 불안감을 불러일으켰던 것이다.

당감소는 심복인 흑선풍 이성학을 떠올렸다. 사천당문이 건재하던 때로부터 지금까지 자신을 보좌하는 그가 이 토벌대에 따라왔다면 모든 일이 수월했을 것이다. 하나 무림맹의 운영에 있어 자신과 이성학, 두 사람이 함께 빠져나간다면 그 공백은 메울 수 없이 크다.

'역시…….'

다시 한 번 당감소에게 질책을 들은 제갈조운은 풀이 죽었는지 말의 속도를 죽여 자연스레 뒤처졌다. 지금 그 자리에 제갈조운이 아니라 당정견이 있었다면 얼마나 좋았을까? 당감소는 새삼 당정견과 말 머리를 나란히 하는 상상을 했다. 사이좋은 부자간으로는 불가능할지라도, 당정견이 정식으로 무림맹의 간부가 된다면 이처럼 임무를 빙자하여 같이 말을 탈 수 있지 않을까. 전장에 어울리지 않는 달콤한, 그러나 서글픈 상상이었다.

토벌대가 한 시진을 더 가자 길이 더욱 좁아져, 말 세 필이 나란히 가기 버거울 지경이었다. 정파연합이 도망쳤다는 영가(永嘉)로 가는 길목에는 안탕산(雁蕩山)의 줄기가 뻗어 있어 길이 좁고 험했다. 조금 더 가자 길은 협곡으로 들어섰다. 당감소가 다시 제갈조운을 불러 일렀다.

"이러한 길이야말로 저들이 노리는 곳일세. 길이 좁아 한 번에 많은 병력을 운용하기 곤란하니 적은 수로도 기습을 통해 다수를 상대할 수 있지."

"예, 알고 있습니다."

"하나 우리는 지금 그를 알면서도 저들의 함정에 일부러 빠져주는 것임을 명심하게. 내가 말한 대로 대원들에게 미리 일러두었겠지?"

"예."

당감소는 토벌대 구성원들의 실력에 대한 절대적인 자신감이 있었다. 그들은 낙양의 무림맹 본영과 인근 지부에서 선발된 일급무사들이었고, 그에 더하여 사십 명의 흑기단이 있었다. 정파연합이 지형을 이용해 기습을 해온다 한들, 사전에 대비가 되어 있다면 크게 두려워할 것이 없다.

당감소의 그러한 의도는 토벌대원들에게 사전에 알려져 있어, 협곡을 지나는 토벌대의 움직임은 무척이나 신중했다. 한 걸음 한 걸음, 말을 모는 이들의 눈빛은 경계심으로 가득했다.

그러나 마지막 한 기가 빠져나올 때까지, 기다렸던 정파연합은 모습을 드러내지 않았다. 토벌대원들은 안도의 한숨을 쉬면서도, 아무도 없는데 잔뜩 경계하였던 자신들의 모습이 우스웠는지 쓴웃음을 지었다.

"경계를 늦추지 말도록 전하게. 저들에게 머리가 있다면 당연히 가장 경계할 첫 번째 협곡에서 기습을 하지는 않았을 것이야."

당감소가 제갈조운을 불러 이렇게 지시했다. 사실 이 토벌대는 급조되어 제대로 훈련이 되어 있지 않았지만, 과연 무림맹 사대사령이라는 이름의 무거움이 남달라 들뜬 토벌대의 분위기가 순식간에 차분히 가라앉았다.

당감소의 예상대로 토벌대의 길 앞에 협곡은 계속 나타났다. 일 다경이 채 걸리지 않아 빠져나올 수 있는 협곡도 있는 반면, 한 시진이 넘게 가도 끝이 나오지 않는 협곡도 있었다.

그러나 기다리던 정파연합은 나타나지 않았고, 어느새 해가 저물어가고 있었다. 조금씩이지만 낮의 길이도 짧아지고 있었다. 당감소는 토벌대 전체에 만연한 느슨한 분위기를 읽었지만, 사람의 신경이란 한계가 있어 다시 이들에게 경계심을 불러일으키기 힘들다는 것을 알고 있었다. 제아무리 단련이 잘된 고수라도, 한 집단 안에 있으면 그 분위기를 극복하기가 쉽지 않은 법이다.

우려에 부응이라도 하듯, 다시 한 번 짧은 협곡이 그들 앞에 나타났다. 당감소는 다시 한 번 제갈조운을 불러 당부했다.

"이곳을 지나면 마을을 찾지 못해 노숙을 하더라도 아침까지 휴식을 취할 것이니, 끝까지 경계를 늦추지 말도록 주의시키게."

절벽이 드리운 그림자가 좁은 길 위를 온통 덮고 있었다. 무림맹 토벌대의 긴 행렬 중 삼분의 이가 그림자에 잠겼을 때, 그 가운데쯤에 있던 말 한 마리가 갑자기 앞발을 쳐들었다.

“무슨 일이야?”

주인의 제지에도 아랑곳하지 않고 말은 제자리에 멈춰 서 나아가기를 거부했다. 이 작은 소동이 앞뒤 동료들에게 퍼지는 순간, 좁은 길 양옆으로 세워진 자연의 장벽 위에서 몇 개인가 돌 부스러기가 떨어졌다.

“응?”

작은 돌 부스러기를 어깨에 맞은 토벌대원이 자연스럽게 고개를 쳐들었다. 그의 두 눈에 집채만 한 바윗덩이가 들어왔다.

“놈들이다! 습격이다!”

다급한 외침은 곧 바윗덩이들이 굴러 내려오는 소리에 파묻히고 말았다.

구르르르릉!

집채만 한 바위들이 토벌대원들이 빽빽이 늘어선 좁은 길 위로 굴러 내려왔다. 그러나 이 정도의 기습은 당감소도 이미 염두에 두었던 일이다. 당감소가 크게 외쳤다.

“말을 버려라!”

굴러 내려오는 바위 소리가 하늘이 무너지기라도 하듯 컸지만, 깊은 내력이 실린 당감소의 목소리는 토벌대원들에게 온전히 전달되었다. 무엇보다 그들은 한 사람, 한 사람이 뛰어난 고수였으니 단순히 구르는 돌을 피하지 못할 리 없었다.

쿠웅! 쿵!

주인을 잃고 미처 피하지 못한 말들의 비명 소리는 지면에 도달한 바위에 가려 들리지 않았다. 당감소가 다시 크게 외쳤다.

“화살을 조심해라!”

그러나 그를 비웃기라도 하듯, 다시 한 번 굉음이 들려왔다. 아까와 비슷한 크기의 바위들이 다시 한 번 굴러 내려왔다.

“으아악!”

경신술이 떨어지는 몇몇 대원들은 연이은 바윗덩이들을 피하지 못하고 그에 깔렸다. 당감소는 놀라 날뛰는 말을 진정시키며 협곡을 가득 메우는 바윗덩이를 보다가 문득 깨달은 바가 있어 크게 소리쳤다.

“이런!”

그 와중에도 바위들은 쉬지 않고 굴러 내려왔다. 처음처럼 큰 바위는 없었지만, 그래도 어른 키만 한 바위들이 계속 굴러 떨어졌다. 당감소는 눈살을 찌푸리며 중얼거렸다.

“이럴 작정이었나!”

협곡을 통과하며 길게 늘어진 행렬 가운데로 굴러 떨어진 바위에 직접 당한 이는 그리 많지 않았다. 그러나 이대로 바위들이 계속 떨어지면, 긴 행렬의 허리가 뚝 끊어져 병력이 반으로 나뉠 것이다. 정파연합이 노리는 것은 그것이었다.

시간이 없었다. 물론 병력이 반으로 나뉘어도 정파연합의 총원과 비교해 동등한 수준일 테지만 문제는 저들이 어느 편을 먼저 치느냐는 것이었다. 앞쪽을 친다면 별문제가 없을 테지만, 잘려 나간 뒤편이 불안했다. 마땅한 지휘자가 없으면 아무리 병력이 많아도 소용이 없는 법이다. 당감소는 말에서 뛰어내리며 외쳤다.

“흑기단주는 여기를 맡으시게!”

제갈조운으로 하여금 분리된 앞쪽을 맡게 하고, 당감소는 떨어져 내리는 바위의 빗속으로 뛰어들었다.

냉정히 생각하자면 좁은 길의 일부나마 겨우 메울 바위들이었지만, 협곡이라는 양옆에 막힌 지형에서는 세계의 모습이 뒤바뀌는 천재지변이라 할 것이다. 최초에 떨어진 바위들의 크기에 질려 지금 떨어지는 바위들은 작게만 느껴졌지만, 피와 살로 된 사람의 몸으로 받아들일 수 없다는 점에서는 큰 차이가 없었다.

쉬익!

바위라는 육중한 느낌과 어울리지 않는 파공음이 옷자락을 스치니, 천하의 당감소라 해도 태연할 수는 없었다. 당감소는 전력으로 달리면서도 온몸의 신경을 하나로 세워 떨어지는 바위들을 피했다. 스치기만 해도 몸이 부서질 것 같은 바위들을 간발의 차이로 피하는 그의 모습은 인간의 능력을 한참 뛰어넘은 것이라 과연 무림맹을 대표하는 절정고수로 손색이 없었다.

그러나 당감소도 인간인 이상 하늘 가득 떨어지는 바윗덩이를 일일이 피할 수 없었다. 당감소는 달리면서 두 손을 들었다. 그의 두 손에는 어느새 짧은 비도가 한 자루씩 들려 있었다.

샤악!

당감소는 두 자루 비도를 교차시키며, 머리 위로 떨어지는 바위덩이의 궤도를 바꿨다. 무서운 기세로 낙하하는 바윗덩이를 두 자루 작은 비도로 방향을 틀어버리는 수법이 실로 고명하였다. 비처럼 쏟아지는 바위와 흙먼지에 가려 그 모습을 볼 수 있는 이가 아무도 없었음이 애석할 따름이었다.

쿠웅!

당감소가 바위 세례를 빠져나옴과 동시에, 마지막 한 덩이 바위가 떨어졌다. 쏟아진 바위들은 그대로 협곡의 입구를 메워 거대한 벽을 만들었다. 당감소가 돌아보니 그 벽이 보통 웅장한 것이 아니라, 나뉘어진 토벌대 중 어느 한쪽이 바위 더미를 넘어오기 힘들 것 같았다. 아니, 그전에 바위를 굴린 이들이 그러한 여유를 줄 것인가? 어림도 없는 소리다.

당감소가 재빨리 고개를 돌렸지만 흙먼지가 피어올라 보이는 것이 없었다. 드문드문 그림자가 비치긴 하였지만 금방 가라앉을 흙먼지가 아니라, 이쪽에 남은 병력이 몇이나 되는지 파악하기 어려웠다. 다만 짐작하기를 이백여 명 안팎이리라. 당감소는 먼지를 헤치며 소리쳤다.

"옆의 동료를 확인하고 적의 습격을 대비해라!"

"으악!"

당감소의 경고가 끝나기도 전에 여기저기에서 비명이 들려왔다. 틈을 주지 않고 정파연합의 습격이 시작된 것이다.

'이런 수에 당하다니!'

사실 이것은 알고 있다 하여 딱히 방비할 방법이 없는 계책이었다. 토벌대의 길에 이와 같은 협곡이 셀 수 없이 많아 일일이 매복을 확인하기는 어려웠다. 오히려 당감소는 정파연합을 끌어들이기 위해 일부러 틈을 보이기까지 했으니 일단 그의 의도대로 지루한 추격전에 종지부가 찍힌 것이다.

그러나 이런 형태로, 병력이 나뉜 상태로 정파연합의 기습을 맞이하리라고는 미처 생각지 못한 것이다. 현장을 떠난 지 오래되어 감각이 무뎌진 탓일까?

쉬익!

"크억!"

파공성과 비명 소리가 한데 뒤섞인 것처럼 굵은 화살에 꿰인 토벌대의 시체가 달려나가던 당감소의 앞으로 쓰러졌다.

토벌대에 뽑힌 이들은 모두 만만찮은 실력의 소유자다. 이렇게 혼란스러운 상황이 아니라면 화살로부터 자신을 보호하기가 어렵지는 않을 것이다.

당감소는 팔을 휘둘러 자신에게로 날아오는 화살을 쳐냈다. 우려와 달리 쏘아져 내려오는 화살의 수는 그리 많지 않았다.

"섣불리 움직이지 말고, 동료에게 등을 맡기고 주위를 경계해라! 흙먼지가 가라앉을 때까지 모두 제자리를 사수해라!"

8

"조금쯤 당황해 줘도 좋을 텐데. 너무 침착하게 대응하는 것 아냐?"

남종은 절벽 위에서 무림맹 토벌대의 모습을 내려다보며 중얼거렸다. 간단한 만큼 효과적인 계책이었음에도 불구하고 무림맹 토벌대는 남종이 원하는 모습을 쉽게 보여주지 않았다. 돌을 굴리는 것의 일차 목표인 병력의 분산은 성공했으나, 그 와중에 발생한 피해는 남종이 내심 원했던 것에 한참 미치지 못했던 것이다.

"부맹주님! 화살이 모두 떨어졌습니다!"

활을 든 사내가 다가와 보고했다.

"벌써?"

남종의 계산은 정확해서 돌을 굴린 시점은 토벌대 행렬의 칠 할이 지나간 뒤였다. 당감소와 흑기단이 선두에 있었으니 돌 더미에 막혀 남겨진 이백여 명은 마땅한 지휘자를 잃은 것이다. 개개인의 무력이 어느 정도인지는 파악하기 어려우나 지휘자가 없는 상태에서 좁은 지형에 갇혀 기습을 당한 뒤라면 제아무리 훈련이 잘되어 있다 한들 당황할 수밖에 없다. 이런 때에 정타를 먹인다면 알아서 무너져야 할 터인데, 돌무더기와 화살을 맞고도 침착히 대응하는 모습은 남종의 예상 밖이었다. 그러나 이때를 놓치면 언제 또다시 기회를 잡을 것인가?

남종은 옆에 기대놓았던 몇 개의 깃발들 중 붉은 기를 하늘 높이 치켜세웠다. 발밑의 세상은 혼탁했으나 푸른 하늘 아래 시원한 바람을 받아

펄럭이는 붉은 깃발은 선명했다. 의도하지 않았지만 피를 부르는 약속은
붉은색이었다.

협곡을 가득 메운 흙먼지는 서서히 가라앉고 있었다.

"공격하라는 신호입니다!"

펄럭이는 붉은 깃발이 보이자 누군가 소리쳤다. 그뿐만 아니라, 협곡
의 입구 근처에 숨어 대기하고 있던 이백팔십여 정파연합이 모두 그를
보았다. 그리고 그들의 시선은 자연스럽게 한 사람에게로 옮겨갔다. 무
림맹이라는 거대한 힘에 맞서 분연히 일어난 정파연합의 맹주, 화산의
전인 매향검 왕민보.

왕민보는 좌중을 둘러봤다. 오랜 여정의 노곤함과 잃어버린 것을 되찾
고자 하는 집착이 뒤섞인 시선은 어딜 보나 한결같다. 그 밑에 깔려 있는
불안감마저도.

정파연합이라는 기치를 내건 이후 많은 싸움을 했고, 앞으로도 많은
싸움을 해야 한다. 그러나 이 중 누가 이후의 싸움을 계속할 수 있을지는
아무도 모르는 일이다.

왕민보는 검을 높이 빼 들고 외쳤다.

"적을 포위, 섬멸하라!"

일행을 따르지 못하고 협곡의 입구에 남겨진 이백여 토벌대가 혼란으
로부터 빠져나오기는 쉽지 않았다. 피어오른 흙먼지에 시야가 제한된 상
황에서 화살이 쏟아지고, 그에 이은 정파연합의 공세가 무서웠다. 토벌
대가 비록 무림맹이 선별한 이들이라 개개인의 무위는 나무랄 데 없으나
준비 기간이 짧고 제대로 된 훈련을 받지 못해 이와 같은 기습에 대처하
는 능력이 떨어졌다.

난전.

　서서히 걷혀가는 흙먼지를 대체하는 것은 병장기들이 부딪치는 소리와 피로 범벅이 된 비명이었다. 퇴로가 막혀 있고, 시야가 제한된 가혹한 환경에서 당한 기습은 남겨진 토벌대에게 있어 재앙이나 마찬가지였다. 더구나 토벌대가 가지고 있던 수적 우위도 역전되어 버린 상황에서, 애초에 가지고 있던 전투력을 기대하기란 어려운 일이었다.

　환도가 배를 가르니 창자가 흙바닥으로 쏟아진다. 몸으로부터 떨어져 나온 한쪽의 팔은 그 주인이 무인이었음을 증명이라도 하듯 검자루를 놓지 않았다. 그러나 주인을 잃은 팔에게 무인의 것이었다는 과거가 무슨 소용이랴 힐난하는 듯, 살아 있는 병장기들의 비명 소리만이 협곡의 입구 위로 피어오른다.

　퍼억!

　커다란 소리와 함께 가슴에 새겨진 깊은 손자국을 담고 사내가 말에서 떨어졌다. 그로부터 무심한 눈길을 돌리며 다른 이에게 일장을 던지는 젊은 중은 소림의 전인, 대우였다.

　어린 나이에 스승과 사문을 잃고 가진 무공이라고는 기초에 불과한 나한십팔장(羅漢＋八掌)뿐이었다. 그럼에도 불구하고 그 이름처럼 큰 눈을 지닌 순박한 젊은 중은 정파연합 내에서도 손꼽히는 고수로 성장했다. 타고난 신력도 있겠지만, 그보다는 무림 정종이 닦아놓은 튼실한 기초와 우직한 성품을 더 자랑스럽게 여겨야 할 것이다.

　대우의 일장이 다시 한 번 다른 토벌대의 가슴을 때렸다. 사내는 비명도 지르지 못하고 말 위에서 떨어지고, 주인을 잃은 말은 하늘을 향해 길게 울었다.

　"말에서 내려라!"

　훈련된 기병이라면 모르되, 무림인에 불과한 이들로선 말을 뜻대로 부

리면서 본신의 무공까지 십분 펼치기 어려웠다. 먼저 간 동료들이 생명
으로 대신한 가르침을 따르고자 무림맹 무사들이 모두 땅으로 내려섰다.

"커헉!"

대우의 나한십팔장이 형성하는 강대한 진기의 벽 사이, 한줄기 검기가
예리하게 튀어나왔다. 청성파의 생존자인 육기환이 어느새 대우의 앞으
로 나와 한 사람의 목을 베고 뒤로 물러났다.

진중한 소림 장법과 예리한 청성 검법의 조화는 지난 싸움들을 통해
그 위력을 입증한 바 있었다. 평소 대우와 육기환, 두 사람의 사이가 썩
좋은 것은 아니었지만 전장에서만큼은 누구보다도 서로를 신뢰하고 함
께 행동하기를 즐겼다.

그런 두 사람 앞에 토벌대의 시체가 쌓여갈 때, 한 사내가 그들의 앞을
가로막았다. 날카로운 눈을 한 오십대의 사내였다.

"훌륭하다!"

장년인은 머리끝에서 발끝까지 흙먼지를 뒤집어써 썩 보기 좋은 모습
은 아니었다. 하지만 양손에 비도를 쥔 그를 당금 무림에 누가 있어 경시
할 것인가? 무림맹 사대사령 중 하나, 동령 천엽비도 당감소를 말이다.

"당감소!"

육기환이 그를 보고 이를 갈았다. 당감소는 자신의 가문인 사천당문을
버리고 모용강의 밑으로 들어가 영화를 누리고 있으니 무림맹의 천하에
득세하는 그 누구보다 정파연합의 미움을 받고 있었다. 육기환도 예외는
아니었다.

대우와 육기환이 어깨를 나란히 하며 당감소를 향해 각각 검과 장을
내밀었다. 그 기세가 보통 험악한 것이 아니었지만 당감소는 태연히 입
을 열었다.

"더 이상 부릴 잔꾀는 없는 건가?"

만약 바위들을 늘어진 행렬 골고루 분산시켜 떨어뜨렸다면 큰 효과를 볼 수 없었을 것이다. 토벌대 구성원들의 무위라면 한두 명쯤이나 피해를 입었을까? 그를 감안한다면, 아예 협곡을 메워 버려 병력을 분산시키고 지휘관과 주 전력이라 할 수 있는 흑기단이 배제된 한쪽을 치는 이 전술은 칭찬할 만한 것이었다. 당감소가 빗발치듯 쏟아지는 바위들을 뚫고 오리라 예상치 못했던 것만 제외한다면 말이다.

그것을 굳이 잔꾀라 폄하한 것은 그만큼 지금의 당감소에게 여유가 없다는 이야기이기도 했다. 어쨌든 이전까지의 상황과 달리 지금은 정파연합이 무림맹 토벌대에 맞서 수적 우위를 점하고 있었다.

당감소가 그리 생각하고 진기를 끌어올리니, 난전 속에서도 그의 주변만이 다른 공간인 듯 범접할 수 없는 기운이 느껴졌다. 그를 본 대우와 육기환의 얼굴이 어두워졌다.

"…온다."

양손에 힘을 모으며 육기환이 나직이 중얼거렸다. 대우 역시 당감소에게서 눈을 떼지 않고 고개를 끄덕였다.

그들은 지금 처음으로 대면한 당감소를 알아볼 만큼 무림맹의 주요 인사들을 파악하고 있었다. 그러나 그들의 무위에 관하여서는 막연하게 어느 정도일 것이라 예측만 할 수 있을 뿐 왕민보나 현재, 위진 등 과거 정교와의 항쟁을 직접 경험한 이들과는 달랐다. 따라서 대우와 육기환은 당감소를 만나 지금껏 경험해 보지 못한 위압감을 느끼고 있었다.

"흡!"

당감소가 짧은 호흡을 내쉬며 두 사람을 향해 달려들었다. 당감소의 경공과 신법이 비록 최고 수준은 아니었지만 대우나 육기환의 눈으로는 따질 수 없는 경지임이 틀림없었다.

챙!

　육기환은 반사적으로 검을 들어 그의 목을 노린 당감소의 비도를 막아
냈다. 당감소는 의외라는 듯 눈썹을 들어올렸고, 육기환은 힘을 내어 당
감소를 밀어냈다.

　"하압!"

　당감소의 손에 든 것은 길이가 오 촌에 불과한 두 자루에 비도였으니
육기환의 장검에 밀릴 수밖에 없었다. 아니, 밀렸다기보다는 당감소가
스스로 물러났다 해야 할 것이다. 당감소가 물러남과 동시에, 육기환과
그의 사이로 육중한 기운이 불쑥 들어왔다. 대우의 나한십팔장이었다.
육기환에게 비도가 막힌 상황에서 계속 힘겨루기를 했다면 옆구리로 대
우의 나한장을 고스란히 받아내야 했을 것이다. 당감소와 대우의 실력
차가 어느 정도이든 이러한 난전 속에서 굳이 위험을 감수할 필요는 없
었다.

　"……!"

　단 일장으로 육기환에게서 당감소를 떨어뜨려 놓았으면서도 대우의
안색은 그리 좋지 않았다. 그도 그럴 것이, 천하의 당감소가 순순히 물러
날 리 없었던 것이다. 대우의 양 소매는 당감소의 비도에 의해 찢겨져 나
가 팔뚝까지 맨살이 드러나 있었다.

　"괜찮소?"

　"괜찮습니다."

　육기환이 황급히 묻고 대우가 대답했다. 그러나 명쾌한 대답과 달리
대우의 오른팔은 피로 흥건히 젖어 있었다. 당감소의 비도는 간결하면서
도 정확한 선을 그려 대우의 오른팔을 길게 찢어놓았다. 대우의 통나무
같이 굵은 팔을 자르진 못하였으나 요처를 정확히 그었던 것이다.

　"괜찮으십니까?"

　당감소가 물러난 틈을 타 정파연합의 다른 이들이 대우와 육기환의 앞

을 막아섰다. 이미 한 사람을 상대로 두 사람이 있었음에도 열 명이 넘는 이들이 합세하였음은 당감소가 그만큼 격이 다른 상대이기도 했지만, 전세의 추가 정파연합에게로 기울었음을 말하는 것이기도 했다. 시간이 갈수록 땅에 쓰러진 자들 중 제복을 갖춰 입은 무림맹 토벌대의 모습이 늘어나고 있었다.

'시간을 더 끌 수가 없구나!'

제갈조운이 어떤 선택을 할지 모르지만, 협곡의 입구를 메운 바위 더미를 넘어와 남겨진 자들을 구해내기에는 시간이 부족했다. 넘어오려는 시도까지 예측하고 그에 대비한 계략이 숨어 있을지도 모를 일이다. 그를 감안한다면, 제갈조운이 취해야 할 가장 옳은 판단은 그와 함께 있는 오백여 토벌대를 데리고 한시라도 빨리 협곡을 통과하는 것이다. 남겨진 이백 명을 버리는 한이 있더라도 말이다.

그것은 당감소 자신도 각오해야 할 일이었다. 그 혼자라면 지금 이 포위망을 뚫고 도망칠 수 있지만, 남은 이들을 모두 이끌고 자리를 피할 수는 없는 노릇이다. 그러기 위해서는 아랫사람들이 지휘관에 대해 깊은 신뢰를 가지고 있어야 하며, 많은 훈련이 뒷받침되어야 하지만 지금 포위당한 토벌대가 충족시킬 수 있는 조건은 전자뿐이었다. 더욱이 당감소가 이만한 규모의 부대를 운용함에 있어 기본적인 지휘는 가능할지 몰라도 좀 더 고차원적인 움직임을 보일 수는 없었다.

망설일수록 활로는 좁아진다. 당감소가 크게 소리쳤다.

"모두 도주해라! 더 이상의 항전은 무의미할 뿐이다!"

일사불란하게 지휘하지 못하는 이상, 개개인의 능력과 운에 맡기는 것이 최선의 방법일 것이다. 당감소가 지시를 끝내고 그 역시 자리를 피하려 하는데, 사방을 둘러보니 어느새 정파연합의 사람들로 가득했다. 개중에는 몇몇 당감소의 눈에 익은 얼굴들도 있었다. 당감소의 기억에 남

아 있을 정도라면 지금의 정파연합 내에서는 무시 못할 고수라는 뜻이
다.

"나를 잡으러 몰려오신 거렸다?"

당감소의 싸늘한 목소리가 향한 곳에는 정파연합의 맹주, 왕민보가 있
었다. 왕년의 왕민보는 무림 전체의 주목을 받던 후기지수로 당감소와도
어느 정도 안면이 있었으니 기억하기가 어렵지 않았다.

왕민보가 조금은 긴장된 어조로 말했다.

"이렇게 다시 만나게 되어 유감이오. 천엽비도."

"나 역시 살아 있는 자네를 만나게 되어 유감일세."

당감소의 날카로운 말에 왕민보는 고개를 저으며 대답했다.

"허세 부리지 마시오. 당신의 말대로 많은 이들이 저항을 포기하고 도
주 중이고 협곡 안으로 들어신 나머지 병력들은 이쪽으로 넘어오는 대신
반대편으로 빠져나가는 길을 택하였소."

말을 하면서도 왕민보는 심장의 두근거림을 제어하지 못해 괴로워했
다. 애초에 토벌대의 병력을 잘라먹으려는 의도로 행한 작전이었는데 예
상치 못한 대어가 걸려들었으니 달아오르는 가슴을 진정시킬 길이 없었
다. 애써 겉으로는 그러한 기색을 내비치지 않았는데, 당감소가 갑자기
길게 웃으며 말했다.

"크하핫, 지금 날 다 잡았다고 생각하고 있는 건가? 이런 떨거지들을
일, 이백 모아놨다고 날 죽일 수 있다고 믿나? 매향검, 아무리 그간의 고
초가 심했기로서니 이런 농담은 그만두게!"

"저, 저런?"

수십 명에게 둘러싸였으면서도 평정을 잃지 않고, 오히려 광오한 웃음
을 터뜨리는 당감소를 보며 많은 이들이 탄식을 금치 못했다. 그러나 그
누구도 입으로만 그를 욕할 뿐, 감히 나서는 이가 없었다.

당감소는 서서히 진기를 끌어올리며 고개를 돌려 주위를 둘러봤다. 흉흉한 기운이 마치 당감소의 눈에서 뿜어져 나오는 양, 그와 눈을 마주친 자들이 저도 모르게 뒷걸음질치니 포위망은 조금씩 넓혀지고 있었다.

'오래 끌면 좋을 게 없다.'

당감소는 품속에서 작은 환단을 하나 꺼내어 입에 물었다. 사람들은 그의 행동에 어떤 의미가 있는지 몰라 잔뜩 경계하였는데, 왕민보가 대경하여 크게 소리쳤다.

"피해라!"

한 사람을 상대로 수십여 명이 피해야 할 이유가 어디 있단 말인가? 당감소를 둘러싼 정파연합의 사람들이 왕민보의 말을 얼른 알아듣지 못하고 망설이는 사이 당감소가 다섯 개의 쇠구슬을 머리 위로 쏘아 올렸다.

펑!

구슬은 당감소의 머리 위에서 작은 소리를 내며 폭발하였고, 그로부터 흑, 백, 적, 청, 황 다섯 색깔의 연기가 사방으로 퍼져 나갔다. 그를 보며 왕민보가 다급히 외쳤다.

"독이다! 어서 피해라!"

당감소가 뿌린 독연(毒煙)은 빠르게 퍼져 나갔다. 벌써 피를 토하며 쓰러진 자가 눈에 들어왔다.

"크윽!"

왕민보는 소매로 코를 가리며 황급히 뛰기 시작했다. 그러면서 뒤를 돌아보니 자욱한 연기 틈으로 자신을 비웃는 듯 뒤틀린 당감소의 입매가 보였다.

본래 당감소는 독문으로 유명한 사천당가 출신. 그에게 능숙한 용독의 재주가 있다 하여 이상할 것이 없었다. 하나 무림맹이 들어서기 전부터 지금에 이르기까지 당감소가 독을 사용하는 모습을 본 이가 없었다. 이는 그의 무공 수위가 높아 굳이 독을 필요치 않았기 때문이기도 했으나, 무림맹이 들어서기 전에는 당감소가 사천당문이라는 명가 중에서도 존경받을 만한 인물이라는 것을 사람들에게 인식시키고 싶었기 때문이다. 그를 위해 당감소는 의식적으로 용독술을 자제해 왔고, 무림맹이 들어선 이후로는 아예 독을 써야 할 이유가 없었기 때문이기도 했다. 더구나 당감소는 정교와의 항쟁 초기, 사천당가가 멸망하여 그 지원을 받지 못하는 한 자신에게 단독으로 독을 쓸 재주가 없다 말하였으니 왕민보들이 당감소를 상대함에 있어 용독의 가능성을 염두에 두지 않았음은 누구도 탓할 수 없는 문제였다.

"크아악!"

"커헉!"

미처 피하지 못하고 독연을 마신 정파연합의 사람들은 전신에 경련을 일으키며 바닥에 쓰러졌다. 개중에는 두 눈을 뒤집은 채 팔다리를 오므리며 괴로워하는 이도 있었고, 양쪽 귀로부터 피를 흘리며 절명한 이도 있었다. 온몸의 핏줄이 터질 듯 부풀어 올라 스스로 옷을 찢고 바닥에 몸을 비벼대는 이도 있었으니, 십여 명이 쓰러져 있으면서도 같은 증세를 보이는 자가 한 명도 없었다.

당감소가 뿌린 독연은 오고단(五蠱丹)이라 하여 다섯 가지 다른 효과를 가진 독이었다. 이들은 하나하나 떼어놓아도 맹독이라 불리기에 손색이 없었지만, 공기 중에서 바람을 타고 한데 뒤섞임에 따라 전혀 다른 독으로 탈바꿈했다. 어느 독과 어느 독이 섞일는지, 어떤 비율로 혼합될지는 시전자도 예측할 수 없으니 자연 해독제도 따로 없는 악랄한 독이었다.

그가 물고 있는 환단도 해독제는 아니었다. 작은 쥐색의 환단은 숨을 쉬지 않는 시간을 늘려주는 효능을 가지고 있었다. 당감소 정도의 절정

고수라면 일반인이 상상할 수 없을 만큼의 시간 동안 숨을 멈춘 채로 활
동할 수 있지만 그를 믿고 독연 속을 활보하는 것은 결코 바람직한 일이
아니다.

당감소는 혀로 입속의 환단을 굴리며 바람이 부는 방향을 따라 다섯
가지 색이 뒤섞인 연기 속을 걸어갔다.

9

"모두 바람이 부는 반대 방향으로, 높은 지대로 피해라!"

손에 넣었다고 생각한 순간 승리는 물거품처럼 손가락 사이로 흘러내
리고 말았다. 왕민보는 소매로 입을 가리고 오고단의 독연을 피해 도망
치면서도 못내 아쉬움을 감출 수 없었다. 도주하는 토벌대를 방치하면서
까지 잡으려 했던 당감소를 놓치다니, 땅을 치고 후회할 노릇이다.

"제기랄!"

왕민보는 독연으로부터 안전하다고 생각되는 곳까지 피한 뒤 울분을
토해냈다. 그를 따라온 정파연합의 사람들 역시 아쉬움을 금치 못하면서
바람을 따라 확산되는 독연을 두려운 눈으로 바라볼 뿐이었다.

"맹주, 무사합니까?"

왕민보가 돌아보니 협곡 위에서 돌을 굴리고 전황을 파악하여 지시를
내리던 남종이 걱정스러운 얼굴을 하고 있었다. 왕민보가 고개를 끄덕이
며 대답했다.

"나는 괜찮소. 하지만 모처럼 찾아온 기회를 살리지 못하고 놈을 놓쳤
으니 이 일을 어찌하면 좋단 말이오?"

남종이 왕민보의 얼굴을 보니 이만저만 낙담한 것이 아니었다.

"더구나 그에게 용독의 재주가 있음을 예상치 못하는 바람에 많은 동료를 잃었으니……."

왕민보가 더 이상 말을 잇지 못하자 남종이 냉큼 받아넘겼다.

"한 번 실패는 병가지상사라 했습니다. 맹주의 처신은 모두의 사기와 직결하는데 어찌 한 무리의 수장이 처져 있단 말입니까? 맹주보다 싸움에 지친 이들을 먼저 추슬러야 하지 않소이까."

"남 형이 불민한 이에게 가르침을 주는군요."

본래 왕민보는 화산이 낳은 기재로 성품이 오만하였다. 그러나 무림맹의 천하에서 몸을 숨겨가며 지내온 세월은 한 사람의 성격을 바꾸기에 충분해, 지금의 왕민보는 자신을 쉽게 믿지 못하는 사람이 되어 있었다. 이는 스스로가 알고 있다 하여 고칠 수 있는 것이 아니었고, 남종도 그를 잘 알고 있었다.

기운을 차린 왕민보와 남종이 함께 살아남은 자들을 추스르니, 오고단의 독연에 중독되어 사망한 자가 삼십 명에 이르렀다. 토벌대와 맞서 싸우는 과정에서 죽거나 부상을 입은 자가 삼십육 명이었으니, 오고단의 독이 실로 두려웠다.

"어디, 견딜 만하오?"

"좋습니다. 아주 좋습니다."

사상자들을 확인하던 남종의 눈에 대우와 그를 치료하는 검은 수염의 사내가 들어왔다. 사내의 별호는 선연수(選連手), 이름은 원종서(元宗瑞)라 하여 일류의 금나수법으로 귀주(貴州)에서 이름을 날리던 고수였다. 하나 그는 금나수법 외에도 고명한 의술을 지녀 모용강의 무림맹이 들어서자 강호를 등지고 의원을 열 정도였다. 그 후 정파연합의 소식을 듣자 의원을 정리하고 달려와 지금껏 커다란 힘이 되어온 이였다.

대우는 오른팔에 곧은 나무를 대고 천으로 감았으면서도 뭐가 좋은지 연신 웃는 반면 원종서의 안색은 어둡기만 했다. 남종이 그들에게 다가가 물었다.

"대우 스님, 팔은 괜찮습니까?"

"좋습니다. 아주 좋아요."

대우가 웃으며 오른팔을 들어 보였다. 그러자 원종서가 꾸짖듯 말했다.

"좋긴 뭐가 좋단 말이오? 팔 썩 내리시오. 잘못하다간 영영 못 쓰게 될 수도 있으니까!"

원종서의 질책에도 대우는 웃음을 거두지 않았다. 오히려 그 말을 들은 남종이 깜짝 놀라 물었다.

"아니, 그렇게 중한 부상이란 말이오?"

원종서가 고개를 저으며 말했다.

"정확하고도 악랄하오. 실로 놀라운 솜씨니 천엽비도의 명성이 헛되지 않소이다. 팔을 못 쓰게 될지도 모른다는 말은 과장되긴 했으나 결코 허언이 아니오. 여기서 내가 할 수 있는 것은 응급처치에 불과하니, 어서 제대로 된 의원으로 가 치료를 받지 않으면 일상생활은 몰라도 오른팔로 무공을 쓰지는 못할 것이오."

"그런……."

남종은 침울히 말꼬리를 흐렸다. 대우의 부상도 부상이지만, 그가 정파연합 내에서 차지하는 비중이 만만치 않았던 것이다. 가뜩이나 고수가 없는 지금, 대우 한 사람이 빠지는 것은 큰 타격이었다.

"어쨌든 대우 스님은 그 팔 중히 여기시오. 내 다른 부상자들도 쭉 보고 올 테니."

원종서와 함께 남종도 자리를 떴다. 쭉 둘러보니 대우를 제외하고는 수뇌진이라 할 만한 고수들 중 큰 부상을 입은 자가 없었는데, 몇 안 되는 사람들 중에서 있어야 할 얼굴이 보이지 않았다. 남종이 이리저리 찾아다니다 종남의 현재를 붙잡고 물어보았다.

"혹시 금 낭자를 보셨습니까?"

"금 낭자? 아, 가인검 말입니까?"

"예, 그래요."

"글쎄요. 싸움터에서도 몇 번 보았고, 당감소를 포위할 때도 있었는데 말입니다."

"그럼 혹시 독에……?"

남종이 눈을 크게 뜨고 놀라니 현재가 고개를 저으며 대답했다.

"당감소의 독에 당한 이들의 시신은 전부 확인하지 않았습니까? 그리고 저희들이 무사히 피했는데 설마 가인검이 피하지 못했겠습니까."

금설옥의 무공 수위는 맹주인 왕민보를 능가한 지 오래라 정파연합 내에서도 따를 자가 없었다. 오고단의 독이 악랄하긴 했으나 피부에 닿는 것으로는 효력이 없는 듯, 호흡을 통해 체내에 들어오지 않는 한 무사할 수 있었으니 금설옥이 당했으리라고는 생각하기 어려웠다.

"이런!"

남종이 갑자기 소리를 질렀다.

"왜 그러십니까?"

현재가 의아해하자 남종이 대답했다.

"금 낭자는 천엽비도에게 육친을 잃었습니다. 바로 원수란 말입니다!"

금설옥은 천엽비도를 능히 상대할 수 있다는 주위의 기대에 난색을 표한 바 있었다. 그것은 정확한 판단으로, 금설옥은 아직 당감소의 상대가 될 수 없었다. 하나 부모의 원수를, 사문의 원수를 눈앞에 두고도 모른 척할 수 있겠는가? 남종이 아는 금설옥은 결코 그럴 수 있는 성품의 소유자가 아니었다. 상대가 되든 안 되든 어렵게 찾아온 복수의 기회를 놓칠

리 없었다.

"그럼 가인검이 홀로 천엽비도를 쫓아갔을 거란 말입니까?"

남종이 급히 소리쳤다.

"십중팔구 그럴 겁니다. 아니, 확실히 그렇습니다!"

"아이쿠, 이거 큰일났군!"

놀라는 현재를 뒤로하고 남종이 뛰어가다가 돌아보며 외쳤다.

"시간이 없어요! 어서 멀쩡한 이들을 추려 두 사람을 따라가야 합니다! 금 낭자가 위험합니다!"

정파연합에게 지금 금설옥을 잃는 것은 무엇으로도 메울 수 없는 구멍이 될 터였다. 당사자에게는 미안한 말이지만 대우의 부상과는 무게감이 전혀 달랐다.

그러나 남종을 움직이는 것은 그보다는 좀 더 감정적인 문제였다. 본래 금설옥은 정파연합에 큰 관심을 두지 않았는데 그런 그녀를 억지로 끌어들인 것이 남종이었다. 비록 남종이 죽은 벽수개의 유지를 따르고 정파연합의 무림맹 타도를 위해 금설옥을 끌어들였으나, 마음속으로는 항상 미안해하고 있었다. 그러니 더 더욱, 금설옥이 복수에 눈이 멀어 목숨을 잃는 것을 두고 볼 수 없었다.

오고단의 독연을 헤쳐 나오고도 한참을 가던 당감소의 머릿속도 남종의 것만큼이나 복잡했다. 정파연합의 포위망을 빠져나온 것은 좋았으나 제갈조운이 이끄는 토벌대와 합류할 방도가 막막했다. 절강성의 무림맹 지부는 대부분 정파연합에게 공격당해 함락당하거나 철수한 지 오래였으니 그를 통해 토벌대와 연락을 취할 수도 없거니와, 몸을 쉴 수도 없었다. 제갈조운의 머릿속을 읽어 그와 합류할 수 있을 만한 길을 찾자니 정파연합의 추격이 염려되었다. 당감소가 아무리 절정고수라 해도 수많은 상대를 모두 감당할 수 있는 것은 아니었다. 혹시 몰라 가지고 있던 오고 단도 써버린 지금, 다시 한 번 아까와 같은 상황이 닥친다면 빠져나가기가 쉽지 않을 것이었다.

그렇다고 이대로 토벌대를 제갈조운에게 맡기고 몸을 뺄 수는 없었다. 낙양으로 돌아가는 것은 쉬운 일이지만 담대진홍을 대하기가 두려웠다.

'어쨌든 눈앞의 일부터 처리하고 봐야겠지.'

당감소는 걸음을 멈추고, 아무도 없는 길 위에서 누군가에게 이야기하듯 말했다.

"숨어 있지 말고 나와라."

그러자 길 위에 한 사람의 모습이 드러났다. 금설옥이었다.

"너는… 정파연합에 있던 놈이로구나. 잘도 따라왔구나."

당감소가 의외라는 듯 이야기했다. 금설옥의 얼굴이 자신을 포위했던 이들 중 하나였음을 기억했기 때문이다. 기척을 느낀 것이 얼마 되지 않아 정파연합의 추격일 가능성이 낮다 판단하였는데, 계집처럼 곱상하게 생긴 자가 오고단의 독연을 두려워하지 않고 자신의 이목을 피해 예까지 쫓아왔으니 놀라운 일이었다.

금설옥은 당감소와 마주하였으나, 생각했던 것보다 평정을 유지할 수 있음에 놀라워했다. 눈앞에 원수를 두고도 냉정을 유지할 수 있다는 것은 그만큼 복수를 향한 열망이 강하다 해석할 수도 있겠지만, 어쩐지 그러한 이유만은 아닌 것 같았다.

"나를 기억하지 못하겠소?"

금설옥이 묻자 당감소가 대답했다.

"우리가 전에 만난 적이 있었나?"

금설옥은 대답하는 대신 머리를 풀었다. 삼단 같은 머리칼이 어깨 밑으로 흘러내리자 당감소가 눈살을 찌푸리며 말했다.

"너는… 살아 있었구나."

당감소가 눈살을 찌푸리는 모습은 누군가를 연상시켰다. 얼굴이 비슷하다 느꼈던 적은 없었는데, 생각지도 못한 곳에서 혈연을 확인한 것이다. 금설옥은 한숨을 쉬며 그녀의 검, 추신을 뽑아 당감소를 향해 겨누고 말했다.

"내 부모와 형제의 피, 사부와 사형제들의 능멸당한 명예. 그리고……."

금설옥은 목 끝까지 올라온 말을 억지로 다시 삼켰다. 지금 금설옥의 손에 그의 검이 들려 있지만, 그녀가 당감소에게 받아내야 할 것은 앞의 두 가지로 끝내야 할 것이다. 마지막으로 하려던 이야기는 그녀의 것이 아니었다.

"아니, 이 두 원한을 갚으러 왔소."

10

쏴아아!

귀가 아닌 마음으로 격한 기의 흐름이 들려왔다. 풍랑 속의 배처럼, 당감소가 내뿜는 기세 안에서 금설옥은 금방이라도 뒤집힐 것같이 흔들렸다.

"원한을 갚으러 왔다? 그 말에 걸맞은 실력이 있는가?"

당감소가 비웃듯이 말했지만 금설옥은 대답하지 않았다. 당감소 정도의 고수가 금설옥을 상대로 격장지계를 쓸 리야 없겠지만, 그보단 대답할 여유조차 없다는 것이 중요했다. 물리적 힘이 아닌데도, 당감소에게

서 뿜어져 나오는 기세는 강렬하게 금설옥을 흔들었다. 금설옥 역시 진기를 끌어올리며 검을 바로잡았다.

당감소를 따라온 것은 남종이 염려한 대로 불같은 복수심에서였지만, 그를 대함에 있어서까지 그러한 감정을 가지고 있을 수는 없었다. 물론 그것은 머리의 지시였고 가슴은 그를 따르기 버거웠다.

그러나 격양된 채로 당감소를 상대할 수는 없다. 무엇보다 그는 천하에 손꼽히는, 금설옥과는 격이 다른 고수였다. 금설옥은 당감소의 무위를 직접 목격한 적이 없지만 얼마 전 항주에서 그와 같은 사대사령 중 하나인 천수참마 조규휘의 싸움을 보았고 금편선자 양정문의 무서움을 몸으로 받은 적이 있었다. 그리고 지금, 당감소에게서 느껴지는 기운은 결코 그들에 뒤지지 않는다.

'당연한 말을!'

스스로를 질책하며 금설옥은 눈을 부릅떴다. 잡념을 지우자 격류 속에서도 몸을 꼿꼿이 세울 수 있었다.

해일처럼 밀려들던 당감소의 기세가 다시 변화하여 이번에는 폭우처럼 온몸을 때렸다. 아까보다 더한 기운이 무겁게 짓눌러 왔지만 금설옥은 손 안의 검과 마음속의 검을 부여잡고 당감소를 노려봤다.

"호오."

당감소는 감탄하며 방출하던 기를 거두어들였다. 칠 년 전, 소녀가 가진 재능의 편린을 본 일이 있었지만 이렇게까지 일찍 개화할 줄은 상상도 못한 일이었다. 아니, 그 재능을 꽃피울 수 있을 때까지 살아남을지 몰랐다는 것이 정확한 표현이겠지만.

금설옥이 단호히 말했다.

"시험은 끝났소?"

비록 하나의 사문은 아닐지언정 두 사람의 배분을 따져 보자면 불손하기 짝이 없는 말이었다. 하나 원수를 앞에 놓고 무슨 예를 차릴 것인가?
당감소도 개의치 않고 대답했다.

"좋다."

"표식입니다!"
한 젊은 사내가 소리쳤다. 남종이 가보니 나무에 새긴 문양이 정파연
합의 기호와 같아 금설옥이 남겨둔 것이 틀림없었다.

'아주 정신이 나가진 않았구나. 다행이다.'

복수심에 불타 무작정 당감소를 쫓았다 생각했는데, 뒤따라올 것을 예
상해 표식을 남길 정도이니 크게 걱정하지 않아도 되겠다 싶었다. 금설옥
이 당감소에게 들키지 않고 계속 표식을 남겨가며 남종들과 합류할 때까지
뒤쫓을 수 있다면 그를 잡을 수도 있을 것이다. 협곡의 막힌 입구를 넘지
않는 이상, 당감소가 분리된 병력과 합류하기란 어차피 힘든 일일 것이다.

그러나 마냥 마음을 놓고 있을 수는 없었다. 남종이 아는 금설옥은 뒤
따라올 자신을 기다릴 사람이 결코 아니다. 아니, 그보다 천하의 당감소
가 미행이 붙었음을 언제까지 모르고 있을 것인가?

"이러고 있을 시간이 없습니다. 서두릅시다!"
남종의 독려에 삼십여 필의 말에 일제히 채찍질이 가해졌다.

당감소의 두 손은 움직이지 않았고 그의 호흡도 변함이 없었다. 하지
만 금설옥은 자신을 향한 살기를 놓치지 않았다.

챙! 챙!
어디에서 날아왔는지 모를 두 자루 비도가 금설옥의 검에 막혀 땅에
떨어졌다. 그를 보고 당감소가 말했다.

"대단하군!"

이 한 수는 눈이나 귀로는 절대 알아차릴 수 없는, 당감소가 자랑하는 절초 중 하나였다. 오직 살기의 흐름을 잡아내야 대응할 수 있을 터, 당감소로서는 금설옥이 상당한 경지에 올랐음을 인정할 수밖에 없었다.

"하앗!"

당감소가 찬사를 보내든 말든, 금설옥은 검을 들고 당감소에게로 달려들었다. 그 모습을 보고 당감소가 또 한 번 놀랐으니, 경공과 신법에 있어서는 이미 무림의 일절로 손색이 없는 금설옥이었다. 금설옥의 신형은 직선과 곡선의 경계를 타고 눈 깜짝할 사이에 당감소의 지척에 도달했다.

채앵!

복수의 대상이라는 감정적 부담과 그 대상이 절정고수라는 중압감에도 불구하고 금설옥의 일검은 흔들림이 없었다. 당감소는 자신의 가슴을 향해 일직선으로 찔러오는 금설옥의 검을 오른손에 든 한 자루 비도로 막고, 몸을 바깥쪽으로 비틀어 왼손에 든 비도로 금설옥의 왼쪽 옆구리를 찔렀다.

"흡!"

당감소의 반격은 일반적인 무리(武理)에 역행하는 수였지만 마치 높은 곳에서 낮은 곳으로 물이 흐르듯 자연스럽기만 했다. 금설옥이 대경하여 몸을 빙글 돌려 당감소의 비도를 옆으로 흘렸다.

샤악!

금설옥이 재빨리 자세를 바로잡았으나 당감소의 공격이 재차 이어졌다. 놀랍게도 금설옥의 요처를 노리는 비도는 모두 네 자루였다.

'네 자루?'

사람의 손은 두 개인데 당감소가 운용하는 비도는 네 자루였다.

'말도 안 돼!'

금설옥은 경악을 금치 못하며 바쁘게 검을 놀렸다. 네 자루의 비도가 각기 다른 방향에서 금설옥의 요처를 공격해 오는 것이다.

양손에 들린 두 자루 비도가 교차하며 금설옥의 얼굴을 노리고, 들리지 않은 두 자루 비도가 각각 복부와 다리를 찔러 들어온다. 금설옥은 대경하여 당감소의 공격을 막기에 급급할 뿐, 그가 대체 어떤 수법으로 네 자루 비도를 운용하는지 알 수 없었다. 손에 들리지 않아 상대적으로 가벼운 비도를 쳐내노라면 어느새 당감소의 손이 그를 쥐고 있었으니 그 동작 하나하나가 마치 예인의 것처럼 경이롭기만 했다.

챙! 챙!

금설옥은 인중을 찌르는 비도를 쳐내며 동시에 하체를 노리는 비도를 피했다. 금설옥이 쳐낸 비도를 당감소가 다시금 잡으며, 동시에 손에 들고 있던 비도를 금설옥에게로 날렸다. 두 사람의 거리가 지척에 불과하거늘 당감소의 동작은 처음부터 하나의 검을 쓰는 것처럼 자연스러워 금설옥이 노릴 미세한 틈조차 주지 않았다. 금설옥은 눈앞으로 다가오는 두 자루 비도를 막아냈다.

“흡!”

그러나 그것은 절묘한 허초! 아래로부터 올라오는 흉험한 기운에 금설옥은 턱을 들고 허리를 뒤로 한껏 젖혔다.

샤악!

수직으로, 당감소의 비도는 금설옥의 앞섶을 베고 하늘 높이 올라갔다. 그리고 그와 교대라도 한 듯, 한 자루 비도가 허리를 젖혀 드러난 금설옥의 복부로 내리 꽂혔다.

“크윽!”

금설옥은 허리를 뒤로 젖힌 상태에서 상반신을 비틀어 한 손으로 땅을 짚고 그를 축으로 온몸을 돌렸다. 당감소의 비도는 금설옥의 옆구리를 스치고, 땅속 깊숙이 박혔다.

금설옥은 몸을 돌리는 탄력을 이용해 몇 번을 더 돌아 당감소로부터 멀찌감치 물러나 섰다. 내리 꽂히는 힘이 어쩌나 강력하였는지 비도는 자루 끝까지 땅속에 묻혀 보이지 않았다.

"……."

불과 이십여 초를 겨루었음에도 금설옥의 호흡은 흐트러지고 전신이 땀으로 뒤덮였다. 각오는 했으나 당감소의 무위는 그를 가볍게 뛰어넘었던 것이다. 퇴불과 헤어져 강호에 홀로 선 이래 가장 힘든 상대였던 남궁세가의 쌍검자도 당감소와는 비교할 수 없었다.

그럼에도 불구하고 그와 싸우고 있는 것은 남종에 대한 무한한 신뢰 때문이었다. 남종이라면 자신이 남긴 표식을 따라 쫓아와 줄 것이라는 신뢰가 깔려 있기 때문에 금설옥은 당감소의 발을 묶을 요량으로 싸우고 있는 것이다.

그러나 막상 겨루어보니 당감소의 무위는 금설옥이 예상했던 수준을 상회하고 있었다. 이대로라면 발을 묶기는커녕 추격대가 오기 전에 당감소의 비도에 죽을 것이고, 추격대가 온다 한들 그 규모가 십여 명에 불과하다면 당감소를 잡기는커녕 그 한 사람에게 몰살당할 확률이 클 것이다. 그만큼 당감소의 강함은 압도적이었다.

어느덧 해가 저물어 세상은 온통 붉은 빛이었고, 그를 정면으로 받는 당감소 역시 붉게 물들어 있었다. 태양을 등진 금설옥에게는 그 모습이 연옥(煉獄)의 귀신과도 같았다.

"오지 않을 거면 내가 가도 좋겠지."

당감소의 건조한 목소리가 금설옥의 귀를 때렸다. 그러나 그보다 먼저, 본능이 부르짖는 위험 신호가 금설옥의 가슴을 때렸다. 애초에 금설옥이 근접전을 시도한 것은 당감소의 비도술을 두려워했기 때문이다. 그런데 당감소가 얇은 비도로도 패도적인 금설옥의 검격을 손쉽게 막거나 흘릴 뿐 아니라 오히려 매섭게 반격을 하니 이미 절정에 달한 그에게 병기의 특성이나 거리의 제약은 사라진 지 오래였던 것이다.

그렇다 해도 지금 그에게 거리를 주다니! 금설옥은 다시 진기를 끌어올리며 당감소에게 뛰어들었다.

그러나 당감소는 더 이상 금설옥에게 지근거리를 허락치 않았다. 저물어가는 붉은 햇빛을 사로잡아 지상에 흐트러뜨린 듯, 금설옥의 눈앞이 일순 번쩍였다.

"……!"

머리끝에서 발끝까지, 전신이 고통으로 물들었다.

11

태풍이 휘몰아치듯 고통이 전신을 감싸 돌았다. 금설옥은 아득해지는 정신을 부여잡고, 검에 몸을 의지하여 간신히 서 있었다. 무슨 일이 일어났는지 확실히 보진 못했으나 이것이 당감소의 비도술이라는 것쯤은 알 수 있었다.

금설옥은 왼손을 들어보았다. 그녀의 작은 손바닥에는 비단보다 얇은, 곤충의 날개처럼 뒤가 비치는 비도의 날이 꽂혀 있었다. 금설옥은 왼손을 입으로 가져갔다. 머리로 전달되는 금속의 시려움을 느끼며, 이로 물어 손바닥에 꽂힌 비도를 빼냈다.

"크윽!"

한 방울을 부어 흘러넘친 술잔처럼, 금설옥은 고통을 견디지 못하고 무릎을 꿇었다. 고개를 들자, 언제 다가왔는지 당감소가 그녀를 내려다보고 있었다. 자신의 피로 붉게 물든 금설옥에게 석양을 받아 붉게 물든 당감소가 중얼거렸다.

"오랜만에 쓴 천엽만공화(千葉萬空華)였다지만……."

본디 당감소가 쓰는 비도는 두 종류로, 하나는 그가 직접 손에 쥐고 사용하는 후도(厚刀)요, 다른 하나는 금설옥의 손에 박힌 예도(銳刀)였다. 당감소는 후도 하나로 고수의 이름을 얻었는데, 원거리에서 펼치는 그의 비도술도 대개는 후도를 이용한 것이었다. 따라서 그에게 예도라는 또 하나의 무기가 있음을 아는 자는 극히 드물었다. 그 한 수로 상대를 죽일 수 있다는 확신이 있을 때라야 비로소 예도를 꺼내었는데, 그를 이용한 절초 천엽만공화가 지금 금설옥이라는 이십여 세의 젊은이에게 막혔으니 당감소가 느끼는 당혹감은 이루 말할 수가 없었다.

'…그 위력은 분명 변함이 없었다. 설마 그 순간 숨겨진 살수를 느낄 수 있었단 말인가?

천엽만공화는 말 그대로 하늘을 뒤엎을 만큼 무수히 많은 예도를 한 번에 방출하는 기술이었다. 공중에 흩뿌려진 예도들이 햇빛을 받아 반짝이는 모습이 마치 꽃이 피어난 것처럼 아름다웠는데, 아름다운 만큼 흉험한 위력을 자랑하였다.

예도는 하나하나가 얇고 가벼워 많은 수의 자루를 가지고 다닐 수 있었는데, 반면 그만큼 상대에게 치명상을 입히기 어려웠다. 때문에 당감소는 수많은 예도로 전신을 낭자하는 가운데 단 하나의 살수를 요처에 꽂아 상대를 절명시켜 왔는데, 그것이 지금 금설옥에 이르러 실패한 것이다.

그러나 금설옥이 무의식중에 미간을 보호하여 살아났다 해도, 전신이 낭자당해 이미 죽음의 문턱에 이른 것이나 마찬가지였다. 시간이 흐른 만큼 당감소의 내력도 증가하여, 지난날과 달리 천엽만공화로 방출된 예도 하나하나가 충분히 상대를 제압할 위력을 지니게 된 것이다.

"과연, 퇴불의 선택을 받을 만한 인재로구나."

장강의 뒷 물결이 앞 물결을 밀어내는 것처럼, 무림에도 항상 선배들을 능가하는 후배들이 있어왔다. 그러나 모용강의 무림맹이 들어선 후, 비록 칠 년밖에 지나지 않았지만 무림맹 내에서는 당감소들을 놀라게 할 재능의 소유자가 나타나질 않았다. 빼어난 후기지수라 해봤자 죽은 남궁선주가 고작이었다. 팽가의 자제들은 나이도 많을뿐더러 자질도 형편없었고, 제갈조운은 기개가 마땅치 않았다. 또한 사왕 손망후의 두 제자나 삼음노괴의 전인들은 모두 삼십대 중반에서 사십대 중반에 이를 만큼 나이가 많았고, 금편선자 양정문과 천수참마 조규휘는 제자를 거둘 생각조차 없었다. 간혹 바깥 지부에서 괜찮은 실력을 지닌 젊은이들이 천거되기는 하나 무림맹의 미래를 맡길 후기지수라기엔 부족한 것이 사실이었다. 하나 이는 일류정파들의 맥을 끊은 무림맹이 자처한 일이니 누구를 탓할 수 없는 노릇이었다.

이러니 담대진홍이 당정견을 다음 세대의 맹주로 생각하는 것도 무리는 아니었다. 당정견의 자질은 백기단주였던 남궁선주를 뛰어넘는 것이었다.

그러나 부모인 당감소의 눈으로도 당정견 또한 눈앞의 이 소녀에 비할 그릇이 아니었다. 두 사람을 비교하는 것은 마치 망망대해에 한 접시의 물을 갖다 대는 격이었다.

"너는 너무 성급했다."

'십 년만 더 기다렸다면 너는 뜻을 이루었을 것이다.'

당감소는 이어지는 문장을 입 안으로 삼켰다. 물론 그것은 자의가 아니었다. 온몸으로 피를 흘리는 금설옥이 그녀를 지탱해 주던 검을 들어 당감소를 찌른 것이다. 그 일검에는 위력도, 무엇도 없었다.

"크흑!"

허공을 가른 검의 무게를 이기지 못하고 금설옥은 넘어졌다. 당감소는 그 오기에 새삼 감탄하며 말했다.

"하늘이 내린 자질도 때를 놓치니 공허하기만 하구나. 네가 퇴불의 전인만 아니었더라도, 아니, 나를 원수로 여기지 아니하였고 정파연합에 가담하지 않았다면 무림맹을 가질 수도 있었을 텐데!"

모용강의 약속처럼, 차기 맹주의 자리는 젊은 세대 중 특별한 자의 것이 되리라. 하지만 그 뒤에 선 자가 있다면 실질적인 권력자는 바로 그임을 누가 모르겠는가? 만약 누군가 눈먼 자가 있어 금설옥을 얻는다면 미래의 무림맹을 장악하는 것도 어렵지 않을 것이다. 물론 금설옥을 설득해야 한다는 전제가 필요하지만.

"그만 죽어라."

더 이상의 감상은 불필요했다. 당감소는 고개를 저으며 오른손을 들었다. 그의 손에는 어느새 한 자루 비도가 들려 있었다. 정신을 잃고 자리에 엎어진 금설옥을 향해 당감소의 손이 천천히 움직였다.

"동령 어른!"

당감소는 손을 멈추고 소리가 난 방향을 향해 고개를 돌렸다. 길 저편에서, 태양을 등지고 한 사내의 긴 그림자가 모습을 보였다. 사내는 꽤 먼 거리를 단숨에 뛰어 당감소의 앞에 섰다.

"무사하셨군요!"

이제 사십을 갓 넘었을까 검은 수염을 단정히 기른 사내는 당감소에게 고개를 숙이며 말했다. 그를 보는 당감소의 얼굴에 다소 놀라운 빛이 떠올랐다.

"자네가 여기 웬일인가?"

사내의 이름은 신오원(申啎元)이라 하여, 바로 사왕 손망후의 두 제자 중 하나였다.

사왕 손망후에게는 두 명의 제자가 있었는데, 하나는 하후덕(夏候德)

이고 다른 하나는 신오원이라 했다. 두 사람 모두 무림맹 내에서 손꼽히는 고수이나, 첫째인 하후덕은 이름과 달리 덕이 없고 인망이 부족하여 귀주성 귀양지부장으로 내쳐진 상태였다. 그에 반해 둘째인 신오원은 무림맹 본영에서 중직을 맡아 손망후의 곁에서 그를 보필하고 있었다. 무공도 무공이거니와 신오원은 하후덕과 달리 손망후의 뱀 다루는 수법도 이었으니 장차 사왕이 그 이름을 물려줄 이가 누구인지 무림맹 안에서 모르는 자가 없었다.

당감소는 신오원과 나이 차가 많이 나지는 않으나 무림맹 내에서의 직급과 배분의 차이가 있어 평소 친분이 없었다. 그런데 낙양에 있어야 할 신오원을 절강성에서 만나니 참으로 뜻밖의 일이었다.

놀라는 당감소에게 신오원이 말했다.

"총사령께서 어쩐지 느낌이 좋지 않다 하시며 저를 보내셨습니다."

"느낌이 좋지 않다?"

"예. 총사령께서 하늘을 읽으니 곧 동령께 좋지 않은 일이 생길 것이 분명하다 하셨습니다."

담대진홍이 간혹 밤하늘을 올려다보는 취미가 있음은 당감소도 익히 알고 있는 사실이었다. 가끔 무엇을 보는지 물어본 적은 있으나 담대진홍은 그때마다 대답을 피하며 가끔 뜻 모를 소리를 중얼거리고는 했는데, 그의 지식이 천문을 읽을 경지에 올랐음은 당감소도 미처 모르던 사실이었다.

그리고 더 놀라운 것은 그의 예언이 정확했음이다. 토벌대는 양분되고 습격을 받은 이백여 대원들의 생사도 모르는 상황에서, 비록 제압했다고는 하나 자신을 원수로 여기는 금설옥의 추적을 받고 싸움을 벌였으니 이 모든 것들이 담대진홍이 예언했다는 '좋지 않은 일'에 들어 있다고 생각할 수밖에 없었다.

당감소가 말했다.

"총사령께서 나를 염려하시고 자네를 보냈단 말인가?"

"예."

당감소가 고개를 저으며 말했다.

"이것 참, 자네를 보기에도 면목이 없군. 겨우 그런 일에 자네를 보낸 것도 과하지만 믿음을 주지 못한 내 죄도 크이."

당감소가 낭패를 당한 것은 사실이나 끝까지 믿음을 지키지 않고 신오원을 보낸 담대진홍에 대한 서운함을 돌려 말한 것이다. 신오원이 그를 듣고 웃으며 말했다.

"그런데 대체 어찌 된 일입니까? 다른 토벌대는 왜 없고 홀로 쫓기는 신세가 된 겁니까? 설마……?"

신오원이 차마 말로 하지 못한 것은 당감소에 대한 불경이었기 때문이다. 대규모의 토벌대를 모두 잃고 홀로 목숨을 부지해 쫓기는 신세가 되었느냐는 말을 어찌 면전에 대고 할 수 있겠는가? 당감소는 신오원이 생략한 뒷말을 알고 쓰게 말했다.

"자네의 생각처럼 나쁜 상황은 아닐세. 흑기단주의 지휘를 받는 오백여 토벌대가 건재하고 흑기단의 전력도 고스란히 남아 있네. 내가 다시 그들과 합류한다면……!"

당감소는 어울리지 않는 해명을 하다 퍼뜩 정신을 차렸다. 웃고 있는 신오원의 얼굴 뒤로 피어오르는 한줄기 살기가 느껴진 것이다. 당감소는 생각할 것도 없이 손을 휘둘렀다.

캉! 카앙!

네 자루의 강침이 당감소의 비도에 막혀 땅에 떨어졌다. 그러나 예상이라도 했다는 듯 불길한 소리가 당감소에게 들이닥쳤다.

쉐엑!

그리고 통증은 소리보다 빨랐다.

"크윽!"

인두로 지지는 듯한 뜨거움과 구분하기 힘든 통증이 왼쪽 어깨를 타고 몸 안으로 들어왔다. 당감소는 무엇인지 볼 여유도 없이 비도로 통증의 진원을 쳐냈다. 그러자 여섯 촌이 채 될까, 얇은 물체가 뭉툭한 단면을 드러내며 땅에 떨어졌다. 속이 비칠 만큼 투명에 가까운 진홍빛 물체는 잃어버린 것을 찾으려는 듯 온몸을 뒤틀었다. 당감소는 자신의 어깨에 매달려 있는 진홍빛 물체의 잃어버린 부분을 보았다.

땅에 떨어져 요동치는 몸체와 같은 진홍빛 눈부신 역삼각형의 머리가 작은 눈을 번뜩거린다. 그와 눈이 마주치자 당감소의 머릿속을 하나의 이름이 스쳐 지나갔다.

'홍일사!'

당감소가 재빨리 앞을 노려보니 손을 뻗으면 닿을 거리에 있던 신오원이 이미 이삼 장 너머 물러나 있었다. 신오원은 곱게 기른 턱수염을 쓰다듬으며 당감소를 바라보고 있었는데, 아까까지와 달리 비릿한 웃음을 띠고 있었다.

"무슨 짓이냐!"

당감소가 크게 노해 소리치는데, 홍일사에게 물린 지점으로부터 혈관이 타 들어가는 통증이 밀려 올라왔다. 그 고통이 어찌나 극심한지, 절정고수인 당감소조차 숨기지 못하고 얼굴을 찡그렸다. 신오원이 그를 보고 흡족한 듯 말했다.

"홍일사의 독은 원래 침투가 빠르오. 동령께서 흥분하면 그만큼 중독이 빨라질 뿐이지."

홍일사는 사왕 손망후가 오랜 기간의 교배를 통해 만들어낸 신종 독사였다. 필생의 공력을 기울인 만큼 그 독성은 가히 강호에 짝을 찾기 힘들다 하여, 한 방울로도 동정호의 물을 모두 중독시킬 수 있다는 말이 나돌 정도였다.

"그나저나 총사령께서 당부하신 대로 이중의 안배를 해놓지 않았더라면 내가 당할 뻔했소. 사실 눈앞에서 쏘아진 철관시(鐵貫矢)를 피할 수 있으리라고는 상상도 하지 못하였는데 과연 천엽비도의 명성이 헛되지 않구려."

신오원은 그렇게 말하며 소매를 걷어 팔을 드러냈다. 그의 오른 팔뚝에는 검은 가죽이 감겨 있었는데, 네 개의 철로 된 얇은 관이 부착되어 있었다.

철관시는 무림맹의 연구 기관에서 만들어낸, 용수철과 정교한 기관을 이용한 암기였다. 밀착된 팔 근육의 움직임으로 발동시키는 장치라 일체의 예비동작이 필요없고, 속도와 정확도 면에서도 사람의 손으로 던지는 암기와 비할 바가 아니었다. 신오원 역시 몇 회에 걸친 시험으로 그 위력을 믿고 있었다. 그런데 사람의 몸으로는 막거나 피할 수 없다 자신했던 거리에서 당감소가 네 대의 철관시를 막아내었으니 그 놀라움이 얼마나 크겠는가?

그러나 아무리 당감소라 해도 제이의 안배였던 홍일사를 피하지는 못했으니 신오원은 만면에 여유를 띠고 있었다. 당감소가 제아무리 공력으로 저항한다 한들 일각도 채 버티지 못할 것이다.

"…총사령이 사주한 일이냐?"

심장으로 뻗쳐 오는 고통을 참느라 당감소의 얼굴은 잔뜩 일그러져 있었다. 자연 목소리에도 힘이 없었으니, 신오원이 그를 보고 웃으며 대답했다.

"저 세상의 문턱에 이른 자에게 무엇을 알려주지 못하겠소만 나 역시 아는 바가 별로 없으니 안타까울 따름이오. 아, 그래도 성불하시라는 뜻에서 좋은 이야기를 하나 들려 드릴까? 동령의 자제는 반드시 차기 무림맹주가 될 것이오. 동령의 죽음은 그를 위함이니 너무 억울해하지 마시오.”

온몸이 타 들어가는 고통 속에서도 당감소는 신오원의 말을 똑똑히 들을 수 있었다. 그리고 그 말 뒤에 숨겨진 담대진홍의 진의도 알 수 있었다.

현 무림맹주 모용강은 무림맹이라는 단체에 큰 애착이 없는 것처럼 보였다. 사실 모용강이 진정으로 원한 것이 무엇인지 아는 이는 아무도 없을 것이다. 무림의 기존 권력 구도를 뒤엎고, 천하제일인이라는 정점에 오르는 것은 그에게 목적이었을까? 아니면 또 다른 것을 위한 수단이었을까? 이는 누구도 알 수 없는 것이다.

그러나 그 밑에서 피를 흘려온 이들에게 무림맹은 그 자체로 목적이었다. 특히 맹주의 무관심 속에 실질적으로 무림맹을 움직여 온 담대진홍의 마음은 헤아릴 수 없는 것이 아니다.

담대진홍에게 있어 최고의 가치는 무림맹의 영속일 것이다. 역설적으로, 그를 위해서 그는 스스로 맹주의 자리에 오를 수 없다. 무림맹을 떠받치는 이들의 결속에 끈기를 더해주는 것은 다음 대의 맹주는 반드시 그 후계자들 중에서 나온다는 약속 때문이니까. 그 보증이 깨어지는 날, 무림맹 역시 와해될 것임을 모를 담대진홍이 아니다.

그에게 있어 차대의 맹주란 무림맹의 영속을 위한 도구에 불과할 것이다. 그런데 그 맹주의 뒤에 후광을 업고자 하는 세력들이 있다면 어떻게 될 것인가? 만약 제갈조운이 맹주로 선출된다면, 그것은 제갈세가가 무림을 지배한다는 말에 다름 아니다. 당연히 담대진홍에게는 맹주의 배경이라는 것이 거추장스럽기만 할 것이다.

“……!”

당감소의 얼굴이 백지장처럼 하얗게 변했다. 신오원이 그를 보고 고개를 끄덕이며 한 걸음 다가서는데, 한눈에 보아도 죽음에 이른 당감소의 두 손이 움직였다.

"하앗!"

낮은 기합 소리와 함께 당감소의 두 손으로부터 몇 개인지 모를 빛줄기가 날아올랐다.

"이런!"

그를 본 신오원이 급히 뒤로 물러났다. 그러나 신오원은 물러날 수 없었다. 수십 자루의 예도가 그를 중심으로 커다란 원을 그리며 허공을 맴돌고 있었다. 저물어가는 붉은 노을을 받아 붉은빛의 원 안에 갇힌 신오원이 부르짖었다.

"천엽비도! 어차피 너는 살아날 수 없다! 지금 나를 죽이는 것이 무슨 의미가 있나! 나 역시 너의 자식을 다음 맹주로 모실 것인데!"

고통은 격렬한 혈류를 타고 심장에 이르렀다. 지옥의 불길에 휩싸인 듯, 뜨거운 심장으로부터 선혈이 역류했다. 서늘한 입가에 한줄기 피를 흘리며 당감소가 중얼거렸다.

"무슨 의미가 있는지는 나도 모르지……."

술에 취해서까지 내게 하려던 이야기가 무엇이었는지도.

당감소는 허물어지듯 쓰러지며 한 자루 비도를 던졌다. 비도는 신오원을 옭아맨 빛줄기의 중심으로 날아갔다.

"으아악!"

마지막 비도가 건드린 빛줄기는 순식간에 신오원에게로 수렴하였다. 신오원은 고통스러운 비명을 지르며 수십 자루의 예도를 전신에 꽂고 쓰러졌다.

교차하는 운명

1

여름에 낙양을 떠난 토벌대는 가을과 함께 돌아왔다. 정파연합의 두 배를 넘는 규모와 동령 천엽비도 당감소가 직접 나섰다는 것만으로도 간단히 임무를 완수하고 돌아올 것이라던 모두의 생각은 여지없이 빗나가고 말았다.

물론 모든 일이 반드시 조건대로 돌아가리라는 법은 없다. 역사를 돌아볼 때 전력의 열세를 딛고 일어난 패자(覇者)란 얼마나 흔한 존재인가? 굳이 고사를 들추지 않더라도, 칠백의 병력 중 이백을 잃고 귀환한 토벌대를 사람들이 용납하지 못할 것은 아니었다. 그러나 그들이 잃은 이백여 병력에 천엽비도 당감소가 포함되어 있다는 것은 누구도 예상하지 못한 일이었다.

올해 들어 정파연합이 창궐하고 무림맹에도 적잖은 희생자가 발생했지만, 그 누구도 동령 천엽비도 당감소의 이름에 견줄 자가 없었다. 무림맹에 있어서 지금까지의 피해를 수수방관한 것은 정파연합이 두려워서가 아니라, 그들을 통해 아직도 무림맹에 반감을 가지고 있을 자들을 솎아내기 위함이었다. 정파연합의 힘은 남궁세가를 멸문시킬 정도였지만, 그 정도로 무림맹의 굳건한 뿌리를 흔들기란 힘든 일이었다.

그러나 지금, 무림맹의 상징이라 할 수 있는 사대사령 중 하나인 동령천엽비도 당감소의 죽음이 무림맹에 가져다준 충격은 이루 말할 수 없었다. 물론 무림맹이 가지고 있는 본 전력은 아직 건재하였으나 사대사령 중 한 사람이 정파연합이라는 기존 구파일방의 잔당들에게 죽임을 당했다는 것은 있을 수도 없고, 있어서는 안 될 일이다. 절대적인 힘으로 무림에 군림하고 있는 무림맹의 권위가 하루아침에 땅으로 떨어진 것이다.

많은 사람들이 당감소의 죽음에 애도를 표하고 정파연합이라는 무뢰배들을 향해 저주를 퍼부었다. 새로운 토벌대가 언제 구성되어야 하는지, 여기저기에서 갑론을박이 끊이질 않았으며 당감소의 복수를 하겠다는 지원자 역시 끊이지 않았다. 일부 상급자들 사이에서 논의되던 정파연합에 대한 대처가, 이제는 무림맹 구성원 모두의 화제가 된 것이다.

낙양에 위치한 무림맹 본영은 조기를 내걸었다. 사람들은 함부로 이를 드러내지 않아 대체로 엄숙한 기운이 흘러넘쳤다. 그 가운데 오직 한 사람, 일인지하 만인지상의 권력을 가진 무림맹 총사령 담대진홍만이 가벼운 미소를 띠고 있었다.

"수고했네."

감히 담대진홍과 눈을 마주치지 못하고 고개를 숙인 젊은이는 제갈세가의 자제이자 흑기단주인 제갈조운이었다. 담대진홍의 안배에 따라 당감소의 부관 격으로 흑기단과 함께 토벌대에 참가한 제갈조운은 말 그대로 패군지장(敗軍之將)이라 큰 문책을 면치 못하리라는 것이 세간의 평이었다. 더욱이 당감소의 사체와 함께 돌아온 토벌대는 오백여 명이나 되어, 여전히 정파연합과 충분히 맞설 수 있는 규모였다. 그럼에도 불구하고 제갈조운은 한 번의 패배와 지휘자의 죽음이라는 치욕을 순순히 받아들이고 낙양으로 귀환하였으니 자연 그를 바라보는 눈이 고울 리 없었다.

"일단 근신 처분을 내렸으니 단주 직을 반납하고 세가로 내려가 있게. 일이 마무리되면 내 다시 부를 테니 마음 편히 쉬도록 하게."

제갈조운은 고개를 숙인 채 아무 말도 하지 않았다. 직접적으로 관여하지 않았다 해도 그는 담대진홍이 짜놓은 경극의 출연자였다. 출전하기 전부터, 이 토벌대의 목적이 정파연합의 궤멸이 아니라 당감소의 제거임을 알고 있었으니까.

제갈조운을 돌려보내고 담대진홍은 자리에서 일어나 창가로 향했다. 두 눈에 들어오는 세상의 빛깔은 어제와 또 달라, 가을이라는 실감이 절로 나는 풍경이었다. 하늘의 빛도 어제보다 좀 더 청명하여 푸름이 아득하다. 자연의 아름다움에 빠져 있을 수 있다면 좋겠다만 담대진홍에게는 일말의 여유도 허락되지 않았다. 계획한 대로 당감소를 처리하는 데 성공했지만, 언제나 한 가지 일이 끝나면 그 다음 일이 기다리고 있는 것이다. 때로 그들은 순서를 기다리지 않고 몰려들어 한 번에 두 가지, 세 가지 일을 처리하도록 강요하기도 한다.

'신 사부의 일을 어떻게 처리해야 좋을지 모르겠군.'

원래 제갈조운에게 내려진 임무는 당감소를 본대와 떨어뜨리거나, 적진에 고립시키는 것이었다. 그 자신의 능력은 아닐지언정, 제갈조운은 맡겨진 임무를 훌륭히 수행해 냈다.

그 다음이야말로 신오원의 몫이었다. 당감소가 방심한 틈을 노린다면 신오원의 무공과 뱀을 부리는 수법으로 충분히 그를 제거할 수 있다는 것이 담대진홍의 계산이었다. 그 위력이 너무나 강한 나머지 외부로 유출될 경우를 염려해 공개하지 않았던 철관시까지 특별히 허가했으니 실패할 가능성은 없다 판단했다.

물론 신오원은 당감소를 암살하라는 소기의 목적을 달성했으나, 그 자신도 죽어 담대진홍에게 또 다른 숙제를 안겨준 셈이다. 더군다나 만에 하나 신오원이 실패할 때를 대비하여 임무 중 죽은 십오호와 칠호를 제외한 암천대의 상위번호 십팔 명을 안배해 놓았기에 망정이지, 당감소와 신오원의 사체를 정파연합에게 빼앗길 뻔하지 않았던가?

게다가 이 일은 담대진홍과 신오원 사이에서만 이루어진 일이니, 그를 모르는 사왕의 차후 행로 역시 담대진홍의 고민을 배가시키고 있었다. 지금 당장이야 그의 부재를 많은 이들이 의심치 않을 것이나 일이 개월쯤 연락이 없다고 걱정할 사왕 손망후가 아니지만 석 달이 지나고 넉 달이 지나도록 제자의 행적이 묘연하다면 어느 스승이 걱정하지 않겠는가.

담대진홍은 고개를 저으며 자리로 돌아가 앉았다. 해결해야 할 일들은 산처럼 쌓였으나 일단은 당감소를 처리한 것으로 만족해야 했다.

성격과 규모를 막론하고, 어떤 단체든 그 시작에는 항상 뛰어난 인물이 있게 마련이다. 비범한 능력의 소유자. 남들과 확연히 구별되는 능력으로 사람의 마음을 휘어잡을 수 있어야 기존의 판을 부수고 그와 그를 따르는 자들이 원하는 새 판을 짤 수 있다. 모든 왕조는 그렇게 시작되었고, 과거 무림을 나누어 지배하던 명문정파들의 시작 역시 그러했다. 그것은 지금의 무림맹도 마찬가지다.

스스로의 자질이 평범하다 하나, 그것은 어디까지나 선친인 천하제일인 모용천에 빗대었을 때에나 가능한 이야기다. 무림맹주 운룡검 모용강의 자질은 일류 중의 일류였고, 그를 갈고닦은 노력 또한 비범했다. 그가 이루어낸 경지는 고금을 통틀어도 쉽게 찾지 못할 것으로, 당대의 절정 고수들을 감복시키기에 충분했던 것이다.

담대진홍 역시 현 무림에 짝을 찾기 힘든 고수였지만, 현재의 모용강이 어느 경지에 올라서 있는지 가늠하기란 어려운 일이었다. 젊은 시절부터 충성을 맹세하고 모용강을 보필하였지만, 칠 년 전 정교의 교주 동방일야와 일권 신권무적 강산언을 상대로 뿌린 일검은 지금 돌아봐도 경악스럽기만 했다. 몇백 초가 넘는 싸움으로 기력이 소진되었더라도, 누가 감히 그 두 사람을 상대로 검을 들 것인가?

그러나 한 절대자의 힘을 바탕으로 구성된 조직의 앞날은 썩 맑은 것이 아니다. 모용강이 아무리 강하다 한들 사람의 몸을 가졌으니 천년만년을 살 수 없는 노릇이다. 그렇기 때문에 담대진홍은 모용강의 뒤를 생각해야만 했다. 더욱이 모용강에겐 후계자가 없지 않은가? 물론 그를 빌미로 많은 유력자들의 충성을 약속받긴 했지만, 그것은 양날의 검이나 마찬가지였다. 만약 그 약속대로 유력자들의 후예 중 누군가가 차대 맹주로 선출되었다면, 그렇지 못한 이들의 충성은 과연 온전히 그에게로 향할 것인가?

"어렵군, 어려워."

담대진홍이 당정견을 주목한 것은 그러한 이유였다. 당정견은 젊은 세대 중에서도 뛰어난 인재였지만, 담대진홍이 생각하기에 맹주의 자격은 일신상의 능력이 다가 아니었다.

제갈조운이 물러가고 일 다경이 흐른 뒤, 담대진홍의 집무실에 또 한 사람의 손님이 찾아왔다. 바로 당정견이었다.

"부르셨습니까."

"거기 앉게."

당정견은 고개 숙여 인사하고 담대진홍이 권하는 대로 자리에 앉았다.

준수한 얼굴은 초췌해져 어두운 기색이 역력했고, 붉게 충혈된 두 눈에서는 지금이라도 피가 쏟아질 것 같았다. 담대진홍이 그를 보고 혀를 차며 말했다.

"끌끌, 꼴이 말이 아니군. 식사는 했는가?"

당정견이 대답했다.

"예."

"정말 안타깝고, 자네를 볼 면목이 없네. 겨우 구파일방의 잔당을 처리하는 일에 직접 나설 필요는 없었는데……. 내가 조금만 더 적극적으로 만류했더라면 하는 생각을 아직도 한다네. 뭐, 이제 부질없는 일이지만."

부친상을 당한 위로의 말이라면 귀에 못이 박힐 만큼 들었다. 하지만 당감소가 토벌대의 지휘를 자청했다는 일은 들어본 적이 없었다. 당정견이 되물었다.

"선친이 스스로 나선 일이었다 하셨습니까?"

"그렇다네. 내가 그럴 필요까진 없다 만류하였는데 소용없었다네."

당정견은 혼란에 빠졌다. 아버지의 심복인 이성학에게서도 듣지 못한 이야기였다. 아니, 이성학은 오히려 당감소가 그 일을 그리 내켜하지 않았다 했다. 동령 천엽비도 당감소는 무림맹이라는 거대 집단을 실질적으로 운영하여 잠시라도 몸을 뺄 여유가 없는 위치에 있던 사람이었다. 그 책임감도 대단하여, 무림맹 창설 이후 북경에 있는 집에 돌아와 쉰 횟수도 다섯 손가락으로 꼽을 정도였다.

'그런 아버지가 토벌대를 자청하였다고?'

아무리 총사령의 말이지만 곧이곧대로 들을 수 없는 이야기다. 당정견이 납득하지 못하겠다는 눈으로 담대진홍을 보며 말했다.

"그럼 총사령께서는 선친이 스스로 나선 이유를 아십니까?"

잠깐의 정적을 메운 것은 찻물을 끓여온 시동이었다. 담대진홍은 시동이 가져온 물을 다관에 붓고 찻잎이 우러나기를 기다리며 당정견을 보았다. 두 눈은 붉게 충혈되었고, 꽉 다문 입은 단호하다. 일인지하 만인지 상이라는 권력자 앞임에도 조금의 위축됨 없이 대답을 기다리는 모습이 담대진홍은 마음에 들었다.

담대진홍이 고개를 끄덕이며 입을 열었다.

"이건 고인과 나의 이야기네만 그래, 자네도 들을 권리가 있지. 이제 내가 자네에게 이야기한다 해도 저 세상에서 나를 나무라지 않겠지."

담대진홍이 그리 말하고 다관을 들어 당정견의 앞에 놓은 찻잔에 차를 따랐다. 가늘고 곧게 흐르는 찻물 아래로 쪼르르 소리와 함께 작은 김이 피어올랐다.

"고인과 나는 한 가지 공통된 목적을 가지고 있었네. 바로 차대의 무림맹주로 자네를 추대하자는 것이었지."

"……!"

당정견의 진한 눈썹이 위로 올라갔다. 담대진홍이 무심히 자신의 잔에 차를 따르며 말했다.

"의외인가?"

당정견이 대답했다.

"선친께서 저를 그런 방향으로 원한 것은 알고 있었지만, 총사령께서도 같은 생각이신 줄은 미처 몰랐습니다."

모용강이 그에게로 전향한 유력자들에게 다음 대의 맹주를 약속한 사실은 당정견도 익히 알고 있었다. 그러나 당정견은 당감소의 바람을 외면하고 거부해 왔다. 그를 위해 당감소가 행하였던 수많은 자들의 피를 흘리게 하고 심지어 당문을 버린 일을 받아들일 수 없었던 것이다.

맑게 우러난 녹색의 차를 보며 담대진홍이 말했다.

"자네는 맹주의 조건이 무엇이라 생각하나?"

"……"

"누구나 알고 있는 이야기를 해보지. 첫째, 그 출신이 무림맹 창설에 공을 세운 유력 가문이어야 하네. 냉정한 이야기지만, 그들 중 누구도 현 맹주께 진심 어린 충성을 바친 이는 없어. 그들의 머리를 조아리게 만든 것의 반은 공포고, 나머지 반은 맹주 어른의 힘을 빌어 구축된 권력을 언젠가 자신들의 것으로 만들 수 있다는 희망이지. 구차한 이야기지만, 일신의 능력이 뛰어나다 하여 이름없는 검문의 사람을 맹주로 추대할 수는 없는 노릇 아닌가? 그랬다가는 무림맹 자체가 와해될지도 모를 일이지. 허언이 아니라, 그 정도로 아직은 무림맹이라는 단체가 탄탄하지 못해."

담대진홍은 차를 한 모금 마셨다. 청량함이 입 안을 감돌았다.

"첫 번째가 누구나 알고 있는 이야기라면, 두 번째는 좀 달라. 이는 나와 고인이 주고받은 이야기인데, 역설적이게도 맹주로 선출된 자의 배경이 썩 좋아선 안 된다는 거야."

당정견은 찻잔에 손도 대지 않고 담대진홍의 이야기에 귀를 기울였다. 담대진홍은 그런 당정견을 보고 말을 이었다.

"불경한 이야기지만, 지금 맹주께서 이제 지위를 물려주어야 할 때가 되었다 가정해 봄세. 그렇다면 누가 됐든, 처음의 약속대로 유력 가문의 젊은이가 다음 맹주로 선출되겠지. 물론 실제로는 그리 쉽게 결정될 리도 없겠지만 말이야."

"……."

"문제는, 누군가가 맹주가 되었다는 것은 그 뒤에 있는 자들 역시 그와 동등한 권력을 가졌다는 뜻이나 다름없다는 걸세. 그건 당연한 일이야. 맹주의 자리다툼이란 곧 이 무림맹이라는, 무림 역사상 초유의 거대 권력을 손에 쥐기 위한 싸움인데 승리한 자들에게는 그를 향유할 당연한 권리가 있는 거야. 애초에 그를 위해 무림맹 창설을 위한 협력을 아끼지 않았던 자들이니 말일세."

　담대진홍은 다관을 들어 자신의 빈 잔을 채웠다. 당정견의 잔은 여전히 처음 따른 그대로였다.

　"문제야, 문제. 큰 문제지. 맹주의 자리다툼이란 개인과 개인의 경쟁이 아니라, 그 뒤에 버티고 있는 세력들의 다툼이니까. 그들의 다툼이 심화되면 아직 제대로 뿌리내리지 못한 무림맹은 쉽게 허물어질 테니 큰 문제가 아닌가?"

　이제야 당정견은 담대진홍이 무엇을 말하는지 알 수 있었다.

　"그래서 제가 필요한 것입니까?"

　"지금 내세워진 차기 맹주 후보감들은 그런 면에서 다들 실격이야. 그들 중 누가 되더라도 그 과정에서 일어날 희생은 불가피해. 그리고 일이 끝나, 그들 중 누군가 맹주의 자리에 올라섰다면 과연 다른 이들이 그의 말을 듣겠는가? 사람들은 그를 맹주 개인이 아니라, 그를 배출한 세력의 대표로 볼 것이니 누가 그를 진심으로 섬기겠는가?"

2

　담대진홍은 찻잔을 든 채 집게손가락을 펴 당정견을 가리켰다. 당정견은 담대진홍의 긴 손가락을 보고 담대진홍의 눈을 보았다. 담대진홍은 당정견의 충혈된 눈동자를 응시하며 말했다.

　"이 두 가지 모순된 조건을 충족시키는 것이 바로 자네일세."

　담대진홍의 건조한 음성과 그에 어울리지 않게 무거운 의미가 당정견의 가슴을 짓눌렀다.

　무림맹 창설에 지대한 공을 세운 유력 가문의 출신이라는 첫 번째 조건과 그러면서도 그 배경에 큰 힘이 없어야 한다는 두 번째 조건. 명백히 모순된 이 두 가지 조건은 당정견이라는 존재를 만나 하나로 수렴된다.

그것은 자신의 가문을 희생시킨, 고인이 된 당감소가 쓴 지극히 잔혹한 이야기의 속편이다.

"……."

당정견은 입을 다물고 아무 말도 하지 않았다. 담대진홍이 그를 보고 웃으며 어린아이 달래듯 말했다.

"뜻밖의 이야기라 말문이 막혔나 보군."

"…아닙니다."

"무리도 아니지. 갑자기 그런 말을 들었으니."

담대진홍은 찻잔을 내려놓고 말했다.

"물론 이런 얘기는 고인과 나, 두 사람만이 나누었으니 다른 걱정은 하지 말게. 원래는 우리 두 사람이 모든 일을 마쳐 놓고, 때를 기다려 자네를 추대하려 했거늘……."

"이번 출정도 그 때문이었습니까?"

"글쎄, 정확한 이유는 내게도 말하지 않았지만 아무래도 그런 이유이지 않을까 싶네. 그는 평소 조바심을 내고 있었으니."

앞뒤가 잘린 반 토막의 말도 사람의 마음을 찢기는 충분하다. 담대진홍의 말은 당정견의 가슴 깊숙이 박혔다.

무림맹 사대사령의 하나로 더 이상 아쉬울 것이 없는 당감소가 무슨 이유로 조바심을 낸단 말인가? 그가 조바심을 낼 이유가 바로 당정견 자신 외에 무엇이 있단 말인가?

차대의 맹주를 노리는 이들은 모두 무림맹 본영에서 요직을 하나씩 꿰차고 있다. 당정견은 그것을 외면하고 자신을 부정하며 결국은 정파연합에 가담해 무림맹 동도에게 검을 겨누었으니 그를 알게 된 당감소의 절망이 대체 어느 정도였을지 짐작조차 할 수 없었다.

당정견이 조심스럽게 말했다.

"총사령 어른께서는… 저의 죄를 아십니까?"

"자네의 아버지가 아는 사실은 나 또한 알고 있네."

"그렇다면 이미 저는 맹주가 될 수 없는 것 아닙니까?"

담대진홍이 희미하게 웃으며 대답했다.

"하지만 고인이 되신 분과 나를 제외하면 아무도 알지 못하는 일일세. 그래, 아마도 동령은 그 때문에 더 더욱 스스로 나설 수밖에 없다 판단했을지도 모를 일이지. 적어도 저들은 자네가 가담했다는 사실을 아는 증인이니 고인 스스로 자네의 앞길을 막는 것을 처리하고자 하는 마음이 앞선 게 아닐까……. 물론 이것도 내 멋대로의 추측에 불과하지만."

"……."

담대진홍의 말을 들어서가 아니었다. 당정견은 문득 아버지의 얼굴을 마지막으로 본 것이 언제인지, 그와 마지막으로 나눈 말이 무엇이었는지를 기억해 냈다.

그리고 막막해진 가슴에서 밀려난 감정이 목 위로 치밀어 올랐다.

"……."

꿀꺽.

마른침을 삼키고 당정견이 말했다. 핏발 선 두 눈은 더욱 붉었다.

"그 이야길 하려고 저를 부르신 겁니까?"

"차가 다 식었네."

담대진홍이 조용히 말했다. 당정견은 그 말을 듣고 식어버린 차를 한 입에 들이켰다. 온몸의 수분이 두 눈으로 간 것처럼 가슴은 메말라 갈증을 호소하고 있었다.

담대진홍은 다관을 들어 빈 잔에 차를 채우며 말했다.

“실은 자네가 오기 전, 흑기단주가 다녀갔었네.”

“…….”

“애초에 그는 기개가 부족했어. 진심으로 차대 맹주를 노리는 자였다면 동령의 죽음에 순순히 물러나는 짓 따윈 하지 말았어야지. 이것으로 그는 물론 제갈세가도 큰 타격을 입었네.”

“그것을 기뻐하란 말입니까?”

당정견의 말에는 날이 서 있었다. 자신이 참가하지도 않은 경주의 상대가 탈락한 대가란 다름 아닌 아버지의 죽음인데, 그것을 기뻐하라는 말인가? 당정견이 그리 생각하며 입술을 깨무는데, 갑자기 담대진홍으로부터 극심한 살기가 뻗쳐 왔다.

“……!”

당정견은 놀라 자리에서 일어나려 했지만 무형의 압력은 그를 허용치 않았다. 담대진홍이 뿜어내는 기는 넓은 집무실을 가득 채우고 강풍으로 변해 당정견을 강타했다. 당정견은 담대진홍의 기세에 짓눌려 아무런 생각도 하지 못하고 헛된 저항을 계속했다.

“크, 크윽…….”

긴 시간이었는지 짧은 순간이었는지 가늠할 수 없었다. 당정견은 자신이 가진 모든 내력을 끌어내 맞섰고, 더 이상 소진할 한 모금의 진기도 남아 있지 않았을 때 비로소 담대진홍의 기는 사라졌다.

“헉! 헉!”

핏기가 가신 얼굴로 숨을 몰아쉬는 당정견에게 담대진홍이 단호히 말했다.

“고인을 생각한다면 네가 어찌 그런 말을 할 것이냐? 이제는 네 스스로 나서야 할 때라는 생각은 정녕 들지 않더냐?”

“…….”

담대진홍의 서릿발 같은 말이 탈진한 당정견의 귓속에 꽂혔다. 담대진홍은 당정견이 숨을 고르는 것을 기다렸다.

"제갈조운은 근신을 명받고 제갈세가로 내려갈 것이다. 흑기단주의 자리는 자연히 공석이 된다. 네가 정녕 고인의 뜻을 헤아린다면 내가 무슨 말을 하고 있는지 알 것이다."

"……."

"무엇을 꺼려 숨는지 모르겠다만 이제는 스스로 나설 때가 아니냐? 고인의 죽음으로도 네가 변하지 않는다면 이는 천하에 찾기 힘든 불효가 아니냐?"

"……."

"곧 새로운 토벌대가 나설 것이다. 아들의 도리를 다 하고, 네 죄를 스스로 돌이켜라. 그래야만 나도 고인에게 얼굴을 들 수 있을 것이다."

텅 빈 단전을 다스리며 당정견은 담대진홍의 말을 곱씹었다.

담대진홍의 집무실을 나온 당정견은 무림맹 본영을 나와 낙양의 거리를 걸었다. 행상에 점령당해 좁은 시장 길을 걷고, 꾹꾹 메운 사람들과 어깨를 부대끼면서도 걸음을 멈추지 않았다. 그렇게 한참을 걷다 정신을 차리니 긴 그림자도 어둠 속으로 사라지고 없었다. 날은 이미 저물어 밤공기가 서늘했다.

당정견은 주인을 알 수 없는 무덤가에 주저앉아 하늘을 올려다봤다. 두 눈으로는 도저히 담을 수 없는 하늘 위에, 먹지 위에 뿌려진 소금처럼 무수히 많은 별이 빛을 발하고 있었다.

삼킨 눈물은 가슴으로 다시 내려갔는지 속이 꽉 막혀 체한 것처럼 고통스러웠다. 누구라도 붙잡고 무슨 말이라도 하고 싶었지만 무덤가에는 사람이 없었다.

담대진홍은 하나밖에 없는 답을 미리 가르쳐 주고 강요했다. 당정견이 생각하기에 그것은 따라야만 하는 길이었다. 그러나 과연 그것을 따르는 것으로 이 답답함이 풀릴 것인가?

당정견은 이런 때에 조언을 청할 사람이 없음을 알았다. 당정견에게는 아버지가 곧 스승이었다. 글 선생은 단지 글을 배우는 것으로 그쳤고, 실제로 인생을 지내는 마음가짐을 가르친 것은 아버지였다. 그 아버지가 죽은 지금, 별빛으로 물든 시린 밤하늘 아래 자신은 오직 혼자라는 것을 깨달은 것이다.

그렇게 생각하자 별들이 길을 이어 누군가의 얼굴을 만들었다. 태어나 처음으로 절실히 사랑을 느낀 그 사람의 얼굴을.

금설옥이라면 무슨 말이라도 해줄 것만 같았다. 그 큰 두 눈으로, 그 붉은 입술로 자신을 위로해 줄 것만 같았다. 그 흰 손으로 막막한 가슴을 어루만져 줄 것만 같았다.

아니, 이는 모두 착각에 불과하다. 가문과 사문의 공통된 원수의 죽음을 어째서 그녀가 위로한단 말인가?

'그러고 보니 그녀는 복수를 이룬 셈이군. 아버지는 혹시 그녀에게 죽임을 당한 것이 아닐까?'

당정견은 고개를 흔들어 자신의 상상을 부정했다. 그것은 당정견 스스로에게 너무나 가혹한 상상이다. 사실이든 아니든, 그를 받아들일 수는 없었다.

하지만 당감소의 피가 그녀의 손에 묻어 있지 않다 해도 정파연합에 몸을 담고 있는 한 금설옥은 당정견의 원수요, 복수의 대상이다. 당정견의 사랑이 외면당한 이유도 원수의 아들이기 때문이니 그 역시 금설옥과 정파연합을 분리해 생각할 이유가 없었다.

"모용현이라 했나……."

검은 밤하늘 위로 그려진 금설옥의 얼굴 옆에 사내인지 여인인지 모를 자의 얼굴이 떠올랐다. 폭우가 쏟아지던 날, 금설옥은 원수의 자식이라는 이유로 당정견을 버리고 모용현이라는 자를 쫓아갔다. 아직도 멈추지 않던 눈물과 앙연한 뒷모습이 생생하다. 그것이 마지막이었다.

'그녀는 그를 찾았을까?'

당정견은 자신이 제대로 알지도 못하는 자에게 질투를 하고 있음을 인정했다. 아니, 그것은 처음부터 이루어질 수 없는, 애초에 받아들여지지 못할 자신을 향한 원망이었다. 그 원망의 올바른 방향인 아버지는 이미 존재치 않으니, 자신에게로 되돌아올 수밖에 없다.

"적어도 그의 아버지는 그녀의 원수가 아닐 테지."

당정견은 나직이 중얼거렸다. 풀벌레 소리도 들리지 않는 밤에 자신의 목소리가 고스란히 귀에 들어오자 갑자기 눈물이 고이기 시작했다.

무엇이 그리도 서글픈가? 끝까지 비틀어진 관계를 회복하지 못하고 보내야 했던 아버지인가? 아니면 그럼에도 불구하고 받아들여지지 않은 사랑과 연적에 대한 미움에 가슴 아픈 미련함인가?

당정견은 애써 눈물을 참으며 고개를 치켜들었다. 흐르지 못하고 고이는 눈물 속으로 하늘에 그려진 두 사람의 얼굴이 별빛과 함께 녹아들었다.

토벌대 실패의 책임을 지고 제갈조운은 흑기단주의 자리에서 물러났다. 그의 후임으로는 많은 인재가 거론되었으나, 총사령 담대진홍의 권한으로 죽은 딩감소의 아들 당정견이 새로운 흑기단주로 임명되었다. 많은 사람들이 맹을 위한 실적이 없는 당정견의 임명은 감정적인 인사라 여겼으나 담대진홍의 결정에 감히 이의를 제기하지는 않았다.

그리고 동령 천엽비도 당감소의 죽음은 이례적으로 맹주 모용강을 움직였다. 모용강은 당감소의 죽음을 애도하고 새로운 토벌대를 구성할 것을 직접 명했다. 총사령인 담대진홍을 통하지 않고 자신의 뜻을 천명한 것은 무림맹 창설 이후 처음 있는 일이었다.

천 명의 이차 토벌대가 낙양을 떠난 것은 구월 중순의 일이었다.

3

동령 당감소의 죽음으로 형식상으로나마 무림맹을 떠받치던 사대사령의 한 귀퉁이가 무너졌지만, 정작 다른 사령들은 별다른 반응을 보이지 않았다.

처음부터 당감소를 제외한 세 사람은 자신들에게 주어진 힘을 행사하지 않는 대신 어떤 의무로부터도 자유로웠다. 북사 풍경립은 그가 몸담았던 정교를 팔고 새 시대의 막차를 탔으나 타고난 천성이 있어 스스로를 부끄러워하고, 될 수 있는 한 뒷선에 물러나 있는 모습을 보여왔다. 그러나 그런 그도 제이차 토벌대의 지휘를 맡게 되어 더 이상은 편안한 노년을 바랄 수 없게 되었다.

서장 천수참마 조규휘는 항주에서 돌아온 뒤 폐관한 지 오십여 일이 지나도록 바깥출입을 하지 않고 있었다. 항주에서 무슨 일을 겪었길래 절정고수인 그가 폐관 수련을 하는지 모두가 궁금해했지만 그 이유를 아는 이는 없었다. 물론 폐관 수련이라 해도 끼니를 챙겨주고, 소일을 하는 고용인들과의 교류는 있었으니 조규휘도 바깥과 동떨어져 있지는 않았을 것이다. 당감소의 이야기를 들었을 것이 분명했지만, 조규휘의 방문은 여전히 굳게 잠겨 있었다. 그것은 무림맹주라 해도 함부로 어찌할 수 없는 일이었다.

남은 한 사람. 남후 금편선자 양정문은 북사와 다르고 서장과도 또 달랐다. 풍경립처럼 맹주의 뜻에 따라 당감소의 원한을 풀기 위해 적극적으로 대응하는 것도 아니고, 조규휘처럼 알면서도 맹주의 심기를 거스를 것이란 위험을 떠안고 자신의 뜻을 관철시키는 것도 아니다. 놀랍게도 양정문의 행적이 묘연해 그 행방을 아는 이가 없었다.

외유를 일삼던 서장 천수참마 조규휘를 누가 낙양으로 복귀시킬 수 있겠는가? 오직 그에 준하는 사대사령, 혹은 그 위에 있는 총사령과 상공뿐이다. 하나 담대진홍이나 사왕 손망후가 연배도 아래요, 직급도 아래인 조규휘를 데려오기 위해 움직일 수는 없었다. 또한 같은 사령이라 해도 북사 풍경립은 어디까지나 명예직에 불과해 자신도 대외활동을 자제해 왔으니 그 역시 무리였다. 무림맹을 실질적으로 운영하는 당감소는 항목에 들어 있지도 않았다.

사실 처음부터 그 일을 할 수 있는 것은 양정문뿐이었다. 그러나 그녀의 성격상 그런 귀찮은 일을 맡으려 할 것인지가 문제였는데, 예상외로 흔쾌히 받아들여 당감소들을 놀라게 했던 것이다.

문제는 양정문이 조규휘를 무림맹으로 데려온 뒤 일어났다. 무림맹 본영을 항상 비워둔 조규휘가 돌아오니, 이제는 양정문이 행선지를 밝히지도 않고 사라진 것이다.

양정문의 부재가 조규휘의 경우보다 더 당혹스러운 것은 그 소재를 파악할 수가 없었기 때문이다.

조규휘는 낙양에 위치한 무림맹 본영을 떠나 있긴 했어도 항상 각 지부에 들러 주머니를 채우고, 때로는 숙식을 해결해 왔다. 그것은 그가 모용강의 묵인하에 자유로운 생활을 하면서도 자신이 항상 무림맹의 영향 아래 있음을 암시하여 맹주의 체면을 살려준다는 의미가 있었다.

양정문이 모습을 드러냈던 산동성 지부들은 모두 지부장 연쇄살인의 현장으로, 낙양에서 이를 확인한 담대진홍과 손망후는 그녀의 목적이 지부장 연쇄살인과 관련이 있음을 추측할 수 있었다. 그러나 양정문은 임청지부를 마지막으로 이십여 일이 넘게 그 모습을 드러내지 않고, 그녀가 사라진 자리에는 임청지부장 황보현건의 시체만이 남아 있었다.

혹자는 그를 두고 양정문 역시 연쇄살인범에게 희생당한 것이 아니냐 이야기했지만 그 말을 곧이곧대로 듣는 이는 없었다. 금편선자 양정문을 아는 자라면 당금 무림에 그녀를 죽일 수 있는 자가 과연 누구인지를 먼저 생각하고 그 가능성을 일축할 뿐이었다.

어쨌든 당감소의 죽음으로 무림맹의 근간이 흔들리는 지금 양정문의 부재는 무림맹에 커다란 타격이었고 제이차 토벌대가 풍경립의 지휘 아래 낙양을 떠난 시점까지 그 여파는 가시지 않았다.

그러나 세상의 흐름에 관심이 없다는 듯 양정문은 유유자적하기만 했다. 양정문은 그녀의 호위병인 은가면들과 함께 산동성과 강소성의 경계에 위치한 해안가에 머무르고 있었다.

쏴아아.

흰 거품을 싣고 밀려온 파도는 모래밭에 부딪치며 물러나고 다시 밀려오고 물러나기를 반복한다. 대지를 향한 바다의 구애는 영겁에 가까운 시간을 넘어 끊임없이 이어져 왔으리라. 그 끈기도 놀랍지만, 계속해서 외면해 온 대지의 냉정함 역시 경탄할 수밖에 없다.

다시 한 번, 흰 파도가 밀려왔다. 소금기 짙은 물결이 산산이 부서지며 발목까지 적셔들어도 모용현은 꿈쩍도 하지 않고 하나뿐인 눈앞 가득 펼쳐진 바다를 바라보고 있었다.

검푸른 바다는 사람이 인지할 수 있는 영역을 가볍게 넘어 말 그대로 끝없이 펼쳐져 있다. 희뿌연 하늘 역시 정신이 아득해질 만큼 넓다. 둘 사이 또한 그들처럼 넓어, 무슨 수를 써도 만나지 못할 것만 같다. 하지만 저 멀리, 사람의 작은 눈이 담을 수 있는 마지막에 이르러 하늘과 바다는 하나로 섞여 있었다.

그렇게 떨어진 이들도, 수평선까지 가면 만날 수 있는가?

"……."
바다를 보며 자신 안으로 침잠해 들어가던 모용현은 다시금 금설옥을 떠올리고 한숨을 쉬며 명상을 끝냈다.
"이제 끝났나요?"
어떻게 알았는지, 등 뒤로 나긋나긋한 목소리가 들려왔다. 모용현은 돌아보지 않고 대답했다.
"끝이 어디 있겠소?"
모용현은 보이지 않는 오른 눈으로 그의 가는 손가락을 가져가 바람에 말려 어지러운 앞머리를 귓등으로 넘겼다. 귓등을 타고 바닷바람에 실려 사근사근 휘날리는 긴 머리칼의 끝에는 미소를 머금은 여인이 팔짱을 끼고 서 있었다.
양정문도 팔을 풀어 어질러진 앞머리를 양손으로 쓸어 넘기며 말했다.
"무학에 끝이 있을 리야 없지만 본녀와의 약속에는 끝이 있지 않겠어요?"
쏴아아!
다시 바닷물이 밀려왔다. 모용현은 발목을 잡은 바닷물을 뿌리치며 몸을 돌렸다. 밤이 되기엔 멀었지만, 구름이 잔뜩 끼어 흐린 하늘 아래 양정문의 모습이 모용현의 왼 눈에 들어왔다.

“아직 시간이 더 필요하오.”

모용현이 말하고 양정문이 대답했다.

“물론 시간이 필요하겠지요. 하지만 그대가 원하는 것은 얼마만큼의 시간이 필요한가요? 일 년, 이 년? 아니면 십 년?”

양정문의 말에는 조롱인 듯, 혹은 안타까운 듯 확연히 구분할 수 없는 감정이 혼재되어 있었다.

“……”

“그대가 그 나이에 이룩한 경지는 고금을 통틀어 다섯 손가락에 능히 들어갈 만한 것이에요. 사실 본녀는 그대를 보는 것만으로도 항상 놀랍기만 한걸요. 과거에 누가 과연 그대처럼 어린 나이에 독보적인 무위를 지녔을까요? 천하제일인 모용천? 무림맹주 모용강? 아니면 무영검 추신?”

양정문이 떠들어대는 중 추신의 이름이 나오자 모용현의 눈빛이 사납게 빛났다. 양정문이 그를 보고 예상이라도 했다는 듯 여유로운 웃음을 보이며 말했다.

“이런, 또 실수를 하고 말았군요. 그대 앞에서 그 이름을 말하는 것은 피해주기로 했는데 말이죠. 정말 미안해요.”

양정문이 말로는 사과를 했으나 그리 미안해하는 얼굴은 아니었다. 사실 지금도 실수라기보단 모용현의 화를 돋우기 위해 일부러 추신의 이름을 입에 올린 것이었다. 모용현도 그를 알고 있었지만, 추신에 관한 것은 머리로 제어할 수 없는 부분이다.

“……”

모용현은 말없이 양정문을 쏘아보다 걸음을 옮겨 그녀를 지나쳐 갔다. 양정문은 여전히 웃음을 머금고 있었다.

임청에서 양정문에게 잡혔을 때 모용현은 죽음을 예감했다. 간월검의 마지막 삼식을 스스로 만들어내 자신의 부족한 면을 메웠지만, 본래의 위력과는 역시 거리가 멀었다. 산동의 이름난 고수인 황보현건을 벴지만, 당대의 최강자 중 하나인 양정문에게는 역부족이었던 것이다.

하지만 양정문은 모용현을 잡았으면서도 그를 죽이거나 무림맹 본영으로 끌고 가지 않았다. 오히려 양정문은 모용현에게 뜻밖의 제의를 해 왔고 모용현은 그를 받아들였다.

촌락도 없는 황량한 바닷가지만 양정문이 지내기에는 부족함이 없었다. 어디서 구해오는지 은가면들은 매끼 화려한 요리를 준비해 놓는 등 양정문의 편의를 위해 최선을 다했다. 모용현은 벌써 이십여 일을 넘게 양정문과 함께 있었지만, 은가면이 모두 몇 명이나 되는지 파악하지 못 하고 있었다. 더구나 그들 한 사람 한 사람은 모두 지부장에 버금가는 고수였지만, 양정문을 향한 충성심은 이상하리만치 맹목적이어서 수하나 하인이라기보단 꼭두각시 인형에 가까운 인상이었다. 모용현의 눈에는 은가면들에게 있어 양정문이란 하나의 종교처럼 비춰졌다.

해가 지고 어둠이 찾아왔지만 양정문의 가마 주위에는 대여섯 개의 등이 불을 밝히고 있었다. 가마 위에 비스듬히 누운 그녀의 주위에는 세 명의 은가면이 붙어, 한 사람은 양정문의 어깨를 주무르고 다른 한 사람은 팔을, 나머지 한 사람은 다리를 주무르고 있었다. 은가면들의 굵은 손길에 맡겨진 양정문의 몸은 등불을 받아 붉게 달아올라 있었다.

그 앞에는 모용현이 가부좌를 틀고 앉아 있었다. 등불은 모용현의 아름다운 얼굴에 날카로운 음영을 드리우고 그의 깊은 호흡을 붉게 채색했다.

철썩.

멀리 암벽을 치는 파도 소리가 들려왔다. 눈을 감은 모용현의 호흡은 더욱더 깊어지고, 그를 바라보던 양정문은 조용히 손을 들어 은가면들을 물렸다. 무아의 경지로 빠져든 모용현의 얼굴을 보는 양정문의 눈동자에는 새삼스러운 이채가 서려 있었다.

"…후우."

오랜 운기행공을 마치고 모용현은 눈을 떴다. 그의 오른 눈은 등불을 받아 수많은 색으로 물들었고, 왼 눈에는 총기가 서려 깊은 내력을 짐작케 했다. 그리고 자신을 바라보던 양정문과 눈이 마주쳤다.

"……."

망아(忘我)의 속에서 막 빠져나온 상쾌함은 사라지고 정체를 알 수 없는 껄끄러움과 거북함이 그 빈자리를 채웠다. 양정문은 누구나 인정하는 미모의 소유자지만, 그 아름다움은 어딘가 모르게 자연의 섭리와 어긋나 있었다.

그런 모용현의 마음을 아는지 모르는지 양정문은 미소를 띠며 다정스럽게 이야기했다.

"그대는 정말 놀랍군요. 검법도 검법이지만 내력은 이해할 수 없을 정도예요. 어릴 때부터 영약을 잔뜩 먹기라도 했나요?"

양정문의 물음은 당연한 것이었다. 천재라 불리는 자라면 무학의 성취를 십 년, 이십 년 앞당기는 것이 충분히 가능하다. 하지만 내공을 쌓는다는 것은 시간과의 싸움이라 그 어떤 천재라 해도 이십대의 나이에 사십, 오십대의 내공을 가질 수는 없다는 것이 정설이었다. 물론 앞서 자신이 쌓은 내력을 후인에게 전해주는 방법도 있기는 하나, 그 과정에서 손실되는 내력이 막대하고 위험 부담이 커 시도하는 이가 거의 없었다.

양정문의 물음에 모용현이 잠깐 머뭇거리다 입을 열었다.

"보기에 내 내력이 어느 정도나 될 것 같소?"

양정문이 반달 같은 두 눈썹을 치켜뜨고 대답했다.

"흠. 어찌 답해야 할까요? 본녀가 이렇게 호들갑을 떨면서 놀라는 것으로 충분한 답이 되지 않나요?"

"구체적으로 말해주시오."

항상 그렇지만, 모용현의 목소리는 착 가라앉아 어둡기만 했다. 양정문은 한참을 생각하다 입을 열었다.

"그대가 가진 내력은 본녀가 지금까지 본 고수들 중 열 손가락 안에 들 정도예요. 사실 그대 안에 쌓여 있는 내력은 이미 본녀를 상회할 정도인데, 그대는 아직도 부족하다는 얼굴이군요."

4

"순수한 내력의 크기를 따진다면 무림맹 내에서는 단연 상공과 북사, 두 분이 첫째를 다투겠지요. 그 다음이 맹주와 총사령이고, 그 아래가 동령과 서장……. 대충 이런 순서랄까요? 본녀는 그 바로 밑이라 해야겠지요."

"그렇다면 천엽비도나 천수참마와 내가 능히 비견될 수 있다는 뜻이오?"

틈을 기다리지 않고 모용현이 다시 물었다. 양정문은 어린아이를 달래듯 대답했다.

"이런, 이런. 끝까지 그런 의미없는 것에 집착하다니 젊긴 젊군요. 음… 그래요, 동령과 서장이라면 지금 그대의 내력과 능히 동수를 이룰 것이에요."

두 사람 외에 다른 자가 있어 양정문의 말을 들었다면 자신의 귀를 의

심할 것이었다. 이제 이십대 초반으로밖에 보이지 않는 청년이 당대의 최고수들과 어깨를 나란히 할 내력의 소유자라니! 누구나 농담으로 치부해 버릴 이야기지만 말하는 이나 듣는 이나 진지하기만 했다.

"……."

잠깐의 침묵은 모용현에게 생각할 시간을 주었다. 누구도 아닌 금편선자의 입에서 나온 이야기라면 일단 믿어도 무방할 것이다. 그러나 내공의 고하가 곧 무공의 고하가 아닌 이상, 양정문의 판단은 어디까지나 참고사항에 불과하다는 것을 모용현은 잘 알고 있었다.

약관에 출도하여 당대의 절정고수들과 싸워 십 년간 패배를 모르던 이가 있었다. 삼십대 초반의 나이로 검을 뿌리니 그림자가 채 따르지 못하고 상대 역시 따르지 못하던 이도 있었다. 그들 앞에 쓰러진 자들 중 그보다 낮은 내력을 가진 자가 있었을까?

물론 모용현이 알고 있는 저 두 사람은 극히 예외라 할 수 있다. 무학의 이해가 깊어지면 자연 내력도 깊어지게 마련이라, 내력의 깊이로 곧 무공의 고하를 가리는 방법이 틀린 것은 아니다. 하지만 모용현 자신만해도 염합의 결정을 얻어 나이에 어울리지 않는 내력을 가지고 있지만 눈앞에 있는 양정문의 상대가 되지 않는다. 내공의 수위가 비슷하다 하여 당감소와 조규휘를 이길 수는 없다.

그것은 누구보다 모용현 자신이 뼈저리게 느끼고 있었다.

항주에서 진우심 부부와 그 아이를 구하지 못했다는 자책감은 모용현을 조급하게 만들었다. 그의 내력은 절정의 수준이나 무학의 수준은 유치하기만 했다. 마지막 삼식이 없는 간월검은 반쪽짜리에 불과하니, 이대로는 몇 년이 지나도 앞으로 나아가지 못할 것이었다. 하여 모용현은 스스로 간월검의 마지막 삼식을 창안해 냈다.

모용현이 형산에서 칠 년을 지내며 추신에게서 받은 열 개의 구결을 완성하고, 나머지 삼식의 빈자리를 고민했을 때는 그 절실함이 지금 같지는 않았다.

이 또한 모용현 스스로의 어리석음에서 비롯된 일이고 죄이니 누구를 탓할 것인가? 과거 자신이 추신을 이용할 생각만 하지 말고 그의 검을 좀 더 적극적으로 받았다면, 그리하여 간월검 십삼 식을 모두 얻었더라면 진우심 부부와 아이를 구할 수 있었을지도 모른다. 적어도 원소이에게 붙들려 시간을 허비하지는 않았으리라.

그러나 모용현이 급히 만들어낸 마지막 삼식의 효용이 본래의 것과 같을 리 없었다. 산동의 무림맹 지부장들을 상대로 새로운 간월검을 다듬어냈으나, 그 한계 또한 명백했다. 냉정을 잃었다고는 하나 양정문에게 제압당한 것은 모용현에게도 큰 충격이었다.

다행히 양정문은 스스로가 만들어낸 이야기에 빠져 모용현을 살려주었다. 그녀는 모용현이 무림맹 지부장들을 살해하고 다닌 이유가 추신의 죽음을 애도하기 위해서이기도 하지만, 무림맹의 창설을 위해 자신을 버린 아버지에 대한 반발이라 생각한 것이다.

그리고 양정문은 모용강이 모용현의 존재를 알고 있으면서도 묵인하는 것은 무림맹을 떠받치는 이들에 대한 약속의 전제—맹주에게는 후계자가 없다는—를 스스로 깰 수 없기 때문이라 판단했다. 아아, 아들은 증오로 가득하고 아비는 자신의 말에 묶여 움직일 수 없으니 이토록 슬픈 이야기가 어디 있을까?

그리하여 양정문은 모용현의 뒤를 쫓았고 비극의 결말이 아름다울 수 있도록 구원의 손길을 내밀었다.

'그대는 본녀의 전인이 되어 다음 대의 무림맹주가 되는 거예요.'

그것은 양정문이 지어낸 이야기의 절정이었다. 모용강이 공식적으로 모용현을 자신의 아들이라 인정하지 못한다 해도, 그가 다음 대의 맹주가 되는 길을 막지는 않으리라. 게다가 지금 모용현의 무위는 양정문 자신에 버금갈 정도였으니, 다음 대의 맹주로 거론되는 젊은 세대들과는 애초에 비교 대상이 아니다.

그것이 무림맹의 천하에서 하루하루 시간을 죽이던 양정문이 찾아낸 유희였다.

사실 모용현에게 양정문의 추측은 처녀의 망상보다 어처구니없는 이야기였지만, 그 제의만큼은 구미가 당기는 것이었다. 금편선자 양정문과 함께라면 무림맹 본영에 당당히 들어갈 수 있다. 자신의 마지막 목표인 모용강에게로 가는 길 위에 세워진 대부분의 장벽을 힘 하나 안 들이고 넘을 수 있다는 이야기니, 마다할 이유가 없었다. 물론 양정문의 손 안에 떨어진 모용현에게 다른 선택의 기회가 있었던 것도 아니다.

그러나 양정문의 의도를 안 이상 모용현에게도 협상의 여지가 있었다. 어차피 양정문이 자신을 필요로 하는 이상 어느 정도의 요구는 들어줄 것이라는 계산이 선 것이다.

양정문의 망상과 달리, 모용강이 자신을 가만 놔둘 리 없다는 것이 모용현의 생각이었다. 설령 그녀의 힘을 빌어 모용강의 앞에 선다 한들 그를 벨 실력이 없다면 헛될 뿐이지 않은가?

하여 모용현은 양정문에게 시간을 요구했고 그녀와 함께 사람의 발길이 닿지 않는 이곳에 왔다. 지금 모용현이 억지로 채운 간월검은 황보현건과의 싸움으로 완성되었음을 깨달았기에. 비무로는 더 이상의 발전을 도모하기 어려운 지금은 다른 돌파구가 필요했다.

조금이라도, 모용강을 벨 수 있도록.

"그것이 그렇게 궁금했던가요?"

입을 다문 모용현에게 양정문이 말했다. 모용현이 대답했다.

"무엇이 말이오?"

"그대가 물어봐 놓고 기억하지 못하다니 불성실한 사람이로군요. 그대의 내공 수위가 어느 정도인지, 비교를 원할 정도로 궁금했느냔 말이에요."

"……."

"하지만 그대가 익힌 검법은 그대의 내력을 전부 필요치 않으니 깊은 내공이 아까울 정도지요. 만약 그대가 다른 검법이나 장법을 익혔다면, 원하는 경지에 좀 더 빨리 오를지도 모르는데. 본녀에게 배워보는 것은 어때요?"

충분히 매력적인 제안이다. 양정문이라면 모용현이 가진 내력을 모두 활용할 수 있는 무공을 가르쳐 줄 수 있을 것이다. 반쪽짜리 간월검을 붙들고 있는 것보다 그 편이 훨씬 빠르고 편한 길일지도 모른다.

그러나 어찌 그럴 수 있단 말인가? 그의 검을, 어찌 버릴 수 있단 말인가?

"됐소."

단호한 거절을 예상이라도 했다는 듯 양정문은 흡족한 미소를 지었다. 추신과 모용현 사이에 쌓여 있을 유대감을 생각한다면, 모용현이 어찌 다른 무공을 배울까? 만약 모용현이 일말의 흥미라도 보였다면 오히려 실망했을 것이다.

양정문은 손을 들었다. 그녀의 손에 들린 두 개의 방울이 청명한 소리를 내자, 어둠과 등불의 경계선으로부터 은가면들이 나타났다. 네 명의 은가면들은 가마를 짊어지고, 그 위에서 양정문이 웃으며 말했다.

"그대가 바라는 경지가 무엇인지 모르겠지만 본녀를 너무 오래 기다리게는 하지 말아요. 좋은 여자는 인내심이 부족한 법이니까."

가마는 곧 어둠 속으로 사라지고 남겨진 모용현은 눈을 감았다.

5

당감소의 죽음은 무림맹에 있어 커다란 충격이었지만 그 소식을 들은 정파연합의 충격도 그에 뒤지지 않았다.

무림맹의 발표에 따르면, 당감소는 정파연합과의 교전 중 전사하였으며 사인은 정체를 알 수 없는 독이라 했다. 정파연합의 사람들은 다섯 색깔의 독연을 뿌리며 그 속으로 유유히 사라진 당감소를 똑똑히 기억하고 있었으니 기가 막힐 수밖에 없었다. 하지만 당감소를 죽인 것은 자신들이 아니다 나서자니 이 역시 모양새가 좋지 않았다. 비록 독수를 썼다 하나 무림맹 사대사령 중 하나인 천엽비도 당감소를 죽이고 두 배가 넘는 토벌대를 물리쳤다는 소식은 중원 전체에 퍼졌다. 겉으로 드러내진 않았으나 이제 정파연합의 힘을 많은 사람들이 인정하기 시작한 것이다. 사람들의 굳건한 무림맹에 대한 신뢰가 조금씩 흔들리고 있었다.

결국 정파연합의 맹주 왕민보는 그에 대해 어떠한 성명도 발표하지 않는 것으로 방침을 정했다. 무림맹의 모함을 인정할 필요는 없으나, 그로 인한 반사광마저 부정할 필요는 없다는 생각이었다.

이때 정파연합은 절강성 남부에 위치한 문성(文成)에 머무르고 있었다. 문성은 무림과는 애초에 관계가 없는 듯 무림맹 지부도 설치되지 않은 작고 평화로운 도시였다.

정파연합이 이 작은 도시를 선택한 이유는 무림맹 지부가 없어 불필요한 싸움을 피할 수 있다는 계산이 하나요, 큰 의원이 있어 부상자들을 한곳에 모아 치료할 수 있다는 계산이 둘이었다.

오고단의 독에 중독된 자들은 모두 목숨을 잃었고, 무림맹 토벌대와의 싸움을 통해 의원의 치료가 필요할 만큼 부상을 입은 자는 모두 스무 명이었다. 비정한 이야기지만 그 부상자들 중에서도 더 이상 전력에 포함되지 못할 자가 대부분이었는데, 개중에는 전력에 많은 비중을 차지하는 고수도 여럿이었다.

그나마 다행이라면, 당감소를 쫓아갔다가 부상을 입은 가인검 금설옥의 회복이 빠르다는 것이었다.

금설옥이 남긴 표식을 따라 말을 달린 남종들은 관도 한복판에서 정신을 잃고 쓰러져 있는 그녀를 발견했다. 금설옥은 온몸에 상처를 입어 한눈에 봐도 위태로운 상태로, 처음 의원에게 보였을 때는 회복을 장담치 못할 정도였다. 그러나 원체 튼튼한 몸을 가져서인지 그 회복 속도는 놀랍기만 했다.

명조원(命助院)은 문성이라는 작은 도시에 어울리지 않게 큰 의원이었다. 명조원을 세운 함병윤이라는 의원은 젊은 시절 항주에 가 의술을 배웠다는데 자질이 있었는지 금세 실력을 쌓았고, 성격도 좋았는지 환자는 물론 같은 의원 사이에서도 평판이 좋았다 한다.

덕분에 남들보다 빨리 자신의 의원을 열었고, 많은 돈을 모을 수 있었는데 오십 줄에 이르러 항주에서의 생활을 정리하고 문성으로 돌아와 명조원을 세웠다. 굳이 큰 규모를 고집한 것은 문성뿐 아니라 주변의 낙후된 농가를 염두에 둔 것이었다.

명조원의 주인인 함병윤은 아직 육십이 되지 않았으나 머리와 수염이 하얗고 손발에 주름이 심했다. 그러나 그가 손을 쓰는 모습을 보면 과연 의원을 평생의 업으로 삼아온 이라는 경외감이 들 만큼 능숙하였는데, 남종 역시 마찬가지였다.

"어르신, 제가 다시 검을 들 수 있겠습니까?"

침상에 누워 중얼거린 중년의 사내는 복호검(伏虎劍) 이지만(李至萬)이다. 무당의 속가제자인 그는 고명한 검법으로 정파연합의 주요 전력 중 하나였지만 지금은 두 팔을 다쳐 병석에 누운 신세가 되었다.

"마음을 편히 먹고 치료에 집중하시오. 급하다 해서 바늘허리에 실을 맬 수는 없는 법 아니오?"

입으로는 환자의 조급증을 달래면서 침을 놓는 손길은 정확했다. 옆에서 보는 남종이 비록 의술에 대해 문외한이나 명인의 품격이란 분야를 가리지 않는 법이니 함병윤의 탁월함을 알 수 있었다.

치료가 끝나고 함병윤과 남종은 이지만이 누운 방을 나왔다. 앞서 가는 함병윤에게 남종이 물었다.

"이 대협의 상세는 어떻습니까? 정녕 회복될 수 있겠습니까?"

그러자 함병윤이 걸음을 멈추고 수염을 쓰다듬으며 말했다.

"세상에 어떤 의원도 병을 앞에 두고 함부로 말하는 법은 없소. 아무리 가벼운 상처나 병이라 해도 그 변화가 무쌍하니 의원이 할 수 있는 일이란 극히 제한되어 있다 할 것이오. 천하에 가장 두려워해야 할 것이 바로 오만한 의원이오."

함병윤의 말은 지극히 원론적인 것으로 구구절절 옳은 이야기였지만 남종이 원하는 것은 아니었다. 젊은 거지의 떨떠름한 표정을 읽었는지 함병윤이 슬며시 웃으며 말했다.

"기실 병을 고치는 데에 있어 의원이 할 수 있는 것은 오 할에 불과하오.”

“그럼 나머지 오 할은 무엇입니까?”

“환자 본인의 의지와 하늘의 뜻이지. 이 대협은 회복하고자 하는 의지가 강하니 하늘이 그를 버리지만 않으면 곧 건강해질 것이오.”

사실 명조원에서 치료를 받는 이들 중 예전의 무위를 회복할 수 있는 자는 몇 되지 않았다. 애초에 명조원에 들어온 자들은 심각한 부상을 입은 자뿐이었다. 자연 그들 대부분은 목숨을 건진 것으로 만족해야 했으니 함병윤의 입에서 회복이 보장된 이지만의 경우는 특별한 것이었다.

남종이 안도의 한숨을 쉬며 함병윤에게 감사의 말을 하려는데, 떡을 메치기라도 하듯 육중한 소리가 넓은 명조원을 가득 메웠다.

쿵. 쿵.

“허어, 내 그토록 주의를 줬는데 그새를 못 참고 또 시작이군.”

함병윤이 어쩔 수 없다는 얼굴로 고개를 저었다. 남종이 들어보니 이는 진각을 밟는 소리라 그 주인을 쉽게 짐작할 수 있었다. 명조원에 입원한 자들 중 이렇게 위력적인 진각이 가능한 자는 단 한 사람밖에 없었다.

“대우 스님이 다친 것은 오른팔 하나뿐이니 몸이 근지러울 것입니다. 어르신께서 이해해 주십시오.”

“사지가 하나로 이어져 있으니 팔 한쪽이라도 함부로 여길 수 없는 법인데…….”

남종이 그를 위해 변명하니 함병윤도 못 이기는 척 입을 다물었다. 남종이 그에게 인사를 하고 헤어진 후 명조원의 뒤뜰로 가보니 과연 대우가 땀을 뻘뻘 흘리며 진각을 밟고 있었다.

목에 건 천으로 오른팔을 고정시킨 채 진각을 밟는 대우는 평소 그가 보여주던 편안한 인상이 아니었다. 무엇이 그리 심각한지, 이름처럼 순한 얼굴이 어색하게 굳어 있는 것이다. 그리고 왼손만으로 나한장을 펼쳐 보이는데, 무엇이 그리 분한지 필요 이상으로 강하게 진각을 밟아 여기저기 깊숙이 패인 흔적이 남아 있었다.

남종이 아는 체를 하려다가 수련에 임하는 대우의 자세가 워낙 진지한지라 투로가 끝나기를 기다리기로 마음을 고쳐먹고 가까운 나무에 몸을 기대었다. 하지만 대우가 일장을 내밀 때마다 내딛는 진각의 위력이 땅을 통해 남종이 기댄 나무에까지 전해지는 듯 흔들리니 두어 번 참아보다 두 발로 서는 것을 택하였다.

일각이 지나자 한 번의 투로가 끝난 듯 대우가 움직임을 멈추고 이마에 맺힌 땀을 닦아냈다. 남종이 그를 보고 앞으로 나섰다.

"몸은 괜찮아졌습니까?"

대우는 그제야 남종을 본 듯 굳은 얼굴을 활짝 폈다.

"괜찮아지기는요. 아직도 팔이 이 모양인데요."

대우가 눈으로 자신의 오른팔을 가리키며 말했다. 남종이 대답했다.

"그렇다고 너무 무리하지는 마십시오. 조급해하면 오히려 될 일도 그르치는 경우가 많습니다. 함 원주의 처방대로 몸을 보중하십시오."

남종과 대우가 소소한 일을 이야기하는데, 누군가 뛰어오는 소리가 두 사람의 귀에 들어왔다. 남종이 고개를 돌려보니 건물들 사이로 두 어린아이가 뛰어오며 대우를 향해 소리치는 것이었다.

"스님! 대우 스님!"

이제 여섯, 일곱 살이나 될까 싶은 아이들은 계집아이 하나와 사내아이 하나로, 눈매와 콧날이 쏙 닮은 것이 남매인 듯했다. 남종이 누구냐 묻자 대우가 대답했다.

"함 원주의 손자, 손녀입니다."

대우가 그렇게 말하는 동안 아이들이 뛰어와 대우의 굵은 두 다리에 하나씩 매달렸다. 둘 중 좀 더 머리가 굵어 보이는 계집아이가 소리쳤다.

“대우 스님, 나 무등!”

그러자 동생으로 보이는 사내아이가 질 수 없다는 듯이 악을 쓰며 외쳤다.

“나! 나! 나도 무등!”

두 어린아이가 황소 같은 덩치의 대우에게 매달려 칭얼대는 모습을 보니 정이 적잖이 쌓인 것 같았다. 남종이 웃으며 말했다.

“아이들이 스님을 잘 따르는군요.”

대우가 왼손으로 까칠해진 뒤통수를 긁으며 말했다.

“아닙니다.”

대우는 먹히지도 않는 부정을 하며 왼손으로 아이들을 하나씩 어깨에 태웠다. 어린아이라 해도 이제 열 살 가까이 되었는데도 대우의 체구가 워낙 크니 양어깨에 하나씩 올려놔도 거뜬해 보였다.

“이야!”

“까르르르!”

아이들은 뭐가 좋은지 대우의 어깨에 올라간 것만으로도 함박웃음을 터뜨렸다. 대우도 큰 눈동자를 굴리며 기뻐하니, 옆에서 보는 남종도 절로 흐뭇한 마음이 들었다.

대우는 두 아이를 어깨에 태우고 제자리를 빙글빙글 돌았다. 그러자 아이들은 아까보다 더 큰 소리로 웃으면서도 겁이 났는지 대우의 얼굴을 네 개의 팔로 감싸 안았다.

“어이쿠! 스님 앞이 안 보여요!”

우는 소리를 하면서도 대우는 걸음을 멈추지 않았다. 몇 바퀴를 더 돌자 아이들이 지쳤는지 숨을 몰아쉬었다. 물론 뛴 것은 대우이니 아이들이 지친 것은 쉬지 않고 웃었기 때문이다. 배를 잡고 풀 위에 주저앉은 아이들에게 대우가 말했다.

“오늘은 일찍 왔네요. 금 언니가 놀아주지 않았어요?”

그러자 누나로 보이는 계집아이가 또박또박 입을 열었다.

“언니 무서워. 아까 갔는데, 우리가 온지도 몰라.”

사내아이도 옆에서 거들었다.

“칼 있었는데. 누나가 무서워.”

아직 어려서인지 사내아이의 말은 계집아이의 그것에 비해 두서가 없었다. 하지만 두 아이의 말에서 남종은 ‘무섭다’ 라는 공통분모를 발견할 수 있었다.

남종이 대우에게 물었다.

“금 언니라면 금 낭자를 말하는 겁니까?”

그새 힘이 돌아왔는지 다시금 매달리는 아이들을 안으며 대우가 대답했다.

“예. 원래 이 아이들은 저보다 가인검을 더 좋아합니다만, 오늘은 무슨 일인지 저를 더 좋아하는 것 같군요.”

그러면서 대우가 사내아이를 다시 어깨로 들어올렸다. 팔이 하나라 순서가 밀린 계집아이가 금방이라도 울음을 터뜨리려는 것을 보고 남종이 대신 들어올리며 말했다.

“이 아저씨가 들어줄 테니 울지 말아요. 응? 뚝!”

남종이 눈을 크게 뜨고 자신이 할 수 있는 가장 귀여운 얼굴을 해 보였으나 머리는 온통 산발이요, 얼굴은 언제 씻었는지 모를 거지의 몰골이니―사실 그것이 남종의 본분에 충실한 모습이었으나―어린아이를 달래기에는 영 신통치 않았다.

“으아아아앙!”

계집아이가 남종의 얼굴을 보고 기어코 울음을 터뜨렸다. 꾀가 많아 임기응변에 능하다는 남종도 이런 상황을 타개할 묘책은 떠오르지 않았다.

"으아아아아앙!"

어린아이는 타인의 감정을 자기 것처럼 받아들이는 습성이 있는지 멀쩡히 제 누나가 우는 걸 보던 사내아이도 갑자기 울음을 터뜨렸다.

"크윽!"

일만 명의 적에게 둘러싸인다 해도 이처럼 당혹스럽진 않을 것이다. 두 어린아이가 목을 놓아 울어대는데, 대체 저 작은 몸 어디에서 그렇게 큰 소리를 내어놓는지 불가사의할 정도였다. 어찌나 시끄러운지 남종은 두 손으로 귀를 막아도 고막이 지끈거릴 지경인데, 오른팔을 쓰지 못하는 대우의 고통은 더할 말이 없었다.

"작은 보살님들, 뚝! 울지 말아요, 울지 말아. 이 대우가 무등을 태우고 구름 위로 올라가 줄게요."

얼마나 고통스러웠으면 불제자의 신분으로 어린아이들에게 거짓말을 했을까! 남종이 그에게 동정의 눈길을 보내며 큰 기대 없이 한마디를 던졌다.

"얘들아, 우리 언니 보러 가요. 이 아저씨랑 언니 보러 가요."

6

놀랍게도 남종의 말이 끝나자마자 계집아이가 울음을 그쳤다. 제 누나를 보고 사내아이도 곧 울음을 그쳤는데, 둘 다 눈물이 범벅이 되어 얼굴이 온통 지저분했다.

계집아이가 눈물이 가득한 눈을 굴리며 울음이 채 가시지 않은 목소리로 물었다.

"진짜 언니 보러 가?"

남종을 보는 대우의 눈길은 존경심으로 가득해, 지금 당장 부처가 나타난다 한들 돌아보지 않을 것 같았다. 그러나 남종을 더 당혹스럽게 만든 것은 울음을 그치고 그를 올려다보는 네 개의 눈동자였다. 남종이 잠시 머뭇거리는 것을 보고 계집아이가 다시 울먹이려 하자 대우가 끼어들었다.

"작은 보살님들, 울지 마세요. 울면 저 아저씨가 언니한테 안 데려가 줄 거예요."

대우의 말을 듣고 계집아이와 사내아이가 다시 남종에게로 시선을 돌렸다. 남종은 자신이 임종을 앞두고 생애 가장 당혹스러운 순간을 꼽으라면 바로 지금일 것이라 생각하며 웃는 얼굴로 말했다.

"대우 스님 말이 맞아요. 우는 아이는 데려가지 않아요."

그 말을 듣자 계집아이가 소매로 눈을 닦고, 고사리 같은 손으로 얼굴의 눈물자국을 문질렀다. 사내아이는 상황을 아는지 모르는지 멀뚱히 서있다가 제 누나가 하는 모습을 보고 따라 하는데 아직 손발을 자유롭게 놀릴 수 없는지 따라 하는 모양새가 영 어설프기만 했다.

"이그, 호아(虎兒)야! 가만있어 봐."

제 얼굴이 다 끝났다고 생각했는지 계집아이가 사내아이의 얼굴을 문질렀다. 그래 봤자 자신의 얼굴과 마찬가지로 눈물자국이 지워지진 않았지만 그 마음 씀씀이가 실로 기특하고 아름다웠다.

남종과 대우는 두 아이를 안고 금설옥이 치료를 받는 방으로 갔다. 원내를 가로질러 가는 도중 두 아이를 알아본 명조원 고용인들은 누구랄 것 없이 남종과 대우에게 동정의 눈길을 보냈고, 곧이어 두 남매가 얌전히 품에 안겨 있는 것에 놀라움도 잊지 않았다.

그러나 남종과 대우는 곧 걸음을 멈추고 말았다. 금설옥이 머무르는 방에 가까이 가기도 전에 그 안에서 뿜어져 나오는 기세에 눌려 버린 것이다. 방 안에서 나오는 기운은 살기가 넘치거나 흉험하진 않았으나, 고도의 집중력이 잘 벼려진 칼날처럼 날카로웠다. 이러니 아이들이 금설옥에게 말을 걸지도 못하고 울지도 못하고 도망쳐 오는 것은 당연했다.

"무서워."

남종에게 안긴 계집아이가 속삭이듯 말했다. 세월에 풍화되지 않은 어린아이의 육감이 금설옥의 기운을 순수하게 느낀 것이다. 남종과 대우가 서로의 얼굴을 마주 봤다.

"제가 들어가 보겠습니다."

남종은 계집아이를 내려놓았다. 계집아이는 울상인 얼굴로 대우의 바짓자락을 꼭 잡았다.

"흠. 크흠."

남종이 금설옥의 방문 앞에서 헛기침을 몇 번 했으나 들어오라는 말이 없었다. 사실 남종 자신도 금설옥의 기운에 위축되긴 마찬가지라 한참을 기다렸다가 말을 했다.

"금 낭자, 들어가도 되겠어요?"

또다시 한참을 기다렸지만 대답이 돌아오지 않았다. 남종은 고개를 돌려 대우와 아이들에게 씩 웃어 보이는 것으로 자신의 마음을 다잡고 문을 열었다.

화악!

문을 열자 예리한 기운이 거지의 너덜너덜한 옷을 뚫고 지나갔다. 모공을 뚫고 염통이 베인 듯, 남종이 자신도 모르게 배를 만지며 침을 꿀꺽 삼키고 방 안으로 들어갔다.

금설옥은 침상에 누워 상체만 일으킨 채 두 손으로 한 자루 검을 들고 있었다. 금설옥의 손에 들린 검은 그림처럼 한 치의 흔들림도 없었고, 금설옥의 시선은 검극에 가 있었지만 막상 그를 보지는 않는 듯했다.

남종이 조용히 방문을 닫고 방 안 가득한 기운을 견뎌내며 감히 기별을 주지도 못하고 가만히 서서 금설옥을 지켜보았다. 원래부터 금설옥은 정파연합 내에서도 상대가 없는 고수였지만, 지금 남종의 눈에는 그전과도 좀 더 달라 보였다. 죽음의 문턱에서 돌아왔다는 경험이 그녀에게 무언가를 가져다준 것일까?

향 한 대를 피울 시간이 흐르자 금설옥이 조용히 검을 내리고 입을 열었다.

"남 형 오셨어요?"

금설옥은 치료를 위해 편한 두루마기를 입고 있었는데, 양팔의 소매는 어깨까지 접어 올리고 대신 팔꿈치 위쪽까지 황색 천을 칭칭 감아놓았다. 반대편이 비칠 만큼 얇은 날의 비도가 폭사되듯 덮치는 당감소의 천엽만공화에 당한 상처는 하나하나가 깊고 예리했는데, 특히 팔다리에 많은 상처가 남았다. 사실 쏟아지는 비도 속에서도 급소를 지켜 목숨을 부지한 것으로도 다행이지만 여자의 몸에 생긴 상처란 사내가 감히 상상할 수 없는 무게를 가지고 있는 것이다.

그나마 위안거리라면 얼굴에는 별 상처가 없었다는 것이다. 자잘한 상처는 벌써 새 살이 돋아나 자세히 뜯어보지 않으면 알아채지 못할 정도였고, 약간 큰 상처가 귀밑머리에 났는데 이는 머리칼에 덮여 남의 눈에는 잘 보이지 않았다.

물론 금설옥의 성격상 흉터가 남는 것을 걱정하지는 않았으나, 함 원주는 상처마다 정성스레 고약을 바르고 그를 보호하기 위해 천으로 감싸놓았다.

자신을 압박해 오던 기운이 사라지자 남종은 어깨를 번갈아 돌려보고는 금설옥에게 말했다.

"몸은 많이 좋아졌나요?"

그러자 금설옥이 두 팔을 크게 휘두르며 대답했다.

"그럼요. 지금 당장이라도 일어날 수 있어요."

원수를 갚지 못하고 목숨을 겨우 부지했지만 금설옥은 낙담하지 않은 듯했다. 남종이 보았듯이, 오히려 침상에서도 전의를 불태우며 한 단계 자신의 경지를 올려놓을 정도였다. 남종이 수긍이 간다는 얼굴로 고개를 끄덕이니 금설옥이 말했다.

"그러고 보니 생명의 은인에게 인사가 늦었네요. 남 형, 내 목숨을 구한 은혜는 평생 잊지 않을 거예요."

당감소에게 당해 정신을 잃은 금설옥이 깨어났을 때는 이미 남종들의 손으로 명조원에 옮겨진 후였다. 금설옥은 그녀가 남긴 표식을 찾아 남종이 쫓아와 주었기에 목숨을 부지했다 생각하고 있었다.

남종이 고개를 저으며 말했다.

"그런 감사를 받을 만한 입장이 못 되지요. 내가 좀 더 빨리 알아챘다면 금 낭자가 이렇게 당하지 않았을 텐데, 오히려 미안할 따름이에요."

사실 그것은 금설옥이 정파연합의 다른 이에게 알리지도 않고 제멋대로 당감소를 쫓아가 벌어진 일이다. 오히려 남종이 금설옥의 부재를 일찍 눈치 채고, 그녀의 표식을 찾아내어 사단을 막은 것이니 조금쯤 공을 내세워도 될 일이었다.

하지만 남종은 여전히 금설옥에 대한 죄책감과 부채감을 안고 있었다. 자신이 금설옥을 이용하고, 정파연합에 억지로 끌어들였다는 생각이 깊숙이 자리잡고 있었던 것이다. 이는 남종이 의식적으로 고치려 해도 고치기 힘든 일이었다.

미안해하는 남종을 보고 금설옥이 화제를 바꿨다.

"당감소는 어찌 되었나요? 남 형과 다른 분들을 보고 도망치던가요?"

남종이 대답했다.

"사실 우리는 당감소를 보지 못했어요. 격렬한 싸움의 흔적은 있었지만, 길 위에 금 낭자만 피칠갑을 하고 쓰러져 있었지요."

"흠……."

명조원에서 눈을 떴을 때 금설옥은 자신이 아직 살아 있음에 놀라움을 금치 못했다. 마지막 힘을 쥐어짜 내 일검을 날린 것까지는 어렴풋이 기억나지만, 이미 결정지어진 죽음을 미루고자 하는 몸부림에 지나지 않았다. 이제까지는 남종들이 때마침 도착하여 당감소가 마지막 일격을 가하지 못하고 도망쳤다 생각했는데, 남종의 입에서 직접 그를 부정당하니 머릿속이 복잡해졌다. 당감소는 왜 자신을 살려둔 것일까?

금설옥은 흰 침구 위에 놓아둔 검을 다시 들었다. 비스듬히 각도를 달리할 때마다 날 위에 비친 얼굴이 일그러지고, 부풀었다가 찌그러지기를 반복했다.

"왜 죽이지 않았을까……."

고개를 갸웃거리는 금설옥에게 남종이 말했다.

"음… 이 이야기를 듣고 금 낭자가 어떤 반응을 보일지 모르겠는데 말이죠, 나도 이건 의아한 일이라서……."

"무슨 일이길래 그러세요?"

"당감소는 죽었대요."

7

“…뭐라고 하셨어요, 지금?”

“죽었다구요, 당감소가.”

또박또박. 한 글자라도 틀릴까 남종이 신중을 기해 말했다. 금설옥은 남종의 더러운 얼굴을 똑바로 응시하고 다시 한 번 물었다.

“그러니까, 지금 누가 죽었다구요?”

“천엽비도 당감소. 무림맹 사대사령 중 동령인 자. 금 낭자 가문의 원수. 모용강에게 자신의 가문을 제물로 바친…….”

“그만, 그만!”

작게, 그러나 분명한 외침으로 금설옥은 남종의 말을 막았다. 금설옥은 믿을 수 없다는 얼굴로 남종에게 말했다.

“말도 안 돼. 남 형, 뭔가 잘못 들으신 것 아니에요?”

“뭐, 시체를 눈으로 본 것도 아니니 확실하다고는 말 못하겠네요. 하지만 무림맹은 토벌대를 이끌던 동령 천엽비도 당감소가 우리와의 교전 중 독수에 걸려 전사했다고 발표했어요. 모습을 드러내지 않던 모용강이 직접 그의 장례를 주관하고, 애도의 조문을 읽었다 하더군요.”

“…거짓말.”

“예, 그건 거짓말이죠. 우리는 당감소를 놓쳤으니까. 하지만 그가 죽은 것만은 사실인 것 같아요. 무림맹은 우리를 섬멸시켜 그의 넋을 기리겠다며 또 한 번 토벌대를 조직했으니까요.”

“…….”

남종의 말을 들으면서도 금설옥은 꿈을 꾸는 듯 믿을 수 없었다. 그녀를 이제껏 지탱해 온 것들 중 하나가 바로 당감소에 대한 복수였는데, 그를 실패한 것도 모자라 이제는 영영 기회조차 잃어버린 것이다. 물론 당감소도 사람인 이상, 언제라도 죽을 수 있다지만 금설옥의 머릿속에 있는 그는 언제까지나 그녀의 검을 기다릴 것 같았던 것이다. 더욱이 한 번 당감소와 검을 섞어 정면으로 그의 강함을 겪어본 뒤, 그 생각은 더욱 강하게 남아 있었다.

당감소의 무위를 막연히 강할 것이라 생각했던 지금까지와는 금설옥의 마음가짐이 완전히 달라졌다. 압도적이긴 했으나 손을 뻗으면 결코 닿지 못할 거리에 있지는 않았던 것이다. 온몸에 고약을 바르고 침상에 누워서도 끊임없이 검을 수련했던 것도 당감소와의 일전이 가져다준 변화였다.

비록 몸을 움직이는 수련은 하지 못할지라도, 침상 위에 앉아 자신을 성찰하고 깨달음을 추구하는 수련은 가능했다. 더욱이 오늘은 그를 통해 한 단계 올라섰음을 스스로 느낄 수 있었는데, 그런 때에 들은 이야기치고는 시기가 너무 적절하다는 생각밖에 들지 않았다.

"누가……."

금설옥이 말끝을 흐리며 중얼거리자 남종이 반문했다.

"예?"

"누가 그를 죽였을까요."

남종에게 물어보는 형식을 취했으나, 억양은 의문형 문장의 것이 아니었다. 남종은 금설옥이 자신의 대답을 바라는 것이 아님을 알면서도 측은한 마음에 입을 열었다.

"글쎄요. 나는 처음에 금 낭자와의 일전에서 당한 상처가 깊어 죽은 것이 아닐까 생각했어요."

"나는 그에게 한 줄의 상처도 내지 못했어요."

"예. 게다가 무림맹의 발표에 따르면 독수에 당했다니, 금 낭자 때문에 죽은 것은 절대 아니죠. 우리 정파연합의 사람들 중에 독을 쓸 줄 아는 자가 있기는 해도 누가 감히 사천당가의 사람에게 용독의 재주를 피우겠어요?"

“그럼 누가…….”

“나도 참 알고 싶네요.”

남종은 더 이상 이야기해 줄 것이 없었다. 금설옥도 두 손에 검을 든 채 말없이 앉아만 있었다.

뒤통수를 얻어맞은 것 같은 충격은 어디론가 사라지고, 대신 남은 것은 주체할 수 없는 상실감이었다.

‘이건 아니야.’

금설옥은 속으로 중얼거렸다. 원수의 죽음이니 크게 기뻐해야 할 일인데, 정작 마음은 그렇지 않았다.

“왜, 왜……. 어째서?”

금설옥의 손이 풀리고 들려 있던 검은 흰 침구 위로 소리없이 떨어졌다. 손으로 전해지던 검의 무게가 사라지자 그만큼의 외로움이 밀려들었다. 복수의 실을 잃어버린 상실감과 검의 무게를 잃어버린 외로움은 처음부터 하나였다는 듯 그녀 안에서 자연스럽게 서로를 안고 저 밑바닥으로 떨어졌다.

“금 낭자, 왜 그래요? 추워요?”

금설옥이 몸을 사시나무 떨 듯 떨자 남종이 걱정스럽게 물었다. 금설옥은 고개를 저으며 자신의 팔로 스스로를 감싸 안았다. 떨리는 것이 팔인지 혹은 몸인지 알 수가 없었다.

“남 형, 미안해요. 저 잠시만 쉴게요. 정말, 잠시만 쉬면 돼요.”

고개를 숙이며 말하는 금설옥의 말을 거역할 수 없었다. 남종이 나가자 기다렸다는 듯이 어린아이들의 떼쓰는 소리와 우는 소리가 들려왔다. 금설옥은 친동생처럼 귀여워해 주고 놀아주었던 상아(祥兒)와 호아 남매임을 알았지만, 지금은 그들을 받아줄 여유가 없었다. 남매의 우는 소리는 갈수록 커졌지만 무언가를 잃어버린 금설옥의 귀에는 들어오지 않았다.

병석에 누워 있으면서도 몸이 아프다고 생각한 적은 없었는데, 당감소의 죽음을 전해 들은 순간 가슴으로 깊은 통증이 느껴졌다. 나에게는 이제 복수의 기회가 사라진 것인가? 내 아버지와 어머니와 오라버니의 원한은 어떻게 해야 하지? 사부와 사자들이 당한 능멸은 또 어떻게 해야 하나?

나의 복수는 이제 어디로 가야 하나?

스스로에게 물음을 던지자, 당정견의 얼굴이 떠올랐다. 당감소의 아들인 그의 사랑을 금설옥은 받아들일 수 없었다. 원수인 당감소와 친구인 당정견은 분명 다른 사람이고, 당감소가 저지른 일에 당정견은 아무 상관이 없음을 알면서도 금설옥은 그 둘을 구분 지어 생각할 수 없었던 것이다. 그렇다면 당감소라는 복수의 목표를 상실한 지금, 그를 대체할 자로 당정견을 떠올리는 것도 당연한 수순인 것일까? 당감소와 구분 짓지 못해 사랑할 수 없었다면, 당감소와 구분 짓지 않아 미워하는 것도 가능하지 않을까?

어처구니없는 생각이다. 금설옥은 스스로를 비웃으며 고개를 들었다. 꼭 당감소가 아니라도 그녀에게는 아직 모용강이 남아 있다. 직접적으로 일을 처리한 것이 당감소라면, 그의 뒤에서 모든 일을 조종한 것은 모용강이다. 모용강은 무림맹주이고, 무림맹이 곧 모용강이니 이만큼 명쾌한 구성이 어디 있겠는가.

금설옥이 그렇게 자신을 다잡을 때, 마음 한구석에 묻혀 있던 이름이 떠올랐다. 그녀와 달리 처음부터 무림맹 전체를 상대로 복수를 계속해 온 사람이 있었다. 분명 복수를 행하면서도, 그것이 복수임을 부정하는 자는 한쪽 눈이 기묘한 색으로 빛나고 있었다.

금설옥은 그에게 해야 할 말과 해주고 싶은 말이 있었다.

*   *   *

모용현은 바다를 보고 있었다. 바다는 언제나와 마찬가지로 잔잔했지만, 모용현의 머릿속은 복잡했다. 어젯밤 양정문이 남긴 한마디가 신경 쓰지 않으려 하면 할수록 그를 괴롭혔기 때문이다.

그 내력을 십분 활용할 수 있는 무공이라면.

양정문의 유혹에 굴할 마음은 없었지만, 간월검의 마지막 삼식을 얻어 진정한 위력을 구현하는 것이 불가능한 것은 사실이다. 이대로는 모용강이 아니라 그 밑의 사령들에게도 이길 수 없었다.

원래 모용현이 처음 형산을 내려올 때만 해도 그의 목적이 딱히 모용강에 국한되어 있는 것은 아니었다. 그에게는 무림맹 전체가 살행의 대상이었고 최대한 많은 그들의 피를 자신의 손에 묻히는 것이 목표였다. 과거 추신에게 흘리지 않아도 될 피를 흘리게 했던 것처럼, 이제는 모용현 자신이 그만큼의 피를 흘리고 또 묻혀야 했다.

하나 언제까지 지부장들만을 상대로 할 순 없었다. 결국 그는 모용강을 쳐야 했고, 양정문을 만나 그 기회를 잡았다. 지금 이를 포기하면 언제 다시 올지 모르는 기회. 온전한 몸으로 모용강에게 접근할 수 있는 마지막 기회를 말이다.

그러나 하늘의 안배는 사람을 헤아리지 않는다. 무림맹 본영에 무혈입성하여 모용강에게 칼을 들이댈 기회는 잡았으나, 막상 그 장면에서 모용강을 벨 수 없다는 것이 문제였다.

그를 위해 양정문에게 시간을 얻었지만 짧은 시간에 한계를 넘어 강해지는 것은 불가능한 이야기였다. 사실 지금의 모용현만 해도 충분히 한계에 다다른 상황이었으니까.

모용현은 검을 들어 먼 바다를 향해 휘둘렀다. 한 번, 두 번, 세 번⋯⋯. 모용현은 거듭 검을 휘둘렀지만 그 형태가 무림인의 무공이라기 보단 한 번의 칼질에 불과했다. 하지만 모용현이 똑같은 형태로 검을 한 번씩 휘두를 때마다 그 안에 숨은 각기 다른 검리가 빛을 발했다. 그러나 그 빛은 선명하지 못하고, 때로는 어두워 형체조차 제대로 보이지 않았다.

분하지만 앞으로도 이 불완전한 간월검에 매달린다면 원하는 것을 달성할 수 없음을 인정해야 했다.

'왜 그에게서 좀 더 배우지 못했을까.'

후회는 떠올릴수록 꼬리에 꼬리를 물고 증식하는 법이다. 생각해 보면 모용현은 자신이 지금껏 올바른 선택을, 후회하지 않을 일을 한 적이 없음을 깨달았다.

그날 할아버지의 방으로 가지 않았더라면. 사자검에게 자신이 알고 있는 이야기를 했더라면. 단정 사태와 맹일곡에게 이야기했더라면. 태성진인에게 이야기 했더라면. 강만중과 방주교에게, 두정 선사에게 이야기했더라면. 아니, 처음부터 추신을 이용하려 하지 않았다면!

그것은 시간이 흐른 뒤에도 마찬가지였다. 형산에서도 모용현은 충분히 나머지 삼식을 채워 간월검의 위력을 조금이라도 높일 수 있었다. 하지만 모용현은 그러지 않았다. 열 개의 구절밖에 없는 간월검으로도 충분하다 여겼고, 자신이 그에 손을 대는 것은 있을 수 없는 일이라 여겼다.

만일 그랬다면. 적어도 지금의 무위를 가지고 형산을 내려왔다면. 자신의 처지를 잊고 진우심 부부를 구하고자 설치지 않았다면!

　이십 년의 짧은 생이지만, 모용현의 기억은 후회스러운 일로 가득 차 있었다. 어려서부터 주위의 찬사가 끊이지 않았던 천재였지만 올바르게 살아가는 데에 그것이 무슨 소용일까? 머리가 좋다는 것은 그저 그 사람이 타고난 재능 중 하나일 뿐이다. 한 사람의 어른으로, 완성된 인간으로 성장하는 것과는 별개의 문제다.

　어쨌든 모용현은 다시 한 번 선택을 해야 했다. 과거를 돌이켜 보면 이번에도 잘못된 선택을 해 후회할 공산이 컸다. 그러나 양정문이 남기고 간 말처럼 그녀의 인내심은 바닥까지 내려간 상태이다. 무림맹의 천하가 시작된 지 칠 년이 지났지만, 금편선자의 악랄함은 사람들의 머릿속에 아직도 남아 있다. 양정문이 지금껏 모용현을 기다려 준 것도 극히 이례적인 일이었다.

　'잘못이라면, 그녀의 제의를 받아들였을 때부터 시작된 거겠지.'

　후우.

　모용현은 숨을 들이쉬고, 눈을 감았다. 아무리 뭐라 해도 양정문이든 누구에게든 다른 무공을 받아 익힐 수는 없었다. 간월십삼검은 곧 그 사람이니, 간월검을 버린다면 곧 그 사람을 버리는 꼴이다. 그것은 생각할 수도 없는 일이다.

　하지만 그것이 하나의 초식에 불과하다면? 오직 단 한 번 모용강을 향해 지를 수 있는 검에 내 안에 쌓인 내공을 모두 쏟아 부을 수 있는 절초라면?

　모용현은 천천히 검을 들었다. 칠 년이 지났지만, 바로 어제 일처럼 선명히 떠오르는 모습들이 있었다. 형산의 어느 봉우리에서 흰 눈이 내려 세상이 온통 뒤덮인 날에 증오도 연민도 아닌 감정을 담아 검과 도를 휘두르던 두 노인의 모습이. 반쪽짜리 달이 만월이 되도록 싸우고, 또 마시고 웃던 두 노인이 있었다. 모용현은 그들과 함께 있었다.

흐린 하늘 아래, 바다를 관객으로 검무(劍舞)가 시작되었다.

8

그것은 막 베어낸 나무의 표면처럼 거칠었고, 때로는 조각처럼 섬세했다. 모용현의 검은 때로 검이었고, 때로는 도가 되기도 했다가 다시 검으로 돌아왔다. 모용현은 무당의 도사가 되어 일검을 내지르고, 희대의 마두가 되어 일도를 내려쳤다.

끊임없이 물결치는 바다 앞에서 모용현은 홀로 두 사람의 춤을 추었다. 파도가 검은 모래 위에 어지러이 찍힌 그의 발자국을 집어삼키면, 모용현은 파도가 물러난 곳에 다시 발자국을 찍었다.

쏴아아.

자신의 방해에도 아랑곳하지 않는 춤사위에 성이 났는지 평소보다 큰 파도가 밀려왔다. 모용현은 몸을 돌리고, 검의 방향 역시 틀어졌다. 모용현은 두 손으로 검을 쥐고 몸을 돌리며 아래에서 위로 검을 올려쳤다. 비스듬히, 모용현의 몸을 중심으로 파도가 거짓말처럼 잘려졌다.

철썩!

사람의 키만 한 파도는 모래밭을 덮치고 뒤로 물러났다. 넓은 해안가에 오직 모용현이 서 있는 자리만이 다른 색으로 도끼에 패인 자국을 남겼다.

모용현은 손을 멈추지 않았다. 다시 몸을 돌려 바다를 등지고 일검을 내려치니, 한 움큼의 모래가 자갈과 섞여 하늘 높이 치솟았다.

후두둑.

비처럼 하늘에서 모래가 내렸다. 모용현이 내려친 검을 다시 들어올리고, 내리던 모래들은 무언가에 맞은 듯 모용현의 주변으로 흩어졌다. 그리고 며칠 전부터 찌푸린 하늘이 드디어 비를 내리기 시작했다.

온몸이 젖어드는 데도 모용현은 춤을 그치지 않았다. 아니, 비가 내리는 것을 모르는 듯했다. 그것은 허우와 태허 진인과 추신, 세 사람에게 바치는 의식이었다.

주지도 않은 검을 훔쳐 쓰는 것에 대한, 그리고 간월검이 아닌 검을 쓰는 것에 대한.

비를 먹은 바다는 거칠어졌다. 모용현의 춤사위가 한 고비를 오를 때마다 해안으로 밀려오는 파도는 점점 커지는 것 같았다.

"어찌 저런……."

지붕이 있는 가마 안에서 양정문이 중얼거렸다. 비가 오기 전 해안가에 도착한 그녀는 검무에 열중한 모용현을 방해하지 않고 멀리서 보고 있었던 것이다.

놀라운 것은 모용현의 검무가 담고 있는 무학이었다. 양정문은 모용현의 춤 속에서 두 사람의 비무를 발견했고, 그 안에 숨어 있는 최상승의 무리(武理)를 보았다. 그것은 분명 자신에게 제압당한 모용현의 솜씨는 아니었다.

사실 양정문은 모용현을 보면서 답답함을 느껴야 했다. 그의 무학에 관한 자질은 실로 천부적인 것이고, 남들은 평생을 수련해야 하는 내력도 가지고 있었다. 그럼에도 불구하고 모용현의 무위가 답보 상태에 있었던 까닭은 그가 가진 검법에 있었다.

마지막 삼식이 없는 간월검은 반쪽짜리였고, 모용현이 창안하여 완성한 십삼식도 온전한 것일 리 없었다. 간월검의 본래 위력을 십이라 했을 때 마지막 삼식이 없는 간월검은 오에 불과했고, 모용현이 임의로 만들어 넣은 십삼식의 간월검은 기껏해야 육, 칠에 불과했다.

양정문이 그 내막을 자세히 알 리 없었으나, 그녀 역시 절정의 고수로 모용현이 현재 가지고 있는 검법이 불완전한 것임은 한눈에 알 수 있었다. 그의 자질과 내력이라면, 불완전한 검법을 버릴 때 한 단계 위로 올라설 수 있으리라는 것이 양정문의 생각이었다.

하지만 그것은 양정문이 원하지 않는 일이었다. 그녀는 답답해하면서도 불완전한 간월검에 집착하는 모용현을 원했다.

그러나 지금, 모용현의 춤사위에 담긴 두 가지 상반된 무학은 양정문도 놀랄 만한 것이었다. 모용현은 간월검에 대한 집착을 버린 것일까? 양정문은 홀리기라도 한 듯, 빗속에서 모용현이 펼쳐 내는 상승의 경지를 바라보았다.

모용현의 춤사위가 절정에 달했을 때, 바다 저 멀리서부터 커다란 일렁임이 시작됐다. 빠르고 강하게 대지를 덮쳐 오는 일렁임은 작은 재앙이라 불러야 할 정도의 것이었다. 피와 살로 이루어진 사람이라면 그에 휩쓸려 형체도 없이 부서질, 아득하리만치 위대한 자연이 힘을 과시하는 해일을 앞에 두고 모용현은 검을 겨누었다.

"뭐 하는 거예요! 어서 피하세요!"

양정문이 깜짝 놀라 소리쳤다. 그녀의 목소리는 요동치는 파도 소리와 사납게 내리치는 빗소리를 뚫고 뻗어나갔지만, 모용현은 들었는지 혹은 들고도 무시하는 것인지 움직이지 않았다. 양정문이 참지 못하고 가마에서 뛰어내려 빗속에 섰지만, 거대한 파도는 무심히 모용현을 집어삼켰다.

"……!"

죽으려고 작정을 한 것인가? 그러나 잠시 후, 양정문을 또 한 번 놀라게 하는 일이 벌어졌다. 모용현을 덮친 파도가 폭발하듯 하늘 높이 솟구쳤다!

쏴아아아아!

흐린 하늘에서 사납게 내리치는 비와 하늘 높이 솟구친 바닷물이 섞여 땅으로 떨어졌다. 그를 맞으며 해일이 지나간 자리에 모용현이 온전한 모습으로 서 있었다.

사람이 저럴 수가 있다니! 검무를 끝낸 듯 모용현은 제자리에 서 있었지만 힘이 다해 보였다. 저대로 놔두었다간 재차 밀려올 작은 해일에도 휩쓸릴 것 같았다. 양정문은 방울을 흔들고 은가면들에게 명령했다.

"저 사람을 데려와라, 빨리!"

은가면들이 데려온 모용현은 힘이 다한 듯 정신을 잃고 있었다. 양정문은 그를 가마에 태우고 은가면들을 재촉해 비를 피할 만한 곳으로 향했다.

사람이 없는 해안가에는 돌로 된 산들이 많았다. 양정문은 개중 비가 새지 않는 공간을 찾아 들어갔다. 양정문은 마른 바닥에 모용현을 앉히고 그의 등으로 두 손바닥을 밀착시켰다.

'이럴 수가!'

충만해 있던 내력은 간 데 없고, 모용현의 몸 안은 텅 비어 있었다. 양정문이 급히 자신의 내력을 주입하는데, 놀랍게도 모용현의 기혈이 보통 사람과 판이하게 달라 양정문의 내력이 길을 찾지 못하고 헤매는 것이었다. 하나 더욱 놀라운 것은, 간신히 양정문의 내력이 길을 찾자 단전보다 조금 위쪽으로부터 그에 반응하여 새로운 내력이 솟아나는 것이 아닌가? 그 기운이 너무나 맑아 양정문이 자신도 모르게 장심을 떼니 모용현이 정신을 차린 듯 돌아보았다.

양정문은 모용현이 그런 몸으로 어떻게 절정의 내공을 담았는지 궁금했지만 막상 깨어난 것을 보고는 다른 이야기를 했다.

"그대는 죽으려고 작정한 건가요? 그런 해일을 봤으면 냉큼 피할 것이지 대항을 하다니!"

양정문의 말은 틀림이 없었다. 어찌 인간의 몸으로 자연의 힘에 대항할 것인가? 그러나 모용현은 해냈다. 태허 진인이 창안하였으나 그 자신은 한 번도 써보지 못한, 다시는 쓰지 못할 것이라는 생각에 전수한 절초 무진과 염합의 결정이 모아준 내력으로 해일에 맞서 싸운 것이다.

"그래도 성공했지 않소?"

모용현이 무심히 이야기하자 양정문이 대꾸했다.

"그런 수를 언제 쏜단 말이죠? 제대로 보지는 못했지만 그 일초에 실린 공력이 어마어마하니 그대의 내력을 소진하고서야 겨우 시전해 낼 수 있겠던데!"

과연 양정문은 한 번의 견식으로 태허 진인이 만들어냈으나 누구도 알지 못하는 절초 무진(無盡)의 맹점을 꼬집어낸 것이다.

사실 태허 진인이 이 무진을 창안해 낸 것은 오로지 필생의 적수인 혈도선 허우를 상대하기 위함이었다. 그러나 그 일초의 정묘함과 위력에만 신경을 쓴 나머지, 그 뒤를 생각지 않아 창안해 내고도 심히 부끄러움을 느껴 그를 누구에게도 알리지 않았을 뿐 아니라 허우와의 일전에서도 결국 시전하지 못했다. 하여 무진은 그 자체로 완전무결한 절초였으나, 그 뒤를 이을 만한 힘을 시전자에게 남기지 않는다는 커다란 단점을 가지고 있어 실전에서는 도저히 쓰이지 못할 운명을 타고난 것이었다.

태허 진인은 단 한 사람, 자신이 주입한 내공이 사라진 후 다시는 무진을 쓸 수 없을 것이라 생각한 모용현에게 그를 전수했다. 그러나 공교롭

게도 모용현은 염합의 결정을 얻어 내공을 가지게 되었으니 무진 또한
그의 손에서 되살아난 것이다.

"두 번은 필요없소. 오직 하나면 족하니까."

모용강을 향해 내지를 검은 하나면 족하니까.

맞아. 그 말이 맞아. 모용현은 스스로에게 동의를 표했다. 만약 절초
무진이 아니라, 나의 무위가 모용강을 능가하여 그를 죽이는 데에 성공
했다 하자. 그렇다면 그 뒤는 무엇인가? 그리고 나는 옛이야기의 주인공
처럼 악당을 물리치고 오래오래 행복하게 살았습니다로 끝날 수 있을까?
내가 그에게 지은 죄와 그들에게 지은 죄를 가지고 어찌 행복한 결말을
꿈꿀 수 있을까? 그 헛된 희망을 품었을 때 하늘이 들려준 대답을 잊었는
가? 진우심 부부와 태어나지 못한 아이를 통해 들려준 그 대답을 어찌 잊
을 수 있을까?
그럴 수는 없다. 결코, 그럴 수 없는 것이다. 모용현이 원하는 결말은
악의 무리를 물리치고 행복하게 살았습니다가 아니다. 왜냐하면 모용현
역시 모용강과 다를 게 없는 죄인이니까!
그렇기 때문에 모용현은 태허 진인의 무진을 받아들일 수 있었다. 그
것은 마치 처음부터 모용현을 위한 것처럼, 모용현이 원하는 결말을 위
한 것처럼 만들어졌으니까. 그 결말을 위해서라면 간월검이 아닌 다른
검을 쓴다는 죄책감을 이겨낼 수 있으니까.
누구를 향해 이야기했는지 모를 모용현의 말을 듣고 양정문이 고개를
저으며 말했다.
"그리고 바다를 그렇게 봤으면서 그래, 해일이 한 번만 일 거라 생각
한 건가요? 그렇게 큰 해일에 맞서 이겨냈다 해도 그 다음, 그 다음은 어

쩌려고 했어요? 그 초식은 두 번 쓸 것이 아닌데."

"내게 다음은 없소."

"고집을 피우는군요. 아까도 본녀가 아니었으면 다시 밀려드는 파도에 휘말려 들었을 텐데?"

"당신이 보고 있다는 것을 알고 있었소."

"흐응. 본녀가 수하들을 위험 속으로 몰아넣더라도 그대를 구할 것이라 자신한 건가요?"

모용현은 대답하지 않았고 양정문은 묘한 위화감에 고개를 갸웃거렸다. 어제까지만 해도 양정문은 모용현의 위에 서서 그를 자신의 뜻대로 움직일 자신이 있었는데, 어쩐지 두 사람의 위치가 지금은 뒤바뀐 것 같았다. 그것은 비단 모용현의 무위가 알에서 깨어난 것처럼 한 단계 올라섰기 때문은 아니었다.

'기분 나쁘네, 이거. 확 죽여 버릴까?

갑자기 변덕이 일었지만 양정문은 자신의 마음을 다스려 냈다. 어쨌든 모용현을 자신의 뜻대로 움직일 수 있다면, 저 맹주 모용강까지 뜻대로 움직일 수 있다. 오랜만에 찾아낸 놀이감이라 쉽게 버리기에는 아까운 것이다.

"좋아요. 어쨌든… 본녀가 더 이상 기다리지 않아도 되겠지요?"

모용현은 고개를 끄덕였다. 무진을 자신의 것으로 만든 것은 단순히 하나의 초식을 익힌 것이 아니었다. 그를 통해 마음속에 봉인되어 있던 허우와 태허 진인의 무학을 진정으로 받아들인 것이니, 원래 가지고 있던 간월검의 위력도 배가된 것이다. 지금이라면 양정문과도 능히 대적할 수 있을 것 같았다.

양정문이 말했다.

"좋아요. 그럼 지금 절강으로 가요."

"절강? 낙양에 있는 무림맹 본영으로 직접 가는 것이 아니라?"

모용현이 묻자 양정문이 손가락질을 하며 말했다.

"그대는 세상일을 너무 쉽게 생각하는군요. 아무리 본녀의 전인이라 해도 생판 모르던 자를 받아들일 만큼 무림맹은 허술한 곳이 아니에요. 그리고 다음 대의 맹주에 도전할 자라면 그만큼의 실적이 있어야 하겠죠?"

맞는 말이었다. 모용현이 고개를 끄덕이자 양정문이 흡족한 미소를 지으며 말을 이었다.

"본녀가 자리를 비운 사이 많은 일이 일어났더군요. 정파연합을 섬멸하기 위해 조직된 토벌대가 패배하고, 그를 이끌던 동령이 전사했다 해요."

"…그들 중에 천엽비도를 죽일 만큼의 실력자는 없을 텐데."

모용현은 천엽비도의 무위를 직접 본 적이 없지만, 양정문이나 조규휘를 보아 그의 무위를 미루어 짐작할 수 있었다. 남궁세가에서 본 정파연합의 사람들 중에서는 양정문이나 조규휘를 당해낼 수 있는 자가 없었다. 그날 남궁세가에 있었던 이들 중 가장 강한 이는 다름 아닌 금설옥이었다. 그렇다고 토벌대를 이끌었을 당감소가 홀로 떨어져 정파연합에 포위당했을 리는 더 더욱 없었다.

양정문이 다시 말했다.

"글쎄요. 본녀도 자세한 이야기는 모릅니다. 사실 그대를 찾아 나서지만 않았어도 토벌대를 이끄는 것은 본녀가 되었을 거예요. 아니, 북사나 서장이 있는데도 굳이 동령이 나선 것은 이상하긴 하지만. 어쨌든 중요한 것은 그게 아니지요."

텅 빈 기혈로 조금씩 내력이 돌아오고 있었다. 모용현은 착 달라붙은 젖은 머리에서 물기를 짜내며 양정문의 말을 들었다.

"동령을 추모하는 뜻에서 새로운 토벌대가 낙양을 출발했다는 소식이에요. 천 명이나 되는 대규모 토벌대니, 이번에야말로 정파연합을 뿌리째 뽑겠다는 의지의 표명이지요."

"나더러 거기에 참전하라는 거요?"

양정문이 웃으며 말했다.

"총명하군요, 총명해. 맞아요! 지금이 아니면 언제 또 이런 기회가 오겠어요? 무림맹의 천하에, 그들이 아니면 누가 또 그리 어리석게도 반기를 들겠어요? 여기에 참가하여 공을 세우면 누구도 그대의 출신 내력을 의심치 않을 거예요!"

9

"으아악!"

청명한 가을 하늘을 향해 비명이 피처럼 튀었다. 육기환의 얼굴에도 뜨거운 피가 튀었다.

"손 사제!"

청성파의 생존자로 육기환과 고락을 함께해 온 손염규(孫廉圭)의 오른팔이 잘려 나갔다. 육기환이 그를 보고 크게 소리치자 손염규가 얼굴을 찡그리며 대답했다.

"괜찮아요, 괜찮습니다."

비명은 손염규의 팔을 자른 자의 것이었다. 손염규는 한 팔을 내어주고 상대의 목숨을 취한 것이다.

손염규는 피가 뚝뚝 떨어지는 상처를 돌보지 않고 왼팔로 검을 고쳐

쥔 채 자신을 둘러싼 수많은 적들을 노려봤다. 그들을 둘러싼 이들은 모두 붉은 옷을 입고, 왼쪽 가슴에 은색 실로 한 마리 운룡이 수놓아져 있었다. 바로 무림맹이 자랑하는 무력 집단 오기 중 하나인 적기단의 표식이다.

"크아악!"

육기환의 날카로운 검에 또 한 명의 적기단원이 비명을 지르며 쓰러졌다. 그러나 그 역시 헛되이 죽지는 않겠다는 듯, 기어코 육기환의 몸에 한줄기 검상을 남겨놓았다. 육기환은 왼쪽 옆구리를 움켜쥐며 외쳤다.

"도대체 어떻게 된 놈들이냐!"

이들은 하나같이 죽음을 두려워하지 않고 있었다. 아니, 오히려 적극적으로 죽음을 모색하고 그 대가로 적에게 상처를 입히는 것이다.

바스락.

이제 조금씩 낙엽이 쌓일 시기였다. 육기환은 조금씩 뒷걸음질치다 마른 잎을 부수고 굵은 나무에 등을 기댔다. 그 나무에는 육기환만이 아니라 한 팔을 잃은 손염규와 이 빠진 환도를 들고 있는 도진충(到振忠)이 각기 다른 방향을 보며 등을 의탁하고 있었다.

그들 외에 이 숲 속에 두 다리로 서 있는 자는 모두 붉은 옷을 입고 있었다. 육기환은 입술을 질끈 깨물었다.

'이대로 죽어야겠구나!'

두 번째 토벌대는 처음의 실수를 되풀이하지 않았다. 정파연합이 절강성 문성 근처에 머무르고 있음을 파악한 풍경립은 삼백의 선발대를 따로 편성해 보냈다. 청기단주 팽영국의 지휘 아래 삼백의 선발대는 정파연합의 예상보다 빨리 문성에 도착했고, 정파연합과 대치하였다.

예상보다 빨리 토벌대와 만난 정파연합은 당황하였고 도주할 기회를 놓치게 되었다. 그리고 뒤이어 풍경립이 직접 이끄는 칠백의 본대가 도착한 뒤 다시 둘로 나뉘어 정파연합을 압박했다.

무림맹의 토벌대는 정파연합을 포위하기 위해 세 부대로 나뉘어졌으나, 그 하나하나가 정파연합보다 전력상 우위에 있었다. 결국 왕민보는 전력을 한곳에 집중하되, 그와 싸우는 것이 아니라 포위망을 뚫고 도주할 것을 결심했다. 그렇게 뛰어든 곳은 개중 가장 병력이 적고 피로도가 높을 선발대였으나, 말처럼 간단히 뚫을 수는 없었다.

팽영국이 이끄는 청기단을 중심으로 뭉친 선발대의 저항은 강력했고 효과적이었다. 팽영국은 맞서 싸우기를 포기하고 방어를 굳건히 하는 대신, 정파연합의 돌파를 허용치 않았다. 결국 팽영국에게 막힌 정파연합은 그 배후를 풍경립에게 공략당해 와해되고 말았다.

육기환은 사제인 손염규와 도진충 등 십여 명과 도주하는 중, 숲 속에서 적기단에게 덜미를 잡혔다. 육기환들은 숲이라는 지형을 적절히 이용해 가며 저항했지만 결국 좁혀오는 포위망을 빠져나가지 못했고, 동료의 죽음을 보아야 했다.

굵은 잣나무를 중심으로 세 사람이 등을 기대고, 또 그들을 중심으로 붉은 옷의 적기단원들이 둥근 원을 그리고 있었다. 세 사람을 남기기까지 적기단이 입은 피해도 적지는 않았다. 손염규의 팔을 베고, 육기환의 옆구리에 긴 검상을 남기고 죽은 두 사람 이후로는 적기단도 포위망을 유지한 채 섣불리 나서지 않았다.

"헉, 헉헉!"

등 뒤로 들려오는 호흡 소리가 심상치 않다. 육기환이 가쁜 숨을 몰아쉬는 손염규에게 말을 걸었다.

"사제, 사제! 내 말 들리는가?"

"예, 들립니다! 똑똑히 아주 잘 들립니다!"

손염규가 악을 쓰며 대답했다. 그러나 팔뚝에 잘린 단면으로 피가 계속 흘러 정신이 가물가물할 것이다. 육기환의 오른쪽 후방에 있는 도진충이 말했다.

"손 소협, 목소리가 너무 크오. 우리 앞에 있는 뻘건 개들이 놀라 달아나겠소이다. 하하핫!"

도진충은 원래 녹림에 몸을 담고 있었는데, 자연스럽게 무림맹에 흡수되는 꼴을 보지 못하고 나와 전전하다 정파연합에 합류한 자였다. 출신은 도적이었지만 사람됨이 호방하고 거침이 없어 사람들로부터 호감을 쉽게 사는 성격이었다.

처음 정파연합에 합류하였을 때는 편견을 가지고 보던 사람들도 어느새 그의 편이 되어 함께 어울리고는 했는데, 유독 깐깐하기 이를 데 없는 육기환과는 친분을 쌓지 못했다. 종남의 위진은 두 사람을 물과 기름 같은 사이라 평하기도 했다.

그런데 육기환이 정신없이 도망치다 눈엣가시 같던 도진충과 함께 죽게 되었으니 심기가 불편해야 할 텐데, 오히려 그간 잘 지내지 못했던 일들에 후회가 일었다. 지금 자신의 사제를 격려하며 절망적인 상황임에도 비굴하지 않고 오히려 적기단원들을 조롱하는 사내다움이 장점으로 비치는 것이다.

'죽음에 이르러서야 남의 장점이 보이다니! 육기환아, 그간 눈뜬장님이었구나!'

육기환이 그리 생각하고 말했다.

"도 형, 개들이 좋아하는 것이 무엇이오?"

"그거야 뼈다귀지요!"

"다른 것은 없소?"

　도진충은 평소 자신에게 말 한마디 걸지 않던 육기환이 계속 물어오자 의아해하면서도 대답했다.

　"고매하신 육 형이 알까 모르겠지만 개에도 격이 있소! 어떤 개들은 한 조각의 뼈다귀라도 중히 여겨 제 부모나 자식에게 가져다주는가 하면, 어떤 개들은 그저 먹을 것에 눈이 멀어 누가 채갈까 먹기에 바쁘지요. 심지어는 제 동료의 시체라도 먹어치우는 개가 있다 들었소이다!"

　"눈앞에 있는 개들은 그중 무엇이오?"

　"그거야 당연히 가장 하급의 개가 아니겠소?"

　도진충이 대답하자 육기환이 웃으며 외쳤다.

　"으하하하! 맞소. 그렇다면 굶주린 개들에게 내가 먹을 것을 주겠소!"

　그리고 육기환이 그 앞에 널브러진 적기단원의 시체를 걷어찼다. 시체는 포위망으로 날아갔다.

　"윽!"

　견고하던 포위망에 틈이 벌어졌다. 죽음을 두려워하지 않는 눈으로 육기환들을 노려보던 적기단원들도 동료의 시체가 날아오자 감히 쳐내거나 받을 생각을 못한 것이다. 육기환이 그 모습을 보고 비웃었다.

　"주는 먹이도 마다하다니, 개가 주제를 모르는구나! 도 형, 저런 개들에게는 뭐가 필요하오?"

　도진충 역시 평소 청성파의 제자라며 거드름을 피우고, 매사에 까다롭게 굴던 육기환을 탐탁찮게 여겨왔다. 하지만 지금 육기환이 자신의 장단에 맞춰 적기단원들을 조롱하니 껄껄 웃으며 맞장구를 쳤다.

　"뭐가 필요하긴, 개를 잡는 데에는 매가 최고 아니겠소?"

　"그렇지! 바로 그렇소!"

　"흐흐, 사형과 도 형이 이리 쿵짝이 잘 맞는 줄 미처 몰랐습니다."

　손염규가 금방이라도 쓰러질 것 같은 목소리로 대화에 끼어들자 육기환이 대답했다.

"나도 몰랐던 사실을 사제가 어찌 알았겠는가? 도 형은 알고 계셨소?"

"알았더라면 일찍부터 사이좋게 지냈을 것이지요!"

세 사람이 죽음을 앞에 두고 의기투합하는 사이, 그들을 둘러싼 포위망이 살짝 벌어지고 한 젊은이가 나타났다.

눈매가 날카롭고 매부리코를 한 젊은이는 다른 적기단원들과 같이 붉은 옷을 입고 있었는데, 왼쪽 가슴에는 마찬가지로 운룡을 수놓았으나 오른쪽 가슴에는 붉은 주작이 수놓아져 있어 일반 단원과는 다른 신분임을 짐작케 했다.

젊은이는 품 안에서 종이를 꺼내 보고, 세 사람의 얼굴을 유심히 보다가 옆에 선 적기단원에게 종이를 보이며 말했다.

"저 녀석 아니냐?"

종이를 본 적기단원은 다른 이들과 같은 차림새였으나 양어깨에 황색 천을 덧대어 역시 일반 단원과 다른 신분임을 나타내고 있었다. 그것은 부단주의 표식이었다. 부단주는 육기환을 힐끔 보고 다시 종이를 본 뒤 대답했다.

"맞는 것 같습니다."

허풍을 떨며 크게 웃어댔지만 이미 체력이 다한 세 사람은 저들이 무슨 수작을 부리는지 몰라 어리둥절했다. 젊은이가 말했다.

"분명 청성파의 잔당이라는 육기환이 네놈이렷다?"

육기환이 도진충을 돌아보고 다시 손염규와 눈을 맞추고는 말했다.

"사람을 알아보다니, 훈련이 잘된 놈이로구나! 도 형, 그렇지 않소?"

"껄껄, 그렇긴 한데 종자가 썩 좋은 놈이 아니라 비싸진 않을 것 같소이다!"

"크큭, 그, 그렇겠군요!"

육기환이 젊은이를 개에 비유해 조롱하니, 도진충은 한술 더 떠 젊은
이의 부모를 욕하고 웃음을 터뜨렸다.

오른 가슴에 새겨진 붉은 주작은 당연히 적기단주를 뜻함이다. 젊은이
는 송경로(宋京路)라는 이름으로, 지금의 적기단주를 맡고 있었다. 그는
원래 사파 내에서도 주술(呪術)과 환술(幻術)에 빠져 업신여김을 당하던
백염교(百炎敎) 출신이었다.

강호의 이류 사교 집단으로 배척당하던 백염교는 일찌감치 모용강의
편에 서서 그를 적극 도왔다. 결국 무림맹의 천하가 시작되자 그 공을 인
정받아 제갈세가나 남궁세가와 같은 명문과 어깨를 나란히 하게 되었고
그 힘을 받은 것이 바로 송경로였다.

송경로는 교주의 서자(庶子)로, 백염교 내에서는 모계 쪽 혈통이 문제
시되어 교주의 자리에 오르지 못할 운명이었다. 현 교주는 여러 아들들
중에서 송경로를 편애하였으나, 교리와 장로들의 눈이 무서워 감히 그에
게 교주 직을 넘겨줄 생각은 하지 못했다. 대신 그는 송경로를 무림맹 적
기단주로 천거하였다. 백염교의 공로는 결코 작은 것이 아니었고, 무림
맹 측에서도 젊은 인재는 충한 것이었으니 송경로는 시험을 통과하고 간
단한 절차를 밟아 적기단주로 선출되었다.

물론 그 외에 많은 후보가 있었으니 송경로가 자신의 능력 없이 백염
교의 힘으로 적기단주가 된 것은 아니었다. 하나 그는 적기단주가 된 후
로도 자신이 서자이기 때문에 백염교에서 밀려났다는 피해의식을 버리
지 못하고 있었다.

"저, 저것들이……!"

도진충이 종자 운운한 것이 송경로의 아픈 곳을 찌른 것이다. 어찌나
화가 났는지 송경로는 입술을 덜덜 떨며 외쳤다.

"뭐, 뭣들 하느냐! 죽여라! 어서 죽여!"

송경로의 외침을 듣고 수십여 명의 적기단원들이 육기환들에게 달려들었다.

"껄껄껄, 내 오늘 개에게 물려 죽지만 육 형과 마음을 나눴으니 아쉬울 게 없구려!"

도진충은 크게 웃으며 이 빠진 환도를 휘둘렀다. 육기환 역시 자신에게 향하는 검들을 물리치며 대답했다.

"나도 마찬가지요, 도 형!"

대답은 돌아오지 않았다. 육기환은 그의 가슴을 파고드는 검을 쳐내고, 또 다른 검에 어깨의 살점을 베이며 외쳤다.

"사제! 정신이 있는가?"

손염규 역시 말이 없었다. 육기환이 검을 크게 휘둘러 자신에게 겨누어진 검들을 물리치고 돌아보니, 두 사람은 이미 시체가 되어 있었다. 어느새 사십 명이 넘는 적기단원들이 육기환 한 사람을 포위하고 있었다.

"제길!"

육기환이 욕을 하며 검을 휘둘렀다. 몇 배가 넘는 수의 적을 상대해오고, 또 도망쳐 온 육기환의 내력은 이미 바닥이 나 평소의 예리한 검기가 보이지 않았다.

채앵!

정신은 날카롭게 날이 서 있었지만 그의 육체는 마음 같지 않았다. 송경로에게 종이를 받아보고 육기환을 확인했던 부단주가 육기환의 검을 쉽게 받아냈다. 그리고 곧바로 반격을 하는데 그 품새가 절도있어, 적기단원 중에서도 단연 돋보였다.

"크윽!"

육기환은 오른쪽 허벅지를 베이고 무릎을 꿇었다. 그러자 먹이에 달려드는 까마귀 떼처럼 십여 자루의 검이 육기환의 목 끝을 겨누어 움직임을 봉쇄했다. 육기환을 벤 부단주가 송경로를 돌아보고 말했다.

"괜찮겠습니까?"

송경로가 격앙된 목소리로 대꾸했다.

"무엇이 말이냐? 어서 죽이지 않고 뭘 하는 거냐!"

"이자는 청성파의 육기환입니다. 총사령의 명으로, 가능한 한 생포하라는 정파연합의 간부들 중 하나입니다."

송경로가 외쳤다.

"그것이 무슨 상관이냐! 감히 나와 어머니를 능멸한 놈을 살려두라는 것이냐?"

"하지만 이는 총사령께서 직접 내리신……!"

반론은 끝을 맺지 못했다. 송경로가 다가와 그의 턱주가리를 잡고 들어올린 것이다. 나머지 적기단원들은 숨 쉬는 소리도 내지 못한 채 두 사람을 바라보았다.

"네놈의 상관이 누구냐?"

"읍, 읍!"

"너의 생사여탈권을 가진 직속상관이 누군지 모른단 말이냐?"

"다, 단주… 님이십… 니다!"

공중에 매달린 부단주는 힘겹게 대답했다. 송경로는 대답을 듣고 인형 던지듯 가볍게 그를 팽개쳤다. 사실 무림맹의 오기는 선택된 인재들만이 입단을 허락받을 수 있다. 당연히 일반 단원이라 해도 모두 무림맹 내에서 무시할 수 없는 세력 출신인 경우가 대부분이다. 송경로는 다른 단원들 앞에서 자신의 권위를 깎아내린 그를 죽이고 싶었으나, 간신히 살의를 참아내고 말했다.

"상관의 명령에 대한 불복은 큰 죄다! 복귀하면 다스릴 테니 그리 알아라!"

송경로는 대답을 듣지 않고 자신의 검을 뽑아 들었다. 육기환은 이미 옆구리로 많은 피를 흘렸지만 목을 꼿꼿이 세우고 있었다.

"죽음으로 끝내는 것을 다행으로 여겨라!"

송경로는 육기환의 머리 위로 검을 내려쳤다. 그 순간, 한줄기 빛이 수십 명의 적기단원들의 틈을 뚫고 송경로의 검에 부딪쳤다.

카앙!

날카로운 금속성을 내며 송경로가 검을 떨어뜨렸다. 호구가 찢겼는지 그의 손아귀가 피로 가득했다.

"누구냐!"

송경로가 왼손으로 오른손을 움켜쥐고 외쳤다. 극도로 화가 난 듯, 잔뜩 일그러진 얼굴은 붉다 못해 푸른 기가 감돌았다. 그가 돌아본 방향에 있던 적기단원들이 길을 비키고 검은 옷을 입은 한 사내가 걸어 들어왔다.

죽음의 문턱에서 돌아온 육기환도 사내를 보았다. 그는 육기환도 익히 알고 있는 얼굴을 가지고 있었다. 육기환이 중얼거렸다.

"당… 형……?"

검은 옷을 입고 적기단의 한가운데로 들어온 사내는 당정견이었다.

10

육기환은 자신의 눈을 의심했다. 금설옥과 항주로 정찰을 갔다 돌아오지 않은 당정견이 나타난 것이다.

짧은 시간이나마 정파연합에 머무르던 당정견은 금설옥과 어울릴 뿐,

다른 이들과는 교류가 없었다. 때문에 금설옥이 집안에 일이 생겨 당정견이 낙향했다는 말을 했을 때에도 다들 고개를 끄덕였을 뿐, 아쉬워하는 이는 없었다.

그것은 육기환도 마찬가지여서 보이지 않자 바로 그의 존재를 잊어버렸었다. 한데 지금 당정견이 나타나 자신의 목숨을 구했으니 놀랄 수밖에 없었다.

"그, 그……!"

그러나 정작 놀라야 할 일은 따로 있었으니, 육기환은 당정견이 입은 검은 옷을 보자 입을 딱 벌리고 할 말을 잃어버렸다. 당정견이 입은 검은 옷의 왼쪽 가슴에는 운룡이, 오른쪽 가슴에는 현무가 섬세한 솜씨로 수놓아져 있었던 것이다.

당정견은 육기환에게 씁쓸한 눈길을 보내고 송경로를 돌아봤다. 자신을 방해한 자를 확인한 송경로의 얼굴은 더욱 흉하게 일그러져 있었다. 당정견이 말했다.

"적기단주께서는 총사령께서 친히 작성하신 문서를 보지 못하셨소?"

송경로가 말했다.

"보았소."

당정견이 말한 문서란 송경로가 방금 부단주와 함께 보았던 그것을 말함이다. 담대진홍은 직접 정파연합의 주요 수뇌진의 목록과 초상화를 첨부한 문서를 돌리고, 그에 속한 자들을 되도록 죽이지 말고 생포하여 낙양까지 압송하라는 명을 내렸다. 물론 그렇게 자세한 문서가 당정견의 도움 없이 작성될 수는 없었다.

분을 이기지 못해 잔뜩 찡그린 송경로의 얼굴을 보고 당정견이 말했다.

"내가 볼 때 이자는 청성파의 잔당인 육기환이라는 자로, 총사령께서 직접 생포할 것을 지명한 정파연합의 수뇌 중 하나라고 생각하는데…….
적기단주께서는 그를 확인하셨소? 아니면 문서를 아예 보지 않은 거요?"

"흥! 그의 무공이 강하고 저항이 심하여 여러 단원이 상하였는데 어찌
살려둔단 말이오? 흑기단주께서는 상관 말고 가시오!"

송경로가 격하게 소리쳤으나 당정견은 흔들림없이 대꾸했다.

"총사령의 명을 거역하겠단 말이오?"

그러자 송경로가 눈을 부릅뜨고 자신의 얼굴을 당정견의 얼굴에 가까
이 들이대고 말했다.

"총사령의 명 참 좋아하시는데, 주위를 잘 좀 보시지. 여긴 다 적기단
뿐이거든?"

"……."

"눈 딱 감고 가던 길 계속 가는 게 좋을 거야. 혼전 중에 전사자가 나
오면 그냥 전사자지, 누가 죽였는지 살펴보는 자는 없어. 그렇지 않아도
너, 계속 거슬렸는데 마음 확 바뀌는 수가 있어!"

오기는 무림맹을 대표하는 무력 집단답게 그에 소속되기 위한 심사도
철저했다. 송경로는 백염교의 추천을 받긴 했으나 남들과 같은 경쟁을
통해 단주로 임명을 받았다. 이는 다른 이들도 마찬가지였는데, 제갈조
운이 패전의 책임을 지고 물러나 공석이 된 흑기단주의 자리에 총사령의
재량으로 당정견이 덜컥 앉은 것이다. 자연 송경로가 그를 보는 눈이 좋
을 리 없었다.

송경로의 뜨거운 콧김을 받으며 당정견이 말했다.

"뜻밖에도 마음이 맞는군. 나도 내가 싫거든."

당정견의 말을 듣자 송경로가 두 눈을 크게 떴다. 당정견이 계속 뻣뻣
하게 굴면 크게 혼을 낼 생각이었는데, 지금의 반응은 송경로가 예상했
던 것과 전혀 달라 순간 혼란스러워진 것이다.

어쩔 줄 몰라 하는 송경로의 어깨를 두드리며 당정견이 말했다.

"육기환을 생포하다니, 큰 공을 세우셨군요. 총사령께서도 기뻐하시고 큰 상을 내릴 겁니다."

그리고 당정견은 적기단원들에게 외쳤다.

"뭣들 하느냐! 어서 포박해라!"

"너……!"

송경로가 당정견에게 무슨 말을 하려다 입을 다물었다. 그를 보고 뒤에 서 있던 부단주가 나서서 지시를 했다.

"포박해라."

육기환이 묶이는 것을 보고 당정견이 부단주에게 말했다.

"부탁하네."

부단주는 고개를 살짝 숙이는 것으로 인사를 대신했다.

"그럼."

당정견은 대꾸하지 않는 송경로를 뒤로하고 자리를 떴다.

'돼지 같은 놈! 개 같은 놈!'

당정견은 경공을 시전하며 속으로 송경로에게 욕을 퍼부었다. 송경로가 쓸데없는 짓을 해서 귀중한 시간을 허비한 것이다.

전력 차가 압도적이었던 탓에 정파연합과의 본격적인 싸움은 오랜 시간이 걸리지 않았다. 더구나 정파연합은 일찌감치 저항을 포기하고 도주를 선택했기 때문에 본 전투보다는 산간 지형을 이용해 흩어진 자들에 대한 추적이 주를 이루었다.

당정견의 흑기단은 일차 토벌대의 원정에 참여했던 것을 배려해서인지, 아니면 바뀐 단주에 대한 불신인지 본 전투에는 투입되지 않았다. 뒤늦게 전장 정리라는 명목으로 투입된 당정견은 사상자들을 확인하고, 그 안에서 금설옥의 모습을 찾지 못하자 현장 지휘를 부단주에게 맡기고 홀로 뛰어다니고 있었다.

사실 당정견의 증언으로 작성된 문서에 적힌 정파연합의 수뇌진들 중 잡힌 이는 많지 않았다. 때문에 공을 세우려는 이들은 서로가 도주하는 자들을 잡겠다 앞을 다투었는데, 당정견의 눈에는 그런 모습이 오히려 도주를 도와주는 것만 같았다. 하나 개중에는 송경로와 같이 제 감정을 더 중시하는 자도 있다. 원래 당정견은 적기단에 잡힌 자가 육기환임을 확인하고 지나치려 했으나, 송경로가 그를 죽이려 들자 외면할 수 없어 참견을 한 것이다. 한시가 급한 때에 그로 인해 시간을 지체했으니 당정견의 마음이 더욱 급해지고 발걸음은 빨라졌다.

*　　　*　　　*

양정문과 모용현이 도착했을 때는 이미 전투가 끝난 뒤였다. 전장이었던 곳은 피내음으로 가득하고, 부상자를 한쪽으로 옮기고 시체를 분류하는 작업이 한창이었다.

"이런, 이런. 우리가 너무 늦어버렸군요. 아아, 이렇게 되면 계획에 차질이 빚어지는데!"

말은 그리하면서도 양정문은 별로 아쉬워하는 기색이 없었다. 모용현은 오히려 양정문이 탄 가마를 짊어지고 먼 길을 달려온 은가면들에게 동정을 느꼈다. 그 바닷가에서 문성으로 이동할 때까지 은가면들은 교대를 해가며 한 번의 쉼 없이 달려온 것이다. 모용현은 아직도 양정문을 보좌하는 은가면들이 모두 몇이나 되는지 확인하질 못했는데, 적어도 열 명은 넘는 것 같았다.

그러나 은가면들이 아무리 고수요, 경공의 달인이라 해도 말보다 빠를 리 없었다. 모용현은 말을 타고 가마와 보조를 맞추어 왔으니, 결국 늦은 것은 말을 쓰지 않은 양정문의 고집 때문이었다. 옆에서 그를 보아온 모용현은 자신도 모르게 은가면들을 동정하게 되어 행여나 양정문이 늦은 책임을 그들에게 전가하지나 않을까 걱정했는데, 다행히 그런 일은 일어나지 않았다.

모용현이 전장을 쭉 둘러보는데, 검은 옷을 입은 흑기단원과 그 외 정리를 맡은 토벌대원들이 그를 힐끔힐끔 쳐다보았다. 모용현의 외모도 외모거니와, 생판 모르는 이가 저 남후 금편선자 양정문과 함께 나타났으니 모두들 호기심을 나타낼 만했다.

"……."

시체를 모아놓은 곳에는 눈에 익은 얼굴들도 있었다. 남궁세가에서 스치듯 보았던 것으로 기억하던 자들이다. 모용현은 자신이 왜 그러는지 이유도 모르면서 시체의 얼굴들을 하나하나 확인했다. 그중에는 처음처럼 아는 얼굴도 있었고 모르는 얼굴도 있었다. 적지 않은 시체들을 다 확인하자 모용현은 마음이 가벼워지는 것을 느끼고 그 이유를 알 수 있었다.

금설옥의 모습은 보이지 않았던 것이다.

도망치는 데 성공한 것일까? 아니면 그 이후로 정파연합에 돌아가지 않았던 것일까? 어느 쪽이든 시체들 가운데 금설옥이 보이지 않자 모용현은 다행이라는 생각을 하게 되었다.

양정문은 지루하다는 얼굴로 시체를 뒤지는 모용현을 바라보다가 말했다.

"무슨 짓을 하는 거예요? 이제 어차피 할 일도 없는 것 같은데, 본녀가 소개할 테니 북사를 만나러 가지요."

북사 풍경립은 사대사령이긴 하나 전면에 나서는 일이 없었고, 무림맹의 가장 큰 쟁점이라 할 수 있는 차대의 맹주 선발에도 관심이 없는 것으로 알려져 있었다. 그러나 사령이 가지는 권위와 영향력은 대단한 것이니, 양정문은 그에게 눈도장을 찍는 것이 우선이라 생각했다.

모용현은 양정문의 말을 들었으면서도 아랑곳하지 않고 시체들 틈에서 나와 이제는 부상자들을 둘러봤다. 하지만 부상자들은 대부분이 무림맹의 일원이었다.

"이것 봐, 본녀의 말이 들리지 않아요? 어서 오라니깐!"

부상자들 사이에서도 역시 금설옥의 모습은 보이지 않았다. 모용현은 잠깐 머뭇거리다가 양정문에게 말했다.

"잠깐 둘러보고 오겠소."

모용현은 그 말을 남기고 뒤돌아 뛰어갔다. 가마 위에 반쯤 누운 자세로 앉아 있던 양정문은 놀라 몸을 일으켜 세우고 모용현을 불렀으나 이미 우거진 수풀 사이로 그 모습이 사라진 뒤였다. 양정문은 상체를 다시금 뒤로 누이고 미간을 찡그리며 생각에 잠겼다. 자꾸만 자신의 통제를 벗어나는 모용현을 이대로 두고 볼 것인가? 잠시 뒤, 양정문이 낮은 음성으로 읊조렸다.

"뒤를 쫓아라."

모용현은 막상 경공을 펼쳤으나 갈피를 잡을 수 없었다. 귀를 기울여 보니 병기 부딪치는 소리가 여기저기에서 들려와, 어디를 가봐야 할지 알 수가 없었다. 모용현은 가까운 곳부터 돌아보았으나 어디에도 금설옥의 모습은 보이지 않았다. 모용현은 가슴 한구석이 무거워지는 것을 느끼며 산길을 계속 뛰었다.

반 각을 더 뛰었을까, 모용현의 귀에 빠르게 달리는 두 사람 몫의 발소리가 들려왔다. 풀이 헤쳐지고 떨어진 나뭇가지가 꺾이는 소리가 선명하여 조급함이 생생히 전해지는 것이 쫓기는 정파연합의 사람이었다. 금설옥이 아닐까! 모용현이 진기를 끌어올려 경공의 속도를 더했다.

저들도 자신들을 쫓는 모용현의 존재를 눈치 챈 듯 속도를 올렸다. 하지만 두 사람의 보조가 맞지 않는 듯, 모용현은 두 사람과의 거리가 점점 좁혀지고 있음을 느꼈다. 잠시 후 모용현의 시야에 두 사람이 들어왔다. 하지만 둘 모두 사내로, 하나는 젊은 거지요 다른 하나는 노인이니 역시 금설옥이 아니었다.

노인은 누구인지 모르겠으나, 모용현은 젊은 거지를 알아볼 수 있었다. 지난날 벽수개와 함께 만난 적이 있었던, 은경화를 위한 희생물로 진우심에게 잡혀온 남종이었다. 모용현은 남종을 보니 조금은 반가웠지만 금설옥이 아니라는 생각에 실망하여 쫓는 걸음을 멈추었다. 그런데 남종이 몸을 돌려 들고 있던 타구봉을 내려치는 것이 아닌가?

"타앗!"

단순한 내려치기였지만 그 안에 들어 있는 묘수가 다채로웠다. 처음은 위에서 아래로 내려치지만 상대의 대응에 따라 여섯 가지 방향으로 변화가 가능하니, 이거야말로 개방 방주에게만 전해진다는 타구봉법의 정수였다.

개를 쫓는다는 타구봉법은 경박한 이름과 달리 개방의 역사와 함께 이어져 내려온 방주의 신물 중 하나로, 무림을 통틀어도 그에 견줄 만한 무공을 찾기 힘들었다. 특히 초술의 오묘함은 단연 최고라 모용현이 섣불리 대응한다면 다툼이 길어질 것이었다.

"으잉?"

남종의 입에서 기이한 탄성이 터져 나왔다. 그의 타구봉이 모용현의 몸을 머리에서 발끝까지 둘로 나누어 버린 것이다. 그럼에도 손에는 아무런 감각이 없었으니, 남종은 순간 자신의 눈을 의심했다.

스르륵.

남종에 의해 갈라진 모용현의 모습은 공기 중으로 흩어졌다. 남종이 눈을 크게 뜨고 그를 보는데, 목덜미에 서늘한 감촉과 함께 낮은 목소리가 들려왔다.

"그만 멈추시오."

어느새 모용현은 남종의 뒤로 돌아가 그의 목에 검을 들이대고 있었다. 남종이 결국 잡혔지만 함께 도주하던 동료에게 시간을 벌어주었다는 생각으로 자신을 위로했다. 그런데 남종의 목에 와 닿은 검날이 곧 거두어지는 것이었다. 남종이 이상한 생각에 뒤를 돌아보니 낯익은 얼굴이 서 있어 깜짝 놀라고 말았다.

"모용… 모용현이 아니오?"

놀라 말을 더듬는 남종의 말에 모용현이 대답했다.

"나를 알아보시겠소?"

황급히 도망치던 중이라 경황이 없던 남종의 귀에 그런 말이 들어올 리 없었다. 남종은 눈을 크게 뜨고 놀라움을 감추지 못했다.

"여기는 어떻게……?"

"사정이 있어서 그리되었소."

모용현은 남종의 물음을 회피하고 자신의 물음을 던졌다.

"그녀… 그녀는 어찌 되었소? 그대들과 함께 있지 않았소?"

이름은 말하지 않았으나 모용현이 말하는 그녀가 누군지 남종은 알 수 있었다. 남종이 말했다.

"금 낭자는 당감소에게 입은 상처가 낫질 않아 다른 환자들과 함께 있었소."

그 말을 듣자 모용현은 덜컥 겁이 났다. 왜 겁이 나는지도 모른 채 모용현은 남종의 두 어깨를 잡고 황급히 물었다.

"천엽비도와 싸웠단 말이오? 그녀가? 부상이 중하오?"

모용현에게 어깨를 잡힌 남종이 놀라며 대답했다.

"아니, 아니오. 온몸에 부상을 입긴 했으나 지금은 거의 다 회복되었소. 다만 완전하지 못해 이번 전투에서는 따로 환자조를 편성하여 그와 함께 있었소. 금 낭자는 끝까지 싸우려 했지만 내가 겨우 말려 다른 환자들을 보호하여 전장을 빠져나가도록……."

"어디요! 어디로 갔소!"

모용현이 더 기다리지 못하고 남종의 어깨를 흔들며 재촉했다. 남종은 자신의 어깨를 잡고 흔드는 모용현의 손을 잡아 진정시키고 대답했다.

"서쪽, 서쪽 숲이요. 환자들과 있어 도망치는 속도가 느리니, 지금쯤 잡혔을지도 모르오."

모용현이 남종의 말을 듣고 몸을 돌려 무작정 서쪽으로 뛰어가려는데, 두 사람 앞에 무언가 무거운 것이 툭 떨어졌다. 그를 보고 남종이 소리쳤다.

"가 어른!"

그것은 남종과 함께 도망치던 노인이었다. 남종이 시간을 버는 사이 벌써 멀리 도망쳐야 했을 노인이 시체가 되어 나타난 것이다. 모용현도 무슨 일인지 몰라 가려던 걸음을 멈추니, 기분 나쁜 방울 소리가 들려왔다.

"……!"

그리고 곧 수풀을 헤치고 건장한 체격의 은가면들과 그들이 짊어진 가마를 타고 양정문이 나타났다.

'뒤를 밟힌 건가!'

금설옥을 찾느라 주의를 기울였는데 뒤쫓는 기척을 놓치다니, 참으로 통탄할 일이었다. 물론 저 많은 은가면들이 가마를 짊어지고 쫓았다면 곧 들켰겠으나, 그들 중 잠행과 미행에 능한 한 명이 먼저 모용현을 쫓고 가마는 그 은가면을 쫓아왔으니 모용현이 알아채지 못한 것이 당연했다.

하나하나가 일류고수라는 은가면들과 그들을 거느리고 항상 가마를 타고 다니는 여인이라 하면 강호에 오직 하나 금편선자 양정문을 가리킴이다. 뒷골목의 소동도 아는 이야기를 남종이 모를 리 없었다.

"제길!"

남종이 타구봉을 들고 양정문을 향해 겨누었는데, 양정문은 그에게 일말의 신경도 쓰지 않고 손에 들고 있던 종이를 보며 읽었다.

"남종. 나이는 대략 이십칠에서 삼십 사이. 개방의 방주로, 방주의 신물인 타구봉을 들고 다님. 정파연합의 부맹주로, 연합원들에게 많은 신뢰를 받고 있다……. 까르르, 이 그림만 봐도 알아보겠네. 깔깔깔!"

양정문은 주위를 아랑곳하지 않고 한참을 웃은 뒤, 들고 있던 종이를 남종에게 던졌다. 손가락으로 튕겨진 종이는 놀랍게도 바람에 접히지도 않고 펼쳐진 상태 그대로 남종에게 정확히 날아갔다.

"흥!"

남종이 그 종이를 잡아채서 보니 놀랍게도 왕민보와 자신을 비롯한 정파연합 주요 인물들의 초상화와 각각의 인물들에 대한 설명이 자세히 적혀 있었다. 그를 보고 경악하는 남종에게 양정문이 말했다.

"본인이 맞겠지요? 아아, 걱정하지 말아요. 거기 목록에 있는 인물들은 될수록 생포하라는 것이 총사령의 명이라니까. 기쁘지 않아요? 그대는 살았다구요! 호호호!"

양정문은 남종에게 웃어 보이고 고개를 돌려 모용현을 향해 엄지손가락을 세우며 말했다.

"그나저나 이런 거물을 잡다니, 놀라운 공을 세웠군요. 대단해요!"

"……!"

남종이 모용현을 돌아보고 모용현은 고개를 돌렸다. 남종이 떨리는 목
소리로 물었다.

"이게 무슨… 말이오?"

모용현은 대답하지 않았다. 무슨 말을 해야 할까? 모용강을 죽이기 위
해 양정문과 손을 잡았다고? 모용현은 차라리 지금 양정문의 제안을 거
절하고 그녀에게 검을 겨눌까 생각했다. 하지만 상대는 금편선자 양정문
한 사람이 아니다. 열 명이 넘는 은가면들을 남종과 둘이서 상대하려 든
다면 두 사람 모두 죽는 길이다.

"미안하오."

"……!"

모용현이 짧게 말하고 칼등으로 남종의 목을 쳤다. 남종이 정신을 잃
고 쓰러지자 은가면들이 나서서 그를 포박했다. 모용현은 손발이 묶이는
남종을 보고 양정문에게 시선을 돌렸다. 양정문은 흡족한 표정으로 모용
현과 시선을 마주쳤다. 그녀의 얼굴은 마치 모용현에게 '네가 뛰어봤자
부처님 손바닥' 이라고 말하는 것 같았다.

모용현은 하나밖에 없는 눈으로 양정문을 쏘아보다 입을 열었다.

"때가 되면 알아서 돌아갈 것이니 걱정 마시오."

양정문이 웃으며 대답했다.

"더 많은 공을 세워오길 바라요."

모용현은 몸을 돌려 수풀 사이로 사라졌다.

11

남종의 말대로 금설옥은 환자들을 이끌고 도주하고 있었다. 그들 중 대부분은 아직 거동이 불편하였고 전투에 나설 수 있는 상태가 아니었다. 자연 도주하는 데에도 무리가 있었지만 그 또한 어쩔 수 없는 선택이었다.

왕민보는 함병윤의 만류에도 불구하고 아예 움직이지 못하는 중상자를 제외하고 열한 명의 환자를 명조원에서 데리고 나와 정파연합에 합류시켰다. 훗날이라도 명조원이 무림맹에 의해 피해를 입을까 염려한 처사였다. 명조원을 나오게 된 부상자들은 그것이 당연하다며 왕민보의 선택을 지지하였고, 그 상세가 워낙 중하여 명조원에 머무르게 된 자들은 남게 된 것을 수치스럽게 생각했다. 함병윤은 그것을 무림인들의 어리석은 아집이라 폄하했지만, 그 기개에 내심 감탄하였다.

열한 명의 환자들 중에는 금설옥과 소림의 대우, 복호검 이지만 등이 있었다. 하지만 그들 중 금설옥과 대우를 제외하고는 모두 걷는 것만이 가능할 뿐 싸울 수 있는 자가 없었다. 그나마 대우도 오른팔을 쓸 수 없어 온전한 것은 금설옥뿐이었다.

"으헉!"

금설옥의 검이 번뜩일 때마다 한 사람씩 쓰러졌다. 토벌대에 뽑힌 무사들은 무림맹 내에서도 선별된 자들로 누구나 인정하는 강자였지만 금설옥의 일초지적도 되지 않았다. 그녀에게 뒤를 맡기고 걸어가는 정파연합의 사람들도 간간이 뒤돌아보며 금설옥의 압도적인 무위에 놀라움을 금치 못했다.

"저것이 가인검인가!"

두 팔을 쓰지 못하는 채 분루를 삼키고 도망치던 복호검 이지만의 놀라움은 더욱 컸다. 무당의 속가제자인 그는 태극검의 고수였는데, 남궁세가에서의 싸움에 참가하지 않아 이전까지는 금설옥이 검을 쓰는 모습을 본 적이 없었다. 때문에 지금 그의 눈에 비치는 금설옥의 검은 그에게 충격 그 자체였다.

금설옥의 검은 빠르면서도 무겁고, 정도를 가면서도 역행을 하는 등 명문 아미의 정순한 검로를 밟으면서도 그 안에 파격을 담고 있었다. 그것은 명문정파의 테두리 안에서는 도저히 있을 수 없을 정도의 것이었고, 특히 무당이라는 검의 종가 출신인 이지만으로서는 꿈도 꾸지 못할 경지였다.

'아미의 무학이 퇴불을 만나 꽃을 활짝 피웠구나!'

이지만은 속으로 찬사를 부르면서도 검을 쓸 수 없는 자신의 신세를 한탄했다. 그의 두 팔은 부목이 어깨 밑에서부터 팔목까지 대어져 있어 팔꿈치를 굽힐 수도 없는 상태였다. 게다가 명조원을 나올 때 함병윤으로부터 이 고비를 넘기지 못하면 영영 팔을 쓰지 못할 수도 있다는 이야기를 들어 마음이 더욱 조급했다. 그러나 아직까지는 조직적인 추격이 아니라 대여섯 명으로 구성된 수색조들을 두 번 만났을 뿐이라 금설옥과 대우만으로도 물리칠 수 있었다.

"죽어랏!"

대우만큼 큰 덩치를 가진 사내가 포효하며 도끼를 내려쳤다. 금설옥은 사십 근은 족히 나갈 것으로 보이는 육중한 도끼의 날을 비껴 쳤다. 있는 힘껏 내려치던 사내는 금설옥의 한 수에 방향을 잃고 자신의 힘을 못 이긴 채 도끼로 바닥을 찍고 말았다.

퍽!

흙이 튀고 사내의 피도 튀었다. 금설옥은 그녀의 얼굴에 묻은 피와 흙을 소매로 닦아냈다. 그녀의 앞에는 네 구의 시체가 널브러져 있었다. 그를 보고 이지만이 걱정스레 말했다.

"괜찮으시오?"

금설옥이 그를 돌아보며 대답했다.

"걱정하지 마세요."

금설옥의 말은 단호해 물어본 이지만이 오히려 머쓱할 정도였다. 하지만 그만큼 지금의 금설옥에게는 여유가 없었다. 정파연합이 와해된 지금, 그녀에게는 이 열 명을 안전한 곳으로 피신시켜야 한다는 사명이 있었다.

이 자리를 피한다 해도 해결될 것은 무엇도 없다. 무림맹은 여전히 굳건하고 정파연합은 와해되어 다시 일어설 힘을 잃었다. 금설옥 자신은 있을 곳을 잃고 친구를 잃었으며 복수할 길을 잃은 것이다. 당감소의 죽음으로 복수의 대상을 당감소 개인이 아니라 무림맹이라는 단체로 전위한 금설옥에게 정파연합의 궤멸은 허망할 뿐이었다.

하지만 그렇다 해도 지금은 살아남는 것만을 생각해야 했다. 그녀의 손에 맡겨진 열 명의 목숨을 생각해야 했다. 미래에 대한 걱정은 살아남은 자만이 할 수 있으니까.

금설옥이 소매로 뺨을 문질렀으나 핏자국은 쉽게 닦이지 않았다. 오히려 콧등으로부터 왼쪽 뺨 전체에 걸쳐 붉은 핏자국이 번졌지만 금설옥은 크게 개의치 않고 말했다.

"어서 가지요."

금설옥이 사람들을 재촉하며 앞으로 나아가는데, 앞장서고 있던 대우가 걸음을 멈췄다.

"왜 안 가고……!"

금설옥이 급히 사람들을 헤치고 보니, 그들 앞에 무림맹 토벌대원들이 진을 치고 있었다. 금설옥이 두 차례 상대했던 소규모의 수색조가 아니라 본격적인 추격대인지 얼핏 보기에도 삼십 명을 상회했다.

그중 한 사내가 앞으로 나섰다. 얼굴에 수염이 가득하고 살이 찐 사내는 금설옥들의 앞을 막아선 이들 중에서도 가장 고수인 듯 풍기는 기운이 범상치 않았다.

"거기 있는 스님은 혹시 소림의 대우 스님이 아니시오?"

사내는 낙양 아래쪽에 위치한 여양(汝陽)지부장인 마상찬(馬常燦)이라 했다. 무림맹 본영과 가까운 곳에서 지부장을 지내던 그는 항상 본영으로의 진출을 꿈꿔, 지부원들을 데리고 이차 토벌대에 자원한 경우였다.

마상찬이 묻자 대우가 앞으로 나서며 말했다.

"내가 바로 대우요. 왜 그러시오?"

그러자 마상찬은 득의의 미소를 지었다. 소림의 대우라면 총사령이 직접 지시한 생포 요망자 목록에 당당히 한자리를 차지한 자다. 이자를 잡아가는 공을 세우면, 그의 꿈인 본영으로의 진출에 한 걸음 다가선 셈이다. 마상찬은 대우를 무시한 채 주위를 둘러보며 말했다.

"저 중만 빼고 다 죽여 버려라."

그의 말이 끝나기가 무섭게 수십 명의 무림맹 토벌대가 금설옥들에게 달려들었다. 기다리고 있던 금설옥과 대우는 부상자들을 사이에 두고 각각 앞뒤로 나뉘어 토벌대원들을 막아섰다.

"타앗!"

대우가 커다란 기합 소리를 내며 왼손을 내밀었다. 그로부터 한 명의 토벌대가 대우의 좌장을 옆구리에 고스란히 맞고, 그 옆에 선 동료 한 명과 함께 나가떨어졌다. 나한장의 위력이 처음 격중한 상대를 뚫고 그 다음 상대에게까지 미친 것이다.

"중놈은 죽이지 마라! 계집과 병신들은 다 죽여도 되지만 중놈은 죽이면 안 돼!"

두 명의 동료가 나가떨어지는 것을 보고 대우에게 토벌대원들이 집중적으로 달려들자 마상찬이 놀라 외쳤다. 그러자 대우의 앞에 검을 들고 대치한 한 명을 빼고 나머지는 그의 뒤에 있는 부상자들로 목표를 바꾸었다.

"못 간다!"

대우가 크게 소리치며 좌장을 휘둘렀다. 무시무시한 신력과 나한장의 위력이 하나가 되어, 비록 사람을 상하게 하진 못했어도 그 자리에 부는 바람이 대우를 지나쳐 가려던 토벌대원들을 멈춰 세웠다. 대우의 좌장은 스치기만 해도 뼈도 추리지 못할 만큼 위력적이었으니, 거개가 여양 지부원들로 이루어진 토벌대원들은 자연 다가가기를 망설일 수밖에 없었다.

한편 금설옥에게 달려든 이들이 겪을 낭패는 그보다 더하였다. 그들에게는 금설옥의 검이 기다리고 있었다. 처음에는 여자라 가볍게 보고 덤벼든 이가 쓰러졌고, 곧이어 세 명이 한꺼번에 덤벼들었으나 역시 같은 꼴을 면치 못했다. 그 모습을 보고 마상찬이 자신의 독문병기인 언월도를 들고 토벌대를 독려하며 싸움터에 나섰다.

"뭘 하느냐! 계집을 죽인 놈에겐 내가 특별히 포상을 내리겠다!"

마상찬을 필두로 십여 명이 일제히 금설옥에게 달려들었다. 그 모습을 보고 대우가 달려들었으나 그의 앞을 네 사람이 가로막으니, 한쪽 팔을 다친 대우로서는 그들을 뚫기 힘들었다.

챙! 채앵!

마상찬의 언월도가 빈틈을 노리고, 금설옥의 검이 어지럽게 움직이며 그를 막아냈다. 마상찬은 과연 한 도시의 지부장에 어울리는 고수여서, 그의 언월도는 힘있고 또 예리했다.

그렇다 하여 금설옥이 당해내지 못할 정도의 실력자는 아니었지만 그와 함께 열 명이 넘는 토벌대가 달려드니, 제아무리 금설옥이라 해도 그 많은 수를 한번에 상대할 수는 없는 노릇이었다.

샤악!

누구의 검에 의해서였는지도 모르는 와중에 금설옥의 한쪽 소매가 잘 려 나갔다. 그러자 금설옥의 왼팔이 고스란히 드러났는데, 색이 누렇게 떠 있었다. 이지만이 자세히 보니 맨살이 아니라, 팔을 온통 황색 천으로 감아놓은 것이었다.

촤르륵!

금설옥이 몸을 날려 위태롭게 네 자루의 검을 피하는데, 소매가 잘리 면서 팔에 감아놓은 천의 매듭도 잘려 나갔는지 금설옥의 가는 팔목으로 부터 황색 천이 길게 풀려 나갔다.

"아아!"

이지만을 비롯한 부상자들이 동시에 소리쳤다. 황색 천이 풀려 나가며 드러난 금설옥의 맨살은 눈부시게 희었으나, 수많은 상처들로 가득 차 있었던 것이다.

마상찬과 그 수하들에게 이지만들의 곁까지 밀린 금설옥은 자신을 보 는 따가운 시선을 느끼고 고개를 돌렸다. 이지만들의 시선이 자신의 드 러난 왼팔에 가 있음을 알고 금설옥은 피식 웃으며 말했다.

"역시 이런 것을 두르고 있으면 불편하기만 하지요."

금설옥이 그렇게 말하고 오른쪽 소매를 걷어 역시 팔을 감고 있던 천 을 풀었다. 드러난 그녀의 오른팔도 왼팔과 마찬가지로 크고 작은 상처 가 가득했다.

"뭐 하는 짓이냐!"

마상찬이 대노하며 언월도를 내려쳤다. 금설옥이 자신의 뒤에 있는 부상자들을 생각해 감히 피하지 못하고 진기를 끌어올려 언월도를 받아쳤다.

카앙!

놀랍게도 금설옥의 검에 붉은 기운이 일렁이고, 그와 부딪친 마상찬의 언월도가 두 동강이 났다.

"이, 이런 어이없는!"

금설옥의 검에 서린 붉은 기운은 곧 사라졌으나, 마상찬이 입은 충격은 사라지지 않았다. 마상찬은 반 토막 난 언월도를 들고 황급히 뒤로 물러났다.

"어딜!"

금설옥이 피하는 마상찬을 향해 검을 뿌렸지만 그 앞을 세 사람이 막아섰다. 금설옥이 결국 그를 뚫지 못하고 다시 뒤로 물러났다.

"젠장!"

내력을 집중해 적의 병기를 파괴하는 것은 지난날 남궁세가의 쌍검자들과 싸울 때 이후 처음으로 써본 수법이었다. 쌍검자들과의 싸움에서 이를 썼을 때는 내력이 고갈되어 두 번 쓸 것이 못 된다 여겼는데 오늘에 와서 등 뒤에 있는 부상자를 의식해서였는지 쫓기듯 쓴 것이다.

물론 언월도를 든 상대는 쌍검자들과 격이 다른 상대였고, 수많은 싸움을 통해 그때보다 몇 단계 올라선 금설옥이었으니 이 한 수로 내력이 고갈되는 일은 없었다. 다만 평소보다 많은 내력을 소모한 것은 어쩔 수 없어, 이어지는 검이 반 박자 느려 마상찬을 베지 못하였으니 화를 내는 것이 당연했다.

숨 돌릴 틈이 없었다. 마상찬을 일시적으로 격퇴했지만, 수십 명의 토벌대가 남아 있었다. 마상찬도 죽은 자의 검을 집어 들고 다시 금설옥의 앞에 섰다.

크그그극!

귀를 긁는 소리를 내며 금설옥의 검이 여섯 자루나 되는 검들과 한데 얽혔다. 동시에 금설옥이 몸과 함께 검을 비틀고 여섯 자루의 검은 하늘 높이 떠올랐다.

"으악!"

"크허억!"

순식간에 검을 잃고 무방비 상태에 빠진 토벌대원 두 명이 금설옥의 검에 목숨을 잃었다.

채앵!

두 사람을 지나 세 명째를 베려던 금설옥의 검이 막혔다. 다시 마상찬이었다. 금설옥이 검을 회수하고 물러나려는데, 그곳에 열 자루가 넘는 검들이 먼저 자리잡은 채 그녀를 기다리고 있었다. 금설옥이 황급히 추신검을 땅에 튕기며 몸을 날렸다. 그러나 십여 자루의 검을 뛰어넘은 금설옥을 기다리는 것 역시 토벌대의 검이었다.

떨어지는 순간 당할 것이 뻔했지만, 금설옥이 새가 아닌 이상 공중에서 그를 피할 수는 없었다. 금설옥은 억지로 몸을 비틀고 검을 내밀어 아래에서 자신을 기다리는 검들을 막으려 했다.

카앙!

그 순간, 검과 검이 부딪치는 소리가 나고 금설옥을 기다리던 토벌대들이 흩어졌다. 금설옥이 무사히 내려선 자리에는 검을 든 이지만이 있었다.

"이 대협!"

금설옥이 외친 것은 이지만이 그녀의 목숨을 구해서가 아니었다. 착지점에서 금설옥이 떨어지기를 기다리던 토벌대의 의도를 무산시킨 것은 이지만의 검이었기 때문이다. 두 팔에 댄 부목은 보이지 않았고, 대신 그의 손에는 한 자루 검이 들려 있었다.

"함 원주의 당부를 어길 건가요? 평생 팔을 못 쓰게 될지도 모르는데!"

그러자 이지만이 쓰게 웃으며 대답했다.

"이 자리에서 죽는 것보다는 낫지 않소?"

팔을 구부리는 것만으로도 극심한 통증이 올 것이었다. 이지만은 웃고 있었으나 이마에는 식은땀이 맺혀 있었다. 금설옥이 그를 보고 다시 외치려 했지만 그럴 수 없었다. 이지만뿐이 아니라 다른 부상자들도 불편한 몸을 끌고 대우의 옆에, 또 금설옥의 앞에 나선 것이다. 금설옥이 그를 보고 잠시 머뭇거리다 외쳤다.

"비키세요! 그러시면 오히려 제가 싸우기 불편해요!"

그러나 금설옥의 말은 먹히지 않았다. 토벌대들의 검을 피하며 그녀의 앞에 선 장년의 사내가 말했다.

"적어도 방패 노릇은 할 수 있지 않겠소?"

금설옥이 얼른 그의 앞으로 나서며 말했다.

"죽으려고 작정을 했나요? 여러분이 죽으면 뭐 하러 제가 이 고생을 하는지 알 수가 없잖아요!"

금설옥이 그리 외치고 앞으로 뛰어가며 일검으로 두 사람의 토벌대를 베었다. 나서지 않던 부상자들이 나서는 바람에 토벌대원이 당황한 것이다. 앞으로 나서는 금설옥의 뒤로 이지만이 검을 뿌리며 외쳤다.

"가인검도 무인이라면 뒤에서 보고만 있던 우리의 마음을 헤아릴 수 있을 거요! 정도무림의 기치를 되살리고자 했던 우리가 어찌 그대들에게 의탁하여 목숨을 부지하겠소?"

"이런 미련한 사람들!"

금설옥이 호되게 쏘아붙이며 정면에서 달려드는 토벌대를 지나쳤다.

금설옥을 찌르려다 실패한 사내는 곧이어 목에서 피를 뿜으며 쓰러졌다. 그를 보고 마상찬이 소리쳤다.

"에잇! 뭣들 하는 거야! 그깟 병신들 처리 못하고 쩔쩔매고 있어?"

그러나 마상찬의 외침에도 불구하고 싸움의 흐름은 금설옥들에게로 향하고 있었다. 기합 소리와 외마디 비명, 검과 검이 부딪치는 소리가 숲 속을 가득 메웠다.

12

"이, 이럴 수가……!"

마상찬은 자신의 눈앞에 벌어진 광경을 믿을 수 없었다. 걷는 것이 고작이었던 자들이 나섰다고는 하나, 실제 싸운 것은 여전히 금설옥과 대우 두 사람뿐이었다. 그러나 부상을 입은 반병신들이 나서봤자 달라질 것은 없다 생각했는데, 어느새 주위에 두 다리로 서 있는 토벌대는 자신뿐이었다.

물론 금설옥들의 피해가 없었던 것은 아니었다. 대우는 온몸에 검상을 입어 흰 옷이 붉게 물들었고, 금설옥도 양팔에 새로이 자잘한 상처를 새기게 되었다. 그녀의 얼굴은 누구의 것인지 모를 피로 더럽혀져 있었다.

무엇보다 전투에 나선 부상자들의 피해가 컸다. 아홉 명 중 세 사람이 죽었고, 네 사람이 중상을 입었다. 이지만을 비롯한 두 사람은 그나마 경상에 그쳤지만 누구도 그를 다행이라 생각하지 않았다.

"후우."

금설옥이 가쁜 숨을 몰아쉬고 마상찬에게로 시선을 돌렸다. 상처투성이인 팔이 드러나고, 소매뿐 아니라 여기저기 옷이 찢겨 있었지만 무엇보다 피가 튀어 굳어진 채 인상을 쓰고 있는 얼굴이 귀신처럼 무서웠다. 마상찬이 차마 그에 대적하지 못하고 조금씩 뒷걸음질쳤다.

"으윽……!"

그러나 곧 한 그루 나무가 나타나 그의 뒤를 막아섰다. 마상찬이 깜짝 놀라 뒤를 돌아보고 다시 고개를 앞으로 돌리자 눈앞에 검을 든 금설옥이 다가와 있었다.

"히익!"

마상찬이 기겁을 하며 두 손으로 머리를 감싸고, 금설옥이 검을 내려쳤다. 금설옥의 검이 마상찬의 목에 닿으려는 순간, 네 개의 빛줄기가 금설옥에게 날아들었다.

쉐에엑!

금설옥은 내려치던 검을 거두고 뒤로 일 장을 물러났다. 빛줄기들은 금설옥이 서 있던 곳에 닿기도 전에 각기 다른 방향으로 휘어져, 우거져 있는 나무에 꽂혔다. 빛줄기의 정체는 검지와 중지를 합쳐 놓은 정도의 크기를 가진 비도였다.

금설옥은 그와 같은 비도를 쓰고 방금 전과 같은 수법을 쓰는 자를 두 사람 알고 있었다. 하지만 그중 하나는 이미 이 세상 사람이 아니었다.

"……!"

금설옥의 눈 안에 검은 옷을 입은 청년이 들어왔다. 이제는 금설옥과 마찬가지로 아버지를 잃은 당정견이었다.

"아……."

"괜찮으십니까?"

무언가 말을 하려던 금설옥을 무시하고 당정견은 마상찬을 부축해 일으켜 세웠다. 마상찬은 지옥에서 부처를 만나기라도 한 얼굴로 당정견에게 매달렸다.

"그, 그래! 흑기단주, 정말 잘 와주었네! 어서 저들을 죽여! 다 죽여 버리게!"

"흑기단주?"

금설옥은 그제야 당정견의 옷에 수놓아진 한 마리 운룡과 현무를 보았다. 흑기단주, 흑기단주······.

"그래, 그곳이 원래 당신의 자리였겠지."

금설옥은 자신도 모르게 중얼거렸고 당정견은 그를 듣고 대답했다.

"빈정거리지 마시오. 날······."

버린 건 당신이었잖아. 당정견은 목 끝까지 치밀어 오른 말을 삼켰다. 마상찬이 머뭇거리는 당정견을 재촉했다.

"뭘 하는 건가! 어서 저들을 치지 않고!"

당정견은 금설옥에게서 눈길을 거두고 냉랭한 목소리로 말했다.

"그럴 수 없습니다."

"그게 무슨 소리야!"

"흑기단원들은 지금 부단주의 지휘 아래 사상자의 분류와 구호 및 정리에 힘쓰고 있습니다. 여기 온 건 전적으로 제 독단이라는 얘깁니다."

"뭐라고? 그게 지금······."

믿을 수 없는지 마상찬은 말을 잇지 못했다. 이런 싸움터에서 흑기단을 대동치 않고 행동하는 흑기단주를 어찌 상상이나 했을까? 당정견은 힘 빠진 마상찬을 자신의 뒤로 물리고 금설옥에게 말했다.

"금 형, 이대로 물러나 주시오. 이 방향으로 투입된 병력은 이게 다이니 이제는 안전하오. 내가 보증하겠소."

금설옥이 뭐라 답해야 할까 망설이는데, 뒤에서 누군가가 소리쳤다.

"저 녀석 혹시 그 당가 아니야?"

생존자 중 누군가가 한때 금설옥과 함께 정파연합에 몸담았던 당정견을 알아본 것이다. 그가 일깨운 기억이 다른 사람들에게도 퍼졌는지 모두들 욕을 하기 시작했다.

"저런 더러운 놈!"

"우리를 배신한 거냐!"

부상이 심해 땅에 드러누운 자들도 입을 모아 당정견을 욕했다. 당정견은 묵묵히 자신에게로 쏟아지는 욕설과 비난을 받아들였다.

"두 놈 다 죽여 버려야 하오!"

"그 말이 맞소이다!"

증오가 격렬해지는 가운데, 대우가 조용히 금설옥에게 다가와 한 장의 종이를 건넸다.

"이게 뭐죠?"

"죽은 자들 중 누군가가 싸우는 도중 흘린 것 같습니다. 한번 보십시오."

금설옥이 종이를 받아 펴보니 정파연합 수뇌진의 목록과 한 사람 한 사람의 초상화와 그에 대한 설명이 자세히 적혀 있었다. 맨 아래에는 위 목록에 있는 자들은 되도록 생포해 낙양으로 압송하라는 글귀와 함께 총사령 담대진홍의 낙관이 찍혀 있었다. 마상찬이 처음에 대우를 생포하라 설쳤던 것이 이 때문인 것을 금설옥은 알 수 있었다.

하지만 문제는 그것이 아니었다. 목록은 정확했고 한 사람 한 사람의 그림과 그 설명들이 아주 자세했다. 이는 결코 밖에서 염탐해 알 수 있는 수준이 아니었다. 내부 사정을 어느 정도 아는 이가 아니면 모를 사항들도 여럿 존재했으니, 금설옥이 한참 동안 그를 보다 말했다.

"당신인가요……?"

당정견이 대답했다.

"그렇소."

당정견이 쉽게 대답하자 금설옥은 순간 치밀어 오르는 화를 억제하지 못하고 그를 힐난했다.

"당신, 어떻게 그럴 수가 있죠? 그래도 한때는 동료였던 이들을 팔아먹다니! 변명이라도 해봐요! 당신은 이런 짓을 할 사람이 아니잖아요!"

"…그럼 내가 무슨 짓을 해야 하오?"

조용히 듣고 있던 당정견이 입을 열었다.

"그럼 내가 무엇을 해야 하오? 아무리 싫어했다 해도 내 아버지인데, 아버지를 죽인 자들을 위해 무엇을 하란 말이오! 말해보시오. 금 형은 알고 있잖소. 부모를 죽인 원수에게 무엇을 해야 하는지 말을 해보시오!"

당정견의 목소리는 점점 커져 마지막에 가서는 거의 절규에 가까웠다. 금설옥은 고개를 저으며 말했다.

"그건 오해예요. 당… 당신의 아버지를 죽인 건 우리가 아니에요!"

"그럼 아버지가 왜 돌아가셨단 말이오? 급환으로? 아니면 노환으로?"

"그건 나도 몰라요. 어쨌든 우리는 그를 죽이지 않았어요!"

그 말을 듣자 당정견이 한숨을 쉬며 말했다.

"그래서 당신은 내게서 복수의 대상마저 빼앗아가려는 것이오? 그럴 거면 당신들 말고 대체 누구를 증오해야 하는지 가르쳐 주시구려."

"……."

금설옥은 말문이 막혔다. 금설옥 역시 당감소의 죽음을 알고 갈 곳 잃은 증오를 모용강과 무림맹에게로 옮겼는데 당정견에게 똑같은 일을 하지 마라 할 수 없었다. 당감소를 죽인 것이 정파연합이 아니라면 당정견에게는 누군가를 미워할 권리마저 없는 것인가? 당감소를 죽였든 죽이지 않았든 당정견은 정파연합을 증오해야 한다. 그렇지 않으면 자신이 견디지 못할 테니.

금설옥이 당감소와 당정견을 따로 볼 수 없었는데 당정견이 정파연합과 금설옥을 하나로 보는 것을 어찌 비난할 수 있을까!

"……."

"……."

당정견을 비난하던 자들도 입을 다물었다. 금설옥과 당정견의 대화에서 그가 천엽비도 당감소의 아들이라는 사실을 어렴풋이 알아챈 것이다. 잠깐의 정적이 흐르고 당정견이 입을 열었다.

"오해하지 마시오. 지금 금 형에게 복수를 하겠다는 것은 아니니까. 지금은 다만, 서로에게 득이 되는 쪽으로 행동하자는 것이오."

"어떻게 하자는 거죠?"

"먼저 말한 대로요. 서로가 서로를 놓아주는 것으로."

그렇게 말하는 당정견의 얼굴은 딱딱하게 굳어 있었다. 금설옥은 상처투성이 팔을 들어 얼굴을 문질렀다. 딱딱하게 굳은 피딱지가 부서지며 떨어져 나갔다.

"좋아요."

금설옥이 그리 말하고 미련없이 돌아섰다. 금설옥은 세 구의 시체 중 한 구를 짊어졌다. 대우와 이지만이 나머지 두 구를 짊어지고 부상을 입어 거동이 불편한 자들은 서로가 서로에게 기대어 일어났다.

"……."

당정견은 말없이 그들의 뒷모습을 바라보았다. 금설옥이 뒤도 돌아보지 않고 성큼성큼 앞으로 걸어나갔다. 그때 여인의 낭랑한 외침이 들려왔다.

"멈추시지요!"

목소리는 크지 않았지만 그 자리에 있던 모두의 바로 옆에서 말하는 것처럼 똑똑히 귀에 들어왔다. 목소리는 분명 젊은 여인의 것이건만 그에 담긴 공력이 비범하였다. 당정견은 이 목소리가 누구의 것인지 알고 있었다.

'어서 보냈어야 했거늘!'

당정견의 후회가 끝나기도 전에 금설옥들의 앞에 은가면을 쓴 여섯 명의 사내가 가로막고 섰다. 그리고 당정견과 마상찬의 뒤에서 역시 똑같은 은가면을 쓴 네 명의 사내가 짊어진 가마가 나타났다. 당정견은 입술을 깨물며 뒤를 돌아봤다. 가마 위에는 그의 생각대로 나이를 짐작하기 어려운 한 여인이 타고 있었다.

"흑기단주가 남후를 뵙습니다."

당정견은 양정문을 보고 한쪽 무릎을 꿇어 인사했다. 마상찬도 갑자기 나타난 양정문을 보고 놀라며 무릎을 꿇었다.

원래 당정견은 동령 천엽비도 당감소의 아들일 뿐, 무림맹의 직위를 받지 않은 존재였다. 때문에 지난날, 항주에서 양정문을 만났을 때에는 고개를 숙이는 것으로 그쳤던 것이다. 하지만 지금 그는 흑기단주라는 직위를 가졌고, 양정문은 엄연히 그의 상관이었으니 한쪽 무릎을 꿇는 예를 갖춘 것이다.

양정문이 그를 보고 웃으며 말했다.

"호호, 조카님은 못 보던 사이 흑기단주가 되어 있었군요. 축하해요, 축하해!"

당정견은 대답하지 않고 고개를 숙였다. 지금 그는 머릿속으로 수만 가지의 가능성을 따져 보고 있었지만, 어느 것 하나 제대로 되는 것이 없었다.

"어쨌든 조카님은 걱정하지 마세요. 이 고모가 왔으니 저런 무리들이야 손쉽게 잡을 수 있어요. 어디 보자……."

양정문은 금설옥들을 둘러보다 대우를 발견하고 손뼉을 치며 기뻐했다.

"그래, 저 스님도 총사령께서 원하시는 자들 중 하나로군요! 이거 잘 됐어요! 이 고모가 저 스님을 잡고 공치사를 받아봤자 무슨 의미가 있겠어요? 조카님이 흑기단주가 된 선물로 저 스님을 잡아줄게요!"

양정문은 그렇게 자신이 할 말만 하고 손에 든 방울을 흔들었다. 방울이 선명한 소리를 내자, 앞을 가로막고 서 있던 은가면들이 움직이기 시작했다. 그를 본 이지만의 귀에는 양정문이 흔드는 방울 소리가 귀신을 부르는 소리처럼 들려왔다.

13

금설옥은 입술을 질끈 깨물고 짊어졌던 시체를 땅에 내려놨다. 금설옥은 항주에서 은가면들과 맞붙어본 경험이 있어 그들의 실력을 알고 있었다. 양정문이 부리는 은가면들은 그녀의 명령만을 듣는 꼭두각시 같았지만 그들이 지닌 무공만큼은 모두 일류고수의 것이었고, 특히 합벽술에 능해 금설옥도 고전을 면치 못했었다.

'힘들겠는걸.'

대우마저도 아까의 싸움에서 입은 상처가 심해 보였다. 물론 금설옥이 입은 상처도 가벼운 것은 아니나 다른 이들에게는 비교할 수 없었다. 결국 은가면들과 싸울 수 있는 것은 금설옥 자신뿐이었다. 그나마 항주에서는 당정견이 뒤에서 보조해 준 덕에 네 명의 은가면을 상대로도 우위를 점할 수 있었지만 지금은 당정견의 도움을 바랄 수 없는 처지였다.

금설옥은 검을 들고 다시 한 번 진기를 끌어올렸다. 은가면들은 각각 삼 척에 가까운 단창을 들고 묘한 방위를 밟으며 금설옥에게 다가섰다.

딸랑딸랑.

낭창한 방울 소리가 울려 퍼지고 은가면들이 한 걸음 뒤로 물러났다. 공격의 신호라 생각했던 금설옥은 무슨 일인지 몰라 계속 검을 들고 방비를 늦추지 않았는데, 당정견의 목소리가 들려왔다.

"남후!"

당정견은 양정문의 앞에서 두 무릎을 꿇고 엎드렸다. 양정문은 뜻밖의 상황에도 놀라지 않은 듯, 오히려 미소를 머금으며 가마 위에 앉아 당정견을 내려다봤다. 당정견은 풀이 무성한 바닥에 고개를 조아리며 말했다.

"저들은 처음부터 전투가 거의 불가능한 자들이었고, 상처 입은 지금은 더 더욱 본 맹에 위협이 되지 않는 자들입니다. 남후께서 지금 저들을 핍박하시면 이는 명예에 크나큰 누가 될 것입니다!"

이지만을 비롯한 정파연합의 사람들은 당정견이 갑자기 무슨 이야기를 하는지 몰라 어리둥절한 표정이었다. 금설옥은 무릎 꿇은 당정견을 보고 뭐라 형용할 수 없는 감정에 휩싸였다.

"본녀의 명예가 뭐 그리 중요하겠어요? 이 싸움은 누구도 아닌 조카님의 아버지, 동령의 원한을 갚기 위한 싸움이지요. 저들 역시 동령의 죽음에 관여했을 원수들인데 본녀가 하찮은 명예를 앞세워 저들을 보낸단 말이에요?"

가증스러운! 당정견은 마음속으로 양정문을 욕하며 다시 한 번 머리를 숙였다.

"토벌대의 성과도 어느 정도 이루어진 터 저 한 움큼의 병자를 놓쳤다 하여 본 맹에 무슨 아쉬움이 있겠습니까? 그리고 저들에게까지 구할 만큼 선친의 원한은 가볍지 않다 생각합니다."

양정문이 갑자기 웃음을 터뜨렸다.

"오호호호호!"

단순한 웃음이었지만 그 안에 실린 공력이 어마어마해 금설옥을 비롯한 좌중의 사람들은 모두 내력을 끌어올려 가슴이 울렁이는 것을 참아내야 했다.

뚝.

양정문이 갑자기 웃음을 그치자 미약한 진기로 그에 대항하였던 부상자들 중 두 명이 피를 토해냈다.

"커흑!"

당정견은 고개를 수그린 채 움직이지 않았다. 양정문이 웃음기 가신 얼굴로 금설옥들을 슥 훑어보고 말했다.

"조카님은 무엇에 눈이 멀어 망자의 원한을 외면하는지 모르겠군요. 하지만… 그렇게까지 나오면 고모가 들어주지 않을 도리가 없지요. 그러니 이제 그만 일어서세요. 흑기단주나 되어 쉽게 무릎을 꿇다니!"

당정견을 일으켜 세우고 양정문이 말했다.

"하지만 이런 사안을 나 홀로 결정하겠어요? 거기 있는 분은 누구시죠?"

당정견이 양정문의 시선을 따라 돌아보니 마상찬이 있었다. 사실 당정견도 그가 누군지 아직 모르고 있었다. 마상찬은 양정문에게 지목되자 놀라며 말했다.

"소, 소인은 여양지부장인 마상찬이라 합니다."

양정문이 다시 말했다.

“마 지부장께선 어떻게 생각하시나요?”

“무, 무엇을 말씀하시는지…….”

“흑기단주의 제안 말입니다. 승자의 아량으로 본 맹의 명예를 위해 저들을 보내주자는 이야기에 대해 어떻게 생각하시는지 마 지부장의 고견을 듣고 싶어서 말이에요.”

마상찬이 손을 내저으며 말했다.

“소, 소인이 무슨! 저는 그저 남후께서 정하신 일에 군말없이 따를 것입니다!”

“어찌 그런 말씀을 하세요? 실질적으로 저들을 잡은 것은 마 지부장 아니신가요? 보아하니 여기 죽어간 맹원들 중 다수가 함께 온 지부원들이 아닌가요?”

“그건 그렇습니다만…….”

마상찬이 말꼬리를 흐리며 고개를 숙이자 양정문이 짐짓 좋은 생각이 난 것처럼 손뼉을 치며 말했다.

“본녀에게 좋은 생각이 있어요! 저들 중 총사령께서 내린 목록에 들어 있는 이가 있잖아요? 그러한 이가 있다면 나머지 병자들의 목숨과 충분히 바꿀 수 있지 않겠어요? 마 지부장께서는 그로서 죽어간 지부원들이 명예 또한 살릴 수 있으니 좋고, 조카님은 나머지 병자들을 보낼 수 있어 좋고. 나는 조카님과 마 지부장 두 분을 모두 만족시킬 수 있으니 이 어찌 묘책이 아니겠어요! 호호호호호!”

누구를 지목하진 않았으나 양정문은 말하는 내내 금설옥을 바라보았다. 양정문은 한눈에 금설옥이 상당한 고수임을 알아본 것이다. 부상자들과 함께 있어서가 아니라, 자신을 제외하고는 이 자리에 있는 누구와도 격이 다른 고수였다. 금설옥보다 몇 수는 떨어질 것으로 보이는 대우가 목록에 들어 있다는 것이 그녀에게 확신을 가져다주었다.

이런 상황에서 망설일 금설옥이 아니었다. 금설옥은 검을 검집에 넣고 한 발 앞으로 나서며 말했다.

"나 하나로 이들을 보내주겠다면 순순히 따라가겠소!"

그 모습이 어찌나 거침없고 당당한지 대우를 비롯한 이들은 감히 만류할 생각도 하지 못했다. 양정문이 웃으며 이야기했다.

"이제 보니 그대와는 구면이로군요. 그때는 분명 조카님과 함께 있었던 것으로 기억하는데 말이에요."

"다른 이와 착각한 것 아니오? 당신은 물론 저자도 나는 오늘 처음 보는데?"

금설옥이 힘주어 부인하자 양정문이 고개를 끄덕였다.

"그렇다고 해두죠."

그리고 양정문이 눈짓을 하자 여섯 명의 은가면이 금설옥에게 다가갔다. 그중 한 명이 포승줄을 꺼낼 때, 당정견이 소리쳤다.

"잠깐!"

서슬 퍼런 외침에 양정문이 방울을 흔들어 은가면들을 멈춰 세웠다. 금설옥이 당정견을 보고 양정문이 당정견을 보았다. 당정견은 두 사람의 시선을 받으며 말했다.

"남후께서는 다시 봐주십시오. 그녀는 총사령께서 원하시는 정파연합의 수뇌진이 아닙니다."

"그럴 리가요!"

금설옥 정도의 고수가 중히 여겨지지 않을 정도로 정파연합의 힘이 강할 리 없지 않은가? 양정문이 고개를 저으며 품에서 종이를 꺼내 보았다.

"그대의 이름은 무엇이지요?"

목록을 보며 양정문이 물었다. 금설옥이 대답했다.

“금설옥.”

“금설옥, 금설옥…….”

목록을 끝까지 찾아본 양정문의 안색이 확 변했다. 양정문은 금설옥이 목록에 있으리라 확신했는데 당정견의 말대로 금설옥이란 이름은 보이지 않았던 것이다.

“…없군.”

그렇게 말하는 양정문의 얼굴이 귀신처럼 일그러졌다. 자신이 확신했으니 없을 리가 없는데 정말 금설옥의 이름은 목록 어디에도 없었다.

양정문의 제안이 겨냥한 것은 처음부터 금설옥이었다. 원래 그녀는 모용현이 남종에게서 들은 이야기를 엿들었고 모용현보다 먼저 금설옥을 찾은 것이다. 모용현은 먼저 출발했으나 남종도 대략적인 방향만 알 뿐이었으니 아직도 금설옥을 찾아 헤매이고 있었고, 은가면들을 풀어 수색한 양정문이 먼저 금설옥을 찾은 것이다.

그렇지 않으면 양정문이 저들을 내버려 둘 이유가 없지 않은가? 더구나 뜻하지 않게 모용현이 찾을 것이라 생각했던 금설옥에게 당정견 또한 관여되어 있었으니, 양정문은 금설옥을 잡아 둘 모두에게 영향력을 행사하겠다는 계산을 한 것이다. 그런데 자신의 생각과 달리 금설옥은 총사령이 내린 정파연합 수뇌진의 목록에 들어 있지 않았다. 그렇다고 자신이 한 번 내뱉은 말을 번복하고 모두 잡아 죽일 수도 없으니 자연 화가날 수밖에 없었다.

양정문이 얼굴을 일그러뜨리며 나직이 중얼거리니 사람들은 자신도 모르게 옷깃을 여미었다. 양정문에게서 뿜어져 나오는 살기에 간담이 서늘해진 것이다. 그러나 그도 잠시, 양정문의 얼굴이 처음으로 돌아오자 사람들의 가슴을 짓누르던 살기도 거짓말처럼 사라졌다.

“조카님의 말이 맞네요! 자, 그럼 이제 어쩌죠?”

“내가 가겠소.”

양정문의 말에 대답한 것은 대우였다. 양정문이 대우를 보고 다시 목록을 보며 말했다.

“그대는… 대우, 소림의 대우 스님이 맞나요?”

“그렇소.”

대우가 그렇게 말하며 자진하여 은가면들에게로 걸어갔다. 금설옥은 자신이 나섰을 때의 각오를 생각하니 감히 그를 막을 수 없었다. 양정문은 방울을 흔들고 은가면들은 금설옥이 아닌 대우를 포박했다. 손이 묶이는 대우를 보고 양정문이 마상찬에게 말했다.

“저이를 잡은 공은 마 지부장에게 돌릴 것이니 사양하지 마세요. 대신 이 자리에서 있었던 일은 무덤까지 가지고 가서야 할 것을 명심하고 또 명심하길 바라요.”

“예, 명심하겠습니다. 명심하구말구요!”

은가면들이 대우를 포박해 마상찬에게 넘기는 것을 보며 금설옥은 부상자들을 추슬렀다. 이지만을 필두로 여섯 명이 숲 속으로 사라지자 금설옥은 당정견을 돌아봤다.

“왜 그랬죠?”

정파연합 수뇌진들에 대한 목록은 당정견이 아니면 만들어질 수 없는 것이었다. 금설옥의 이름이 빠진 것도 역시 당정견의 선택이었으리라.

“금 형은 복수에 성공했소?”

당정견의 입에서 나온 것은 또 다른 질문이었다. 금설옥이 대답했다.

“아니, 이제 영원히 할 수 없게 되었죠.”

“그러면 됐소. 날 어리석다 여겨도 상관없지만 나는… 금 형처럼 될 수가 없었소.”

당신은 아버지와 나를 둘로 생각할 수 없었다지만, 나는 정파연합과 당신을 하나로 생각할 수 없었어. 아니, 설령 당신이 아버지를 죽였다 해도…….

당정견은 금설옥을 보았다. 그녀의 얼굴에는 말라붙은 핏자국이 덕지덕지 묻어 있었고 소매가 찢겨 드러난 그녀의 팔은 온통 상처투성이였다. 금설옥은 슬픈 눈으로 자신을 바라보는 당정견에게 말했다.

"그의 죽음은… 유감이에요."

"……."

당정견은 금설옥의 뒷모습을 풀잎과 그늘에 가려 사라진 뒤에도 계속 바라보고 있었다. 그런 당정견을 보며 양정문은 두 사람 사이에 복잡한 사연이 있겠구나 짐작하였다.

당정견은 몸을 돌려 양정문에게 다시 고개를 숙였다.

"남후의 배려에 감사드립니다."

양정문이 웃으며 말했다.

"인사를 받을 사람은 따로 있는데 굳이 하겠다면 마다할 필요야 없지요. 아, 이제야 오는군요."

양정문이 그렇게 말하고 고개를 돌렸다. 당정견도 그쪽으로 고개를 돌리니, 금설옥들이 사라진 반대 방향에서 한 사람이 튀어나왔다. 모용현이었다.

"……!"

당정견은 금설옥이 자신을 버리고 모용현을 선택했다고 생각했다. 원수의 아들이라는 제약이 없었다 해도, 그 순간 금설옥은 당정견의 곁에 남지 않고 모용현을 따라 뛰쳐나갔을 것이다. 논리적 근거는 없었지만 당정견은 그렇게 생각했다.

그런 모용현이 나타났으니 당정견은 그가 금설옥을 따라왔을 거라 생각했다. 차갑게 가라앉은 모용현의 얼굴을 보며 당정견은 뭐라 형용할 수 없는 복잡한 감정에 시달렸다. 질투와 원망, 그러면서도 한마디 나누어보지도 않은 자라는 것에 대한 자괴감. 너무 늦었어! 어디서 무얼 하다 이제야 나타난 거지?

모용현은 당정견이 보이지도 않는 듯 그를 지나쳐 양정문의 앞에 서 말했다.

"당신……!"

모용현은 양정문이 이 자리에 있는 것을 보고 그녀의 속을 짐작할 수 있었다. 그러나 양정문은 무섭게 쏘아보는 모용현의 시선을 피해 의뭉스러운 웃음만 짓고 있었다.

모용현은 몸을 획 돌려 주변에 널린 시체들을 확인했다. 당정견은 모용현이 누구를 찾아 시체를 확인하는지 알고 있었지만 차마 입이 열리지 않았다. 그래, 이것은 치졸한 질투다!

모용현이 이리저리 뛰어다니는 것을 보고 양정문이 말했다.

"소용없어요!"

모용현이 일어나 양정문을 보았다. 양정문은 혀를 차며 말했다.

"끌끌, 허둥대기는. 그대가 찾는 금씨 처녀는 한참 전에 빠져나갔어요. 안 그래요, 조카님?"

양정문이 당정견에게 시선을 돌리며 동의를 구하고 모용현도 그를 따라서 당정견을 보았다. 당정견과 모용현의 시선이 마주치고 모용현은 그제야 당정견의 존재를 알아챘다. 긴 머리칼 사이로 드러난 한쪽 눈에 떠오르는 당혹스러움을 읽으며 당정견이 말했다.

"남후의 말이 맞소. 금 형은 무사히 빠져나갔소."

“…….”

모용현은 말없이 그를 보다 고개를 돌려 성큼성큼 걸어나갔다.

“조카님, 그럼 다음에 봐요.”

양정문을 태운 가마가 모용현을 따라 사라지고, 당정견은 자리에 우두커니 서서 그들이 사라진 방향을 말없이 바라봤다.

오래된 원망

1

구월 중순에 떠난 이차 토벌대는 정확히 보름이 지난 구월의 마지막 날 낙양으로 돌아왔다. 북사 풍경립을 주장으로 현존하는 오기 중 적, 흑, 청 삼기를 포함한 천 명의 토벌대는 앞선 일차 토벌대와 달리 주어진 임무를 완벽에 가깝게 완수했다.

풍경립의 지휘 아래 일사불란하게 움직인 토벌대는 정파연합을 세 방향에서 압박하였고, 결국 대부분의 정파연합 구성원들은 죽음을 면치 못하였다. 정파연합의 사망자는 이백여 명을 넘었고, 그에 반해 토벌대의 피해는 사상자를 합쳐 백 명이 채 되지 않았다. 풍경립은 쓸데없는 피해가 많았다며 자신의 지휘력이 미치지 못한 부분이 있음을 고백했지만 사람들은 그를 칭송하기에 바빴다.

가장 큰 성과는 담대진홍이 친히 작성하여 내린 목록에 들어 있는 정파연합의 수뇌진들을 대부분 생포하거나 사살했다는 점이었다. 맹주인 매향검 왕민보와 부맹주 남종을 비롯해 청성의 육기환과 소림의 대우,

종남의 현재 등 대부분의 수뇌진들이 생포당해 낙양으로 압송되었으니 이제 구파일방의 잔재가 뿌리째 뽑힌 것이나 마찬가지였다.

"…이상 보고를 마치겠습니다."

풍경립의 부관으로 이차 토벌에 참가해 혁혁한 공을 세운 청기단주 팽영국은 생애 가장 떨리는 순간에 직면해 있었다.

팽영국이 원래 유약한 편이긴 하나 대대로 강직한 무인을 배출해 온 하북팽가의 피가 어디 가는 것은 아니었다. 평생을 도검과 함께 살아왔으니 목숨이 경각에 달린들 눈 하나 깜짝하지 않을 자신이 있었다. 하지만 그에게 익숙한 이 장소, 무림맹 본영 회의장에서 이토록 가슴 떨린 순간을 맞이하게 될 줄은 예상치 못한 일이었다.

"수고했네."

굵고 여유로운 음성은 사면의 교지인 듯 팽영국의 심장을 진정시켰다.

팽영국의 보고를 받은 목소리의 주인은 회의장을 통틀어 가장 상석에 앉아 있었다. 평소라면 그 자리에 앉아 있을 총사령 담대진홍이 그의 오른편에, 상공 손망후가 그 왼편에 위치해 있었다. 그야말로 팽영국만이 아니라 토벌대 원정에 대한 사후보고를 위해 모인 모든 이들을 긴장시키는 원인이었으니 바로 천하제일인 무림맹주 모용강이었다.

팽영국들이 처음부터 사후보고를 모용강이 직접 받는다고 알았다면 마음의 준비를 할 여유나마 있었을 것이다. 하지만 이는 예정된 일이 아니라 사전에 아무런 고지도 없었으니 사람들은 당연히 대리인의 형식으로 총사령 담대진홍에게 보고를 할 것이라 생각했다. 그렇게 안일한 생각을 가지고 있던 이들은 모용강이 회의장에 들어선 순간 숨이 막힐 듯한 충격을 받았다. 사령들을 제외한 대부분의 보고자들은 모용강을 이토록 가까이에서 보는 일이 처음이었기 때문이다.

팽영국은 풍경립의 부관이라는 위치 탓에, 보고자들 중 마지막으로 토벌의 과정 전체를 종합한 보고를 해야 했다. 마지막 순서라 마음을 진정시킬 여유가 있음에도 매도 먼저 맞는 게 나은지 차례를 기다리는 동안 팽영국의 심장은 진정되기는커녕 더욱더 빨리 뛰어 입 밖으로 튀어나오지나 않을까 두려울 정도가 되었다. 미리 작성해 온 보고서를 읽는 동안에도 떨림은 멈추지 않아 맹주로부터 수고했다는 한마디를 듣고 나서야 겨우 자신의 차례가 끝났다 안도할 수 있었던 것이다.

팽영국을 마지막으로 예정된 모든 보고가 끝났다. 모용강은 보고자들이 미리 필사해 제출한 보고서 사본을 한데 모아 처음부터 다시 한 번 훑어보았다. 그 모습을 보는 보고자들은 다시 한 번 긴장됨을 느꼈다. 혹시라도 자신이 필사하면서 실수는 하지 않았는지, 무언가 잘못된 점을 찾아 질문을 받지는 않을지 걱정이 앞선 것이다.

그것은 정식 절차를 밟지 않고 담대진홍의 재량으로 새 흑기단주에 취임한 당정견도 마찬가지였다. 처음으로 본 맹주는, 어릴 때 아버지로부터 들어 머릿속에 만들어진 그림보다 훨씬 위압적이었다. 물론 지금 모용강은 기세를 자기 안으로 갈무리하고 미소 띤 얼굴을 하고 있었지만, 당정견이 받는 강렬한 인상은 새삼 천하제일인이라는 말을 확인시켜 주는 것이었다.

무림 역사상 정사일통을 이룩한 유일무이한 패자(覇者)! 패업을 위해 아버지와 아들을 희생시킨 철혈(鐵血)의 사내는 이제 지난날 자신의 손을 빠져나갔던 구파일방의 잔재와 무림맹 체제하의 불순분자들마저 깨끗이 처리하는 데 성공했다.

하지만 모용강의 미소는 흡족함이나 만족과는 거리가 멀었다. 당정견은 모용강에게서 느껴지는 위압감을 견뎌내며 그의 표정을 흥미롭게 바라봤다. 그의 미소는 무슨 의미일까? 당정견은 내심 자신의 경험에 비추어 모용강의 미소를 어떤 의미인지 생각해 보았지만 쉽사리 알 수 없었다.

"흑기단주."

뜻밖에도 모용강이 당정견을 지목했다. 당정견은 뜻밖의 사태에 놀라 대답했다.

"예."

"이번 토벌은 그대에게 여러모로 힘들었으리라 생각되네. 고인을 잃은 슬픔을 극복하기가 힘들었을 테고, 갑자기 맡게 된 흑기단주의 자리도 힘들었을 테지."

모용강의 목소리는 부드러우면서 힘이 넘쳤다.

"그런 힘든 조건에도 불구하고 토벌에 참가하여 무난히 임무를 완수했다니 고인이 되신 분도 자랑스러워할 걸세."

당감소의 죽음을 배려했다 해도 흑기단주 한 사람에게 향하기에는 너무나 큰 찬사였다. 아니, 무림맹이 세워진 후 모용강이 한 사람에게 이런 칭찬을 하는 경우는 없었으니 모두의 눈이 당정견에게 집중됐다.

"더구나 총사령이 작성한 구파일방의 잔당들에 대한 목록도 그대가 아니었다면 그리 자세하게 만들 수 없었다 들었네. 사실인가?"

친척 조카를 대하듯 자상한 표정과 말투였지만 당정견은 모용강의 눈빛을 받자 오싹한 기운에 소름이 돋을 것 같은 느낌을 받았다. 이는 칭찬이었지만 당정견이 어떻게 그런 정보를 가지고 있었는지 추궁하는 말 같기도 했다. 당정견은 아무렇지도 않은 표정으로 대답했다.

"실은 선친이 생전에 수집했던 정보를 정리하다 알게 된 것입니다. 실제적으로 제가 한 일이 없으니 칭찬이 부끄러울 뿐입니다."

그러자 모용강이 만족스러운 얼굴로 담대진홍을 돌아보며 말했다.

"동령이 자식농사를 잘 지었군."

담대진홍이 맞장구쳤다.

"맞습니다."

이는 모용강과 담대진홍의 사사로운 이야기였지만 앞에서 그를 고스란히 듣고 있는 이들에게는 그리 가벼운 의미가 아니었다. 특히 적기단주 송경로와 토벌에 참가하지 않은 자기단주 팽영옥에게는 속이 쓰려도 한참 쓰린 일이었다.

사실 제갈조운이 물러나 공석이 된 흑기단주의 자리가 다른 사람으로 채워졌다는 것은 많은 사람들이 생각지도 못한 일이었다. 패전의 책임을 지고 근신을 명받아 양양의 제갈세가로 내려가 있었지만 토벌이 끝난 뒤 복권될 것이라는 예상이 대부분이었다. 이차 토벌에 참가할 오기도 청, 적, 자 삼기가 되리라는 것이 발표 전부터 공공연히 나돌던 소문이었다.

그러나 총사령 담대진홍은 공석이 된 흑기단주의 자리에 죽은 동령 당감소의 아들 당정견을 앉히고 자기단이 아닌 흑기단을 토벌에 참가시켰다. 당정견은 이전까지 무림맹 내에서 어떠한 자리도 맡지 않아 실적이 전무한 상태였고, 그가 어떤 자인지 아는 사람도 극히 드물었다. 사람들은 다만 그가 당감소의 아들이라는 이유로 흑기단주의 자리에 올랐다 생각하고 총사령의 감정적 인사를 수군거렸으며 제갈세가의 가주인 신산 제갈찬 역시 적법한 절차를 밟지 않은 인사라며 크게 반발했다.

이 인사에 대해 가장 불만이 컸던 측은 당연히 제갈세가였지만 그에 못지않게 불만스러워한 자들이 바로 팽영옥과 송경로였다.

팽영옥은 자신과 자기단이 토벌에서 제외돼 낙양을 지키고 있었던 것이 담대진홍의 탓이라 생각했다. 처음의 실수를 거울삼아 철저히 준비된 두 번째 토벌은 참가하기만 하면 공을 세울 수 있는 흔치 않은 기회였다. 더구나 당정견은 주위의 반발 속에서 흑기단주가 되어 기반이 약해 한시라도 빨리 그에 합당한 실적이 필요했으니 그를 위해 팽영옥 자신이 희생되었다고 생각하면 피가 끓을 만큼 분하고 속상했다.

송경로는 자신이 힘들게 오른 단주의 자리를 총사령의 권력에 기대어 쉽게 앉은 당정견을 인정할 수 없었다. 토벌 중에도 마찰이 있었으니 자연 그를 보는 눈이 고울 리 없었다.

그러나 당정견은 단주의 직에 오른 직후 토벌에 참가해 시간적 여유가 없었음에도 문성에 도착했을 때에는 이미 흑기단을 완벽히 장악했다. 지난 토벌에 참가했던 점을 미루어 전투에 나서지는 않았으나 당정견은 후방에서 풍경립의 지시를 완벽히 수행하였다. 풍경립은 그를 두고 '범의 새끼는 역시 범이다' 라고 칭찬하였고, 사후보고의 자리에서는 맹주가 직접 총사령에게 당정견을 칭찬하였으니 이제는 누구도 그 인사에 관해 왈가왈부할 수 없게 된 것이다.

모용강이 당정견에게 물었다.

"생포한 자들은 어떻게 했나?"

"옥장 두자원에게 인계하여 지하 뇌옥에 수감해 두었습니다. 자진을 경계한 조치도 취해놓았습니다."

모용강은 고개를 끄덕이고 말했다.

"열흘 뒤 전사한 동령을 애도하며 동시에 토벌의 성공을 치하하는 집회를 열겠다. 뇌옥에 수감된 자들은 그날 공개처형을 실시하겠다. 본 맹에 대적하려는 자들에게 좋은 본보기가 될 것이다."

모용강의 뜻밖의 말에 모두들 놀라움을 감추지 못했다. 공식석상에 모습을 드러내지 않고, 아예 그럴 만큼 큰 행사를 열지 않았던 지난 칠 년을 생각해 보면 파격적인 일이 아닐 수 없었다.

"이성학 사부!"

모용강의 부름에 이성학이 일어나 대답했다.

"예!"

"집회의 준비와 진행에 관한 일체의 권한을 위임하겠소."

"예!"

이성학이 대답하자 모용강이 자리에서 일어나 말했다.

"토벌에 참여한 이들이나 뒤에서 지원한 이들 모두 수고가 많았소. 무림맹이 창설된 이래 오늘처럼 기쁜 날이 없었소. 동령의 죽음은 슬픈 일이지만 사람으로 태어나 죽지 않는 자가 어디 있겠소? 지금은 승리를 기뻐하시오. 모두의 노고를 치하하오."

그 말이 끝나자 회의장의 모두가 자리에서 일어나 포권의 예를 취하며 고개를 숙였다. 모용강은 다시 자리에 앉고 담대진홍이 토벌대 원정에 관한 사후보고가 끝났음을 알렸다. 적, 흑, 청, 자 사기의 단주들과 토벌에 참여했던 지부장들, 그리고 이성학과 같이 후방에서 토벌대를 지원한 사부들은 모두 회의장을 빠져나갔다.

2

회의장에는 이제 다섯 사람이 남아 있었다. 가장 상석에 앉은 모용강을 기준으로 그의 오른편에는 담대진홍과 풍경립이, 왼편에는 손망후와 양정문이 그들이었다. 그러나 그중에서도 두 개의 빈자리가 있었으니, 하나는 손망후와 양정문의 사이에 있는 자리요, 다른 하나는 풍경립의 옆이자 양정문과 마주 보는 자리였다.

두 공석 중 하나는 죽은 자의 것이었고, 하나는 산 자의 것이었다. 모용강은 풍경립의 옆 자리를 보며 말했다.

"서장은 아직도 폐관 중이오?"

담대진홍이 대답했다.

"그렇다 합니다."

모용강이 담대진홍을 보고 다시 고개를 돌려 양정문에게 물었다.

"그대가 데려온 뒤 바로 폐관에 들어갔다지? 남후는 이유를 알고 있소?"

양정문이 말했다.

"저도 잘 모르겠습니다. 서장의 속은 영 알 수가 없으니까요."

양정문은 원래 자신을 본녀라 칭하였지만 모용강의 앞에서만큼은 그러한 호칭을 자제하였다. 모용강이 다시 말했다.

"설마. 서장은 속에 담은 것이 얼굴에 그대로 드러나는 사람이야. 내가 그를 처음 만났을 때도 그랬지."

모용강의 얼굴과 말투는 온화했지만 담대진홍들은 회의장을 빠져나간 이들보다 오히려 더 굳어 있었다. 세상 누구보다 모용강의 무서움을 아는 자들이 바로 그들이었으니까.

모용강이 재차 말했다.

"제멋대로 살던 천수참마가 서장이라는 어울리지도 않는 옷을 입으려니 그 답답함이야 오죽했겠나. 이제 때가 온 것이 아닌가 싶군."

풍경립이 조심스레 물었다.

"무슨 때 말입니까?"

모용강이 웃으며 대답했다.

"그가 나에게 칼을 들이밀 때 말이오."

서장 천수참마 조규휘는 과거 모용강에게 패하고 언제라도 다시 도전을 받아주겠다는 조건으로 모용강의 밑에 들어가 그를 위해 일했다. 풍경립은 그를 알고는 있었으나 설마 조규휘가 아직까지 그런 생각을 품고 있으리라고는 생각하지 못하고 있어 모용강의 말을 듣고 깜짝 놀라며 말했다.

"서장이 어찌 그런 불경한 생각을 품고 있겠습니까? 맹주께서는 서장을 좀 더 믿어주십시오."

모용강이 대답했다.

"애초에 내가 그를 힘으로 굴복시켰으니 그가 겉으로는 몰라도 속으로 어찌 나를 제 주인이라 인정했겠소? 그가 본 맹에 적응하지 못하고 외유를 일삼은 것도 다 그 때문이오."

이 자리에서 모용강에게 힘으로 굴복당하지 않은 자가 누구인가? 그러나 이들은 모용강의 압도적인 무위에 마음까지 굴복당했으니 손망후들은 조규휘가 어리석다 싶으면서도 그 기개에 부러움이 일기도 했다. 잠시 회의장에 정적이 찾아왔고 그 속에서 모용강이 중얼거렸다.

"아쉬워, 아쉬워. 이렇게 하나둘 사라지는 건가?"

모용강의 중얼거림은 손망후들의 등골을 오싹하게 만들었다. 모용강의 말은 당감소의 죽음만을 아쉬워하는 것이 아니다. 조규휘가 지금까지 자신에게 불복하였으니 그 또한 당감소와 마찬가지로 결국은 죽을 운명임을 암시하는 것이다.

모두가 마음속으로 잠시나마 조규휘에게 품었던 부러움은 모용강의 한마디에 물에 씻긴 듯 깨끗이 사라지고 그 자리에는 두려움만이 가득했다. 이 자리에 있는 자들은 모두가 천하에 짝을 찾기 힘든 절정의 고수였지만 모용강이라는 절대자에 대한 두려움은 어쩔 수 없었다.

모용강의 중얼거림이 찬물을 끼얹은 듯 회의장은 다시 조용해졌다. 모용강이 말했다.

"다들 말이 없으시구려. 오랜만에 봤는데 내게 할 말이 없소?"

담대진홍마저 입을 꾹 다물고 있는 차에 양정문이 입을 열었다.

"맹주께 건의드릴 것이 있습니다."

“말해보시오.”

양정문이 모용강과 눈을 마주하고 말했다.

“적, 백, 흑, 청, 자 오기는 무림맹을 대표하는 이름입니다. 이들은 무림맹 창설 이전부터 맹주의 명성을 높인 자들로, 그 전력도 전력이거니와 상징적인 의미가 크다 할 수 있지요. 하지만 올해 초 백기단이 정파연합이라는 자들에 의해 전멸당하는 불행한 사건이 있었습니다.”

사람들은 양정문의 말에 고개를 끄덕였다. 양정문은 그녀를 제외한 네 사람을 차례로 돌아보고 말을 이었다.

“그 후로 벌써 반년이 지났지만 여러 가지 급한 사안으로 인해 백기단을 비워둔 채 오기는 오기가 아닌 사기가 되어 그 상징성이 크게 퇴색되었지요. 더구나 최근에는 불명예스러운 일로 흑기단주가 교체되는 일까지 일어나 그 권위가 예전과 같지 않은 것이 사실입니다.”

담대진홍의 눈썹이 꿈틀댔다. 양정문이 무슨 의도로 그를 언급하는지 알 수 없었기 때문이다. 그러나 양정문은 담대진홍의 심기가 뒤틀리는 것을 보고도 태연히 이야기했다.

“하지만 이제 저 구세력의 잔당들도 모두 처리됐고 안팎으로 여유가 생긴 시기입니다. 따라서 새로운 백기단을 조직하여 오기를 완성하기에는 지금이 적기라 생각합니다. 맹주를 비롯한 여러분의 고견을 듣고 싶네요.”

모용강이 흔쾌히 말했다.

“그거 좋은 생각이군.”

양정문이 다시 말했다.

“쇠뿔도 단김에 빼랬다고 이런 일은 시기를 놓치면 다시 하기 어려운 법입니다. 지금부터 바로 진행하여 열흘 뒤 모두가 모인 자리에서 새 백기단의 모습을 보인다면 실추된 명예를 회복할 수 있지 않을까요?”

양정문이 모용강을 보며 이야기하는데 손망후가 끼어들었다.

"열흘 만에 새로운 백기단을 만들겠다고? 시간이 너무 촉박한 것 아니오?"

"시간이 촉박하다니요?"

"백기단을 구성할 사십 명의 단원을 열흘 안에 어찌 선발한단 말이오? 각 지부에 공문을 돌리는 데에만 열흘이 걸리겠소!"

양정문이 반론을 펼쳤다.

"단원을 꼭 전국 각지에서 선발해야 할 이유가 있나요? 하남, 안휘, 호북 등 인근 성에도 실력있는 젊은 인재가 많다고 들었어요."

"그렇게 한다면 남후가 주장하는 상징성이 퍽이나 있겠소이다. 그리고 그렇게 하면 소외된 지부들의 원성을 어찌 감당한단 말이오? 남후가 홀로 감당하시겠소?"

이는 손망후의 말이 옳았다. 양정문이 순간 말이 막혀 어떻게 반론을 해야 할지 고민하는데 뜻밖에도 모용강이 양정문의 말을 지원하고 나섰다.

"남후의 말대로 백기단을 신설하여 열흘 뒤에 선보이는 것은 나쁘지 않은 생각이오."

양정문은 모용강이 관심을 표명하자 기뻐 돌아보고 손망후는 심드렁한 얼굴이 되었다.

"하지만 상공의 말대로 열흘이라는 시간을 맞추기에는 빠듯한 것이 사실이오. 애초에 본 맹이 세워진 후 새로이 만들어진 오기가 가진 권위는 중원 각지에서 뽑힌 인재 중의 인재들만이 들어갈 수 있다는 상징성에 있소. 그것은 본 맹이 존속되는 한 바꿀 수 없는 일이오."

가만히 듣고 있던 풍경립이 입을 열었다.

"남후와 상공의 생각이 모두 옳아 앞으로도 뒤로도 갈 수 없는 형국입니다. 그렇다면 조금 돌아가면 어떻습니까?"

"말해보시오."

"크흠. 기존에 건재한 적, 흑, 청, 자 사기에서 인원을 차출하는 겁니다. 일단 그렇게 백기단을 신설하고 그로 인해 오기가 전부 결원이 생겼으니 새로 단원을 선발한다는 사실을 백기단의 신설과 함께 열흘 뒤 집회에서 알리게 되면 더욱더 큰 효과를 볼 수 있다는 생각이 드는군요."

모용강이 그를 듣고 고개를 끄덕이며 말했다.

"적절한 의견이오. 상공, 남후도 동의하시오?"

못할 것이 없었다. 양정문도 동의를 표하고 손망후도 내심이야 어떻든 동의를 표했다. 모용강이 다시 말했다.

"그럼 새로운 백기단주감은 누가 있소? 물론 이는 따로 절차를 밟아야겠지만 여러분 중 이 사람이 괜찮다 추천할 만한 이가 있으면 지금 말씀해 보시오."

조용하던 담대진홍이 입을 열었다.

"제갈세가에서 근신 중인 전 흑기단주 제갈조운을 추천합니다. 한 번의 실수로 넘어지긴 했지만 아직 젊고, 능력이 검증된 인재이니 그만한 자가 없습니다."

"그것도 괜찮지. 그러고 보니 총사령은 신산께 원성깨나 들었겠소."

사실상 오기의 단주 자리는 차대 맹주감을 가리는 자리라 해도 과언이 아니었다. 따라서 제갈조운이 그에 밀려난 것에 대해 제갈세가의 가주 신산 제갈찬이 민감하게 반응할 수밖에 없었다.

반면 그에 관여하고 싶지 않아 하는 풍경립에게 새로운 단주 선출이란 남의 이야기나 다름없었고 손망후의 두 제자 역시 차대 맹주가 되기에는 나이가 너무 많아 별 상관이 없었다. 따라서 제갈조운의 이름이 나오자 두 사람은 입을 다물었는데, 그 사이에 양정문이 나섰다.

"제가 한 사람 추천해도 될까요?"

담대진홍의 눈이 날카롭게 빛났다. 사실 상공 사왕 손망후와 네 사람의 사령 중 가장 속내를 알 수 없는 이가 바로 남후 금편선자 양정문이었다. 특히 산동에서 자취를 감춘 뒤 갑자기 토벌의 현장인 절강성 문성에 나타나는 등 최근 그녀의 행동은 이제까지의 양정문과 다른 점이 많았다. 게다가 오늘따라 그녀가 평소 거들떠도 보지 않던 맹의 명예와 오기에 대해 언급하니 두고 볼수록 그 의도를 짐작하기가 쉽지 않았는데 이제 백기단주을 둘러싸고 한 사람을 추천하고 나섰으니 슬슬 그 속이 드러나는가 싶었던 것이다.

"사실은 제가 이번 외유에서 먼 친척 동생을 하나 데리고 왔습니다. 북사께는 돌아오는 길에 한 번 소개를 드렸습니다만."

풍경립이 고개를 끄덕였다. 양정문이 다시 말했다.

"갑작스럽겠지만 그 아이를 백기단주의 자리에 추천합니다."

담대진홍이 단호히 말했다.

"불가하오."

양정문이 반문했다.

"어째서지요?"

"아무리 남후의 추천이라 해도……."

담대진홍은 시작도 하기 전에 스스로 말을 끊었다. 양정문의 속셈은 눈에 보이는 것이었지만 담대진홍이 그를 부정할 수가 없었던 것이다. 아무런 실적도 없는 자에게 단주의 자격이 있겠냐는 말은 이미 당정견의 전례로 인해 효력을 잃은 터였다.

양정문이 승리의 미소를 띠며 말했다.

"단주의 자리에 앉히자는 것이 아니에요. 단지, 후보로 추천을 한 것이지요. 선발되느냐, 떨어지느냐는 다른 후보들과의 공정한 경쟁을 통해 드러날 자신의 능력에 달린 것이니 본녀가 그것을 무시한다는 것은 아니지요. 총사령께서는 이의가 있으신가요?"

나를 너와 같다 생각하지 마. 완곡한 비난이자 경고였지만 담대진홍은 수긍할 수밖에 없었다. 양정문은 담대진홍에게 웃어 보이고 모용강에게 말했다.

"게다가 그 아이는 저와 함께 토벌대에 합류해 부맹주이자 개방 방주인 자를 제압하여 생포하는 공을 세웠습니다. 이 정도의 실적이라면 백기단주의 후보감으로 충분하지 않을까요?"

모용강이 웃으며 대답했다.

"남후의 추천으로도 충분하오. 그러한 공까지 세웠다니 보통 인재가 아니겠군. 나이는 몇이고, 이름이 무엇이오?"

"나이는 이제 스물을 갓 넘겼고, 이름은 양화현(梁火玄)이라 합니다."

"좋소. 두 사람 외에 다른 분들이 추천할 후보는 없소?"

손망후와 풍경립은 꿀 먹은 벙어리처럼 침묵을 지켰다. 양정문이 무슨 속으로 총사령과 대립하려는지 알 수 없었던 것이다. 돌아오는 대답이 없자 모용강이 고개를 끄덕이며 일어났다.

"그럼 제갈조운과 양화현, 그 외에 몇 사람의 후보를 따로 천거받아 백기단주를 선출하시오. 열흘이면 충분하겠지."

모용강은 그 말을 남기고 회의장을 빠져나갔다. 손망후와 풍경립도 그를 따라 나가고 회의장에는 담대진홍과 양정문 두 사람만이 남아 서로를 보고 있었다.

담대진홍이 입을 열었다.

"무슨 속셈이오?"

담대진홍의 표정이 무서웠다. 양정문은 태연히 받아넘겼다.

"본녀에게 무슨 속셈이 있다 그러시는지 모르겠네요."

양정문의 의뭉스러운 얼굴을 보던 담대진홍은 일단 물러나는 것을 택했다. 담대진홍마저 말없이 나가고 텅 빈 회의장에 홀로 남은 양정문은 참아왔던 웃음을 터뜨렸다.

"오호호호호! 호호호!"

어차피 두 늙은이는 신경 쓸 것이 못 됐다. 맹주가 뜻대로 움직이고, 총사령이 한발 물러났으니 이처럼 통쾌한 일이 어디 있을까! 양정문은 웃음을 멈추지 않았다.

3

낙양에 온 지 이틀이 지났지만 모용현은 아직 시내 객잔에 머물러 있었다. 지금 그의 신분은 양정문의 먼 친척 동생에 불과해 정식 맹원으로 인정받지 못한 것이다. 물론 모용현은 이미 정파연합의 부맹주를 생포하는 공을 세웠고, 더구나 양정문의 후원을 받는 입장이니 충분히 무림맹 본영 안으로 들어가 지낼 수 있었다.

그럼에도 불구하고 시내 객잔에 머무르는 것은 모용현이 원한 일이었다. 물론 마주칠 확률이 극히 낮긴 하나 담대진홍과 같이 자신을 알아볼 만한 사람이 있음을 경계한 일이다.

양정문은 모용현의 속내를 짐작하고 그럴 걱정이 없다 설득했다. 사실 양정문의 생각으로는 담대진홍이 모용현을 알아본다 해도 그의 정체를 폭로할 일은 없었던 것이다. 그것은 맹주에 대한 여러 사람들의 신뢰를 무너뜨리고 나아가 무림맹이라는 단체가 흔들릴지도 모를 일이었기 때문이다. 무림맹의 존속을 최우선으로 삼고 있는 담대진홍이라면 모용현을 알아봤다 한들 성급한 행동을 취하진 않을 것이라 양정문은 믿고 있었다.

하지만 이는 어디까지나 양정문 혼자만의 착각이다. 담대진홍은 모용현을 알아본 순간, 그를 제거할 것이 분명하니까. 무림맹 본영은 호랑이굴이나 마찬가지이니 모용강과의 독대를 허락받지 못한 상황에서 섣불리 들어갈 수는 없었다.

하여 모용현은 이틀째 방 안에 틀어박혀 있었다. 사실 모용현은 형산을 내려온 이래 쭉 노숙을 해와 오히려 편안한 잠자리가 불편했다. 또한 낙양과 같이 인구가 많고 발달된 도심에서 오랜 기간 머무른 적도 없어 더 더욱 방 밖으로 나갈 마음이 일지 않았다.

모용현은 방 안에 앉아 운기조식을 하고 때로는 모용강을 만나 어떻게할 것인지를 생각해 보았다. 모용현은 십삼 년을 그의 아들로 살았으나, 모용강의 무위가 어느 정도인지 또 능숙한 무공이 무엇인지 아는 것이 없었다. 모용현이 아는 것은 강호에 널리 알려진 이야기뿐이었다.

과거 천하제일인 모용천의 무학을 고스란히 이어받은 모용강이었다. 운룡검이라는 별호는 그가 검을 쓰는 모습이 정말 한 마리 용처럼 어떤 초월적 존재로 보이기 때문에 붙여졌다 한다. 애검 백아 역시 이름 그대로 운룡의 흰 이빨이 되어 갖가지 신화적인 활약상을 주인과 함께 그려왔다는 것은 누구나 아는 이야기다.

모용강의 검은 일권 강산언과 정교의 교주 동방일야를 일검으로 베었던 때를 마지막으로 누구도 볼 수 없었다. 물론 그전의 경지만으로도 그의 강함은 충분했으나, 지금의 모용강이 과연 어떤 경지에 이르렀는지는 누구도 알 수 없는 일이었다.

모용현은 모용강이 검을 쓰는 모습을 딱 한 번 본 적이 있었다. 눈 내리는 송림에서 모용강은 쓰러진 두정의 심장에 검을 꽂았고 어린 조원을

산산조각 냈다. 온통 눈으로 덮여 하얀 세상에 흩어지는 붉은 살점들은
아직도 모용현의 머릿속에 생생히 남아 있다.

그의 검보다 두려운 것은 그 비인간적인 성정이다.

무림일통, 천하제일인이라는 이름은 누구나 열망하는 것이다. 왜 그를
노리는가라는 질문처럼 어리석은 것도 없다. 무인이라는 족속은 누구나
최고를 지향하고 아무도 가지 못한 길을 가려는 자들이니까.
모용강은 그 누구도 이루지 못한 일을 해낸 자이다. 하지만 그에게 과
연 천하제일인이라는 허명을 향한 열정이 있었던가? 아버지를 죽이고 친
자식이 아닐망정 십삼 년을 곁에 두고 기른 자식을 내쳤던 것이 정녕 무
림맹을 세우기 위해서였는지는 도무지 알 수 없는 일이었다.

모용강과 순수한 열망이란 적어도 모용현에게 있어 공존할 수 없는 단
어였다.

하나 모용현은 곧 그러한 생각을 지웠다. 지금은 양정문이 만들어줄
독대의 자리에서 그에게 펼칠 절초 무진에 관해서만 생각해야 했다.
무진은 과거 삼절의 하나인 태허 진인이 오랜 시간을 고심해 만든 절
초였다. 비록 그 자신은 시전하지 못하였으나 모용현의 몸을 통해 그 위
력을 보고 만족해하며 눈을 감았었다.
무진은 절세의 초식이지만, 그를 알고 있는 자는 세 사람에 불과하고
그중 두 사람은 이 세상 사람이 아니었다. 중원 천지에 오직 모용현 혼자
만이 알고 있는 절초가 무진이었다.
혈도선 허우는 그의 마지막 사 년을 단 하나 태허 진인이 남기고 간 절

초 무진의 파훼법을 찾기 위해 썼다. 그 결과 무진을 파훼할 초식 '유종'을 남겼으나 그를 본 자 또한 모용현뿐이었다.

지금 모용강의 무위가 어쩌면 과거 태허 진인이나 허우를 능가할지도 모른다. 하지만 그에게 절초 무진을 기습적으로 가한다면 제아무리 모용강일지라도 피할 수 없으리라는 게 모용현의 생각이었다.

하지만 그 다음은? 태허 진인이 무진을 창안하고도 쓸 수 없었던 까닭은 그것이 시전자의 모든 내력을 소진시키기 때문이었다. 염합의 결정을 가진 모용현이라도 그로부터 자유로울 수 없었으니, 모용강을 죽인 뒤에는 모용현 역시 어디로 도망치거나 저항할 수도 없는 몸이 될 것이다.

모용강에게 내지를 일검은 성패의 여부와 관계없이 자신의 죽음을 전제로 한다.

그를 생각하자 모용현은 절로 두려움이 일었다. 형산을 내려온 이래 모용현은 항상 죽음과 직면해 있었지만 죽음을 각오하는 것과 예정된 죽음으로 가는 것 사이에는 얼마나 넓은 공간이 존재하는가?

자신 안의 두려움을 발견하고 모용현은 새삼 그를 떠올렸다.

지금 돌아보면 당시에는 몰랐던 것들이 하나씩 눈에 들어오곤 한다. 복수라는 달콤한 유혹에 빠져 모용현을 납치하고 소년의 눈을 파냈던 그는 겉으로 드러내진 않았으나 커다란 죄책감에 시달렸을 것이다. 그토록 강직했던 사내에게 그것은 견딜 수 없는 일이었으리라.

호남에서 장사까지 두 달에 걸쳐 모용현과 함께 걸었던 길은 스스로 죽음을 향해 가는 길이었다. 그러나 그는, 그 곧은 사내는 망설임없이 그 길을 걸었다. 그도 겉으로 드러내진 않았어도 나처럼 두려워했을까?

지금에 와서는 알 수 없는 일이다. 그에게 직접 물어볼 수가 없으니 어찌 알 수 있을까? 모용현은 그를 생각하며 두려워하는 자신을 달랬다.

객잔에 묵은 지 삼 일째 되는 날 양정문이 다시 모용현을 찾아왔다. 양정문의 표정은 사랑에 빠진 소녀마냥 들떠 있었다.

"그대는 본녀에게 감사해야 할 것이에요."

양정문이 이야기하자 모용현이 말했다.

"독대를 허락받았소?"

양정문은 웃으며 모용현을 놀리듯 말했다.

"그대는 참을성이 부족하군요. 하긴, 그대의 그런 면이 매력이랄 수 있지요. 겉으로는 항상 모든 일에 무심한 척하고 의연한 척하지만 사실 그대는 그렇지 못하잖아요? 그대는 본녀 못지않게 감정적인 사람이지만 그를 억누르고 있지요. 하지만 그것이 무척이나 어설퍼 미처 의식하지 못하는 순간에 발현되는 것을 알고 있나요? 모르죠?"

모용현은 입을 다물고 양정문을 무섭게 쏘아봤다. 사실 그녀의 이야기는 핵심을 찔렀으니 모용현이 부정한들 양정문의 의도에 휘말리는 꼴밖에 되지 않았다.

양정문이 다시 말했다.

"아무리 아름답다 해도 여자의 얼굴을 그렇게 쳐다보는 것은 실례라는 것을 모르나요? 본녀가 그리도 아름다운가요? 눈을 떼지 못할 만큼?"

양정문의 짓궂은 말에 모용현이 고개를 돌렸다. 사실 양정문이 그렇게 말은 했으나 어디까지나 모용현을 놀리기 위함이었다. 그녀가 보기에도 모용현은 여인인 자신보다 아름다웠으니까.

"그렇다고 고개를 돌릴 것까진 없지요. 어쨌든 들어봐요. 본녀가 그대를 새로이 만들어질 백기단의 단주 자리에 천거했어요. 지난 이틀간 여러 후보를 검토했고 최종적으로 두 명, 제갈세가의 그 샌님과 그대 두 사람으로 좁혀졌어요."

"……"

　모용현은 말이 없었다. 그가 원한 것은 어디까지나 모용강과 독대할 수 있는 자리였지 백기단주의 자리가 아니었던 것이다. 모용현이 그렇게 노골적으로 실망한 표정을 짓자 또다시 양정문이 장난기 가득한 얼굴로 말했다.

　"맹주는 이제껏 칩거에 가까운 생활을 해서 우리 사령들도 만날 기회가 극히 드물었어요. 언제나 총사령을 통해서 의사를 전달해 왔기 때문이죠. 그런 그가 지금 잠깐 외부에 나왔다 해서 그대와 같이 정식 맹원도 아니고 변변한 직급도 없는 자를 만나줄 리 없잖아요?"

　모용현이 그런 사정을 알 리 없지 않은가? 모용현은 사대사령 중 하나인 양정문이라면 그런 자리를 충분히 만들 수 있을 것이라 생각했던 것이다. 물론 양정문도 그를 알고 있으면서 모용현을 조롱한 것이다. 양정문이 다시 달래듯 말했다.

　"얘기를 끝까지 들으세요. 그대가 만약 제갈가의 도련님과 경쟁에서 이겨 백기단주로 선출된다면 그대가 싫어해도 맹주와 독대할 자리가 마련될 거라구요."

　"…정말이오?"

　"본녀가 언제 그대를 속인 적이 있었나요? 그대는 그저 본녀만 믿고 따라오면 되는 거예요."

　"……."

　양정문은 그렇게 얘기하고 모용현의 손목을 잡았다. 그 동작이 워낙 스스럼없어 모용현은 눈을 뜨고 그녀에게 손목을 잡히고 말았다.

　"방 안에만 있지 말고 일단 일어나요."

　양정문은 잡은 손목을 끌어 모용현을 일으켰다. 의심스러운 눈으로 자신을 바라보는 모용현에게 양정문은 웃으며 말했다.

　"본녀가 특별히 그대를 위해 준비한 게 있어요."

4

모용현은 양정문에게 손목을 잡힌 채 방을 나왔다. 모용현은 양정문의 맨손이 닿자 썩 좋은 기분이 아니었지만, 이제까지와 달리 나이 어린 소녀처럼 행동하는 그녀의 모습을 보니 매정하게 뿌리치기가 힘들었다. 하긴 모용현이 힘으로 뿌리치려 한들 양정문이 놓을 리가 없었으니 다른 사람들 앞에서 괜한 말썽을 피워 주목받는 것보다는 그냥 끌려가는 편을 택한 것이다.

하지만 양정문은 보기 드문 미인이고 나이는 사십이 넘었으나 무슨 수를 써서인지 겉으로는 나이를 가늠하기 힘들 만큼 젊어 보였다. 물론 그녀의 젊음은 세월의 흐름을 거스른 것이라 자세히 보면 강한 위화감을 받게 마련이지만 저잣거리에서 얼핏 봤을 때는 영락없는 이십대 초중반의 처녀였다. 그런 미인이 손님도 많은 객잔에서 체격만으로는 남자로 보일 모용현의 손목을 잡아끄니 사람들의 시선이 두 사람에게로 집중되는 것은 당연한 일이었다.

하여 모용현은 계단을 내려가는 도중 팔을 잡아 뺐다. 순순히 놓아줄 거라 생각지 않았던 양정문은 오히려 쉽게 놓아주고, 대신 뒤를 돌아 그녀보다 몇 계단 위에 있는 모용현을 올려 보았다. 모용현은 뒤로 뺀 손을 허리 뒤로 숨기고 말했다.

"따라가겠소. 따라갈 테니 잡아가듯 하지 않아도 되오."

양정문이 그 말을 듣고 빙그레 웃고 계단을 내려갔다. 모용현이 양정문과 함께 객잔 밖으로 나갔는데 양정문이 성큼성큼 앞으로 걸어나갔다.

모용현은 그 뒷모습을 보고 무슨 말을 하려다가 입을 다물고 양정문의 옆에 가서 발걸음을 맞추었다. 두 사람이 어깨를 나란히 하고 사람들 사이를 걸어가는데 양정문이 말했다.

"호호, 그대가 지금 무슨 생각을 하고 있는지 본녀가 맞혀볼까요?"

"……."

"그대는 지금 본녀가 제 발로 걷는 것을 보고 뭐라 한마디 하고 싶었죠? 대답하지 않아도 돼요. 그대의 얼굴에 다 써 있으니까."

양정문이 히죽거리며 모용현을 올려다보며 말했다. 모용현은 양정문의 말대로 항상 은가면들이 짊어진 가마를 타고 다니던 그녀가 웬일로 직접 걷는지 궁금해하던 차였다.

"이런 곳에서 가마를 타고 다니면 얼마나 눈에 띄겠어요? 나도 불편하고, 사람들도 불편하고."

그 말을 듣고 보니 모용현의 눈에 여염집 규수처럼 수수하게 차려입은 양정문의 옷이 들어왔다. 양정문은 항상 갈아입을 옷을 가지고 다니는지 매일 다른 옷으로 나타나고는 했는데, 하나같이 눈이 아프도록 화려한 옷들뿐이었다. 한데 지금 양정문이 이처럼 수수히 차려입었으니 정녕 다른 사람의 눈에 띄기를 꺼리는 것 같았다.

양정문이 이끄는 곳은 낙양에서도 가장 붐비는 장터였다. 대로든 좁은 골목이든 장사치가 없는 곳이 없었다. 손님을 끄는 호객꾼과 흥정을 하는 소리는 어느 도시에나 있는 보편적인 모습이지만, 묘하게도 그 안에는 낙양 특유의―그러나 설명하기는 힘든―향내가 묻어나고 있었다.

모용현이 말했다.

"그… 경쟁이라 함은 무엇을 해야 하오?"

양정문은 사람들을 피해 걸어가며 대답했다.

"당연히 비무를 해야죠. 무인에게 붓을 들라 하겠어요?"

양정문은 당연한 것을 물어본다는 식으로 핀잔을 주고 인파 속으로 걸어 들어갔다. 모용현도 더는 말할 생각을 하지 않고 묵묵히 그녀의 뒤를 따랐다.

양정문은 한참을 걸어가다 한 가게 앞에서 멈춰 섰다. 가게는 주로 여인들의 장신구를 취급하는 곳이었는데, 양정문은 문 앞에서 기다리겠다는 모용현을 억지로 데리고 들어왔다.

"어때요? 이래 놓으면 본녀도 어린아이들 못지않죠?"

양정문은 모용현을 놀리는 건지 아니면 진심으로 그렇게 생각하는 것인지 모를 얼굴로 모용현을 돌아봤다. 모용현의 눈에 비친 양정문은 작은 귀에 큰 구슬과 꽃 모양의 장신구가 달린 귀걸이를 잔뜩 달아놔 결코 예쁘다고는 할 수 없었다.

모용현이 차마 그게 뭐냐 말하지 못하고 입을 다물고 있으니 양정문이 히죽 웃으며 귀걸이들을 떼어냈다. 그리고 이번에는 목걸이와 팔찌들을 이리저리 비교해 가며 고르기를 시작하니 누가 그 모습을 보고 무림맹 사대사령, 과거 우는 아이도 그치게 했다는 사파의 거두를 떠올릴 수 있겠는가! 모용현은 그런 양정문의 모습을 신기하게 쳐다보았다.

지극히 사내가 추구하는 가치를 중심으로 돌아가는 강호에서 살아남기 위해서는 여인도 그 가치에 몸을 던져야 한다. 하지만 그렇다고 여인이 사내가 될 수는 없다. 저 금편선자도 꿈 많은 십대 시절이 있었을 것이다. 가슴 아픈 사랑을 했던 시절도 있을 것이다. 가끔은 세상의 갑남을녀(甲男乙女)를 부러워하고, 그들처럼 평범한 행복을 누리고 싶다는 생각도 할 것이다.

갖가지 장신구를 끼워보고 거울에 비춰가며 즐거워하는 모습을 보니 모용현은 절로 금설옥을 떠올렸다. 지금 내 앞에서 즐거워하는 이가 양정문이 아니라 금설옥이라면? 그렇다면 모용현은 그녀와 함께 즐거워할 수 있을 것이다. 하지만 그것은 결코 이루어질 수 없는 행복이고, 죄인인 모용현에게는 원하는 마음조차 허락될 수 없는 금지된 바람이다.

양정문이 무언가를 또 한참 뒤지다가 모용현에게 다가왔다. 그녀의 손에는 살이 촘촘히 박힌 참빗이 들려 있었다. 양정문은 모용현에게 다가가 왼손으로 그의 한쪽 얼굴에 드리운 앞머리를 쓸어 넘겼다.

"…뭘 하는 거요?"

모용현이 고개를 뒤로 젖히며 양정문의 손을 피했는데 양정문이 왼손을 뒤로 돌려 물러나는 모용현의 얼굴을 고정시키고 말했다.

"가만있어 봐요. 안 잡아먹을 테니."

양정문이 그렇게 말하고 모용현의 긴 머리를 참빗으로 빗기 시작했다. 모용현의 긴 머리는 헝클어지고, 머리카락끼리 엉킨 부분도 많아 참빗이 걸리는 경우가 많았다. 그러나 몇 번 빗질을 하고 나니 모용현의 긴 머리가 곱게 흘러내렸다.

"이것 봐요. 얼마나 좋아요?"

양정문이 그렇게 말하며 빗살에 걸려 뽑힌 모용현의 머리카락을 하나씩 집어내 바닥에 버리며 말했다. 모용현이 말없이 서 있자 양정문은 윤기가 흐르는 앞머리를 부드럽게 걷어내고 빗질을 하던 손으로 그의 뺨을 어루만지며 말했다.

"그래, 어차피 본녀는 흘러간 것을 억지로 붙잡고 있는 거지요. 하지만 그대의 아름다움은 지금의 것이에요. 그대는 어쩌면 이토록 아름다운가요? 자세히 보지 않으면 맹주의 얼굴은 찾을 수 없는데, 대체 누구를 닮아 이렇게 아름다운 건가요?"

모용현이 자신의 얼굴을 더듬는 양정문의 손을 거칠게 뿌리치며 말했다.

"나는 돌아가겠소."

모용현이 가게문을 나서는데 양정문이 그의 옆에 와서 말했다.

"그대는 정말 성급하군요. 아무렴 본녀가 그대를 놀리려고 데려왔겠
어요?"

"……."

모용현이 대답하지 않자 양정문이 그의 팔을 잡고 말했다.

"그대에게 꼭 보여주고 싶은 게 있어서예요. 아, 이제 왔네요. 저기를
봐요."

양정문이 두 손을 들어 모용현의 얼굴을 감싸고 맞은편 가게를 향해
돌렸다. 모용현은 양정문의 차가운 손을 느끼며 그 손이 이끄는 대로 시
선을 돌렸다.

그곳에는 하얀 면사로 얼굴을 가린 한 여인이 있었다. 곁에는 얼굴을
드러낸 두 여인이 그녀와 함께 있어 언뜻 보기에는 사대부 가문의 부인
이 시녀를 동반하고 시장에 나온 것 같았다.

그러나 모용현은 그녀가 결코 사대부의 부인이 아니라는 것을 알고 있
었다. 면사의 여인은 평범한 이였으나 그 옆에 있는 홍의경장의 두 여인
은 모두 무공을 익힌, 그것도 고수라 할 수 있는 자들이었다.

여인은 말없이 잡화로 가득한 가게를 둘러보고 있었다. 그녀가 걸음을
옮길 때마다 면사와 얼굴이 만나 언뜻언뜻 윤곽이 비치곤 했다. 그 얼굴
의 윤곽과 걸음걸이와 자태와 깊은 두 눈.

어머니.

두 발에 못이 박힌 듯 모용현은 움직이지 못하고 남영혜를 바라보았
다. 양정문이 그의 귓가에 조용히 속삭였다.

"이것이 본녀가 주는 선물이에요. 좀처럼 모습을 드러내지 않는 그녀
지만, 이렇게 가끔 시내 장터에 나와보고는 하지요."

　시선을 느꼈는지 남영혜가 모용현이 있는 쪽을 돌아보았다. 거리를 오가는 수많은 사람들을 뚫고, 단 한순간 시선이 마주쳤다.

"……!"

　면사에 가려지지 않은 두 눈에 기이한 빛이 일었다. 모용현은 번개라도 맞은 듯 놀라며 몸을 획 돌렸다. 양정문이 그를 쫓아가며 말했다.

"어때, 마음에 들었나요? 그대에게 어머니의 모습을 보여주기 위해서 본녀는 가마도 마다했어요."

　모용현은 양정문을 무시하고 행여 이 자리에 있으면 자신을 알아볼까 뛰듯이 거리를 빠져나갔다.

　오랜 시간이 흘렀어도 남영혜는 그대로였다. 그 이질적인 아름다움 위에 덧칠된 슬픔과 냉랭함은 지워지지 않았던 것이다.

　모용현은 남영혜의 여전한 모습을 기뻐해야 할지 슬퍼해야 할지 알 수 없었다. 하지만 분명한 것은 오래지 않아 어떤 쪽으로든 그 모습이 바뀐다는 것이다.

　모용강의 죽음으로 모든 것이 바뀔 것이다.

5

　다시 삼 일이 지나고, 최종적으로 백기단주의 자리를 결정할 날이 왔다. 그전까지 모용현은 본영과 객잔 사이를 오가며 단주의 직을 이행하는 데 기본적으로 필요한 소양을 시험받았다. 시험이라고는 하나 선출 기관의 사부급 인사들에게 구두로 질의문답을 나누고, 간단한 필기시험을 보는 정도였다. 결국 최종 판결은 서로 간의 직접적인 무공의 비교로 이루어질 것이 당연했다.

비무는 무림맹 본영 내에서도 지극히 제한된 장소에서 이루어졌다. 심판관으로 뽑힌 세 명의 사부가 최종 심사를 맡았고, 양측의 후견인인 제갈찬과 양정문이 그들을 사이에 두고 앉았다. 그 외에 참관인으로 현 오기의 단주들인 팽영국, 영옥 형제와 송경로, 그리고 당정견이 비무대 옆에 나란히 앉았다.

"형님, 저거 보시오. 저게 대체 남자요, 여자요?"

비무대 위에 제갈조운과 모용현이 오르자, 팽영옥이 들으라는 듯 큰 소리로 떠들었다. 바로 옆 자리에 앉아 있던 팽영국은 얼굴을 찡그리며 말했다.

"다 들리겠다. 조용히 해라."

"들으면 제가 어쩌겠수? 저렇게 나란히 놓고 보니 제갈조운이가 사내 중의 사내로구만. 크하하핫!"

팽영옥은 대놓고 모용현을 조롱하며 크게 웃었다. 송경로 역시 그에 맞장구를 쳤다.

"그러게 말입니다. 승패는 벌써 결정난 것 같은데 굳이 비무를 해야 할 이유가 있습니까?"

이들은 원래 당정견의 인사에 불만을 품고 있었는데, 그가 능력을 보이고 공적을 세웠으니 대놓고 비난할 길이 없었다. 그러던 중 또 어떤 놈팽이가 당정견처럼 후견인인 남후의 천거를 받아 백기단주의 자리에 쉽게 오르려 하니 쌓였던 불만이 엉뚱한 방향으로 튀는 꼴이었다.

그 말은 어느 정도 당정견도 들으라 하는 말이었지만, 그들과 조금 떨어져 앉은 당정견의 귀에는 들어오지 않았다. 당정견의 신경은 온통 비무대 위에 서 있는 모용현을 향해 쏠려 있었다.

'양화현? 대체 무슨 속셈이지?'

　화현(火玄)이라는 이름은 모용현의 이름 현(炫) 자를 이용한 말장난에 불과하다. 더구나 그는 저 유명한 지부장 연쇄살인의 장본인인데, 어째서 이 자리에 서 있는 건지 당정견으로서는 도저히 이해할 수 없었다. 그러나 그보다 더 궁금한 것은 그가 왜 금설옥과 함께 있지 않느냐는 것이었다.

　"암기를 쓰는 것은 인정하나, 독은 불가하오! 이는 어디까지나 무공의 우위를 가리는 비무에 불과하니 실수 또한 불가하오! 어느 한쪽이 목숨을 잃게 되면 상대 역시 큰 죄를 물을 것이오. 두 사람은 동의하시오?"

　심판관 중 한 사람이 비무의 주의사항을 말하고 두 사람의 동의를 구했다. 제갈조운과 모용현이 각각 짧게 대답하고, 비무가 시작됐다.

　"크윽!"

　비무는 싱겁게 끝나고 말았다. 시작과 함께 모용현의 검이 제갈조운의 검을 휘말아 하늘 높이 날리고 그의 턱 끝에 닿은 것이다.

　"……!"

　말 그대로 눈 깜짝할 사이에 벌어진 일이었다.

　"심판관."

　너무 놀라 말하는 것을 잊은 심판관에게 양정문이 한마디 던졌다. 심판관은 정신을 차리고 모용현의 승리를 선언했다. 그러나 좌중을 압도한 충격은 그 뒤에도 좀처럼 가시질 않았다.

　모용현은 비무장을 빠져나가며 양정문에게 말했다.

　"이제 된 거요?"

　모용현은 조급함을 숨기지 않았다. 남영혜를 보여준 탓일까, 양정문은 생각하며 대답했다.

　"그래요. 됐어요, 됐어. 잘했어요."

"내가 원하는 것은 한 가지요."

"예, 예."

양정문은 모용현이 이길 것이라 뻔히 알고 있었으면서도 뭐가 그리 좋은지 웃음을 지우지 않았다. 두 사람이 쭉 걸어나가는데 누군가 뛰어와 그들의 앞에 섰다. 당정견이었다.

"남후를 뵙습니다."

당정견이 포권의 예를 취하자 양정문이 묘한 얼굴로 말했다.

"조카님은 뭐가 급해서 뛰어온 거죠? 이 고모가 보고 싶었나요?"

"옆에 계신… 친척 동생 분과 잠깐 이야기를 하고 싶습니다만."

당정견이 모용현을 보며 말했다. 양정문이 무슨 일인가 싶어 고개를 갸웃거렸지만, 모용현의 시선을 이기지 못하고 자리를 피해줬다. 한적한 곳에 둘밖에 없게 되자 당정견이 대뜸 말했다.

"왜 갑자기 남후의 친척이 됐고, 이름을 바꿔가면서까지 여기로 온 거지? 대체 무슨 생각이야?"

"……"

"그리고 왜, 금… 금 형의 곁에 있어주지 않았지? 그때 그녀를 만난 게 아니었나?"

그것은 사실 모용현이 묻고 싶은 말이었다. 모용현은 쭉 금설옥의 곁에 당정견이 있을 거라 생각해 왔다. 그가 당감소의 아들이며 무림맹 흑기단주임을 알았을 때 느낀 놀라움이 다그치는 그를 보며 새삼 떠올랐다.

모용현은 하나뿐인 눈으로 당정견을 바라봤다. 그가 비록 당감소의 아들이지만 그가 저지른 일과는 무관할 것이다. 금설옥을 사랑하는데 그런 것은 그리 큰 장애가 아니리라.

"나는 그럴 수 있는 몸이 아니오. 당신이야말로 왜 그러지 못하고 나에게 떠넘기려 하는지 이해할 수 없군.”

“뭐라고?”

당정견이 발끈하며 반문했지만 모용현은 더 이상 상대할 생각이 없었다.

“더 할 말이 없으면 난 이만 가겠소.”

당정견을 지나쳐 가는 모용현의 얼굴은 차갑게 굳어 있었지만 속으로는 뜨거운 불길이 걷잡을 수 없이 치솟아오르고 있었다. 자신의 처지에 비하면 그는 얼마나 자유로운가? 그럼에도 불구하고 그는 왜 나에게 그녀와 함께 있지 않느냐 다그치는 건가?

‘그가 나의 죄를 알 리 없잖아.’

이성은 그를 이해하라 하지만 가슴은 받아들이지 않는다. 당정견이 있다는 것으로 스스로를 설득해 참아왔던 금설옥을 향한 그리움이 다시금 요동치기 시작했다.

모용현은 진우심 부부의 죽음을 보고 스스로에게 절망하며 추신에 대한 속죄만을 생각하기로 결심했다. 금설옥을 그리는 마음은 추신에 대한 속죄와 결코 양립시킬 수 없는 것이었지만 결코 적출해 낼 수도 없는 마음이었다. 그러기에 그 마음은 깊고 또 깊었다.

모용현은 입술을 깨물고 당정견에게 저주를 퍼부었다. 마음 한구석에 가두어놓았던 감정을 대체 무슨 권리로 건드린단 말인가!

모용강을 만나는 것 하나에 집중하기만으로도 벅찬 머릿속이 뜻하지 않은 일들로 복잡해졌다. 양정문은 칠 년 전과 조금도 달라지지 않은 어머니를 넣었고, 당정견은 금설옥을 끄집어냈다. 어째서 모두 나를 가만히 놓아두지 않는가?

모용현은 기다리고 있던 양정문에게 말했다.

“지금 당장 만나고 싶소.”

그러지 않으면 나는 미쳐 버릴지도 몰라. 양정문은 모용현을 물끄러미 바라보다 말했다.

"따라와요."

무림맹을 세운 후, 모용강은 심양의 모용세가를 버리고 무림맹으로 거처를 옮겼다. 모용강의 거처는 무림맹 본영의 뒤쪽에 세워진, 크지도 작지도 않은 한 채의 집이었다. 작은 정원과 연못이 있는 이 집에서 모용강은 쉽사리 나오지 않았다. 드나드는 것이 허락된 이도 담대진홍을 제외한 몇몇 고용인들뿐이었다.

때문에 모용강과 만나기 위해서는 보통 담대진홍을 거쳐야 했다. 양정문은 어떻게든 그 절차를 피하고 싶었다. 그녀가 하려는 일은 모용현과 모용강을 만나게 하는 것이고, 그로 인해 두 사람을 자신의 마음대로 조종하는 것이었으니 자연 담대진홍을 꺼려했다. 그리고 이는 모용현에게도 다행스러운 일이었다.

양정문은 모용현을 데리고 다짜고짜 모용강의 거처로 향했다. 그들을 맞이한 이는 늙은 남자였는데 두 사람을 접견실이라 생각되는 방으로 안내했다. 이는 바로 양정문이 무림맹 권력의 중추에 있는 사대사령 중 하나이기 때문에 가능한 일이었다. 양정문은 곧 용건을 말했고 남자는 묵묵히 들은 뒤 말했다.

"이 방에서 기다리고 계십시오."

남자는 그렇게 말하고 방을 나섰다. 모용현이 중얼거렸다.

"검을 가지고 있어도 상관치 않는 건가?"

혼잣말이었지만 양정문이 웃으며 대답했다.

"누가 그를 상하게 할 수 있겠어요?"

가벼운 말이었지만 그 안에는 모용강의 무위에 대한 무한한 신뢰가 들어 있었다. 그것은 누구도 아닌, 바로 남후 금편선자 양정문의 입에서 나온 말이다. 모용현은 마음속으로 지금껏 날을 세운 무진에 대한 완성도를 돌아보고, 또다시 돌아봤다.

향을 한 대 태울 시간이 흐르고 다시 한 대가 더 탈 만큼의 시간이 흘렀을 때 방문이 열렸다. 양정문과 모용현은 반사적으로 자리에서 일어났다. 열린 문으로 모용강이 들어왔다.

단정히 빗어 넘긴 머리와 잘 다듬어진 수염은 그의 옥 같은 얼굴에 빛을 더했다. 구름에 몸을 숨긴 용처럼 흰 옷을 입은 모용강의 허리에는 애검 백아가 역시 흰 검집에 담겨 있었다. 결코 작지 않은 방이 그 한 사람의 존재감으로 가득 차버렸다.

양정문은 웃으며 고개를 숙였고 모용현은 모용강과 정면으로 눈이 마주쳤다. 모용강의 얼굴을 보는 순간 모용현은 뭐라 말할 수 없는 감상에 휩싸였다. 그의 눈빛은 칠 년 전보다 더욱 깊어졌고, 사십대 초반의 얼굴을 변함없이 유지하고 있었다.

모용강 역시 말없이 굳은 얼굴로 모용현을 바라보고 있었다. 모용현은 모용강을 보며 생각했다. 그는 무슨 생각을 하고 있는가? 나를 한눈에 알아본 것일까?

말없는 두 사람에게 웃어 보이며 양정문이 말했다.

"이 사람이 바로 새로운 백기단주 양화현입니다. 그가 맹주를 너무나 흠모한 나머지 이렇게 실례를 무릅쓰고 찾아왔으니 부디 넓은 아량으로 이해해 주십시오."

"……."

모용강은 말이 없었다. 양정문은 모용강이 보이는 반응이 자신이 상상했던 것과 조금도 다르지 않아 뛸 듯이 기뻤다.

자, 이제 놀라움이 가시면 어색한 대화가 이어지겠지. 눈물을 머금고 아들을 버렸던 아버지는 살아 돌아온 아들에게 무슨 인사를 건네야 할지 망설일 것이고, 버려진 아들도 그토록 미워했던 아버지를 막상 만나면 또 다른 마음에 어쩔 줄 모를 것이야. 두 사람은 끝내 부자임을 인정하지 않겠지만, 이 나로 인해……!

스스로 만든 세계에서 허우적대던 양정문의 목에 피가 솟구쳤다. 통증은 그보다 한 발짝 늦게 찾아왔고, 그녀의 망상에 마침표를 찍었다.

6

양정문의 목에서 분수처럼 솟구치는 피는 흰 천장에 붉은 그림을 그렸다. 양정문의 몸은 곧 쓰러지고, 목에서 솟구치던 피는 그녀의 몸을 적셨다. 양정문의 감기지 않은 눈은 쏟아지는 피를 담으면서도 자신에게 무슨 일이 일어났는지 아직도 모르는 듯했다.

모용강의 손에는 눈처럼 새하얀, 과연 철로 만들어졌는지 의심스러운 보검 백아가 들려 있었다. 양정문의 목을 벤 모용강의 검은 모용현의 것과 같은 쾌검은 아니었으나 무엇보다 미려(美麗)했다. 알고 있더라도 과연 막을 수 있을지 의심이 갈 만큼 군더더기없는 검은 모용현이 알지 못하는 모용세가의 검이리라. 아무리 방심한 상태라 해도 저 금편선자 양정문이 반응조차 할 수 없었던 검.

벌어진 상처가 울컥 피를 토해냈다. 더 이상 솟구칠 피가 없는 듯했다. 그 광경을 바라보던 모용강이 담담한 어조로 입을 열었다.

"많이 늦었구나."

마치 모용현이 언젠가 자신을 찾아오리라 알고 있었던 것처럼. 그렇게 말하는 모용강을 보며 모용현은 대답 대신 검을 뽑고 진기를 끌어올렸다. 그 거대한 해일에 맞섰던 것처럼 모용현의 내력이 최고조에 달하고 뽑아 든 검에 푸른 기운이 일렁였다.

"내력을 어찌 얻었느냐?"

모용현은 대답하지 않았다. 모용강도 대답을 바란 것이 아니었던 듯 그저 검을 앞으로 내밀었다.

모용현이 개방한 내력이 방 안에 소용돌이쳤다. 모용현의 장포도, 마주 선 모용강의 소매도 바람에 휘말린 것처럼 펄럭였다. 이는 단순한 내력이 아니었다. 모용현에게는 오직 이 일검뿐이기에. 다음 수라는 것은 생각할 수 없기에 뒤를 생각지 않고 전신에 퍼져 있는 내력을 바닥까지 퍼 올린 것이다.

자연히 내력의 크기도 크기거니와 그에 실린 기세가 일반적인 무인이 낼 수 있는 것과는 전혀 달랐다. 모용강도 그를 보고 역시 내력을 끌어올렸다. 그 손에 들린 백아의 검신에도 밝은 기운이 일렁이며 모용강을 중심으로 역시 내력이 소용돌이쳤다.

두 사람에게서 뿜어져 나오는 기운이 서로 합쳐지고 또한 나누어지기를 반복하는 동안 방 안에 휘몰아치던 내력의 소용돌이가 조용히 가라앉았다.

"……!"

기합 소리도 없이 모용현이 검을 들고 모용강에게로 뛰어들었다.

조용히 가라앉았던 소용돌이가 다시금 모용현의 검을 중심으로 살아나기 시작했다. 모용강을 찔러 들어가는 모용현의 검은 한 자루였지만,

그 한 자루는 동시에 예순네 군데의 요처를 향하고 있었다. 모두가 허상이요, 또한 실체인 검들은 태극(太極)을 형성하여 상대가 어느 하나를 막아도 곧 태극이 회전하며 빈자리를 메우니 하나의 검이면서도 끊임이 없었다.

이것이야말로 일검 태허 진인이 창안한 절초, 무진(無盡)이었다.

"……!"

모용현의 모습이 사라지고 예순네 자루의 검이 무궁한 변화를 그리며 도니 모용강의 얼굴이 굳어졌다. 그 안에 담긴 지고의 무학을 엿본 것일까, 모용강의 손에 들린 백아가 순간 빛을 잃었다. 검의 뒤에 숨은 모용현의 눈에 경악이란 낯선 감정에 휩싸인 모용강의 얼굴이 보였다. 그때.

주군!

절초 무진의 기운에 지배당한 공간에서 기이한 울림이 파문을 일으켰다. 공기의 울림이 곧 소리라면, 이 울림도 역시 의사 표현의 한 형식이라 할 수 있으리라. 그리고 그 울림은 명확한 뜻을 담고 있었다.

모용현과 모용강의 사이를 두 개의 그림자가 파고들었다. 모용현은 그를 보았으나, 한 번 시작된 무진은 멈출 수 없었다. 모용강의 앞을 가로막은 두 그림자는 모용현의 검을 몸으로 받아내고 휘몰아치는 무진의 기운 속으로 흩어졌다.

모용현은 염합의 결정으로부터 배출되는 내력이 순간 끊어짐을 느꼈다. 그리고 그와 함께 두 그림자를 집어삼킨 절초 무진에게도 끝이 왔다. 모용현은 실패를 직감하며 바닥에 쓰러졌다.

"……."

모용강은 말없이 방 안을 둘러봤다. 한바탕 난리가 난 듯 방 안에 있던 탁자와 의자들은 부서진 채 나뒹굴고, 벽에 걸려 있던 서화는 형체도 알아볼 수 없게 찢겨져 있었다. 그리고 그와 함께 모용강의 두 호법인 좌우위사(左右衛士)의 시체도 찢겨진 채 널브러져 있었다.

마지막 순간에 달려든 그들이 아니었다면 자신의 처지가 바로 그들이었으리라 생각했을까? 모용강은 방 안에 흩어진 세 구의 시체를 차례로 둘러보고 걸음을 옮겼다. 피가 잔뜩 스며든 바닥 위에서 모용현은 숨을 쉬고 있었다. 그 곁에 멈춰 선 모용강이 모용현을 내려다보며 말했다.

"이것도 목가의 검이냐?"

모용현은 모든 내력을 쏟아낸 탓에 뱃속이 꺼진 듯 깊은 허탈감에 빠졌지만 의식만큼은 또렷했다. 모용현은 고개를 저었다. 모용강이 그를 보고 다시 말했다.

"그래……."

모용강은 더 이상 묻지 않았다. 대신 허리를 굽혀 모용현의 아랫배에 좌장을 가져갔다. 잠시 후 모용강이 다시 말했다.

"단전이 형성된 것이 아니었느냐?"

모용현은 선천적으로 단전이 없는 몸을 가졌고 그것은 과거 천하제일 인이었던 모용천도 고치지 못한 바 있었다. 모용강은 내력을 가지고 나타난 모용현을 놀라워하지 않았지만 여전히 그의 기혈은 헝클어져 있었고 단전이 있어야 할 자리에는 무엇도 없었다. 이제 모용현의 전신에는 한 모금의 진기도 남아 있지 않았으니, 모용강은 어떻게 된 일인지 알 수가 없었다.

모용현이 힘없이 말했다.

"나를… 왜 죽이지 않소?"

모용현의 단절을 파괴하려던 모용강은 별 소득 없이 허리를 펴며 대답
했다.

"너의 죽음을 보여주고 싶으니까."

뜻밖의 말이었다. 모용현이 힘겹게 입을 놀렸다.

"대체 누구에게……?"

모용강은 고개를 돌리고 애검 백아를 검집에 넣었다. 모용현의 눈에는
말하는 모용강이 보이지 않았으나, 그의 귀는 낮은 목소리를 들을 수 있
었다.

"내가 이제 달리 누구를 원망하겠느냐?"

모용강의 음성은 낮고 피곤한 기색이 역력했지만 모용현의 귀에는 똑
똑히 들려왔다.

이제 달리 누구를 원망하겠느냐고?

"큭, 크큭! 크흐흐흐!"

모용현이 갑자기 몸을 흔들며 웃기 시작했다. 온몸이 물에 젖은 솜처
럼 축 늘어져 웃는 것도 힘들 지경이었지만 한 번 터진 웃음은 멈출 줄을
몰랐다.

모용현은 그날, 모용강이 한 말을 똑똑히 기억하고 있었다.

정에 미친 사람은 누구도 막을 수 없는 법이다. 그 심마에게 한번 지
배당하면 빠져나오지 못하는 것이 사람이다. 당시의 나 역시 마찬가지였
다.

눈 덮인 송림에서 모용강이 했던 이야기는 자신은 그 정이라는 심마에

더 이상 지배당하고 있지 않다는 뜻을 품고 있었다. 위화감이 들 정도로 인간미가 없던 모용강이기에, 모용현도 지금껏 아무런 의심 없이 받아들였던 것이다.

하지만 그 말은 거짓이요, 기만이었다. 모용강은 아직도 정이라는 심마에 사로잡혀 있지 않은가? 지금도 그는 형의 연인이며 자신의 아내를 향한 정이 가져다주는 상반된 감정, 사랑과 증오 사이에서 맴돌고 있는 것이 아닌가!

"내가 죽는 모습을… 크큭, 보여… 보여주겠다고? 크큭, 크크크큭!"

말도 제대로 잇지 못하면서 모용현은 웃음을 멈추지 않았다. 어둡기만 했던 모용강의 속이 새벽이 온 것처럼 환하게 보이는 것이다. 항상 완벽한 얼굴로 자신은 철혈의 인간이라 온몸으로 말하는 그도 사실은 그토록 오랜 시간을 괴로워했던 것이 아닌가! 미워하면서도 상처 입힐 수 없었던 여인을 괴롭히기 위해 나를 살려두겠다니!

"크핫, 크하하, 크하하하하하!"

모용현은 더 크게 웃었다. 메마른 칠 년의 세월을 보상받으려는 듯, 웃음은 그칠 줄을 몰랐다. 그러나 어떻게 된 일인지 웃으면 웃을수록 모용현의 갈증은 커져만 갔다.

모용강은 여전히 무심한 표정으로 괴롭게 웃고 있는 모용현을 내려다보고 있었다.

7

이차 토벌의 성공으로 축제 분위기에 취해 있던 무림맹이 발칵 뒤집히기에는 오랜 시간이 필요치 않았다. 구파일방의 잔당인 정파연합의 궤멸로 무림맹의 존속을 위협하는 요소가 모두 사라졌다는 생각을 비웃기라도 하듯 맹주 모용강을 암살하고자 하는 시도가 있었던 것이다.

모두를 더욱 충격으로 몰고 갔던 것은 그 암살을 기도했던 자가 다름 아닌 사대사령 중 하나인 남후 금편선자 양정문이라는 사실이었다. 양정문은 지난날 중원을 공포에 떨게 만들었던 지부장 연쇄살인범을 자신의 먼 친척 동생으로 위장시켜 무림맹 본영으로 끌어들인 뒤, 신설된 백기단의 단주에까지 오르게 만들었던 것이다. 그리고 새로이 선출된 백기단주와의 면담을 구실로 맹주와의 자리를 만들었고, 그 자리에서 양정문과 지부장 연쇄살인범이 모용강에게 달려들었다. 그 과정에서 양정문은 모용강의 검에 쓰러졌지만, 모용강의 호법인 좌우사자 역시 죽음을 면치 못했다. 목숨을 부지한 연쇄살인범은 모용강의 지시에 의해 지하 뇌옥으로 수감됐다.

양정문이 왜 맹주의 암살을 기도했는지는 누구도 알 수 없었다. 양정문의 수하인 은가면들이 모두 소환됐지만, 그들은 하나같이 말 못하는 벙어리였다. 필담을 나누려 해도 그들은 모두 거절하였고, 양정문을 따라 죽이겠다 협박해도 누구 하나 말하려 드는 이가 없었다.

가장 중요한 참고인인 지부장 연쇄살인범 양화현은 맹주의 명에 따라 지하 뇌옥 가장 깊은 곳에 수감되어, 조사관들조차 접근이 제한된 상태였다. 모용강은 그를 며칠 뒤 열릴 집회에서 정파연합의 수뇌진들과 함께 공개적으로 처형할 것이라 천명하였으니 조사는 지지부진하여 뒷걸음만 치고 있었다.

이 사실에 누구보다 큰 충격을 받은 것은 당정견이었다. 당정견은 양정문과 모용현에게 틀림없이 다른 속셈이 있으리라 생각했지만 그것이 설마 맹주 암살이라고는 꿈에도 생각하지 못했던 일이다.

"정말 안 되겠습니까?"

"제 목에 칼이 들어와도 안 되는 건 안 됩니다."

당정견은 뇌옥의 책임자인 두자원과 한참 실랑이를 벌였다. 어떻게 해서든 모용현을 만나 얘기를 듣고 싶었다. 왜 금설옥이 아닌 양정문과 함께 있었는지, 처음부터 맹주를 죽이려 했던 것인지. 물론 이제 와 당정견이 그 이유를 듣는다고 바뀌는 것은 없었지만 당정견은 도저히 그를 모르고 지나칠 수 없었다.

그러나 두자원의 태도는 완강하기만 했다. 맹주에 대한 암살을 기도하고 두 명의 호법을 살해한 양화현은 지극히 위험한 자로, 누구와의 접촉도 맹주의 명으로 금지되어 있다는 말을 앞세웠으니 제아무리 흑기단주라도 할 수 없는 일이었다.

당정견이 체념하고 돌아간 지 일각이 채 되지 않아 이번에는 전혀 뜻밖의 사람이 두자원을 찾아왔다. 물론 당정견의 방문도 예상할 수 있었던 것은 아니지만, 두자원은 지금 눈앞에 있는 방문자가 대체 무슨 용무로 여기 있는 것인지 도무지 알 수가 없었다.

"잠깐이면 되오. 일각, 아니, 반 각이면 되니 안내해 주시오."

흑기단주도 맹주의 명을 내세워 물리친 두자원이었지만 눈앞의 상대에게는 마음이 흔들릴 수밖에 없었다. 눈앞에서 간절히 애원하는 이가 절로 경외의 마음이 들 만큼의 미녀라서가 아니었다. 그녀가 바로 맹주의 부인, 무림맹의 안주인이라 할 수 있는 남영혜였기 때문이다.

"이러시면 안 됩니다. 맹주께서 직접 명하신 일인데……."

남영혜는 모용강보다 더 자신을 드러내는 법이 없었다. 자연 무림맹 본영의 사람들이라도 남영혜라 하면 맹주의 부인이며 과거 강남제일미라 칭송될 만큼 미인이라는 것 외에 아는 사실이 없었다.

두자원은 과거 남영혜를 딱 한 번 스치듯 본 적이 있었는데 워낙에 아름다웠던 탓인지 은연중에 자신이 생각하는 현명한 부인의 덕목을 모두 그녀에게 대입하여 생각해 왔었다. 하지만 지금 남영혜는 두자원이 머릿속으로 그려놓았던 것과 다르게 막무가내라 해도 될 정도였다.

"사모께서는 어찌하여 그 흉악한 자를 보고 싶어하시는 겁니까?"

남영혜는 두자원의 물음에는 입을 딱 닫고 오직 자신의 말만을 했다. 남영혜가 항상 대동하던 두 시녀도 떼어놓고 홀로 이 지하 뇌옥까지 와 몇 번이나 거절당했음에도 굴하지 않으니 아무리 두자원이라도 고집을 꺾을 수밖에 없었다. 두자원은 결국 남영혜를 데리고 지하 뇌옥으로 들어갔다.

남영혜가 보고자 하던 이는 계단을 내려가고, 또 내려가 도달한 최하층에서도 가장 막다른 곳에 수감되어 있었다. 두자원은 경비병을 물리고 남영혜에게 다짐을 받으려 했다.

"정말입니다. 더도 말고 덜도 말고 딱 일각, 일각입니다. 무슨 말씀을 하셔도 그 이상은 안 됩니다."

그런데 남영혜는 그 말을 들었는지 말았는지 다른 이야기를 했다.

"여시오."

"예?"

어리둥절해하는 두자원에게 남영혜가 다시 말했다.

"문을 열란 말이오. 문을 여는 대신 반 각 만에 나오겠소."

두자원이 그 말을 듣고 질렸다는 투로 말했다.

"사모님, 그건 정말 곤란합니다."

"절대, 두 옥장을 곤란하게 만드는 일은 없을 것이니 문을 여시오. 문을 열지 않겠다면, 정말 곤란한 게 무엇인지 알게 될 것이오."

이건 숫제 협박이었다. 두자원은 그간 남영혜에게 품어온 환상을 모두 깨버리고, 열쇠로 문을 열었다. 어차피 이 방에 수감된 자는 특수 제작한

틀로 사지를 벽에 고정시켜 놓았으니 만에 하나 남영혜가 다른 마음을 먹는다 한들 그럴 수 없는 것이다. 그 틀을 열기 위해서는 서로 다른 두 개의 열쇠가 필요했고, 두자원에게는 그중 하나밖에 없어 설령 풀어주려 한들 풀어줄 수 없었다.

끼이익.

쇠 긁는 소리와 함께 육중한 철문이 열렸다. 계단과 복도보다 더 짙은 습기와 곰팡내가 열린 틈으로 새어 나왔다. 두자원은 들어가라는 말도 기다리지 않고 뇌옥 안으로 들어가는 남영혜의 뒷모습을 보며 한숨을 쉬었다.

남영혜는 옥 안으로 들어가자 곧 빛을 잃었다. 지하로도 몇 층이나 파고들어 가, 볕이 드는 창도 없는 뇌옥으로 들어오는 것은 두자원이 들고 온 횃불뿐이었다. 그나마도 남영혜의 몸에 가려 뇌옥 안으로 들어오는 빛은 극히 일부에 불과했다.

그러나 남영혜는 모용현을 볼 수 있었다.

모용현은 열십 자 모양으로 벽에 묶여 있었다. 두 팔은 넓게 벌려져 있었고, 두 다리는 발목을 묶여 하나로 포개져 있었다. 입에는 재갈이 물려져, 자결을 원천적으로 봉쇄해 놓은 모용현의 모습이 안쓰러웠는지 남영혜는 아! 작은 탄성을 질렀다.

어둠 속에 있던 모용현은 누군가 자신을 찾아왔음을 알고 드디어 처형당할 것이라 생각했다. 그러나 횃불을 등지고 들어온 그림자는 작고 여린 선을 가지고 있었다.

어떻게 오셨습니까?

모용현이 하나뿐인 눈으로 말했다. 남영혜는 모용현과 눈을 맞추고 있었지만, 그 말을 알아들었는지 알 수 없었다. 대신 남영혜는 손을 들어 모용현의 얼굴을 어루만지고, 드리워진 앞머리를 옆으로 쓸어 넘겼다. 머리카락이 걷힌 곳에는 흑요석(黑曜石)보다 검고 홍옥(紅玉)보다 붉으며 취옥(翠玉)보다 푸른, 그 모든 색을 가진 인공의 눈이 있었다. 남영혜는 그 유리안에 차마 손을 대지 못하고 모용현의 볼을 만지며 중얼거렸다.

"그래, 너였어. 그날 내가 헛것을 본 게 아니었어."

모용현은 양정문에게 이끌려 시내 장터로 갔던 때에 남영혜와 한순간 눈이 마주쳤었다. 모용현은 한 번 눈이 마주친 것으로 황급히 자리를 피했지만 남영혜는 쭉 그를 생각했던 것이다.

"모두 내 탓이다, 내 탓이야."

그러지 마십시오. 무엇이 어머니 탓이란 말입니까?

모용현이 다시 한 번 눈으로 말했다. 그러나 남영혜의 시선은 살짝 들어오는 횃불을 받아 시시각각 색을 바꿔가는 눈동자를 향해, 모용현의 말을 듣지 못하고 자신의 말을 했다.

"너는 나를 원망하겠지."

아닙니다. 그러지 않습니다.

"나는 죄 많은 년이다. 너는 결코 나를 용서하지 않을 것이다. 그래, 부디 이 못난 어미를 욕하고 또 욕하거라."

제발, 그러지 마십시오.

남영혜는 모용현의 얼굴에서 손을 떼고 뒷걸음질쳤다. 모용현은 횃불을 등져 그림자에 가린 남영혜의 얼굴을 볼 수 없었다. 그러나 빛을 받은 얼굴의 가장자리는 볼 수 있었다. 어둠에 익숙해진 탓인지 그마저 눈이 부서 제대로 볼 수 없었지만, 모용현은 하나뿐인 눈을 찡그려 가며 멀어지는 남영혜의 얼굴을 바라봤다. 곧 남영혜의 모습은 사라지고, 열릴 때와 마찬가지로 기분 나쁜 소리를 내며 철문이 굳게 닫혔다.

밖에 서 있던 두자원은 남영혜가 나오자 철문을 닫으며 말했다.

"이걸로 괜찮으시겠습니까?"

원래 두자원은 남영혜가 말한 반 각을 믿지 않았다. 일각, 이각을 각오하였는데 남영혜는 반 각은커녕 십분의 일도 채 지나지 않아 나왔으니 오히려 걱정이 된 것이다.

"괜찮소. 어서 올라갑시다."

흔들리는 횃불 탓일까? 괜찮다 말하는 남영혜의 얼굴은 무엇인가를 참는 듯 잔뜩 일그러져 있었다. 저 찡그린 얼굴조차 아름다웠던 서시처럼, 남영혜의 일그러진 얼굴도 아름답긴 매한가지였다.

8

시월 십일, 가을의 막바지에 바람은 차가웠다. 높은 가을 하늘 아래 무림맹 본영은 세워진 후 가장 많은 사람들로 북적였다. 그들 중 대부분은 모용강의 지시에 따라 치러질 집회에 참석하기 위해 인근 무림맹 지부로부터 모인 자들이었다.

　모용강은 지난달 토벌대가 생포해 온 정파연합의 수뇌진들을 오늘 이 자리에서 공개처형할 것이라 발표했다. 치열한 싸움 끝에 정파연합의 많은 자들이 죽음의 간택을 받았으나, 맹주인 왕민보와 부맹주인 남종을 비롯하여 소림의 대우, 종남의 현재, 청성의 육기환, 선연수 원종서 등은 산 채로 잡혀와 죽을 날만을 기다렸다.

　그 와중에 정파연합의 궤멸로 천하가 조용해질 것이란 사람들의 예측이 무색한 일이 터졌다. 바로 무림맹 사대사령 중 하나인 남후 금편선자 양정문이 한 사내와 함께 모용강의 암살을 기도한 것이다.

　다행히 모용강은 무사했으나 그를 호위하는 좌우사자들이 죽음을 면치 못했다. 그보다 더 두려운 일은, 양정문에게 암살을 청탁했거나 지시한 배후의 정체를 모른다는 것이다.

　정파연합을 궤멸시켜 겨우 천하를 다스렸나 했더니 또 다른 세력이 나타났으니, 무림맹의 천하를 위협하는 자들이 끊이질 않는다는 불길함이 사람들의 머릿속을 지배해 애초에 의도했던 자축의 분위기는 늦가을 찬 바람과 함께 사라지고 말았다.

　집회는 아직 시작하지 않았으나 참여할 이들은 이미 모두 모여 있었다. 그 수가 무척 많아 무림맹 본영 내에 가장 넓은 공간도 사람들로 가득 차 있었다. 임시로 설치된 정사각형의 비무대를 중심으로 사람들이 모여 있었고, 그를 가로지르는 하나의 선이 사람들 사이를 갈라놓아 비무대로의 접근을 용이하게 했다.

　"정말 우스운 일이지 않은가?"

　높이 솟은 탑 꼭대기 창을 통해 모여든 사람들과 집회를 준비하는 모습을 보며 모용강이 말했다. 그의 옆에서 함께 아래를 내려다보던 담대진홍이 물었다.

“무엇이 말입니까?”

“저들을 보게. 며칠 전까지만 해도 승리의 기쁨에 취하여 온통 들떠 있던 자들이네. 한데 지금은 어떠한가? 실체도 없는 적을 스스로 만들어 놓고 그를 두려워하다니 이 얼마나 우스운 일인가!”

난간에 기대어 아래를 내려다보는 모용강의 얼굴은 비웃음으로 가득했다. 타인에게 좀처럼 표정을 내보이지 않는 모용강이었지만 반평생을 함께해 온 지기(知己) 앞에서만큼은 숨김이 없는 듯했다.

담대진홍이 말했다.

“기분이 좋으신가 보군요.”

모용강이 고개를 돌려 담대진홍을 보고 말했다.

“그래 보이나?”

“주군의 웃는 모습은 오랜만에 보는 것 같습니다.”

담대진홍의 말을 들어보니 그것이 또 아니었다. 모용강은 담대진홍에게도 다른 이들과 마찬가지로 대하곤 했던 것이다. 그렇다면 지금은 어째서 표정을 보이는 걸까?

모용강이 짐짓 놀란 표정으로 말했다.

“그래? 내가 그랬나?”

하나 그런 모습조차 담대진홍은 생소하기만 했다. 은유적 표현이 아니라, 정말로 조각인 양 표정을 드러내지 않았던 모용강이었다. 때로는 담대진홍조차 그의 심장이 납으로 만들어진 것은 아닐지 생각할 정도였으니 지금 모용강의 웃는 모습을 보는 그의 심경이 복잡한 것은 당연한 일이다.

모용강은 말을 잊고 저 멀리 뻗어 있는 낙양 시내를 내다봤다. 오밀조밀 모여 있는 집들이 마치 어린아이의 장난감인 양 부질없어 보인다. 모용강은 다시 고개를 돌려 담대진홍을 보며 말했다.

“자네 말이 맞아.”

“무슨 말씀이십니까?”

“내가 오늘은 기분이 좋은 거야. 자네가 바로 봤어.”

담대진홍은 모용강이 무엇 때문에 기분이 좋은지 궁금했지만, 굳이 그를 알려 들지 않았다. 그는 누구보다 모용강을 잘 알고 있었고 어떤 때에 다가서고 또 물러나야 하는지 알고 있었다. 그것은 오랜 시간 모용강과 함께해 온 경험이 말해주는 직감과도 같은 것이었다.

“맹주님.”

모용강과 담대진홍이 뒤를 돌아보니 한 사내가 서 있었다. 담대진홍은 사내의 이름은 기억하지 못했지만 그가 이성학의 부하로 오늘 집회의 준비를 맡고 있음은 알고 있었다.

“무슨 일인가?”

모용강이 묻자 사내가 말했다.

“이성학 사부의 전갈을 전해 드리겠습니다. 집회의 준비가 모두 끝나고 초대받은 자들도 자리를 잡은 지 오래입니다. 집회의 개시는 신시(申時)로 예정되어 있어 앞으로 이각이 남아 있습니다.”

“그것이 다인가?”

“예!”

모두가 어려워하는 맹주의 물음에 시원스레 답할 수 있는 기개가 보기 좋았다. 모용강은 고개를 끄덕이고 사내를 돌려보냈다.

“이각이 남았다면 아직 여유가 있군. 안 그런가?”

모용강이 말하자 담대진홍이 대답했다.

“저는 먼저 내려가 있겠습니다. 준비해야 할 것도 있으니까요.”

“자네에게 준비가 필요한가?”

“이렇게 많은 사람들이 모였으니 망신을 당할 수는 없지요.”

"마음대로 하게."

모용강은 고개를 돌려 다시금 탑 아래를 바라보며 건성으로 대답했다. 담대진홍이 계단을 내려감과 동시에 탑 아래에서 오늘 집회의 가장 큰 볼거리인 생포당한 정파연합의 수뇌진들이 모습을 드러냈다. 양손을 묶인 채 무림맹 무사들의 위협을 받으며 나란히 비무대 위로 올라가는 모습 어디에도 과거 하늘을 찌르던 구파일방의 권위는 찾아볼 수 없었다. 그들이 비무대로 향하는 길은 관중들 사이로 나 있어 왕민보들은 걸음을 옮길 때마다 침을 뱉고 욕설을 하는 등 갖은 모욕을 당하고 있었다.

그러나 모용강은 그로부터 어떤 감흥도 일지 않았다. 그가 원하는 것은 오직 하나였다.

무사들이 정파연합의 수뇌진들을 비무대 위로 올린 뒤 한 줄로 세웠다. 그리고 나서야 비로소 모용강이 원하는 장면이 시작되었다. 정파연합의 수뇌진들이 비무대까지 올라온 길의 반대편에서, 바로 손발을 묶인 모용현이 무사들에게 이끌려 비무대로 향하고 있었다. 말이 이끌린다는 것이지 손발이 묶여 걸을 수 없으니 바닥에 질질 끌려가는 것이었다.

사람들이 처음에는 누구인지 모른 채 무사들에게 길을 비켜주었다. 그러나 곧 누군가가 외쳤다.

"지부장 연쇄살인범이다! 그놈이 바로 그 잔악한 살인귀다!"

충격은 일파만파 집회에 모인 사람들에게 퍼져 나갔다. 끌려가는 모용현을 보기 위해 사람들이 밀려들어 비무대로의 길을 구분 지어놓은 것이 무의미할 지경이었다.

"저놈이 정말 그 살인귀가 맞나?"

가까이서 모용현을 본 자들은 순순히 믿을 수 없다는 표정이었다. 바닥에 눕다시피 하여 끌려가는 모용현의 새하얀 얼굴에는 여기저기 생채기가 나 있었고, 긴 머리는 여기저기 엉킨 채로 볼품없이 풀어헤쳐져 있었다. 긴 머리에 가릴 뿐 아니라 고개를 숙이고 있어 사람들에게 보이는 각도가 한정돼 있으면서도 그 모습은 극악한 살인귀라 하기에 너무나 가련했다. 사람들은 끌려가는 모용현을 보며 약속이라도 한 듯 먼 옛날, 이야기 속에나 나올 법한 패자의 손에 떨어진 망국의 공주를 떠올렸다.

그러나 외모가 불러오는 감상은 곧 증오로 점철된 광기에 밀려나고 말았다. 그것은 모용현이 저지른 지부장 살해와 맹주에 대한 암살기도에 대한 것이 아니라 자신들이 이룩하고 또 지금 영위하고 있는 무림맹이라는 질서를 무너뜨리려는 것에 대한 분노였다.

"이 살인귀! 그런 얼굴을 하고 잘도 무서운 일을 저질렀겠다!"

한번 퍼진 광기는 마른 숲에 불이 붙듯 걷잡을 수 없이 번져 나갔다. 집회에 모인 이들은 대부분 각 지부의 지부장 혹은 동급의 대리이거나, 촉망받는 인재들로 구성되어 있었다. 하지만 그들도 이토록 많은 수의 사람들 속에 묻히니 다수의 감정에 휩쓸리는 것은 보통 사람이나 마찬가지였다.

갖은 욕설과 저주가 퍼부어지고, 가까이 있는 자들은 침을 뱉기도 서슴지 않았는데 그 정도가 정파연합의 수뇌진에게 가해진 것보다 훨씬 심했다. 그것은 무림맹의 기치 아래 모인 자들이 정파연합이라는 구시대의 생존자들에게는 은연중 자신이 가해자라는 의식을 가지고 있었기 때문이었다.

비무대에 도착했을 때 모용현의 온몸은 사람들이 뱉은 침과 그에 엉겨 붙은 흙덩이로 잔뜩 더러워져 있었다. 손발이 묶인 그를 비무대까지 끌어온 무사들도 가까이 가기 싫다는 듯 얼굴을 찡그린 채 그의 옆에 서 있었다.

인파 속에 삐죽 솟은 비무대 위에는 여섯 사람의 정파연합과 한 사람의 모용현이 그들을 감시하는 무사들과 함께 서 있었다. 모용현이 발목이 묶인 채로 겨우 몸을 세우니 한줄기 서늘한 바람이 불어왔다. 바람은 모용현의 더러워진 얼굴을 어루만지며 드리워진 앞머리를 시원하게 뒤로 넘겼다.

활짝 열린 모용현의 시야로 비무대 옆에 설치된 특별석에 앉아 있는 얼굴들이 들어왔다. 낙양으로 올라오는 길에 보았던 북사 풍경립과 나란히 앉은 이는 수염이 없어 얼굴에 자글자글한 주름이 드러난 노인이었다. 그가 바로 사왕 손망후일 것이다. 그리고 그 옆에 모용강과 남영혜가 앉아 있었다.

남영혜는 모용현을 바라보고 있었다. 모용현의 눈에 들어온 남영혜는 지하 뇌옥에서 상상했던 것과는 조금 다른 표정으로 그를 바라보고 있었다.

바람이 멈추고 징 소리가 크게 두 번 울려 퍼졌다. 어느 틈에 올라왔는지 비무대 위에는 담대진홍이 서 있었다. 키가 훌쩍 큰 담대진홍이 높은 비무대 위에 올라서 있으니 그 존재감이 좌중을 압도하고도 남았다.

"바쁘신 중에도 불구하고 이렇듯 본영을 방문해 주신 분들께 이 담대모가 맹주를 대신하여 감사의 인사를 드리는 바이오!"

담대진홍의 목소리는 크지 않았으나 동일한 크기로 퍼져 나가 모두의 귀에 똑똑히 들렸다. 모인 이들은 담대진홍의 인사에 우렁찬 박수 소리로 화답했고, 담대진홍은 사방을 향해 인사하고 박수 소리를 진정시키며 다시 이야기했다.

"많은 분들께서 아시겠지만 최근 본 맹에 좋지 않은 일이 많았소. 개중 가장 큰 것은 바로 존경하는 동령이 토벌 중 적의 독수에 걸려 유명을 달리한 일이고, 그 다음으로는 지금껏 본 맹에 충성을 다했던 남후가 어처구니없게도 외부인을 끌어들여 맹주의 암살을 기도한 것이오."

9

　담대진홍의 말은 모인 이들이 이미 알고 있는 사실을 나열한 것에 불과했지만 군중들은 곧 웅성거리기 시작했다. 아무래도 권력의 중추인 총사령 담대진홍의 입에서 나온 말은 받아들이는 입장에서 그 무게가 다르게 마련이다.

　담대진홍이 다시 말했다.

　"물론 나쁜 일만 있었던 것은 아니오! 우리는 정파연합이라는 구시대의 불공평한 질서를 수복하려 했던 집단을 궤멸시키고 그 속에서 헛된 꿈을 꾸던 수뇌진들 중 핵심 인물들을 생포하는 데 성공했소! 또한 암살의 시도가 있었다 해도 맹주께서는 건재하시고, 여러분을 공포에 떨게 했던 저 살인귀도 잡아내었소!"

　담대진홍의 당당한 말이 끝나자 사람들은 다시금 환호하고 박수를 쳤다. 담대진홍은 손을 들어 그를 진정시키고 말했다.

　"어쩌면 하나의 단체가 이 넓은 무림을 하나로 만드는 것은 불가능에 가깝다 할 수 있소. 아직 암살을 기도한 세력의 정체를 밝혀내진 못하였으나 그와 같은 제이, 제삼의 정파연합이라는 자들이 언제 어떤 형태로 우리들을 위협할지 모르오. 하지만 이 담대모가 감히 총사령이라는 직위를 걸고 선언하니, 우리는 스스로를 지킬 수 있는 힘을 가지고 있고, 동료가 위험에 처하였을 때는 언제든지 달려갈 것이오. 우리의 깊은 결속은 결코 어떤 치졸한 수에도 흔들리지 않을 것이오! 여러분, 본 맹은 맹주 개인의 것도 아니고 이 담대모의 것도 아니오! 지금의 무림맹을 이룩한 것은 모두 여러분 자신의 피이니 바로 여러분이 본 맹의 주인임을 명심하시오!"

"와아아아아아!"

담대진홍의 일장 연설 중에 내력을 적절히 실어 청중의 가슴을 뛰게 했다. 그것이 연설의 내용이나 화자의 호소력에 감화된 것으로 착각하는 이들이 속속 생겨났고, 그렇지 않은 이들도 다수가 받은 감동에 감화되어 환호를 지르며 담대진홍을 연호했다.

환호는 꽤 오래 지속되었다. 담대진홍은 애써 진정시키지 않고 환호가 사그라지기를 기다렸다 말을 이었다.

"처음으로 본 맹에 대항하였던 정파연합은 궤멸되었고 지금 이 자리에 그 수괴를 비롯하여 주요 간부 여섯 명이 잡혀와 있소. 오늘 이 자리에서 이들을 처형하여 앞으로 헛된 마음을 품을 자들에게 본보기로 삼을 것이오!"

담대진홍이 그러면서 왕민보들에게로 시선을 돌렸다. 왕민보들은 두 손이 묶였지만 고개를 꼿꼿이 쳐들고 있었다. 담대진홍이 그들을 보며 말했다.

"그러나 본 맹이 무엇이 두려워 묶여 있는 무저항의 자들에게 손을 쓸 것이오?"

담대진홍이 말하고 왕민보들에게 손을 들었다. 그러자 미리 약속이 되었던 듯 그들의 뒤에 버티고 서 있던 무사들이 일제히 묶고 있던 밧줄을 푸는 것이 아닌가? 뜻밖의 사태에 군중들은 물론 풀려난 왕민보들도 놀라 눈을 크게 뜨고 서로를 돌아보았다.

그러나 더 놀랄 일이 남아 있었다. 또 다른 무사들이 비무대 위로 올라왔는데, 그들이 들고 있는 것은 세 자루의 검과 한 자루의 죽봉이었다.

"저, 저건……!"

육기환이 탄성을 질렀다. 세 검 중 한 자루는 바로 그의 검이었다. 다른 두 자루도 왕민보와 현재의 검이었고, 죽봉은 말할 것도 없이 개방의 신물 타구봉이었다.

세 자루의 검과 타구봉이 각각 주인을 찾아가고, 담대진홍이 크게 외쳤다.

"아직도 미망에 빠진 너희들을 처형하는 것은 바로 나의 두 손바닥이다! 너희 여섯 사람은 모두 덤벼도 좋다. 어차피 너희를 상대해 줄 자는 나 한 사람이니 이 나를 쓰러뜨리기만 한다면 내 명예를 걸고 안전하게 풀어줄 것을 약속하겠다!"

담대진홍에게서 나온 생각지도 못한 발언에 사람들은 침묵을 지켰고, 왕민보들은 놀라움을 금치 못했다. 육기환은 분을 터뜨렸다.

"오만하고 또 오만하다! 너의 무위가 절정에 이르렀다는 것은 알고 있지만 피륙으로 이루어진 사람이 어찌 맨손으로 우리 여섯을 당할 것이냐?"

"자신이 있다면 말은 거두고 검으로 증명해라."

그러면서 담대진홍이 두 팔을 돌리며 좌장을 자신의 가슴 앞으로 끌어당기고 우장을 내밀었다. 단순히 우장을 뻗었을 뿐인데 그것이 자신들에게로 향하자 왕민보들이 느끼는 부담감이란 이루 말로 할 수 없었다. 담대진홍의 심명신장이 어째서 강호의 일절이고, 어떻게 해서 일인지하 만인지상의 자리에 앉아 있는지가 이 한 동작으로 모두의 뼛속까지 몸서리치게 파고들었다.

여섯 사람은 비록 지하 뇌옥에 갇혀 있다 십여 일 만에 밝은 빛을 보았다 해도 바로 무공을 펼치는 데 큰 지장이 없을 만큼의 고수였다. 그러나 지금과 같은 상황에서 누가 담대진홍을 상대로 차륜전을 펼칠 것인가?

왕민보와 한쪽 팔을 쓰지 못하는 대우가 담대진홍의 앞에 나서고, 나머지 네 사람은 담대진홍을 둘러쌌다. 그러나 가운데에 선 담대진홍의 기세가 당당하니 사람들은 아낌없는 환호를 보냈다. 왕민보들은 비록 육 대 일의 싸움으로 담대진홍을 포위하였으나 넓은 비무대가 좁게 느껴질 만큼 큰 담대진홍의 위세에 눌려 섣불리 움직이질 못하고 있었다.

담대진홍이 여섯 사람에게 둘러싸여 서 있었고 왕민보들도 먼저 출수하기를 꺼렸으니 육 대 일의 대치 상태가 한참을 이어졌다. 사람들의 환호도 모두 사라지고 고조된 긴장감만이 비무대 위에 가득했다.

한편 모용현은 비무대 밑으로 내려 보내지지 않고 한쪽 구석에 밀려나 있었다. 모용현은 담대진홍이 일으킨 효과적인 선동에서 눈을 돌려 다시금 모용강과 남영혜를 보았다. 남영혜의 시선은 여전히 모용현에게로 고정되어 있었고 모용강은 그런 남영혜를 보고 있었다.

저들은 부부이지만 서로가 서로를 보고 있지 않았다. 지난날 모용강은 남영혜 역시 불행한 여자라 했지만, 그것은 어린 모용현을 향한 말이 아니었다. 모용현은 지금에 와서야 그 말이 모용강 자신을 향한 말이었음을 깨달았다.

제 형과 아비를 죽이고, 무림을 피로 씻은 자가 한 여자의 마음을 갖지 못해 스스로를 불행하다 여기다니! 이 얼마나 부조리한 이야기인가? 그로 인해 일그러진 마음은 이제 모용현을 이용해 그녀를 괴롭힘으로써 스스로를 위로하고자 한다. 아마도 그것이 모용강이 할 수 있는 유일한 방식의 사랑이리라.

모용현은 그들로부터 시선을 거두고 다시금 비무대 위를 보았다. 비무대 위에서는 대치 상태가 지속되고 있었지만 오래지 않아 승부가 날 것이다. 저 여섯 사람으로는 담대진홍을 이길 수 없었다. 모용현은 남종이 죽는 모습을 볼 수 없어 다시 비무대로부터 고개를 돌렸다. 비무대 아래에는 곧 펼쳐질 담대진홍에 의한 일방적인 살육을 기대하는 눈빛들로 가득했다. 하나의 눈에 들어오는 수많은 사람들의 생김새는 각기 달랐지만, 어쩐지 모두 같은 얼굴을 하고 있었다.

절초 무진을 펼쳐 낸 직후, 모용현은 몸 안의 모든 내력을 소모하고 그 여파 때문인지 염합의 결정도 끊임없이 방출하던 기운을 끊어버렸었다. 하지만 그것은 일시적인 현상이었다. 지하 뇌옥에 갇힐 때까지만 하더라도 한 모금의 진기도 없던 몸이었지만 갇혀 있던 나흘 동안 염합의 결정을 중심으로 다시 내력이 모이기 시작했다. 모용현의 의지와 상관없이 염합의 결정은 무서운 기세로 내력을 모으고 또 그 스스로 방출해 냈다. 따라서 지금의 모용현은 이미 일전의 내력을 모두 회복한 상태였다. 지금 손발이 묶여 있지만, 뒤에 서서 감하는 무사를 제압하고 줄을 푸는 것도 어렵지 않을 것이다.

하지만 이제 무엇을 할 것인가? 지금 모용현의 마음은 체념만이 가득했다. 문득 그가 생각났다. 소년의 눈을 적출하고 복수가 어긋났음을 알았을 때 그의 마음이 이와 비슷하리라. 그렇다면 장사로 향한 그 걸음은 무엇으로 지탱했는가? 세 사람의 절정고수와 싸우고 엉망이 된 몸으로도 멈추지 않던 그 걸음은 무엇이 이끌었는가?

약조한 날에 하루가 늦었으니 그 성질을 어떻게 받아야 할지 모르겠구나.

모용현은 그의 말을 떠올리고 지금의 자신에 비추어 비로소 알 수 있었다. 그는 유일하게 자신을 알아준 퇴불을 만나고 싶었으리라. 모용현 역시 모용강을 제외하면 홀로 자신의 죄를 알고 있는 금설옥을 만나고 싶었다.

저 검은 두 눈을 보고 싶었고, 거침없는 목소리를 듣고 싶었다.

"……!"

모두가 같은 얼굴을 하고 담대진홍을 바라보는 사람들 틈에서, 오직 한 사람의 얼굴이 다른 방향을 하고 있었다. 그를 본 순간 모용현은 무엇에 홀리기라도 한 듯 굳게 다문 입을 벌렸다. 하나뿐인 눈이 크게 떠지고, 멍해진 얼굴은 한데 섞여 버린 충격과 의혹을 어떻게 나누어야 할지 갈피를 잡지 못하는 듯했다.

군중들 속에서 금설옥이 모용현을 보고 있었다.

간절한 마음이 환상을 만들어낸 것인가? 모용현이 다시 보고 또 봐도 그곳에는 금설옥이 있었다. 이리저리 얼굴을 돌리던 금설옥은 마침내 모용현과 눈이 마주쳤다.

"으하하하하하하!"

모용현과 금설옥의 시선이 맞은 순간 좌중을 압도하는 커다란 웃음소리와 함께 한 사람이 비무대 위로 뛰어올랐다.

더러운 가사와 한 자루 법장. 퇴불이었다.

〈제2부 2권 끝〉

무한 상상·공상 세계, 청어람 신무협&판타지

「표사」, 「소환전기」를 뛰어넘는
참신한 재미와 쾌감을 선사한다!

청바지와 박스티 같은 무협 소설!
쉽고 재미있는, 편한 무협을 즐겨라!

『잠룡전설』
(潛龍傳說)

잠룡전설(潛龍傳說) / 황규영 지음

"주유성?
영웅이지. 하늘이 내린 사람이야.
그 사람 게으르다고?
에이, 난 그런 소문 안 믿어.
게으름뱅이가 어떻게 그런 엄청난 일들을 해?"

강호에 내린 희대의 겁난.
하늘은 엄청 센 놈을 영웅이랍시고 내린다.
하지만…….
젠장! 엄청난 게으름뱅이다!!